【臺灣現當代作家
研究資料彙編】11

鍾理和

國立台灣文學館
出版

主委序

　　臺灣文學發展至今，已蓄積可觀且沛然的能量，尤於現當代文學領域，作家們的精彩創作與文學表現，成績更是有目共睹。對應日益豐饒的文學樣貌，全面梳理研究資源、提昇資料查考與使用的便利性，也就格外重要。

　　本會所屬國立台灣文學館自成立以來，即著力於臺灣文學史料之研究、整理及數位化，迄今已積累相當成果，民眾幾乎可在彈指之間，獲取相關訊息及寶貴知識；為豐富臺灣文學研究基礎，繼 99 年出版收錄 310 位現當代作家評論資料的《臺灣現當代作家評論資料目錄》後，今（100）年進一步延伸建置「臺灣現當代作家研究資料庫」，將現當代文學作家及系列作品建構起多向查考、運用的整合機制，不僅得以逐步完善 310 位現當代作家評論資料的確切性及新穎度，研究者亦能更加便捷地掌握研究概況、動態，進而開闢不同的研究路徑及視野。

　　為深化既有成果，也同步推動「臺灣現當代作家研究資料彙編計畫」，預計分年完成自臺灣新文學之父賴和以降，50 位現當代重要作家研究資料彙編，系統性篡輯、呈現作家手稿、影像、文學年表、研究綜述、評論文章及目錄、歷史定位與影響等。目前已完成第一階段賴和等 15 位重要作家研究資料彙編工作，此為國內現行唯一全方位的臺灣現當代文學工具書，也是研究臺灣作家、文學發展的重要讀本依據，乃極具代表性意義的起點，搭配前述資料庫，相信能為臺灣文學研究奠定益加厚實的根基；亦祈各方不吝指正，以匯聚更多參與及持續前行的能量。

行政院文化建設委員會主任委員

館長序

　　近幾年，臺灣現當代文學的研究，朝著跨領域整合的方向在發展，但不管趨勢如何，對於作家及其作品的理解與詮釋，恆是最基本且是最重要的工作。因此，作家到底是一個什麼樣的人？他的出身、學經歷究竟如何？他在哪些主客觀條件下從事寫作？又怎麼會寫出那樣的一些作品？這些都有助於增加理解；進一步說，前人究竟如何解讀作家的為人和他之所作？如何評述其文學風格及成就？這些相關文獻提供了我們重新展開深入探索的基礎，了解前修有所未密，後出才能轉精。

　　當臺灣文學在 1980 年代獲得正名，在 1990 年代正式進入學院體制，「學科化」就彷彿是一場學術運動，迄今所累積的研究成果已極可觀，如果把前此多年在文學相關傳媒所發表的評論資料納入，則可稱之為臺灣文學的「研究資料」，以作家之評論而言，根據國立台灣文學館委託台灣文學發展基金會所蒐羅的作家評論資料（310位作家，收錄時間下限是 2009 年 8 月），總計近九萬筆。這龐大的資料，已於去年編印成八巨冊的《臺灣現當代作家評論目錄》；在這樣的基礎上，以個別作家為考量的「研究資料彙編」計畫，其第一階段的成果即將出版（15 冊），如果順利，二、三年內將會累積到50 冊。

　　「臺灣」是我們生存的空間，「現當代」約指新文學發生以降迄今，「作家」特指執筆為文且成家者。臺灣現當代作家之所以值得研

究，乃是因為他們以其智慧和經驗創造了許多珍貴的文學作品，反映並批判社會，饒富現當代意義，如果能夠把他們的研究資料集中，對於正在學習或有文學興趣的讀者，應該會有莫大的助益。

　　賴和被尊稱為臺灣新文學之父，他出生於甲午戰爭那一年（1894），爾後出生的作家，含在臺灣土生土長，以及從中國大陸來臺者，人數非常多，如何挑選重要作家，且研究資料相對比較豐富者，是一件不容易的事，這就需要專家的參與；基本上，選人要客觀，選文要妥適，編選者要能宏觀，且能微視，才能提出有說服力的見解。

　　毫無疑問，這是一個重大的人文基礎建設，由政府公部門（國立台灣文學館）出資，委託深具執行力的社會非營利組織（台灣文學發展基金會），動員諸多學術菁英（顧問群、編選者）來共同完成，有效的運作模式開創一種完美的三合一典範，對於臺灣文學，必能發揮其學科深化的作用，且將有助於臺灣文學的永續發展。

國立台灣文學館館長　李瑞騰

編序

◎封德屏

緣起

1995 年 10 月 25 日，在臺灣師範大學教育大樓的 201 室，一場以「面對臺灣文學」爲題的座談會，在座諸位學者分別就臺灣文學的定義、發展、研究，以及文學史的寫法等，提出宏文高論，而時任國家圖書館編纂張錦郎的「臺灣文學需要什麼樣的工具書」，輕鬆幽默的言詞，鞭辟入裡的思維，更贏得在座者的共鳴。

張先生以一個圖書館工作人員自謙，認真專業地爲臺灣這幾十年來究竟出版了多少有關臺灣文學的工具書，做地毯式的調查和多方面的訪問。同時條理分明地針對研究者、學生，列出了十項工具書的類型，哪些是現在亟需的，哪些是現在就可以做的，哪些是未來一步一步累積可以達成的，分別做了專業的建議及討論。

當時的文建會二處科長游淑靜，參與了整個座談會，會後她劍及履及的開始了文學工具書的委託工作，從 1996 年的《臺灣文學年鑑》起始，一年一本的編下去，一直到現在，保存延續了臺灣文學發展的基本樣貌。接著是《中華民國作家作品目錄》的新編，《臺灣文壇大事紀要》的續編，補助國家圖書館「當代文學史料影像全文系統」的建置，這些工具書、資料庫的接續完成，至少在當時對臺灣文學的研究，做到一些輔助的功能。

2003 年 10 月，籌備多年的「台灣文學館」正式開幕運轉。同年五月《文訊》改隸「財團法人台灣文學發展基金會」，爲了發揮更大的動能，開始更積極、更有效率地將過去累積至今持續在做的文學史料整理出來，讓

豐厚的文藝資源與更多人共享。

　　於是再次的請教張錦郎先生，張先生認為文學書目、作家作品目錄、文學年鑑、文學辭典皆已完成或正在進行，現在重點應該放在有關「臺灣現當代作家評論資料目錄」的編輯工作上。

　　很幸運的，這個計畫的發想得到當時臺灣文學館林瑞明館長的支持，於是緊鑼密鼓的展開一切準備工作：籌組編輯團隊、召開顧問會議、擬定工作手冊、撰寫計畫書等等。

　　張錦郎老師花了許多時間編訂工作手冊，每一位作家的評論資料目錄分為：

　　（一）生平資料：可分作者自述，旁人論述及訪談，文學獎的紀錄。

　　（二）作品評論資料：可分作品綜論，單行本作品評論，其他作品（包括單篇作品）評論，與其他作家比較等。

　　此外，對重要評論加以摘要解說，譬如專書、專輯、學術會議論文集或學位論文等，凡臺灣以外地區之報刊及出版社，於書名或報刊後加註，如中國大陸、香港、新加坡等。此外，資料蒐集範圍除臺灣外，也兼及中國大陸、香港、新加坡、日本、韓國及歐美等地資料，除利用國內蒐集管道外，同時委託當地學者或研究者，擔任資料蒐集工作。

　　清楚記得，時任顧問的學者專家們，都十分高興這個專案的啟動，但確定收錄哪些作家名單時，也有不同的思考及看法。經過充分的討論後，終於取得基本的共識：除以一般的「文學成就」為觀察及考量作家的標準外，並以研究的迫切性與資料獲得之難易度為綜合考量。譬如說，在第一階段時，作家的選擇除文學成就外，先考量迫切性及研究性，迫切性是指已故又是日治時期臺籍作家為優先，研究性是指作品已出土或已譯成中文為優先。若是作品不少而評論少，或作品評論皆少，可暫時不考慮。此外，還要稍微顧及文類的均衡等等。基本的共識達成後，顧問群共同挑選出 310 位作家，從鄭坤五、賴和、陳虛谷以降，一直到吳錦發、陳黎、蘇偉貞，共分三個階段進行。

　　張錦郎教授修訂的編輯體例，從事學術研究的顧問們，一方面讚嘆
「此目錄必然能成爲類似文獻工作的範例」，但又深恐「費力耗時，恐拖延
了結案時間」，要如何克服「有限時間，高度理想」的編輯方式，對工作團
隊確實是一大挑戰。於是顧問們群策群力，除了每人依研究領域、研究專
長認領部分作家外（可交叉認領），每個顧問亦推薦或召集研究生襄助，以
期能在教學研究工作外，爲此目錄盡一份心力。

　　「臺灣現當代作家評論資料目錄」專案計畫，自 2004 年 4 月開始，至
2009 年 10 月結束，分三個階段歷時五年六個月，共發現、搜尋、記錄了
十餘萬筆作家評論資料。共經歷了三位專職研究助理，近三十位兼任研究
助理。這些研究助理從開始熟悉體例，到學習如何尋找資料，是一條漫長
卻實用的學習過程。

接續

　　本來以爲五年的專案工作可以暫時告一段落，但面對豐盛的研究成
果，無論是參與這個計畫的顧問或是擔任審查工作的專家學者，都希望臺
灣文學館能在這樣的基礎下挖深織廣，嘉惠更多的文學研究者。

　　「臺灣現當代作家評論資料目錄」的專案完成，當代重要作家的研
究，更可以在這個基礎上，開出亮麗的花朵。於是就有了「臺灣現當代作
家研究資料彙編暨資料庫建置計畫」的誕生。爲了便於查詢與應用，資料
庫的完成勢在必行，而除了資料庫的建置外，這個計畫再從 310 位作家中
精選 50 位，每人彙編一本研究資料，內容有作家圖片集，包括生平重要影
像、文學活動照片、手稿及文物，小傳、作品目錄及提要、文學年表。另
外每本書分別聘請一位最適當的學者或研究者負責編選，除了負責撰寫五
千至一萬字的作家研究綜述外，再從龐雜的評論資料中挑選具有代表性的
評論文章，全文刊載，平均 12〜14 萬字，最後再附該作家的評論資料目
錄，以期完整呈現該作家的生平、創作、研究概況，其歷史地位與影響。

　　由於經費及時間因素，除了資料庫的建置，資料彙編方面，50 位作家

分三個階段完成。第一階段挑選了 15 位作家，體例訂出來，負責編選的學者專家名單也出爐了，於是展開繁瑣綿密的編輯過程。一旦工作流程上手，才知比原本預估的難度要高上許多。

　　首先，必須掌握 15 位編選者的進度這件事，就是極大的挑戰。於是編輯小組在等待編選者閱讀選文的同時，開始蒐集整理作家生平照片、手稿，重編作家年表，重寫作家小傳，尋找作家出版品的正確版本、版次，重新撰寫提要。這是一個極其複雜的工程。要將編輯準則及要素傳達給毫無編輯經驗的助理，對我來說，就是一個極大的考驗。於是，邊做邊教，還好有認真負責的專任助理宇需，以及編輯老手秀卿下海幫忙，將我的要求視為使命必達，讓整個專案在「高壓政策」下，維持了不錯的品質及進度。

　　當然，內部的「高壓政策」，可以用身教、言教的方法執行，但要八位初出茅廬的助理，分別盯牢 15 位編選的學者專家，無疑是一件「非常人」可以勝任的工作。學者專家個個都忙，如何在他們專職的教學及行政工作之外，把這件有意義的編選工作如期完工，另外還得加上一篇完整的評論綜述，這可是要大智慧、大勇氣的編輯經驗了。

　　有些編輯經驗可以意會，不可言傳，這是多年血淚交織的經驗與心得，短時間要他們全然領會實在有些困難。但迫在眉睫的工作總得完成，於是土法煉鋼也好，揠苗助長也罷，一股腦全使上了。在智慧權威、老練成熟的學者專家面前，這些初生之犢的年輕助理展現了大無畏的精神，施展了編輯教戰手冊中的第一招——緊迫盯人。看他們如此生吞活剝地貫徹我所傳授的編輯要法，心裡確實七上八下，但礙於工作繁雜，實在無法事必躬親，也只好讓他們各顯身手了。

　　縱使這些新手使出了全部力氣，無奈工作的難度指數偏高，進度遇到瓶頸，大夥有些喪氣，這時就得靠意志力及精神鼓舞了。我曉以大義的說，他們正在光榮地參與一個重要的文學工程，絕對不可輕言放棄。

成果

　　雖然過程是如此艱辛，可是終究看到豐美的成果。每位編選者雖然忙碌，但面對自己負責的作家資料彙編，卻是一貫地認真堅持。他們每人必須面對上千或數百筆作家評論資料，挑選重要或關鍵性的評論文章，全面閱讀，然後依照編選原則，挑選評論文章。助理們此時不僅提供老師們所需要的支援，統計字數，最重要的是得找到各篇選文作者，取得同意轉載的授權。在進度流程初估時，我們錯估了此項工作的難度，因為許多評論文章，發表至今已有數十年的光景，部分作者行蹤難查，還得輾轉透過出版社、學校、服務單位，尋得蛛絲馬跡，再鍥而不捨地追蹤。

　　除了挑選評論文章煞費苦心外，每個作家生平重要照片，我們也是採高標準的方式去蒐集，過世作家家屬、友人、研究者或是當初出版著作的出版社，都是我們徵詢的對象。認真誠懇而禮貌的態度，讓我們獲得許多從未出土的資料及照片，也贏得了許多珍貴的友誼。例如楊逵的兒子楊建、孫女楊翠，龍瑛宗的兒子劉知甫，張文環的女兒張玉園，楊熾昌的兒子楊皓文，鍾理和的兒子鍾鐵民、孫女鍾怡彥及鍾舜文，梁實秋的女兒梁文薔，呂赫若的兒子呂芳卿、呂芳雄等，我們和他們一起回憶他們的父祖輩可敬可愛的文學人生。

　　閱讀諸篇評論文章，對先民所處的時代有更多的同情與瞭解。從日本研究臺灣文學的學者尾崎秀樹〈臺灣文學備忘錄——臺灣作家的三部作品〉一文中，可以清楚瞭解臺灣人作家對日本殖民統治的意識，乃由抵抗而放棄以至屈服的傾斜過程。向陽認為，其中也能發現少數因主流思潮的覆蓋而晦暗不明的作家，例如不為時潮所動，堅持以超現實主義書寫的楊熾昌。然而經過時間的考驗，曾經孤獨的創作者，終究確立了他在臺灣文學史上的地位。

　　在閱讀中，許多熟悉的名字不斷出現。1962 年，張良澤以一個成大中文系學生的身分，拜訪了鍾理和遺孀，且立下了今後整理臺灣文學史料的

志業。1977 年 9 月,張良澤主編的《吳濁流作品集》,堂堂六冊由遠行出版。1979 年 7 月,鍾肇政、葉石濤、張恆豪、林梵、羊子喬等人編纂《光復前臺灣文學全集》,由遠景出版,這些作家、學者、出版家,都爲早期臺灣文學的研究貢獻了心力。

1987 年 7 月臺灣解嚴,臺灣文學研究的風潮日漸蓬勃。1990 年 4 月 23 日,《民眾日報》策劃「呂赫若專輯」,標題爲〈呂赫若復出〉;1991 年前衛出版社林文欽出版「臺灣作家全集‧短篇小說卷‧日據時代」;1997 年自真理大學開始,臺灣文學系所紛紛成立,臺灣文學體制化的脈動,鼓舞了學院師生積極從事日治時期臺灣文學史料的蒐集。這股風潮正如陳萬益所言,不只是文獻的出土,也是一種心態的解嚴,許多日治時期作家及其家屬,終於從長期禁錮的氛圍中解放。許俊雅認爲,再加上當初以日文創作的作家作品,也在 1990 年代後被逐漸翻譯出來,讀者、研究者在一個開放的空間,又免除語文的障礙,而使臺灣文學研究開始呈現多元的風貌。

1990 年開始,各地縣市文化中心(文化局),對在地作家作品集的整理出版,以及臺灣文學館成立後對日治時期作家以迄當代重要作家全集的編纂,對臺灣文學之作家研究,也有了很好的促進作用。《鍾理和全集》、《鍾肇政全集》、《楊逵全集》、《張文環全集》、《呂赫若日記》、《葉石濤全集》、《龍瑛宗全集》,如雨後春筍般持續展開。「臺灣意識」的興起,使本土文學傳統快速的納入出版與研究行列。

每位編選者除了概述作家的研究面向外,均有獨到的觀察與建議。陳建忠細論賴和及其文學接受史的演變歷程後,建議未來研究者回歸到賴和文學本體與專業研究方向;張恆豪除抽絲剝繭細述「吳濁流學」的接受及演變歷程外,並建議幾個有關吳濁流及《亞細亞的孤兒》尚待關注及努力的議題;須文蔚建議未來的研究者,可從紀弦 1950～1960 年跨區域文學傳播角度出發,彙整紀弦對上海、香港、臺灣及東南亞華文地區詩歌的影響;或從紀弦主編過的《火山》詩刊、《新詩》月刊等著手,從文學社會學

或文學傳播的角度出發。柳書琴、張文薰為顧及張文環多元面向,除一般期刊論文外,亦選譯尚未譯介的論文,希望展示海內外不同世代之路徑與成果;應鳳凰以深入 50 年代文本的研究基礎,將鍾理和的研究收納得更為寬廣。彭瑞金則分別對葉石濤及鍾肇政進行深入細膩的研究,以及熟稔精密的剖析,他認為葉石濤文學是長期累積的成果,他所選錄的 20 篇葉石濤相關評論文章,代表各種背景的評論者、評介者閱讀葉石濤文學的方法;而鍾肇政上千筆的研究資料,呈現的多是鍾肇政文學的外圍研究,較少從文學的角度去探求解析。清理分析成果後,才可以作為續航前進的動力。

　　然而在近二十年本土文學興盛的臺灣文學研究中,是不是也有遺漏與偏失?陳信元的〈兩岸梁實秋研究述評比較〉,也足以讓我們思考。陳義芝除肯定覃子豪詩藝的深度與厚度,以及對後繼青年的影響外,如果從文獻蒐集、詮釋的角度來看,他認為覃子豪研究仍有尚未開發的議題。

　　學者兼作家的周芬伶,對琦君的剖析與論述細微而生動,她細膩的文字觀察,清楚道出琦君研究的未到之處;張瑞芬則以明快的文字,將林海音一生的創作、出版與編輯完整帶出,也比較了評論者對林海音小說、散文表現的不同看法,相同的則是林海音編輯生涯中對作家的提攜與貢獻。

期待

　　感謝臺灣文學館持續支持推動這兩個專案的進行。「臺灣現當代作家評論資料目錄」的完成,呈現的是臺灣文學研究的總體成果;「臺灣現當代作家研究資料彙編」套書的出版,則是呈現成果中最精華最優質的一面,同時對未來的研究面向與路徑,做最好的建議。我們可以很清楚的體會,這是一條綿長優美的臺灣文學接力賽,我們十分榮幸能參與其中,我們更珍惜在傳承接力的過程,與我們相遇的每一個人,每一件讓我們真心感動的事。我們更期待這個接力賽,能有更多人加入。誠如張恆豪所說「從高音獨唱到多元交響」,這是每一個人所期待的。

編輯體例

一、本書編選之目的，爲呈現鍾理和生平、著作及研究成果，以作爲臺灣
　　文學相關研究、教學之參考資料。

二、全書共五輯，各輯內容及體例說明如下：

　　輯一：圖片集。選刊作家各個時期的生活或參與文學活動的照片、著
　　　　　作書影、手稿（包括創作、日記、書信）、文物。

　　輯二：生平及作品，包括三部分：

　　　　　1.小傳：主要內容包括作家本名、重要筆名，生卒年月日，籍
　　　　　　貫，及創作風格、文學成就等。

　　　　　2.作品目錄及提要：依照作品文類（論述、詩、散文、小說、
　　　　　　劇本、報導文學、傳記、日記、書信、兒童文學、合集）及
　　　　　　出版順序，並撰寫提要。不收錄作家翻譯或編選之作品。

　　　　　3.文學年表：考訂作家生平所進行的文學創作、文學活動相關
　　　　　　之記要，依年月順序繫之。

　　輯三：研究綜述。綜論作家作品研究的概況，並展現研究成果與價值
　　　　　的論文。

　　輯四：重要文章選刊。選收國內外具代表性的相關研究論文及報導。

　　輯五：研究評論資料目錄。收錄至 2010 年 10 月底止，有關研究、論
　　　　　述臺灣現當代作家生平和作品評論文獻。語文以中文爲主，兼
　　　　　及日文和英文資料。所收文獻資料，以臺灣出版爲主，酌收中
　　　　　國大陸、香港、日本和歐美國家的出版品。內容包含三部分：

　　　　　1.「作家生平、作品評論專書與學位論文」下分爲專書與學位
　　　　　　論文。

　　　　　2.「作家生平資料篇目」下分爲「自述」、「他述」、「訪談」、
　　　　　　「年表」、「其他」。

　　　　　3.「作品評論篇目」下分爲「綜論」、「分論」、「作品評論目
　　　　　　錄、索引」、「其他」。

目次

輯一◎圖片集

影像◎手稿◎文物

約攝於1930～1932年間，少年時期的鍾理和，屏東公園。（鍾鐵民提供，以下同）

約攝於1930～1932年間，少年時期的鍾理和（右二），屏東農校。餘三人由左至右為：表兄邱連球、侄兒鍾佐賓、胞弟鍾理義。此時甫從長治公學校高等科畢業，進入廣興村私塾就讀。

約攝於1930～1934年間，少年時期的鍾理和。此時期甫結束私塾課業，協助父親至高雄美濃開墾。

1932年，初至美濃笠山農場。協助其父開墾，而認識鄰村前來工作的鍾台妹。

約攝於1934～1938年間，青年時期的鍾理和。

1938年，初至滿州的鍾理和。

1940年8月，青年時期的鍾理和（後排左一）與友人攝於日本。

1940年，青年時期的鍾理和，初抵滿州。

1940年11月，與鍾台妹初抵滿州奉天。

1940年，青年時期，於滿州奉天。

1941年，青年時期，舉家遷往北平，鍾理和
任職於「華北經濟調查所」擔任翻譯員。

1941年2月，長子鍾鐵民彌月紀念，一家三口
攝於北平。

約攝於1943～1945年間。鍾台妹與鐵民和友人母子，至北平郊外踏青遊玩合影。

約攝於1943～1945年間。鍾理和攜鍾台妹與鐵民前往北平太廟遊玩時，由鍾理和拍下的母子合影。

1946年4月，鍾理和攜鍾台妹與鐵民，自北平搭船回到離開八年的美濃笠山。圖為返臺護照上，鍾台妹與鐵民合影。

1946年7月，次子立民出生。圖為鍾台妹與立民攝於美濃笠山家中。

約攝於1950～1955年間，鍾理和
次子鍾立民。九歲時驟然病逝。

1955年，鍾理和（右二）與親戚
同到高雄美濃朝元寺朝聖，後留
影於寺廟前。後排由左至右為：
鍾佐鵬、鍾里志妻淑枝、鍾理
和、鍾佐賓。前排右一為鍾理和
長女鍾鐵英。

1956年，鍾理和與親戚至高雄美濃老家祝賀母親鍾劉水妹大壽，全體合影於宅前。後排由
左至右為：鍾佐賓（懷抱其女兒）、鍾里志夫妻、鍾理和、鍾理和長子鍾鐵民、鍾雲妹。
中坐者為鍾劉水妹。前排右二為鍾理和長女鍾鐵英。

1957年9月15日，母親鍾劉水妹逝世，鍾理和（左一）
披麻帶孝於靈前服喪。

1959年，鍾理和生前最後留影，於高雄
美濃。

1980年，導演李行開拍鍾理和自傳電影《原鄉人》，鍾台妹（右二）與
電影原著小說《原鄉人：作家鍾理和的故事》作者鍾肇政（左一）於拍
片現場與女主角林鳳嬌（左二）合影。

1980年，「鍾理和紀念館」由鍾鐵民提供土地，開始
興建。圖前左為鍾台妹、右為鍾肇政舉行動土儀式。

1983年8月，「鍾理和紀念館」興建完成，邀來
鍾肇政（左）與楊逵（右）參加揭幕典禮。

1992年12月，高雄縣政府於鳳山舉辦「鍾理和逝世
卅二週年紀念暨臺灣文學學術研討會」，鍾台妹
（左三）應邀出席。會後由簡炯仁編《鍾理和逝世
卅二週年紀念暨臺灣文學學術研討會論文集要》。

1998年8月，位於鍾理和紀念館中步道旁的「鍾理和雕像」正式啟用。鍾台妹與之合影。

2008年10月，鍾台妹以高齡97歲在睡夢中辭世。三子鍾鐵鈞曾說道：「若沒有母親在背後默默地撐住整個家，父親也無法寫出流傳後世的作品。」

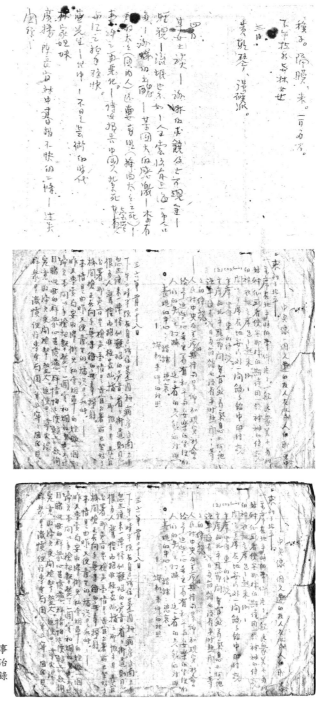

1947年2月28日，「二二八事件」爆發，當時在臺大醫院治療的鍾理和因缺紙以藥袋記錄在醫院的所見所聞。

鍾理和整理山歌手稿筆記及封面。

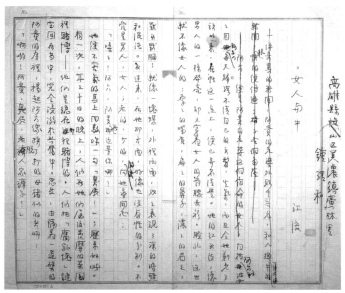

鍾理和〈女人與牛〉手稿。

1950年5月11日，在松山療養院動胸腔手術前，於日記中
寫下的「遺書」片段。

長篇小說〈笠山農場〉初稿，題名為「深林」。

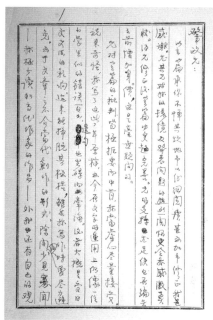

1957年至1960年間，與鍾肇政通信。

海音女士

我近來文興了好久的床需的改作工作，延長下來了

幾時完成，不敢預卜。

美新所要的作品，我選了四篇，是「菸樓」「錢的故事」單

坡上及現在連載中的「後遷」這是基於下列四點原則選

出來的

（一）台灣的，二鄉村的，這是拿我個人來的人畫「所以寫

都會的台灣）三、細小說的（這也是我個人才會有的動人

是本篇得過重新發改事以外的四對外的口嗎這四點原則來看也許這

樓一篇最終合夫，倒我個人倒是頗意推，因為我把

這看做我個人的代表著，萃拔上也是我所喜歡的

篇，便定是字數太少，大概不會用吧。

致林海音女士，說明選寄作品的狀況。

輯二◎生平及作品

小傳◎作品◎年表

小傳

鍾理和（1915～1960）

　　鍾理和，男，筆名江流、里禾、鍾錚、鍾堅，籍貫臺灣屏東。1915 年 12 月 15 日生於屏東縣高樹鄉廣興村，1960 年 8 月 4 日因肺疾突發辭世。得年 45 歲。

　　日治時期長治公學校高等科畢業，後於廣興村私塾就讀兩年。1932 年，協助其父在美濃經營「笠山農場」，認識鄰村前來農場工作的鍾台妹。1938 年，隻身前往東北奉天，兩度返臺勸父兄投資磚瓦、建材業遭拒。第三度返臺，因同姓婚姻受阻，放棄在臺優渥生活，攜鍾台妹遠赴大陸。期間曾擔任翻譯員、經營石炭零售店，均維持不久，後致力寫作，然生活需靠友人接濟。中日戰爭結束後回臺，曾短暫任職於內埔初中代用國文老師、基隆中學總務主任，均因肺疾而請辭。此後一面養病、一面創作。期間參與鍾肇政編印的《文友通訊》作文藝交流，長篇小說《笠山農場》榮獲中華文藝獎金委員會舉辦的「國父誕辰紀念長篇小說獎」第二名（第一名從缺）。1960 年 8 月 4 日，於病床上修訂小說〈雨〉時，不幸肺疾復發，咳血致死。陳火泉稱之為「倒在血泊中的筆耕者」，是對其不朽形象最傳神的寫照。

　　鍾理和的作品以小說和散文為主。雖身為跨戰爭前後世代的作家之一，但日治時期就堅持以中文寫作。青年時期，為爭取婚姻自由，敢於向舊封建制度下保守客家社會挑戰，透過一系列自傳色彩極濃厚的作品（諸如〈笠山農場〉、〈同姓之婚〉、〈奔逃〉）發聲。八年的大陸生活經驗，批判

力道極健，〈泰東旅館〉、〈新生〉、〈薄芒〉、〈夾竹桃〉等中短篇小說，在看似尖銳冷諷的筆觸下，實則隱藏著熱血青年在理想幻滅後，對大陸原鄉濃烈糾纏、愛憎難名的矛盾情結。返臺後，戒嚴的社會不容議論時政，迫使他謹言慎行。而罹患肺疾所導致的困阨窮苦，讓他重新思考寫作的方向。鍾理和病後的歲月，為其創作的菁華時期。他完全融入農村，與附近農友在農閒時節或夏日夜晚，聊天喝茶，談論生活、研究農事。這一切成為鍾理和創作的題材來源。此時期代表作品有〈故鄉〉、〈阿遠〉、〈菸樓〉、〈做田〉。筆下的人物樂天知命，刻苦堅毅，勇敢快樂的面對生活。雖然都是卑微的尋常小人物，卻展現出可敬的行為。彭瑞金論道：「從鍾理和作品顯現的對生活的每一個細節的專注，對人性中每一個細微的慎重，我們可以發現鍾理和做為作家最大的特色，在於他看重生命之內的實質，而較看輕生命之外的裝飾，傳達出最令人動容的堅忍剛毅的韌性，對社會的深度關懷及對生命的真誠。」

綜觀鍾理和創作歷程，其毫不矯情地將生活融入文學，寫出夫妻、親子之間堅定不移的感情；寫出鄉下人老實、固執、勤儉、樂天的風土味，至於祖國的真實面目，他一五一十地提出絕望的告白，樸實的文字中總透露著真誠的感情。如同鍾肇政所說：「鍾理和作品植根於臺灣的鄉土，以愛以淚以悲天憫人的襟懷，譜出臺灣人民的歷史的掙扎，以及農村人們的絕望和悲淒，即令如此，但他筆下從不見一絲仇恨，反倒洋溢著臺灣農民的忍從與勤奮，閃爍出對生命的虔誠和摯愛。」而葉石濤評論鍾理和小說道：「一向不以社會性觀點來處理題材，倒用美學和人性來安排情節，使得他的小說細膩動人具有極高度的藝術成就。」

作品目錄及提要

【小說】

馬德增書店

派色文化出版社

夾竹桃

北平：馬德增書店
1945 年 4 月，32 開，163 頁

高雄：派色文化出版社
1997 年 4 月，25 開，151 頁
白鴒鷥文庫 2017・鍾理和文集 4

中篇小說集。為鍾理和生前唯一結集成冊出版的作品。本集內容主要依據在中國生活所見所聞經驗寫成，其中帶有批判性觀感與嘲弄、痛惡的語言，是鍾理和作品中罕見的。全書收錄中篇小說〈夾竹桃〉、〈薄芒〉和短篇小說〈游絲〉、〈新生〉。
派色文化版：全書收錄中篇小說〈夾竹桃〉、〈薄芒〉和短篇小說〈游絲〉、〈新生〉。正文前有彭瑞金〈鍾理和的「祖國」經驗──《夾竹桃》新版弁言〉。

雨

臺北：鍾理和遺著出版委員會
1960 年 10 月，32 開，272 頁

中、短篇小說集。其中篇小說〈雨〉描述某農村因久旱而發生恩怨的故事，為鍾理和生平最後完成的小說，於鍾理和逝世百日祭時結集出版。全書收錄〈貧賤夫妻〉、〈同姓之婚〉、〈奔逃〉、〈錢的故事〉、〈復活〉、〈假黎婆〉、〈阿遠〉、〈初戀〉、〈菸樓〉、〈楊紀寬病友〉、〈閣樓之多〉、〈還鄉記〉、〈草坡上〉、〈蒼蠅〉、〈柳陰〉共 15 篇短篇小說和中篇小說〈雨〉。正文前有鍾理和的遺像及手稿，正文後附錄〈鍾理和生平〉。

笠山農場

臺北：鍾理和遺著出版委員會
1961 年 9 月，32 開，258 頁

高雄：派色文化出版社
1995 年 1 月，新 25 開，324 頁
白鴒鷥文庫 2014・鍾理和文庫 3
鍾理和文教基金會編

臺北：草根出版公司
1996 年 9 月，25 開，294 頁
臺灣文學名著 9

臺北：草根出版公司
1999 年 10 月，24 開，294 頁
精裝版

千葉：城西國際文化教育中心
2000 年 10 月，24 開，358 頁
日文版

長篇小說。為鍾理和 1956 年完成的自傳體小說，敘述主角劉少興在客家地區的墾荒故事，主題意識關懷深刻，文字技巧純熟。其中描寫最細緻的部分是書中主角致平與淑華間的愛情挫折，此為鍾理和對比自己與鍾台妹間現實處境的情感投射。於鍾理和逝世週年忌日時出版。

派色文化版：正文前有〈鍾理和文庫出版緣起〉、〈鍾理和的生平〉、彭瑞金〈崇仰生活的作家──鍾理和〉。

草根版：正文前有張良澤〈倒在血泊裏的筆耕者〉，正文後附錄彭瑞金〈土地的歌、生活的詩──鍾理和的《笠山農場》〉。

草根精裝版：正文前有張良澤〈倒在血泊裏的筆耕者〉，正文後附錄〈註釋〉、彭瑞金〈土地的歌、生活的詩──鍾理和的《笠山農場》〉。

日文版本：林丕雄譯。正文後附錄〈鍾理和の《笠山農場》とその時代〉（論文）、「翻訳委任状」。

鍾理和遺著出版
委員會

派色文化出版社

草根出公司 1996

草根出公司 1999

城西國際文化教育中心

鍾理和短篇小說集

臺北：大江出版社
1970 年 8 月，40 開，221 頁
大江叢書 13

短篇小說集。此版本將 1960 年出版的中短篇小說集《雨》中〈雨〉一篇拿出，易名出版。全書收錄〈貧賤夫妻〉、〈同姓之昏〉、〈奔逃〉、〈錢的故事〉、〈復活〉、〈假黎婆〉、〈阿遠〉、〈初戀〉、〈菸樓〉、〈楊紀寬病友〉、〈閣樓之冬〉、〈還鄉記〉、〈草坡上〉、〈蒼蠅〉、〈柳陰〉共 15 篇。正文前有〈鍾理和的生平〉。

故鄉／張良澤編

臺南：大行出版社
1976 年 2 月，32 開，226 頁
臺灣鄉土文學叢刊

短篇小說集。為鍾理和 1950 年至 1952 年間以其細膩的筆觸，描寫故鄉中客家農村的景象，兼具寫實與真摯的情意。全書收錄〈故鄉之一：竹頭庄〉、〈故鄉之二：山火〉、〈故鄉之三：阿煌叔〉、〈故鄉之四：親家與山歌〉、〈女人與牛〉、〈老樵夫〉、〈蒼蠅〉、〈菸樓〉、〈還鄉記〉、〈雨〉共十篇。正文前有張良澤〈編者引論〉。

鍾理和小說選

北京：廣播出版社
1982 年 1 月，32 開，394 頁

小說集。全書收錄〈原鄉人〉、〈故鄉之一竹頭庄〉、〈故鄉之二山火〉、〈故鄉之三阿煌叔〉、〈故鄉之四親家與山歌〉、〈貧賤夫妻〉、〈同姓之婚〉、〈錢的故事〉、〈阿遠〉、〈閣樓之冬〉、〈楊紀寬病友〉、〈老樵夫〉、〈還鄉記〉共 13 篇短篇小說；中篇小說〈雨〉與長篇小說〈笠山農場〉。

人民文學出版社

鍾理和文教基金會

原鄉人

北京：人民文學出版社
1983 年 9 月，25 開，361 頁

高雄：鍾理和文教基金會
1994 年 10 月，25 開，197 頁

中、短篇小說集。全書收錄〈原鄉人〉、〈逝〉、〈校長〉、〈浮沉〉、〈竹頭庄〉、〈山火〉、〈新生〉、〈同姓之婚〉、〈奔逃〉、〈復活〉、〈假黎婆〉、〈初戀〉、〈菸樓〉、〈蒼蠅〉、〈楊紀寬病友〉、〈生與死〉、〈野茫茫〉共 17 篇短篇小說與〈雨〉、〈門〉、〈夾竹桃〉3 篇中篇小說。正文後附錄斯欽〈倒在血泊裡的筆耕者——臺灣愛國作家鍾理和〉。
鍾理和文教基金會版：全書收錄〈柳陰〉、〈原鄉人〉、〈逝〉、〈秋〉、〈第四日〉、〈白薯的悲哀〉、〈校長〉、〈浮沉〉、〈二二八記事〉、〈祖國歸來〉共 10 篇短篇小說與中篇小說〈門〉。正文前有彭瑞金〈序——鍾理和的「原鄉」和「祖國」〉。

派色文化出版社
1990

派色文化出版社
1993

復活／鍾理和文教基金會編

高雄：派色文化出版社
1990 年 4 月，新 25 開，239 頁
臺灣文學經典名著 1

高雄：派色文化出版社
1993 年 9 月，新 25 開，239 頁
白鴿鷥文庫 2004．鍾理和文庫 1

短篇小說集。全書收錄〈貧賤夫妻〉、〈同姓之婚〉、〈奔逃〉、〈錢的故事〉、〈復活〉、〈假黎婆〉、〈阿遠〉、〈初戀〉、〈菸樓〉、〈楊紀寬病友〉、〈閣樓之冬〉、〈還鄉記〉、〈草坡上〉、〈蒼蠅〉、〈柳陰〉共 15 篇。正文前有〈鍾理和文庫出版緣起〉、〈鍾理和的生平〉、彭瑞金〈崇仰生活的作家——鍾理和〉。1993 年派色文化出版社再版重印。

鍾理和集／彭瑞金編

臺北：前衛出版社
1991 年 7 月，25 開，270 頁
臺灣作家全集‧短篇小說卷／戰後第一代 2

短篇小說集。全書收錄〈游絲〉、〈門〉、〈白薯的悲哀〉、〈竹頭莊〉、〈山火〉、〈貧賤夫妻〉、〈同姓之昏〉、〈奔逃〉、〈復活〉、〈阿遠〉、〈菸樓〉、〈草坡上〉、〈蒼蠅〉、〈野茫茫〉共 14 篇。正文前有作家照片、〈出版說明〉、鍾肇政〈緒言〉、彭瑞金〈以文學爲生命做見證——鍾理和集序〉，正文後附錄葉石濤〈鍾理和評介〉、〈鍾理和小說評論引得〉、〈鍾理和生平寫作年表〉。

錢的故事／郭楓編

北京：人民文學出版社
1992 年 2 月，32 開，317 頁

中、短篇小說集。全書收錄〈原鄉人〉、〈奔逃〉、〈同姓之婚〉、〈錢的故事〉、〈野茫茫〉、〈復活〉、〈草坡上〉、〈假黎婆〉、〈初戀〉、〈阿遠〉、〈菸樓〉、〈楊紀寬病友〉、〈閣樓之冬〉、〈柳陰〉、〈第四日〉、〈蒼蠅〉、〈竹頭莊〉、〈山火〉、〈阿煌叔〉、〈親家與山歌〉共 20 篇短篇小說與中篇小說〈雨〉。正文後附錄林俊宏〈鍾理和先生年譜〉。

派色文化出版社
1993

派色文化出版
社 1997

故鄉四部

高雄：派色文化出版社
1993 年 12 月，新 25 開，214 頁
白鴿鷥文庫 2013‧鍾理和文庫 2
鍾理和文教基金會編

高雄：派色文化出版社
1997 年 6 月， 25 開，214 頁
鍾理和文集 2

短篇小說集。全書收錄：〈竹頭庄〉、〈山火〉、〈阿煌叔〉、〈親家與山歌〉、〈生與死〉、〈老樵夫〉、〈往事〉、〈理髮記〉、〈野茫茫〉、〈小岡〉、〈豬的故事〉、〈做田〉、〈薪水三百元〉、〈我的書齋〉、〈跫音〉、〈挖石頭的老人〉、〈安灶〉、〈耳環〉、〈西北雨〉、〈賞月〉、〈旱〉、〈鯽魚‧壁虎〉、〈登大武山記〉共 23 篇。正文前有〈鍾理和文庫出版緣起〉、〈鍾理和的生平〉、彭瑞金〈崇仰生活的作家——鍾理和〉。1997 年派色文化出版社再版重印。

假黎婆／許俊雅策劃導讀，郭娟秋繪圖

臺北：遠流出版公司
2005 年 7 月，25 開，69 頁
臺灣小說‧青春讀本 3

本書收錄鍾理和短篇小說〈假黎婆〉。「假黎」爲河洛話
「kali」，即「傀儡」之意，後引申爲對原住民的稱謂。內容生
動刻畫一位嫁到滿人家庭的原住民女性的生活。正文前有許俊
雅〈總序〉。

鍾理和代表作──原鄉人／中國現代文學館編

北京：華夏出版社
2009 年 1 月，17x24 公分，293 頁
中國現代文學百家

中、短篇小說集。全書收錄〈原鄉人〉、〈逝〉、〈校長〉、〈浮
沉〉、〈竹頭莊〉、〈山火〉、〈阿煌叔〉、〈親家與山歌〉、〈門〉、
〈新生〉、〈夾竹桃〉、〈貧賤夫妻〉、〈同姓之婚〉、〈奔逃〉、〈復
活〉、〈假黎婆〉、〈訣戀〉、〈煙樓〉、〈蒼蠅〉、〈錢的故事〉、〈阿
遠〉、〈閣樓之多〉、〈楊紀寬病友〉、〈生與死〉、〈老樵夫〉、〈還
鄉記〉、〈雨〉共 27 篇。正文前有〈鍾理和小傳〉，正文後附錄
〈鍾理和主要著作書目〉。

【日記】

鍾理和日記

高雄：鍾理和文教基金會
1996 年 10 月，25 開，270 頁

本書內容爲鍾理和日常生活紀事。始自 1945 年於北平，終至
1959 年於美濃尖山。重新整理 1976 年解嚴前的《鍾理和全集
卷 6‧鍾理和日記》中被刪除的片段，還原鍾理和日記原貌。
正文前有彭瑞金〈序──日記裡的文學〉，正文後附錄夾在其
他文稿中的日記片段。

【書信】

臺灣文學兩鍾書／鍾理和、鍾肇政著；錢鴻鈞編
臺北：草根出版公司
1998 年 2 月，25 開，413 頁

本書爲鍾肇政與鍾理和在 1957～1960 年間書信往返的總集
結，在文學路上屢受挫折的兩位文人，藉由信件互相鼓舞、打
氣，字句之間皆可看出彼此相知相惜的情誼。正文前有鍾肇政
〈序〉及鍾鐵民〈心靈的慰藉──《臺灣文學兩鍾書》序〉，
正文後附錄二篇〈文友書簡〉及 16 次的〈文友通訊〉。

【合集】

鍾理和全集／張良澤編
臺北：遠行出版社
1976 年 11 月，32 開

共分卷 1・夾竹桃、卷 2・原鄉人、卷 3・雨、卷 4・做田、卷 5・笠山農場、卷
6・鍾理和日記、卷 7・鍾理和書簡、卷 8・鍾理和殘集。各卷卷首均有張良澤〈總
序〉、鍾鐵民〈序〉、林海音〈追憶中的欣慰──爲《鍾理和全集》出版而寫〉，及
《鍾理和全集》各卷編輯要旨與分卷書目。爲首套臺灣作家作品全集。

鍾理和全集卷 1・夾竹桃
臺北：遠行出版社
1976 年 11 月，32 開，165 頁
遠行叢刊 12

中篇小說集。全書收錄中篇小說〈夾竹桃〉、〈薄芒〉和短篇小
說〈游絲〉、〈新生〉。

鍾理和全集卷 2・原鄉人
臺北：遠行出版社
1976 年 11 月，32 開，261 頁
遠行叢刊 13

中、短篇小說集。全書收錄〈柳陰〉、〈原鄉人〉、〈逝〉、
〈秋〉、〈門〉、〈第四日〉、〈白薯的悲哀〉、〈校長〉、〈浮沉〉、
〈竹頭庄〉、〈山火〉、〈阿煌叔〉、〈親家與山歌〉共 13 篇。

鍾理和全集卷 3．雨
臺北：遠行出版社
1976 年 11 月，32 開，242 頁
遠行叢刊 14

中、短篇小說集。全書收錄〈雨〉、〈貧賤夫妻〉、〈同姓之婚〉、〈奔逃〉、〈錢的故事〉、〈復活〉、〈假黎婆〉、〈阿遠〉、〈初戀〉、〈菸樓〉、〈蒼蠅〉、〈雨〉共 11 篇。

鍾理和全集卷 4．做田
臺北：遠行出版社
1976 年 11 月，32 開，188 頁
遠行叢刊 15

散文、短篇小說集。全書收錄〈閣樓之冬〉、〈楊紀寬病友〉、〈往事〉、〈草坡上〉、〈野茫茫〉、〈還鄉記〉、〈西北雨〉、〈登大武山記〉共八篇短篇小說；〈生與死〉、〈老樵夫〉、〈鯽魚・壁虎〉、〈豬的故事〉、〈小岡〉、〈做田〉、〈薪水三百元〉、〈跫音〉、〈我的書摘〉、〈挖石頭的老人〉、〈安灶〉、〈耳環〉、〈賞月〉、〈旱〉、〈理髮記〉共 15 篇散文。

鍾理和全集卷 5．笠山農場
臺北：遠行出版社
1976 年 11 月，32 開，292 頁
遠行叢刊 16

長篇小說。正文後收錄林海音〈追憶中的欣慰——為「鍾理和全集」出版而寫〉、〈關於「笠山農場」〉。

鍾理和全集卷 6．鍾理和日記
臺北：遠行出版社
1976 年 11 月，32 開，231 頁
遠行叢刊 17

全書收錄自 1945 年抗戰勝利起，迄 1960 年臨終之前的日記。

鍾理和全集卷 7 · 鍾理和書簡

臺北：遠行出版社
1976 年 11 月，32 開，274 頁
遠行叢刊 18

本書分兩部分：1.收錄「致鍾肇政函」66 封；2.收錄「致廖清秀函」33 封，正文前有廖清秀〈序〉。通信始於 1957 年至 1960 年 8 月止。

鍾理和全集卷 8 · 鍾理和殘集

臺北：遠行出版社
1976 年 11 月，32 開，286 頁
遠行叢刊 19

本書收錄〈地球之黴〉、〈泰東旅館〉、〈海岸線道上〉、〈手術臺之前〉、〈十八號室〉、〈我做主婦〉、〈兄弟與兒子〉、〈大武山之歌〉共八篇鍾理和未完成之作品。正文後附錄謝人堡〈談〈夾竹桃〉〉、方以直〈悼鍾理和〉、林海音〈悼鍾理和先生〉、聯副編者〈同情在人間〉、鍾正〈美濃行〉、陳火泉〈倒在血泊裡的筆耕者〉、林海音〈一些回憶〉、廖清秀〈悼念理和兄〉、張彥勳〈輓歌〉、吳濁流〈讀鍾理和遺作感〉、林衡茂〈陌生者的哀念〉、鍾鐵民〈父親‧我們〉、兩峰〈鍾理和論〉、唐文標〈來喜愛鍾理和〉、隱地〈鍾理和〈雨〉〉、張良澤〈編者後記〉共 18 篇評論與追悼鍾理和的文章。

鍾理和全集／鍾鐵民主編

高雄：高雄縣立文化中心
1997 年 10 月，25 開

共六冊，各卷書卷首均有鍾理和相關圖片、余政憲〈縣長序〉、朱耀逢〈主任序〉、鍾肇政〈序〉、鍾鐵民〈編者序〉等及《鍾理和全集》編輯體例。相較於 1976 年 11 月所出版的《鍾理和全集》，此全集加上若干遺漏，因戒嚴體制而噤聲的片段，透過重新整理而還原鍾理和作品原貌。

鍾理和全集 1

高雄：高雄縣立文化中心
1997 年 10 月，25 開，289 頁

中、短篇小說集。內容主要以鍾理和家庭、成長經驗、婚姻、療病見聞為背景所寫成的作品。全書收錄〈假黎婆〉、〈初

戀〉、〈阿遠〉、〈蒼蠅〉、〈草坡上〉、〈菸樓〉、〈還鄉記〉、〈奔
逃〉、〈同姓之婚〉、〈貧賤夫妻〉、〈復活〉、〈錢的故事〉、〈野茫
茫〉、〈往事〉、〈閣樓之多〉、〈楊紀寬病友〉、〈雨〉共 17 篇。

鍾理和全集 2
高雄：高雄縣立文化中心
1997 年 10 月，25 開，310 頁

中、短篇小說集。內容多以旅居中國之見聞、人物為背景，包
括 1944 年在北京由馬德增出版社出版的《夾竹桃》裡的四篇
作品。全書收錄〈原鄉人〉、〈柳陰〉、〈第四日〉、〈浮沉〉、
〈逝〉、〈大武山登山記〉、〈夾竹桃〉、〈游絲〉、〈新生〉、
〈秋〉、〈薄芒〉、〈門〉共 11 篇小說及散文〈大武山登山記〉。

鍾理和全集 3
高雄：高雄縣立文化中心
1997 年 10 月，25 開，329 頁

散文與未完稿集。內容主要以戰後初期的北京臺灣人經驗、回
臺經過、臺灣農村見聞為背景。全書分兩部分：1.收錄〈白薯
的悲哀〉、〈祖國歸來〉、〈故鄉之一：竹頭庄〉、〈故鄉之二：山
火〉、〈故鄉之三：阿煌叔〉、〈故鄉之四：親家與山歌〉、〈校
長〉、〈做田〉、〈賞月〉、〈旱〉、〈西北雨〉、〈安灶〉、〈小岡〉、
〈我的書齋〉、〈薪水三百元〉、〈耳環〉、〈跫音〉、〈豬的故
事〉、〈生與死〉、〈老樵夫〉、〈挖石頭的人〉、〈鯽魚、壁虎〉、
〈理髮記〉共 23 篇散文；2.收錄〈地球之黴〉、〈泰東旅館〉、
〈海岸線道上〉、〈手術臺之前〉、〈十八號室〉、〈我做主婦〉、
〈兄弟與兒子〉、〈大武山之歌〉共八篇未完稿。

鍾理和全集 4
高雄：高雄縣立文化中心
1997 年 10 月，25 開，308 頁

長篇小說《笠山農場》。新版特別補上小說被刪去的九、十兩
章原稿。正文後附錄林海音〈關於《笠山農場》〉、彭瑞金〈土
地的歌‧生活的詩──鍾理和的《笠山農場》〉、鍾鐵民〈笠山
農場之後〉。

鍾理和全集 5
高雄：高雄縣立文化中心
1997 年 10 月，25 開，274 頁

全書收錄鍾理和日記。始自 1945 年 9 月，記於北京，終至 1959 年 12 月。較 1976 年版本增補近五分之一的數量，主要多為戒嚴時無法刊登的內容。正文後附錄「夾在其他文稿中的日記片段」、彭瑞金〈日記裡的文學〉。

鍾理和全集 6
高雄：高雄縣立文化中心
1997 年 10 月，25 開，257 頁

全書分三部分：1.收錄「致鍾肇政函」66 封、「至廖清秀函」34 封、「至其他文友書」5 封、「致家人親友函」9 封，通信始於 1957 年至 1960 年 8 月。較 1976 年版本略有增補，日期錯誤予以更正；2.收錄「山歌」、「諺語」、「童謠」係鍾理和為創作準備的筆記；3.收錄〈鍾理和自我介紹〉、〈自傳〉、〈鍾理和生平與著作刊登年表〉、〈鍾理和著作出版年表〉、〈鍾理和作品評論引得〉。正文後附錄陳火泉〈倒在血泊裡的筆耕者〉、鍾鐵民〈《鍾理和全集》編後感〉與書信、書集、手稿等珍貴資料的翻攝影像。

鍾理和代表作／中國現代文學館編
北京：華夏出版社
1999 年 10 月，32 開，405 頁
中國現代文學百家

本書為鍾理和作品集。全書收錄〈原鄉人〉、〈逝〉、〈校長〉、〈浮沉〉、〈竹頭庄〉、〈山火〉、〈阿煌叔〉、〈親家與山歌〉共八篇短篇小說；中篇小說〈門〉；〈新生〉、〈夾竹桃〉、〈貧賤夫妻〉、〈同姓之婚〉、〈奔逃〉、〈復活〉、〈假黎婆〉、〈初戀〉、〈菸樓〉、〈蒼蠅〉、〈前的故事〉、〈阿遠〉、〈閣樓之冬〉、〈楊紀寬病友〉、〈生與死〉、〈老樵夫〉、〈還鄉記〉、〈雨〉共 18 篇散文（文類依本書書目分法）。正文後附錄〈鍾理和小傳〉、〈鍾理和主要著作書目〉。

新版鍾理和全集／鍾怡彥編
高雄：高雄縣政府文化局
2009 年 3 月，25 開

共八卷。各卷卷首均有楊秋興〈縣長序〉、林倩綺〈局長序〉、鍾肇政〈又見理和兄〉、鍾鐵民〈作家的心願〉、曾貴海〈完整全景〉、鍾怡彥〈新版《鍾理和全集》編後感言〉、〈凡例〉、〈新版《鍾理和全集》總目錄〉。本集依鍾理和作品文類重新分冊、編目，著重恢復原手稿所著的作品面貌，並新增對特殊詞彙如客家話、北京話、專有名詞等註釋。

新版鍾理和全集 1・短篇小說卷（上）
高雄：高雄縣政府文化局
2009 年 3 月，25 開，238 頁

短篇小說集。全書收錄〈游絲〉、〈新生〉、〈逝〉、〈第四日〉、〈秋〉、〈同姓之婚〉、〈竹頭庄〉、〈山火〉、〈阿煌叔〉、〈親家與山歌〉、〈草坡上〉、〈阿遠〉、〈野茫茫〉、〈蒼蠅〉、〈柳陰〉共 15 篇。

新版鍾理和全集 2・短篇小說卷（下）
高雄：高雄縣政府文化局
2009 年 3 月，25 開，232 頁

短篇小說集。全書收錄〈菸樓〉、〈奔逃〉、〈原鄉人〉、〈錢的故事〉、〈浮沉〉、〈登大武山記〉、〈還鄉記〉、〈初戀〉、〈貧賤夫妻〉、〈假黎婆〉、〈復活〉、〈閣樓之冬〉、〈往事〉、〈楊紀寬病友〉共 14 篇。

新版鍾理和全集 3・中篇小說卷
高雄：高雄縣政府文化局
2009 年 3 月，25 開，371 頁

中篇小說集。全書收錄〈薄芒〉、〈夾竹桃〉（1945 年由北京馬德增書店出版版本）、〈門〉、〈雨〉共四篇。正文後附錄〈夾竹桃〉（1976 年與 1997 年全集的版本）。

新版鍾理和全集 4・長篇小說卷——笠山農場

高雄：高雄縣政府文化局
2009 年 3 月，25 開，398 頁

長篇小說《笠山農場》。正文前有〈《笠山農場》人物介紹〉，正文後附錄〈刪除的部分〉、〈〈深林〉（笠山農場）構想時人物表〉手稿。

新版鍾理和全集 5・散文與未完稿卷

高雄：高雄縣政府文化局
2009 年 3 月，25 開，332 頁

全書分兩部分：1.收錄〈生與死〉、〈白薯的悲哀〉、〈校長〉、〈鯽魚・壁虎〉、〈老樵夫〉、〈豬的故事〉、〈小岡〉、〈做田〉、〈薪水三百元〉、〈跫音〉、〈我的書齋〉、〈挖石頭的老人〉、〈安灶〉、〈耳環〉、〈賞月〉、〈西北雨〉、〈旱〉、〈理髮記〉共 18 篇散文；2.收錄〈友情〉、〈泰東旅館〉、〈地球之黴〉、〈海岸線道上〉、〈祖國歸來〉、〈十八號室〉、〈兄弟與兒子〉、〈我做主婦〉、〈大武山之歌〉、〈手術臺之前〉共 10 篇未完稿作品。

新版鍾理和全集 6・鍾理和日記

高雄：高雄縣政府文化局
2009 年 3 月，25 開，274 頁

全書收錄 1942 年到 1959 年鍾理和日記。將 1997 年全集版本正文後附錄的「夾在其他文稿中的日記片段」列入正文，更動為 1942 年的四篇日記。

新版鍾理和全集 7・鍾理和書簡

高雄：高雄縣政府文化局
2009 年 3 月，25 開，272 頁

全書收錄「致鍾肇政函」67 封、「致廖清秀函」34 封、「致其他文友書」4 封、「致家人親友函」9 封，通信始於 1957 年至 1960 年 8 月。正文後附錄陳火泉〈倒在血泊裡的筆耕者〉、〈文友通訊〉（附內容翻攝）。

新版鍾理和全集 8‧特別收錄

高雄：高雄縣政府文化局
2009 年 3 月，25 開，451 頁

增補鍾理和手稿、照片和生平資料。全書分六部分：1.鍾理和早期作品；2.鍾理和收集之民間文學；3.作品手稿；4.生平相關資料；5.鍾理和照片；6.其他（包括鍾理和生平大事年表、寫作年表、著作出版年表、研究文獻目錄）。

鍾理和文選／鍾怡彥編

高雄：高雄縣政府文化局
2009 年 3 月，25 開，158 頁

散文、小說合集。全書收錄〈草坡上〉、〈菸樓〉、〈原鄉人〉、〈錢的故事〉、〈貧賤夫妻〉、〈假黎婆〉、〈笠山農場〉第二章共七篇短篇小說；〈白薯的悲哀〉、〈小岡〉、〈做田〉、〈我的書齋〉、〈賞月〉、〈祖國歸來〉共六篇散文。正文前有楊秋興〈縣長序〉、林倩綺〈局長序〉、鍾肇政〈又見理和兄〉、鍾鐵民〈作家的心願〉、曾貴海〈完整全景〉。

文學年表

1915 年
（大正 4 年）

12 月 　15 日，生於屏東縣高樹鄉廣興村，舊稱「新大路關」，日
治時期地名為高雄州屏東郡高樹庄的大路關。父鍾鎭榮
（私名鍾番薯）為屏東六堆客家地區名望極高的大地主，
亦農亦商；母劉水妹為鍾鎭榮偏房，生三子一女，鍾理和
排行第二。

1922 年
（大正 11 年）

本年 　與異母弟鍾和鳴（浩東）、堂兄鍾九河、姑表兄邱連球三
人一同進入屏東郡公立鹽埔公學校就讀。暑期時，便和鍾
和鳴到高樹庄的私塾學習漢文。

1928 年
（昭和 3 年）

本年 　自鹽埔公學校畢業。鍾和鳴、鍾九河、邱連球進入高雄州
立高雄中學，然鍾理和因體檢不合格，遂未能報考。旋入
高雄州屏東郡長治公學校高等科。

1930 年
（昭和 5 年）

本年 　自長治公學校高等科畢業，入家鄉廣興村私塾學習漢文，
深受老師光達興先生影響。開始大量閱讀中文古體、新體
小說。熱愛閱讀之餘，開始嘗試寫作〈臺灣歷史故事〉、
〈考證鴨母王朱一貴事蹟〉，惜原稿已佚不可考。並寫作
二、三千字短文〈由一個叫化子得到的啓示〉與仿《紅樓
夢》創作長篇小說〈雨夜花〉約七回三萬多字，未完成。
原稿亦不存。

1932 年
（昭和 7 年）

本年 　結束私塾課業。隨父親在在美濃經營「笠山農場」，往來
於美濃、新大路關之間，在美濃的工作內容包括買辦、巡
山、督工、查帳等，並應徵大量的農工協助開墾，期間認

識鄰村前來工作的鍾台妹。

1936 年 （昭和 11 年）	12 月	與表兄邱連球參加屏東郡教育課發起的組織「大武山登山隊」。隨後創作〈登大武山記〉。
1937 年 （昭和 12 年）	元月	創作短篇小說〈理髮匠的戀愛〉（後改爲〈理髮記〉），爲今所存最早的創作。
	7 月	「七七事變」爆發後，臺灣人廣被日人徵召進防衛團協助戰事，鍾理和也被編入其中。
1938 年 （昭和 13 年）	6 月	因與鍾台妹同姓，爲客家「同姓不婚」的習俗所反對，婚姻受阻，憤然隻身離家渡海到中國東北奉天（瀋陽），時爲日本滿州國。
	本年	爲了在北平找工作安身，進入「滿州自動車學校」，學習謀生技能。
1939 年 （昭和 14 年）	本年	見滿州國百廢待舉，認爲有投資契機，兩度返臺，遊說父兄至滿州投資磚瓦建材業，遭到否決。
1940 年 （昭和 15 年）	8 月	3 日，第三次返回臺灣，帶鍾台妹前往中國東北奉天。初時暫住友人林國良家中，不久後租屋而居。其創作短篇小說〈奔逃〉深刻描述這段經歷。
	本年	取得駕駛執照，任職「奉天交通株式會社」，駕駛大客車。
1941 年 （昭和 16 年）	元月	15 日，長子鍾鐵民出生。
	7 月	舉家遷往北平。先住在南長街西湖飯店，後租屋南池子胡同。因駕駛大客車出車禍，遭吊銷牌照。不久，應聘到「華北經濟調查所」任職翻譯員，三個月後辭職；一度經營石炭零售店，但終究因爲與理想抵觸而放棄，而後專事寫作，生活靠在北平的一位表兄接濟。
1943 年 （昭和 18 年）	3 月	翻譯大量日本作家的小說、散文，投稿各報。

	6 月	4 日，祖母病逝。
	8 月	31 日，父親鍾鎮榮去世。
1944 年 （昭和 19 年）	9 月	9 日，長女出生，甫及一周即逝。
1945 年 （昭和 20 年）	4 月	第一本創作中短篇小說集《夾竹桃》由北京馬德增書局出版，收錄中篇小說〈夾竹桃〉、〈薄芒〉、短篇小說〈游絲〉、〈新生〉。為生前唯一出版的書。
	9 月	9 日，參加「臺灣省旅平同鄉會」結成典禮。並撰寫〈為臺灣青年伸冤〉投稿，以反駁張四光（張我軍）〈臺灣人的國家觀念〉中闡述臺灣人就是日本人的言論。後未見刊登。
1946 年	3 月	29 日，攜鍾台妹、鍾鐵民離開北平，搭乘難民船經天津、上海抵達基隆；同年 4 月 14 日，南下回到離開八年的美濃笠山家中，暫住胞弟鍾里志家。
	4 月	應高雄縣立內埔初中校長鍾壁和之聘擔任代用國文教師，舉家遷居內埔。另獲得父親部分遺產，經濟狀況改善。
	5 月	10 日，以筆名「江流」發表短篇小說〈逝〉於《政經報》第 2 卷第 5 期。 撰寫〈在全民教育聲中的新臺灣教育問題〉，對張我軍〈新臺灣教育問題〉關於國語教育問題提出反駁。同月發表於《新臺灣》第 4 期。
	7 月	3 日，次子鍾立民出生。
	8 月	肺疾初發，病倒家中。
	9 月	15 日，以筆名「江流」發表〈生與死〉於《臺灣文化》第 1 卷第 1 期。
1947 年	元月	肺疾日漸惡化，北上至臺大醫院診療。
	3 月	辭去內埔初中教職，南返美濃笠山定居。

	8 月	應弟鍾和鳴之邀，北上擔任基隆中學校之總務主任，每星期授課四至六節。然而肺疾再度復發，工作只維持了兩個月。
	10 月	27 日，入松山療養院診治肺疾，因患病無法工作，此時鍾台妹一邊賣土地籌措醫藥費，一邊照顧家中小孩。
1949 年	本年	因結核菌侵入腸胃，消化功能全失，病情急轉直下。適臺灣引入抗生素，才能抑制病情。唯注射初期，副作用強，幾至失聰。
		胞弟鍾和鳴與表兄邱連球，因二二八政治風暴慘遭牽連入獄。
1950 年	3 月	28 日，以日記體寫作敘述住院生活，〈手術檯之前〉。
	5 月	11 日，動胸腔整形手術前，於日記中寫下遺書，表達因病痛無法照顧家人的感慨。
	6 月	第二次開刀。當時，鍾理和運用新式治療胸腔的整形手術，術後拿掉六根肋骨，病情得以穩定。然從此以後，身體虛弱，不離病榻。
	10 月	14 日，得知胞弟鍾和鳴因參與反抗國民政府而犧牲，在當天日記上，以粗黑的字體寫下「和鳴死」，表達哀痛。後來，在北平結識的好友藍明谷也遭槍斃。
		21 日出院，23 日返抵離開三年的家。
1951 年	7 月	19 日，長女鍾鐵英出生。
1952 年	3 月	18 日，錄取為鎮公所里幹事，工作時間早出晚歸，體力無法負荷，數月後便辭職。
1953 年	9 月	21 日，為《豐年》雜誌徵文創作〈豬的故事〉，原題〈我最寶貴的農事經驗〉。
1954 年	2 月	14 日，次子鍾立民不幸夭折，年僅九歲。鍾理和痛心之餘，創作〈野茫茫〉、〈小岡〉追思之。

	6 月	發表〈野茫茫〉於《野風》月刊第 69 期，為返臺後第一篇發表的作品。
1955 年	12 月	3 日，完成長篇小說〈笠山農場〉初稿。（原題為〈深林〉）
1956 年	3 月	24 日，改寫短篇小說〈妻〉為〈同姓之婚〉。
	4 月	13 日，創作〈一點感想——星雲法師著《釋迦牟尼傳》讀後感〉，同月發表於臺中《菩提樹》第 41 期，原稿散佚。
	11 月	以長篇小說〈笠山農場〉投稿，榮獲中華文藝獎金委員會舉辦的「國父誕辰紀念長篇小說獎」第二名。
1957 年	2 月	14 日，至美濃黃騰光代書處工作擔任土地代書。
	3 月	著手蒐集第二部長篇小說〈大武山之歌〉的參考資料，計劃描寫臺灣人一家三代的故事。
		廖清秀致贈作品《恩仇血淚記》一冊，鍾理和回信致謝，並表示「期能與兄攜手並進，為海島爭一席位」。此為兩人首次通信。
	4 月	26 日，鍾肇政發起編印《文友通訊》，去信給陳火泉、李榮春、許炳成（文心）、施翠峰、鍾理和等臺灣本土作家，內容敘述臺灣作家應團結，並多發表作品爭取一席之地。鍾理和回信深表贊同，且在日後與鍾肇政、文心、廖清秀等人頻繁通信。
	9 月	15 日，母劉水妹去世，享年 73 歲。
	11 月	13 日，文友廖清秀至美濃探視鍾理和，據《鍾理和日記》記載，兩人談了兩天兩夜，廖清秀才盡興而歸。
		發表短篇小說〈同姓之婚〉於《自由青年》第 18 卷第 8 期。

1958 年	元月	起稿長篇小說〈大武山之歌〉，共三部。
	2 月	因〈笠山農場〉原稿被文獎會保留不還而十分憂心，因此寫了〈陳情書〉上呈。同年 7 月，終於索回〈笠山農場〉原稿。
	春	創作短篇小說〈奔逃〉，取材於大陸東北時的流浪生涯，同年 12 月發表於《新生》副刊。
	5 月	以短篇小說〈菸樓〉投稿，入選香港《亞洲畫報》小說徵文佳作。
	7 月	次女鍾鐵華出生。
	9 月	1 日，發表短篇小說〈菸樓〉於《自由青年》第 20 卷第 5 期。
	12 月	28 日，舊疾復發，辭去美濃代書處工作，在家療養。因體力無法負荷，一天僅能運用早起後兩小時寫作。
1959 年	元月	27 日，創作短篇小說〈原鄉人〉，參加《亞洲畫報》徵文比賽，落選。後以遺作發表於《民間知識》。
	4 月	發表短篇小說〈蒼蠅〉於《聯合報》副刊。從本月到 1960 年鍾理和逝世之前，多數短篇作品均刊載於《聯合報》副刊。
1960 年	元月	發表短篇小說〈假黎婆〉於《聯合報》副刊。
	3 月	16～21 日，發表短篇小說〈閣樓之冬〉於《聯合報》副刊。
	4 月	10 日，創作〈旱〉，後改寫成〈往事〉。以遺作發表於《自由青年》。 創作中篇小說〈雨〉初稿。
	7 月	發表短篇小說〈楊紀寬病友〉於《晨光雜誌》第 8 卷第 7 期。

30 日至 8 月 5 日，發表短篇小說〈復活〉（原題〈天問〉）於《聯合報》副刊。

8 月　4 日，鍾理和於病床上修改中篇小說〈雨〉，不幸肺疾復發，慨然長逝。次日，依遺囑火葬，靈骨安厝於朝元寺奉祀。

12 日，林海音發表〈悼鍾理和〉於《聯合報》副刊。

16 日，梅遜發表〈弔鍾理和〉於《聯合報》副刊。

10 月　中篇小說《雨》由林海音、鍾肇政、文心等人組成「鍾理和遺著出版委員會」出版。

遺作短篇小說〈秋〉發表於《晨光》雜誌第 8 卷第 10 期。

1961 年　9 月　遺作長篇小說《笠山農場》由「鍾理和遺著出版委員會」出版。

1964 年　10 月　鍾肇政主編，《臺灣文藝》第 4 期製作〈鍾理和紀念特輯〉。全輯收錄：鍾肇政〈寫在前面〉、陳火泉〈倒在血泊裏的筆耕者〉、林海音〈一些回憶〉、鍾鐵民〈父親我們〉、兩峰〈鍾理和論〉、廖清秀〈悼念理和兄〉、張彥勳〈輓歌〉、吳濁流〈讀鍾理和遺作感〉、林衡茂〈陌生者的哀念〉等人撰文悼念，正文後附錄：鍾理和短篇小說〈故鄉〉。

1970 年　6 月　《臺灣文藝》第 67 期製作〈李行電影：《原鄉人——作家鍾理和的故事》〉專輯。全輯收錄：葉石濤〈府城之星，舊城之月〉、壹闡提〈原鄉人出現的意義〉、鍾鐵民〈原鄉人及其他〉、花村〈從鍾理和的一生到電影原鄉人〉、莊園〈鍾理和傳拍成電影原鄉人有感〉、曹永洋〈噢，原鄉人〉、吳錦發〈原鄉人在美濃〉。

1973 年	11 月	張良澤抄錄鍾理和日記中的遺書，刊登於《中外文學》第 2 卷第 6 期。
1976 年	11 月	張良澤編《鍾理和全集》，由臺北遠行出版社出版。
1979 年	6 月	由作家林海音、鍾肇政、葉石濤、鄭清文、李喬、張良澤等六人具名，發出〈籌建鍾理和紀念館啓事〉，引起文化界響應。
1980 年	7 月	11～16 日，鍾肇政發表鍾理和的長篇傳記「原鄉人——作家鍾理和的故事」於《中國時報》副刊連載。 鍾肇政著《原鄉人：作家鍾理和的故事》，由臺北文華出版社出版。
	8 月	5 日，北京的「中國作家協會」、「臺灣民主自治同盟總部」、「中央民廣播電臺」聯合舉行座談會，紀念鍾理和逝世 20 周年。
	本年	導演李行著手拍攝鍾理和傳記電影《原鄉人》。 「鍾理和紀念館」動土。
1983 年	8 月	「鍾理和紀念館」完成一樓，落成啓用。1997 年，高雄縣政府在紀念館兩側興建臺灣文學步道園區，豎立鍾理和紀念雕像。
1989 年	本年	「財團法人鍾理和文教基金會」成立。第一任董事長由柴松林擔任，董事有葉石濤、宋永松、曾貴海、鄭炯明、彭瑞金、鍾鐵民等。後於 1999 年改組，由曾貴海出任董事長，董事除原任外，增聘朱邦雄、陳坤崙、李永浩、曾文忠、執行長鍾鐵鈞。除維持鍾理和紀念館運作外，也籌辦文學講座、札根社區教育。
1991 年	7 月	彭瑞金編《鍾理和集》，由臺北前衛出版社出版。
1992 年	12 月	高雄縣政府於鳳山舉辦「鍾理和逝世卅二週年紀念暨臺灣

文學學術研討會」，會後由簡炯仁編《鍾理和逝世卅二週年紀念暨臺灣文學學術研討會論文集要》。

1994 年	6 月	彭瑞金著《鍾理和傳》，由南投臺灣省文獻委員會出版。
	12 月	1 日，《聯合文學》第 122 期刊登「倒在血泊裡的筆耕者——鍾理和紀念專輯」。全輯收錄：鍾肇政〈為文學而生，為文學而死——紀念鍾理和八秩冥誕〉、葉石濤〈新文學傳統的承繼者——鍾理和〉、李喬〈理和文學不朽——從〈復活〉的救贖觀談起〉、呂正惠〈特立一代的鍾理和〉、彭瑞金〈艱困年代的文學見證人——鍾理和〉、楊照〈抱著愛與信念而枯萎的人——記鍾理和〉、鍾鐵民〈父親〉。
1997 年	8 月	4～6 日，「鍾理和文教基金會」於高雄美濃舉辦第一屆「笠山文學營」，此後每年於鍾理和逝世紀念日前後舉辦，向社會大眾與青年學子推廣臺灣文學。
	10 月	鍾鐵民編《鍾理和全集》，由高雄縣立文化中心出版。
1998 年	2 月	錢鴻鈞編《臺灣文學兩鍾書》，由臺北草根出版社出版。收錄鍾理和與鍾肇政兩人在 1957 年至 1960 年間書信往返的集結，共計 138 封。
2001 年	本年	「鍾理和文教基金會」有感於農村教育的貧瘠與重要性，爭取辦理高雄縣社區大學，獲得高雄縣政府委託，成為全臺灣第一所農村型社區大學。
2003 年	12 月	鍾鐵民編《鍾理和全集》，由臺北行政院客家委員會出版。
2005 年	12 月	16 日，高雄縣政府於「鍾理和紀念館」舉辦第五屆「鳳邑文學獎」，為紀念鍾理和 90 冥誕，從本年開始增設鍾理和長篇小說紀念獎。

2008 年　　　10 月　9 日，鍾台妹辭世，享年 97 歲。

2009 年　　　 3 月　鍾怡彥編《新版鍾理和全集》，由高雄縣政府文化局出版。

參考資料：

‧鍾理和文教基金會編，《探訪鍾理和‧紀念館暨文學地景》，高雄：鍾理和文教基金會，2010 年 1 月。

‧鍾理和數位博物館（http://km.cca.gov.tw/zhonglihe/home.asp）。

‧鍾怡彥編，〈鍾理和生平大事年表〉，收錄於《新版鍾理和全集 8‧特別收錄》，高雄：春暉出版社，2009 年 3 月。

‧鍾鐵民編，〈鍾理和生平與著作刊登年表〉，收錄於《鍾理和全集 6》，高雄：高雄縣立文化中心，1997 年 10 月。

輯三◎
研究綜述

鍾理和研究綜述

◎應鳳凰

一、倒在血泊裡的筆耕者

　　與同輩作家相比，鍾理和可說英年早逝，1960 年去世時才 46 歲。他活著的歲月，大多留在鄉間孤獨地寫作，體弱而操勞，臨終舊疾發作咳血病逝，稿紙上血跡斑斑。1915 年出生的他，直到肺疾去世短短四十餘年人生，除了早歲偕妻私奔大陸東北，晚年赴臺北開刀住院，大半生守在南部鄉間寫自己的文章，留下一部部心血結晶。屏東縣出生，八歲隨父親遷居現在的美濃。他在日治時期公學校畢業後，未升中學轉而進入私塾隨老師讀漢文。僅僅小學加一年半漢學堂的學歷，卻因喜讀演義小說與新文藝書刊，能以白話文創作遂得兄長鼓勵而走上寫作道路。

　　19 歲時父親在美濃尖山買下一片山地經營農場，種植咖啡。尖山即小說中的「笠山」，以其狀似斗笠而得名。父親派他到農場督工，而愛上在農場工作的鍾台妹。英俊少主人與美麗能幹的工作夥伴相戀，本該是人人稱羨的好姻緣，誰料「同姓結婚」在客家社會是一項禁忌，兩人婚姻因而遭家長強烈反對。鄉間陋習與鍾理和從書本接收的現代知識有太大差距，不願向現實低頭，他決定與封建觀念對抗。遂於 1940 年毅然擺脫桎梏，帶台妹「私奔」離開臺灣。他們先到東北奉天，隔年一家三口再遷往北平，直到 1946 年戰爭結束才舉家遷回臺灣。

　　鍾理和在東北時便開始寫作，戰後回臺灣寫得更多。對照生平經歷，他的文學世界可分成「戰前與戰後」兩個階段——前半段是他從東北而北平，在「北方」所見所聞所寫的「中國時期」。後半段則是繞了一圈回到

南臺灣，尤其手術後回美濃老家，自 1950 至 1960 年去世，大約有十年埋頭寫作的高峰期，簡稱「臺灣時期」。根據張良澤的整理，鍾理和一生作品包括一部長篇小說《笠山農場》，以及五十餘篇中、短篇小說，加上日記、書信，留下大約八十萬字作品。

　　雖然去世得早，與同輩作家相比，他卻是戰後最早擁有作品全集的作家：《鍾理和全集》（共 8 卷）1976 年由張良澤主編，遠行出版社出版。以文學成就言，同輩作家很少達到與他相同的高度；以人生經歷言，戰前從日本殖民地臺灣私奔中國大陸，又住在中日戰爭時期稱「淪陷區」的北平。戰後「原鄉人回鄉」，家鄉臺灣已從「日治」改由國民黨統治。兩度「原鄉經驗」使鍾理和的作品，包括書信、日記，在臺灣作家裡同樣顯得特殊。他去世後的年代，臺灣文學思潮左右上下變動的過程裡，文化思想界不論探討族群與身分認同，討論關於知識分子異域與抑鬱的殖民情境，從鄉土文學論戰以降，至新世紀之交，鍾理和文學一直是各方討論、研究、舉例的熱門議題。

　　也因此「鍾理和研究史」或稱文學接受史，比其他戰後作家更為綿長，議題面向也更為多元。1990 年代臺灣文學體制化之後的 20 年間，相關研究的碩士論文超過二十部，博士論文兩部，研討會及各學報發表的學術性論文超過兩百篇。鍾理和文學接受史歷程的分項敘述，因而在不同時段之外，還須以不同研究面向加以區分。

二、史前史：全集出版之前的 1950～1960 年代

　　眾所周知，1950 年代文壇，本省作家處於十分邊緣的位置。儘管如此，從出土資料上看出，鍾理和作品的討論或評論，早在他生前已悄悄開始。1957 年由鍾肇政主編的《文友通訊》第 8 期上，一群以筆墨互相鼓勵取暖的文友們，透過手寫郵寄的方式，扼要討論鍾理和短篇小說「故鄉系列」〈竹頭庄〉的主題與技巧。陳火泉認為：「寫景入微，對白生動，平穩中沉浸著淡淡的哀愁。」施翠峰說：「此作的鄉土味很濃厚。」廖清秀寫

道：「本篇作品可跟魯迅的故鄉相媲美，全文裡流露著哀傷的氣息。文字優美，像一篇散文詩。」[1]

　　雖然頻遭退稿，這群正由日文跨越中文創作的文友們，無不是寫作態度認真的文字耕耘者。1957 年這群「行內文友」的內行評論，其實把往後鍾理和研究幾個面向都照顧到了：其凝練風格與鄉土美學，鍾理和與魯迅關係等。只不過這些意見僅在少數文友間傳遞，未曾公開而已。

　　鍾理和咳血於稿紙去世，時間是 1960 年 8 月 4 日。一週之後，王鼎鈞以筆名「方以直」在 1960 年 8 月 11 日的《徵信新聞報》上，刊〈悼鍾理和〉短文，文中提到：

　　我從來沒見過鍾理和其人，只是常受他作品的吸引。談表現臺灣鄉土，
　　他是數一數二，甚至也許是唯一唯二。他的筆調蒼涼、低啞，字裡行間
　　有不盡的悲憫之情。這與他久治不癒的肺病大有關係。

　　此文是鍾理和身後第一篇公諸報端的評論文章，字數不多卻敏銳地點出鍾理和風格特色與鄉土文學精神。王鼎鈞為主流文壇知名評論家，他說：「鍾理和所達到的境界，我們無法比肩。」又提到：「跟他比，我們多數人未免近於淺，近於浮，只能與他爭明朗鮮麗，不能爭深沉凝練。」文評家亦如預言家，把 40 年後鍾理和研究的新面向預先呈現出來。鍾理和論述到了新世紀果然出現一批探討「疾病書寫」的論文。這篇發表於半世紀前的文章，全文重刊於本書首篇，代表著鍾理和文學研究與傳播的起點。

　　不僅孤零零一篇文章，而是集體追悼早逝作家鍾理和，要等到四年後的 1964 年 10 月。吳濁流主辦《臺灣文藝》第 1 卷第 4 期上刊出「鍾理和追念特輯」。本土作家群這時仍處文壇邊緣，雜誌雖薄且印量不大，但總算是正式對外發行的刊物。由生前好友鍾肇政策畫的「鍾理和追念特輯」，共

---

[1]《文友通訊》誕生於 1957 年 4 月，為油印郵遞的手寫刊物。最初成員僅 9 人，維持了一年四個月，共發行 16 次。此刊印量極少，全文最早刊登於《文學界》第 5 集（1983 年春季號）。

收 11 篇文章：包括林海音〈一些回憶〉，鍾鐵民寫父親；陳火泉〈倒在血泊裡的筆耕者〉、兩峰〈鍾理和論〉等。其中陳火泉標題有如描繪一幅作家身影，從此成為鍾理和流傳最廣的稱謂與頭銜。兩峰的「作家論」長文，以近萬字篇幅總括鍾理和作品特色於「真」、「厚」、「樸」三字，顯示 1960 年代中期，在張良澤、葉石濤之前，討論鍾理和身世與作品相互關係的論文已經出現。

　　繼王鼎鈞、兩峰之後，葉石濤的〈鍾理和評介〉發表於 1966 年出刊的《自由青年》。葉文形容鍾理和「像一顆光芒四射的彗星，倏而消逝於冥冥之中，卻在本省鄉土文學史上留下了震爍的、撼人心弦的一章。」熟悉臺灣文學場域的人無不知葉石濤在本土文學研究領域的貢獻，從他早期介紹評論本土作家，翻譯、收集整理日據時代文學史料，最後寫出本土第一部《臺灣文學史綱》。這篇評論有力地見證他這一系列工作開始得很早──臺灣文壇還很少人認識鍾理和的 1960 年代，他已鉅細靡遺闡述鍾理和特殊的文學精神：

> 鍾理和沒有過一張像樣的桌子，像樣的稿紙，在三餐不繼的困苦的環境逼迫之下，仍然寫出了光彩煥發的佳構。……他的作品平實、不炫奇，沒有憤怒，沒有咆哮，客觀至極，這表示他已經歷盡滄桑，達到了更崇高的心境。[2]

　　做為本土文學評論大家，葉石濤的詮釋簡潔而深入。他指出鍾理和小說「能夠抓住社會發展、崩落的過程與時代潮流之轉移，因此他的小說才有堅固的骨架，灼灼逼人的真實性。」更提到鍾理和作品具有明豔的色彩，是他與眾不同的特質，而這特質來自他的鄉土──臺灣。葉文的結論指出「一個作家植根於鄉土，才會萌芽、開花、結實，這是不待言的」。此

---

[2]葉石濤，〈鍾理和評介〉，收於《鍾理和集》（臺北：前衛出版社，1991 年 7 月），頁 252～253。

文距離他吐露想要編寫一部鄉土文學史的心願[3]，僅僅一年之遙。

三、1970 年代：從張良澤編書與推廣說起

時序來到 1976 年，遠景出版社創辦人沈登恩的眼光，加上張良澤多年的蒐集與整理，才有了《鍾理和全集》（共 8 冊）的誕生——它包括「中短篇小說集」共 4 卷，（依序為《夾竹桃》、《原鄉人》、《雨》、《做田》），第 5 卷長篇小說《笠山農場》，第 6 卷至第 8 卷，分別為鍾理和《日記》、《書簡》、《殘集》。

這是戰後臺灣第一套純由民間編印生產的作家全集，裝幀設計均講究，為本土文學出版史上一座值得紀念的里程碑。1976 這年張良澤 37 歲，正在臺南成功大學中文系擔任講師，課餘大量收集整理本土文學史料。換句話說，他的「鍾理和推廣事業」是從學院裡逐漸走向社會大眾的。

早在鍾理和去世兩年後的 1962 年冬，還是大學生的他即以成大中文系就學之便，到美濃拜訪了鍾氏遺孀。家徒四壁的情景，令他立下今後整理臺灣文學史料的志業。他不僅是第一個在學院裡介紹鍾理和的教師，早在遠行版全集推出兩年前，早已集合成大學生及自己評論文章，1974 年在臺南「大行出版社」印行全臺第一本（或說半本）鍾理和研究文集《倒在血泊裡的筆耕者》。此書由於發行量小未受注意早已絕版多時，但從書中所收各篇標題及發表報刊，可略知其致力推展「鍾理和文學」以及如何傳播的情況：

篇名	刊載	時間
1.從鍾理和的遺書說起：理和思想初探	《中外文學》	1973 年 11 月
2.鍾理和的文學觀	《文季》	1973 年 11 月

---

[3]葉石濤在〈臺灣的鄉土文學〉一文曾提及「寫成一部鄉土文學史」的心願，文刊 1965 年 10 月《文星雜誌》，亦收入 1968 年蘭開書局出版的《葉石濤評論集》。

3.鍾理和作品論（1～4）　　　《中華日報》副刊　1973 年 12 月 13～16 日

4.鍾理和作品概述　　　　　　《書評書目》　　　1974 年 1 月

5.鍾理和作品中的日本經驗　　《中外文學》　　　1974 年 4 月

　和祖國經驗

　　這些篇章也顯示張良澤在 1970 年代上半灑下的汗水，終於在出版《鍾
理和全集》後，有了圓滿的結果與收成。

　　這套單一作家全集的誕生並於書市普遍發行的重要意義是，它標誌著
臺灣大規模整理本土文學資料的工程已鳴槍起跑，正式開鑼。1970 年代臺
灣國際地位風雨飄搖，文壇上半期有「現代詩論戰」，下半期掀起鄉土文學
論戰，幾場論戰在文化界捲起一波波思潮的浪花：是要全盤西化，還是要
回歸腳下這塊土地？是嚮往美國新大陸，還是承接中國舊傳統？就在論戰
煙硝與潮流起伏爭論之中，掩埋在地底的臺灣本土作家，日治時期臺灣文
人及作品，隨之一一浮出歷史地表。《鍾理和全集》推出後，接下來是全套
《吳濁流作品集》（1977 年遠行出版），《賴和先生全集》（1979 年明潭出
版），及《王詩琅全集》（1979 年德馨室出版）等陸續編印上市。1979 年遠
景更大規模推出由葉石濤、鍾肇政主編的《光復前臺灣文學全集》。這一系
列本土作家作品的生產與出版，折射著 1970 年代文學思潮的走向，鍾理和
文學也在這波浪潮上受到不同角度的詮釋與討論。學術界多年來一直有：
「全集誕生方是研究開始」的說法，1976 這一年不僅是「鍾理和研究」的
開始，更是民眾認識本土作家作品的開始。這一年之前，別說社會大眾不
認識鍾理和，學術文化界對他一樣陌生，張良澤的自述與回憶透露這冰山
一角。[4]

　　1973 年暑假，張良澤應邀從南部到臺北，為臺灣大學中文系學生演
講，講題是「鍾理和的文學觀」。聽眾的程度很高，研究生以上才能入

---

[4]張良澤，《四十五自述——我的文學歷程》（臺北：前衛出版社，1988 年 9 月）。

場。然而在最高學府最專業的聽眾裡有人問他：「鍾理和是哪個朝代的人？」當時中文系教育與當代文學隔膜的情況不難想像。

四、他是農民作家，大家「來喜愛鍾理和」

由於資料完整面世，1970 年代評介鍾理和文章的深度與廣度，比之1960 年代自是不同。而隨著鍾理和文學傳播的日漸開展，討論的議題、批評的面向也愈加多元。不只一份，而是兩份以上雜誌推出「專輯」：如由尉天驄、陳映真等編的《文季》雜誌，1973 年即推出「當代中國作家的考察──鍾理和」專輯，於重刊鍾理和小說〈貧賤夫妻〉之外，另有三篇評介文章。除張良澤〈鍾理和文學觀〉，劉若君〈鍾理和短篇讀後〉，最長一篇是唐文標以筆名「史君美」寫的〈來喜愛鍾理和〉。從題目不難看出，他幾乎是敲鑼打鼓，高分貝向讀者大眾宣揚鍾理和文學的可愛與可貴。

唐文標〈來喜愛鍾理和〉篇幅雖長，卻不是硬梆梆的學術論文。作者以讀書筆記寫法，「一些偶然思索」的形式，頗具煽動力地的提出他喜愛鍾理和小說的理由：

> 我們喜歡的是屬於我們的文學，是踏腳在這個有泥土的地面的，是由這個社會產生的，是說出這個時代大多數人的希望和失望的，……。我們喜歡鍾理和就在這裡，他說他自己，但事實上，他說的是大多數農民想要說的話。[5]

此文發表於 1973 年 11 月，完整一套「鍾理和全集」尚未出版，文中承認他只讀過鍾理和早出的兩本書：《雨》和《笠山農場》。但僅僅這些已夠他欣喜地向讀者介紹「南臺灣一個草地郎」。文章採自問自答形式，先問：「怎樣去認識鍾理和的文學呢？」回答是：

---
[5]史君美（唐文標），〈來喜愛鍾理和〉，《文季》第 2 期（1973 年 11 月），頁 60～76。

鍾理和是農民，是拓荒者，寫的是「這一代農村的變遷；貧窮的農民生活」，又是那麼親切，哀而不怨。由於中國文學一向都是由士大夫所把持，文學的偏食症候極為嚴重，因此鍾理和的農民文學自然顯得特別寶貴。[6]

四年後，1977 年《臺灣文藝》第 54 期也推出質與量更可觀的「鍾理和作品研究專輯」，一口氣收入彭瑞金、許素蘭、韓淑惠、王麗華等九篇文章，內容與全集出版互相呼應，如刊出林海音〈追憶中的欣慰——為「鍾理和全集」出版而寫〉。鍾理和生前投稿時，在林海音主編的「聯合副刊」登載文章最多，林與鍾之間不只是主編與作者的關係，甚至是作家朋友同行之間，或伯樂與千里馬的關係。鍾理和身後出版在臺第一本書《雨》，便是林先生在臺北驟聞噩耗，於文化圈登高一呼，成立「遺著出版委員會」用小額捐款印刷出版的。全書收一中篇及十五短篇，趕在 1960 年鍾理和百日祭獻在供桌以告慰在天之靈。

本輯另一篇的形式也很別緻，由兩位作家：葉石濤與張良澤二人「對談鍾理和」；彭瑞金記錄，題目為〈秉燭談理和〉。其中一節談到《笠山農場》時，葉石濤批評道：

在《笠山農場》裡，他本來有很好的機會發抒他對時代的反映，可是他好像企圖在逃避什麼，而把重心放在他本身的戀愛故事上，再加上山光水色就完了，我們看不出什麼時代意識來，甚至文學作品中最起碼的背景也交待不清，這實在是很可惜的事。[7]

除了背景不清，葉老也批評這部小說「抵抗精神」不夠，顧忌太多。

---

[6]同上註。
[7]葉石濤、張良澤對談，彭瑞金記錄，〈秉燭談理和〉，《臺灣文藝》第 54 期（1977 年 3 月），頁 7～16。

又說：「雖然『笠』篇是得獎的作品，但是為了得獎而顯得畏畏縮縮，顯得不夠勇敢是不應該的」。在瀰漫著文學「社會功能論」的 1970 年代，這些批評有一定的時代背景。有意思的是，國民黨文工會支持的《文訊》雜誌 1984 年刊出〈五十年代小說管窺〉，看法反倒不同。

張素貞的「管窺」，認為《笠山農場》帶有自傳性質，「山水風土藉此永遠留傳，鄉土氣息濃厚，是由於作者取材於真實的環境」。而小說最引人入勝之處是：

> 鍾理和以同姓男女青年的戀愛為經緯，以日據時代南臺灣某山區農場為背景，穿插許多人物故事。寫愛情的滋生、進展，自然而然，水到渠成，令人有不得不爾的感覺，這是《笠山農場》最成功的地方。[8]

於鄉土文學論戰扮演重要角色的《夏潮》雜誌，1977 年刊出方健祥〈《笠山農場》的新意義〉，提出詮釋小說的新方向。文中認為若將小說主題單置於「同姓婚姻」或覺得過時，此書的新意義新價值「該是它反映了農村生活裡那些農民堅忍不拔，向生活、向命運的苦難絕不低頭的奮鬥精神。」

五、是「原鄉人」，還是「失落原鄉」的人？

鍾理和是戰後極少數「具有大陸經驗的本省籍作家」。1940 年前後中日戰爭期間，他帶著台妹以及一顆炙熱的心，從臺灣奔往東北瀋陽。隔年一家再遷北平，直到 1946 年戰爭結束回到臺灣。這段「祖國經驗」及前面提到寫作生涯的「中國時期」，使其作品成為「鄉土文學論戰」以來，討論身分認同議題的焦點。

從大陸人或中國認同的眼睛看，鍾理和是臺灣人還是日本人？從臺灣

---

[8]張素貞，〈五十年代小說管窺——《笠山農場》〉，《文訊》第 9 期（1984 年 3 月），頁 107～109。

人或認同臺灣的角度觀察，哪一個「故鄉」才是鍾理和的「原鄉」？

同一個「鍾理和文本」，各方在不同年代有不同的解讀。這些角度各異的詮釋與評論，今天回頭看，彷彿鏡子般折射著各時期的思潮起落，也反映著不同年代相吸或相斥的意識形態。

唐文標〈來喜愛鍾理和〉裡，論及《笠山農場》情節主題時，認爲小說主角沒有採取積極的抗日態度，未免狹隘，此一批評觀點與葉石濤談話類似：

> 在當時日本欺凌中國人，以及偉大的民族抗日戰爭，他沒有採取更積極的立場，沒有參與更建設的行動，更很少看他提及，這一點不能不說他的世界觀太狹隘，只能在個人的愛情生活轉迷宮之故了。[9]

這段評論字裡行間流露的「大中國觀點」頗可作爲一個具體而微案例，用以說明「鄉土文學論戰」前後的 1970 年代臺灣文化思潮，「中國論述」，或 「文化中國論述」是凌駕於其他文學論述之上的。唐文標於 1970 年代初期批判臺灣文壇瀰漫的西化思潮，直指主流詩壇「僵斃的現代詩」而燃起現代詩論戰。他閱讀鍾理和小說時，雖然強調「農民文學」或鄉土文學的可愛與可貴，實際上在評論的同時已不自覺戴著「大中國意識」的有色眼鏡。

前面引文首句說的「當時」，指的是《笠山農場》設定的小說背景：日據時代。但他忘了「當時臺灣」正是日本殖民地。試想：既是以臺灣南部一家農場爲背景的愛情故事，怎麼會與「偉大的民族抗日戰爭」發生關係？「抗日」戰爭而加上「偉大」、「民族」云云，是道地中國立場的語詞，作者似乎忘記日本殖民統治下的臺灣人，如果必須參與「民族聖戰」的話，是該被徵去當「日本兵」跟中國人打戰的。而依其論述邏輯，恐怕

---

[9]史君美（唐文標），〈來喜愛鍾理和〉，《文季》第 2 期（1973 年 11 月），頁 60～76。

凡是寫兒女私情的文學，皆屬「世界觀太狹隘」的罷。

以「大中國觀點」評論鍾理和文學，還有更突出的例子。這次批評的文本不是《笠山農場》，而是針對其「中國時期」小說《夾竹桃》[10]——它是作者最早，也是生前唯一親見出版的作品。〈夾竹桃〉爲書中第一篇，約三萬五千字算是較短的中篇。小說以北京某大雜院爲場景，既是作者主觀之眼所看到的周遭世界，也帶有魯迅影響的社會主義色彩。鍾理和借小說主角——一個「來自南方」知識分子曾思勉的冷眼旁觀，透過人物與對話，直接間接批評北平人性格的陰暗面——貪婪自私，貧困髒亂，虛榮與好鬥。年輕時代與鍾理和通過信的陳映真，讀完〈夾竹桃〉不久即以近萬字長文，「批判和分析」鍾理和的「錯誤」。評論發表於 1977 年《現代文學》復刊號第 1 期，距全集出版剛一年，距鍾理和逝世已 17 年。

前面說本省人寫戰前北平生活的篇章極少，〈夾竹桃〉正是少數以細膩文筆觀察描繪北平生活的寫實小說。陳映真在批評論點之前，毫不否認這篇小說的「現實性」：

> ……在這大雜院裏充滿著不堪的貧困和道德的頹敗——吸毒、自私、偷竊、幸災樂禍、賣淫和懶惰。如果這就是大雜院；就是當時的北京城；就是當時的中國，沒有人應該對它的現實性有絲毫的懷疑。[11]

從小生活在臺灣農村的鍾理和，除了進過漢學堂，能駕馭流暢白話文，也善用他熟悉的農家動植物作爲描寫的譬喻：

> 他們是生長在磽瘠的砂礫間的，陰影下的雜草。他們得不到陽光的撫育，得不到雨露的滋養。……他們忍耐、知足、沉默。他們能夠像野

---

[10]鍾理和的〈夾竹桃〉寫於 1944 年，用「江流」的筆名，1945 年 4 月由北平馬德增書店出版，是生前唯一親見出版的小說集。

[11]許南村（陳映真），〈原鄉的失落——試評〈夾竹桃〉〉，《現代文學》復刊第 1 期（1977 年 7 月），頁 84。

豬，住在他們那已昏暗、又骯髒、又潮濕的窩巢之中，是那麼舒服，而且滿足。……他們不怨天、不尤人，而像一條牛那麼孜孜地勞動著，從不知疲倦。[12]

　　陳映真的批評，除了指出文中用了太多第三人稱「他們」，使得主角曾思勉與他所描繪的對象「隔離開來」，成為一個事不干己「旁觀的人」，小說中「尖刻的語言」，也令陳映真「感受不到一絲一毫作者對殘破而黑暗的舊中國裡的同胞的愛」。陳映真批評「這個旁觀的、犬儒的、憒憒然欲自外於自己的民族和民族的命運的人」，完全對自己民族地失去信心，其民族認同有了深刻的危機。結論是，鍾理和對中國的命運和問題沒有理性的認識，看不見「隱藏在其中的中國的正體」。

　　他又把「喪失了自信心的」鍾理和歸因於他的殖民地身分。指出這類人在日本殖民者「光輝燦爛」的文明照耀下，產生深重的劣等感，於是對祖國的落後發出惡毒的批評。「在這個批評中，看不見他自己的民族的立場，從而拒絕和自己的民族認同」。

　　陳映真比唐文標更犀利地，以「中國民族意識」為利器，直接批判鍾理和身上的「殖民地性格」。強烈的中國認同，令一個從未去過大陸的臺灣知識青年，竟理直氣壯批評在北平生活了六年的前輩是「看不見中國的正體」。鍾理和在北平時，被當地人視為日本人，例如 1945 年「抗日勝利」之際，鍾理和的臺灣人身分，在中國人面前曾是「奴才」的代名詞。有鄰人故意走來問他們：「你們吃飽了日本飯了吧？」又指著報紙上日本投降的消息給他們看，說：「你們看了這個難受不難受？」可憐鍾理和在陳映真眼中，又變成「受日本人殖民」之後，看不起自己同胞的中國人。〈原鄉的失落──試評〈夾竹桃〉〉恐怕是戰後第一篇運用「後殖民理論」的文學評論，也讓鍾理和從「鄉土作家」議題，又邁入「殖民地作家」的討論焦

---

[12]鍾理和，〈夾竹桃〉，《鍾理和全集卷 1》（臺北：遠行出版社，1976 年 11 月）。

點。就像吳濁流小說「亞細亞的孤兒」那位男主角——被殖民的「臺灣人身分」，夾在互相敵對的中國認同與日本認同中間，兩邊不是人。

從另一個角度看，十分弔詭地，在「中國民族意識」瀰漫的 1970 年代後半，卻越來越多讀者是根據他的生平際遇，亦即中國經驗，而非小說文本，來解讀或接受鍾理和。此一「解讀」最著名的例子，就是 1970 年代末根據鍾理和一生故事開拍的傳記電影。由李行導演，秦漢與林鳳嬌主演的影片，單看片名「原鄉人」，便知其以「原鄉」作爲鍾理和傳奇的象徵圖騰。看起來像是一部鄉土作家「傳記電影」，呈現的主題卻是一位臺灣作家不顧一切投奔中國，到他慕戀的文化原鄉。換句話說「尋根中國」與他衝開封建帶著戀人私奔，同樣具傳奇性與浪漫色彩，甚至更爲傳奇浪漫，否則也難成電影投資的對象或開拍的理由。

1980 年 8 月電影全臺首映時，《聯合報》副刊一連兩天刊登林毓生寄自美國長文〈鍾理和、「原鄉人」與中國人文精神〉。從哲學角度詮釋鍾理和與妻子攜手奔離殖民地所代表的精神意涵：

> 此種反抗以及因反抗而遭受到的種種苦難，並未使他變得偏激、嚴酷、或冷嘲。這一點是以儒家思想為主流的中國人文精神的特色。[13]

電影推出前後，相關文章大量出籠，此文只是抽樣以顯示當時文化思潮的上層論述。不僅來自海外，同年六月，本土葉石濤在聯合副刊也有一文，題爲〈記李行的《原鄉人》〉，文末作以下的結論：

> 「原鄉人」這部片子，把一個心嚮往於祖國、一生只願以中文寫作的臺灣知識分子赤裸裸的心路歷程有力地勾畫出來，正確的指出臺灣省人民

---

[13]林毓生，〈鍾理和、「原鄉人」與中國人文精神〉（上、下），《聯合報》8 版（1980 年 8 月 2 ～3 日）。

共同的願望。[14]

用詞如此政治正確，似乎不像，又很像是葉石濤會寫出的句子。此文發表於 1980 年，距離鄉土文學論戰 1977 年時陳映真批評他是「文化的民族主義者」，有「鄉土文學的盲點」，更是「用心良苦的分離主義」已整整三年。不知葉石濤此時是真心認定「臺灣省人民」有嚮往祖國的「共同願望」，還是另有其必須言不由衷的理由。無論如何，從主流副刊的文章，可以確定那是一個「中國論述」當家的年代，也證實鍾理和文學在不同思潮與不同詮釋之下，一步步經典化的過程。

六、新世紀碩博士論文及其他

從 1990 年代「臺灣文學體制化」一路跨進新世紀，鍾理和文學研究發展的腳步，隨著臺灣文學系、研究所的不斷增加，也逐漸從單一走向多元，議題亦從泛論通論走向深化與多元化。電影「原鄉人」首映會時，曾掛名「紀念鍾理和逝世 20 周年」。12 年之後的 1992 年，由高雄縣政府支持，也有了第一場紀念「鍾理和逝世 32 周年」的學術研討會並出版論文集。

自 1996 年東海大學中文系羅尤莉撰寫碩士論文《鍾理和文學中的原鄉與鄉土》之後，開啓了臺灣往後十餘年間鍾理和研究的二十餘部學位論文，還不包括大陸研究生，以及法國巴黎第七大學早在 1988 年由呂慶龍完成《鍾理和生平暨作品研究》的博士論文。

從本書評論目錄收集的二十餘篇博碩士論文及內容摘要可以看出，學院內的研究走向，同樣從早期較寬泛的「原鄉與鄉土」或整體性之「鍾理和文學研究」、「生命美學」等，越往後探討的主題或議題越專精深入，如羅正晏《壓迫與抵抗——鍾理和作品中的「後殖民論述」》（2006

---

[14]葉石濤，〈記李行的《原鄉人》〉，首刊《聯合報》8 版（臺北，1980 年 6 月 1 日），後收入《文學回憶錄》（臺北：遠景出版社，1983 年 4 月初版），頁 75。

年），何淑華《鍾理和地誌書寫與認同形構歷程研究》（2007 年），鄭慧菁《鍾理和作品中客家女性形象之研究》（2009 年）等。

多元化議題開拓下，有幾個新面向尤值得注意。其一是「鍾理和與魯迅」的關聯研究，如 2001 年靜宜中文系張燕萍《人間的條件——鍾理和文學裡的魯迅》。意外的是，2006 年同樣題目再由另一研究生完成一部博士論文——政大中文所張清文再寫《鍾理和文學裡的「魯迅」》。雖然完成於不同時間不同院校，卻都在陳芳明指導下寫成。陳教授近年開闢「臺灣魯迅學」，指導教授與學術議題方向果然關係密切。

張良澤 1960 年代末留日時期的碩士論文與魯迅小說相關，也發覺「魯迅對臺灣文學影響至鉅」[15]。解嚴前寫過論文：〈鍾理和文學與魯迅——連遺書都相同之歷程〉，但譯成中文發表[16]，已經是 1996 年。東海大學阮桃園的研討會論文〈當原鄉人遇上阿 Q——試比較鍾理和及魯迅之小說中對中國人的刻畫〉發表於 1994 年，等論文集《臺灣文學中的歷史經驗》出版，已經是 1997 年。這些現象顯示「解嚴前與解嚴後」鍾理和研究存在的差異，以小見大，同時也映照著臺灣文學研究從無到有的巨大差別。

與「解嚴前與後」相關，與魯迅相關，還有一個對照的例子。繼張良澤 1976 年編的《鍾理和全集》之後，之所以還會有 1997 年版，以「財團法人鍾理和文教基金會」名義出的精裝六卷版《鍾理和全集》，其中一大原因，便是主編張良澤當初為了讓書可在解嚴時期順利出版，便自動刪除了鍾理和日記裡提到的魯迅部分。解嚴之後，或許為人子的鍾鐵民認為「剪過的」第一套全集有礙於未來「鍾理和研究」，於是費心費力編印新版。但不知留日時期研究魯迅的張良澤，後來寫起「魯迅與鍾理和關係」論文的時候，是否追憶起刪減日記的心情？

鍾理和研究的第二個新面向是關於「疾病書寫」或創傷治療的議題。

---

[15]張良澤，〈略年譜〉，《四十五自述——我的文學歷程》（臺北：前衛出版社，1988 年），頁 453。

[16]張良澤著；廖為智譯，〈鍾理和文學與魯迅——連遺書都相同之歷程〉，《臺灣文學、語文論集》（彰化：彰化縣立文化中心，1996 年 7 月），頁 86～117。

如 2003 年師大國文系賴慧如《現實與文學的糾纏──談鍾理和的貧與
病》；2006 年中興中文所林玲燕《從書寫治療看鍾理和生命情結的反思與
超越》；2007 年屏東教大洪玉梅《鍾理和疾病文學研究》。部分論文從書寫
治療的角度，討論鍾理和面對生活現實與創傷，在一連串挫敗中如何以書
寫治療的潛在心理因素。寫作本是文人內在的苦悶投射，以鍾理和的貧病
人生，且是雙重殖民地作家的特殊案例，此一心理層面自是可開發的新天
地。本書收入王幼華 2008 年論文〈「泰利斯曼」式的創作──以鍾理和爲
例〉正是具體的例子。

　　第三個面向屬於文學語言的探討，更細緻的文本分析，如比對鍾理和
歷次修改手稿，探討其文學語言及修辭美學。本書中收入鍾怡彥〈鍾理和
「故鄉四部」版本比較研究〉是典型的例子。就方法論而言，另一個更普
遍的模式是：鍾理和與其他作家作品的比較研究。這類比較方法或模式開
始得很早，最有名的例子即是 1973 年林載爵發表於《中外文學》的〈臺灣
文學的兩種精神──楊逵與鍾理和之比較〉。論文以楊逵作品裡的抗議精
神，與鍾理和文學呈現的隱忍特色，分析對比，以探討臺灣文學發展過程
兩種精神類型。1973 年的臺灣文壇何曾見過「臺灣文學」這樣的詞彙，這
篇論文單從題目便可印證其爲「拓荒時代」產品，難怪被稱作臺灣文學研
究一里程碑式的論文。

　　以「比較文學模式」研究鍾理和的碩士論文也不少。如 2005 年一口氣
就有兩部，一是成大王萬睿的論文，以張文環、鍾理和兩位作家的殖民經
驗與文學歷程作比較，題爲《殖民統治與差異認同──張文環與鍾理和鄉
土主體的承繼》。 另一篇的比較方式又不同，作者先找到一個小題，再將
各家相關創作串連在同一個題旨之下。如高雄師大劉奕利的論文《臺灣客
籍作家長篇小說中女性人物研究──以吳濁流、鍾理和、鍾肇政、李喬所
描寫日治時期女性爲主》。一年裡兩篇碩士論文正好可作爲取樣，代表鍾
理和研究裏兩種不同的比較模式。若問這一脈絡下的研究論文，論其形式
與內容的圓滿搭配，論體大思精，本書收入吳叡人長達三萬字論文〈他人

之顏：民族國家對峙結構中的「皇民文學」與「原鄉文藝」〉，不僅脈絡清晰，題材更橫跨文學、美術、電影，字裡行間洋溢著濃厚感情，是這方面論文的佼佼者。

　　此處不妨爲本書選文略作說明。半世紀以來的「鍾理和文學接受史」，前面提過，比起其他臺灣作家更爲綿長，其一生特殊經歷，也使得研究的議題面向格外複雜而多元。在這麼多單篇論文、博碩士論文裏，要選出十餘篇代表性論文，兼顧學術性與可讀性，是一件難度很高的工作，一定是掛一而漏萬。幸好此書之前，編者於 2004 年曾經編有《鍾理和論述》[17]一書，收入 1960 年至 2000 年發表的鍾理和評論文章近三十篇，如此一來，已經選過的文章此書便不再重覆。

　　近十年的鍾理和研究，同樣是量大而質精，即使當作《鍾理和論述》續編來選，單看評論編目有幾百筆，與過去一樣，還是有掛一漏萬的恐慌。本書 12 篇論文中，只有兩篇是完成於 2000 年以前：第一篇作者「方以直」即知名作家王鼎鈞，文章發表於鍾理和去世不過一個禮拜，文章雖短而意義特殊。其次是施懿琳〈鍾理和作品中所表現的人道主義精神〉，首次於 1993 年的研討會發表，2000 年重新修定論文。這兩篇前書未曾收入，到了本書，又能代表不同世代的不同研究面向。本書另外十篇以同樣原則選出——各代表鍾理和研究的不同角度或不同議題面向。如前面提到的「鍾理和與魯迅」，有錢果長的〈魯迅鍾理和比較論〉，關於身分認同，有楊傑銘〈論鍾理和文化身分的含混與轉化〉等。除了學術性，選擇論文時也盡可能在不同議題中挑選可讀性較高的：除了文學研究者，希望本書對一般讀者同樣有吸引力。編者的期待是，通過閱讀的愉悅或娛樂，大家能深一層認識鍾理和這樣一位可敬的作家，進一步也認識臺灣文學以及臺灣文學研究的發展樣貌。

---

[17]應鳳凰，《鍾理和論述》（高雄：春暉出版社，2004 年 4 月）。

輯四◎
重要評論文章選刊

鍾理和自我介紹
我學習寫作的經過

　　說來非常慚愧，我的學歷僅有日人的小高，至於說到中文，則僅有小高畢業後一年半的村塾，即此村塾對我後來的寫作幫忙亦甚少，因為所讀的都是古文。加之當時的政治環境是那樣地惡劣，一切條件都不適合一個人來做一個中文作家。我今日之用中文寫作，除愛好文藝的起碼條件之外，尚有賴於個人的特殊的遭際。

　　我少時有三個好友，其中一個是我異母兄弟，我們都有良好的理想。我們四個人中，三個人順利地升學了，一個人名落孫山，這個人就是我。這是給我的刺激很大，它深深地刺傷我的心，我私下抱起決定，由別種途徑趕上他們趕過他們的野心。這是最初的動機，但尚未定型。

　　小高時藉著由父親手裡得到的一點點閱讀力，我熱心瀏覽中文古體小說，最初一部書我記得是《楊文廣平蠻十八洞》。入村塾後，閱讀能力增高，隨著閱讀範圍也增廣，舉凡當時能夠蒐羅到手的古體小說，莫不廣加涉獵。後來更由高雄嘉義等地購讀新體小說，當時大陸上正是五四之後，新文學風起雲湧，北新版的魯迅、巴金、郁達夫、張資平等人的選集，在臺灣也可以買到。這些作品幾乎令我廢寢忘食，在熱愛之餘，偶爾也拿起筆來隨便亂畫。不過那時並不曾打算當作家，只是藉此滿足模仿的本能而已。

　　我最初寫的是一篇二、三千字的短文，題目叫做〈由一個叫化子得到的啟示〉，散文不像散文，小說不像小說，非驢非馬。看了《紅樓夢》之後，又學樣寫長篇小說，居然寫到第七回三萬餘字，題名《雨夜花》，描寫一個富家女淪落為妓的悲慘故事，這是根據一個酒家女的敘述而寫的，「雨

夜花」便是當時我在屏東一家酒家學到的一支極流行的歌曲名。此外還寫了好些，當然這些東西都是幼稚可笑的。

有一次，我把改作後的第一篇短文拿給我那位兄弟看。他默默看過後忽然對我說，也許我可以寫小說。我不明白他這句話究出於無心抑或有所感而言。但對我來說，卻是一句極爲可怕的話。以後他便由臺北，後來到日本時便由日本源源寄來世界文學，及有關文學理論的書籍——都是日文——給我。他的話不一定打動我的心，但他的這種作法使我不斷和文藝發生關係則是事實。我之從事文藝工作，他的鼓勵有大關係。

讀畢一年半的村塾，翌年——我 19 歲——我家自屏東縣遷到現居地來開拓山林。在那裡我認識了一個農場的女工，後來又愛上了她。但不幸，我們都是同姓。我們受到舊社會壓力之巨和爲貫徹初衷所付代價之巨，是無法在這裡形容的。這是我生平又一次大刺激；被壓迫的苦悶和悲憤幾乎把我壓毀。這時候我兄弟那句話開始對我發生影響了，我想藉筆來發洩蘊藏在心中的感情的暴風。這思想把我更深的驅向文藝。由此時起要做作家的願望開始在心裡萌芽起來。

民國 27 年夏我隻身跑到東北，民國 29 年回臺把她領走，她便是我現在的妻子。民國 30 年我們移居北平，到了這裡，要做作家的願望才算堅定下來。以後我便把全副精神和時間都花在修養工作上。民國 32 年間我譯了好些日本作家的短文——有小說、有散文，曾選了一些自己比較滿意的投報社發表。民國 34 年初，出版一本習作《夾竹桃》，包括二中篇和二短篇。不過這四篇作品是失敗了，別的不提，單就文章即亂得一塌糊塗。

這裡我想來一些說明。

我在學校讀的是日文，學校畢業後緊接著的一段時間所接觸的又幾乎是日文，這是一；其次，我的中文（應該說是白話文）又是無師自通，用客家音來拼讀的，便是這二點使我後來的寫作嚐受到許多無謂的苦惱，並使寫出來的文字生硬和混亂。我初習寫作時一邊執筆在手，一邊在心中用日文打好底稿，再把這底稿譯成國文，然後方始用筆寫到稿紙上。日文文

法和客家音的國文，這是我的兩大對頭。現在，前者的影響已漸漸淡薄，至於後者──用客家音讀和寫，則至今不改，雖然我已經學會了國語。如果我能用國音讀和寫，則寫出來的東西像不像「話」，作為白話文它通不通順，但憑聽覺我便會很快覺察到，並馬上加予糾正。

我以為這是在像我所處的環境之下學習寫作的人所無法避免的困難，在這點來說，光復後學習寫作的人是幸福的，雖然如此，我仍得承認自己的不爭氣，因為假使自己爭氣些，則我應該早就擺脫此種桎梏了。

自《夾竹桃》以後，先因時局動盪，心情浮動，後來則因生病入院，一直到民國 39 年停止執筆。其後，在養病之餘雖恢復寫作，但數年間僅寫了幾篇短作，及一長篇《笠山農場》。

我一直都在學習，現在仍在學習，因為我始終都沒能把文章寫好，寫通順；我不知道我幾時才能完成學習真正成為一個「作家」。

──選自鍾鐵民編，《鍾理和全集 6》

高雄：高雄縣立文化中心，1997 年 10 月

手術前日記
1950 年 5 月 10 日

◎鍾理和

台妹！親愛的：

　　我拋開你們母子，獨自悄悄地走了，我雖然有需要給你們寫這封信，卻也希望寫了最好不要落到你的手裡，成為公開的，仍舊由我自己去處理它。撕掉、焚化、或收藏起來，神不知鬼不覺，好像根本沒有這回事。然而假使它偏落到你的手裡呢？親愛的，也請不要悲傷，更不要流淚！事情是只好這樣的，我絕沒做錯。不是嗎？除此之外，我們是再也沒無路可走了。生也罷，死也罷，我已到了必須選取其一的時候。你們是應該活下去的人，我不能總拉住你們不放，讓你們和我同歸於盡。

　　也許你要說我太自私了，把這沉重的擔子全部放在你的肩頭！說來委實是我們的日子也太艱難了，太暗澹了。然而親愛的，你也知道的，我豈是自私的人呢！數年來我忍盡和受盡了一切煩惱和折磨，只希望能早一點恢復健康，給你分憂，再和過去一樣過著我們雖貧寒而卻清靜的相愛的生活。是的！我愛你，我是這樣的愛你，只因為它，才使我雖病了也能活下來，才使我數年來能夠制服在痛苦時不住困擾我的自殺的念頭。同時，像這次一樣，也使我很勇敢的去接受決定生死的手術。

　　台妹，我常常想，你原是應該和任何別的男人結婚，即算是一個做工吃飯的人也好，都會比跟我更安定、更幸福的。但是你卻到底跟了我了，這就註定了你的生涯是一連串無窮盡苦難的日子。

　　我們的愛，是世人所不許的，由我們相愛之日起，我們就被詛咒著了。我們雖然不服氣，抗拒一切向我加來的壓迫和阻難，堅持了九年沒有

被打倒、分開，可是當我們贏得了所謂勝利攜手遠揚時，我們還剩下什麼呢？沒有！除開愛之外！我們的肉體是已經疲倦不堪，靈魂則在汨汨滴血，如果這也算得是勝利，則這勝利是悽慘的，代價是昂貴的。在別人或在別的場合，由戀愛而結婚，該是人間最輝煌，最快樂的吧！而我們的場合，則連結婚這一名詞也不可為我們所有。你，我，灰沉天氣，霏霏細雨，和———一隻漂泊的船……這些，便是當日參加我們的「結合」典禮的一切。別人的蜜月旅行，卻變成我們的奔逃了。逃到遠遠的地方，沒有仇視和迫害的地方去。

你還記得否？我們在早飯後，坐在第二甲板上，望出去，海天相連，浩浩蕩蕩，千里煙波，杳無際涯。天地是如此空曠的、遼闊的、深遠的。就是漂浮在海空的雲朵，看來也是那麼渺小無奇。而我們，我們的船，便是在這裡飄著、流著，向著令人不能相信的，虛無縹緲的地方駛去，來也茫茫，去，更不知歸於何所？

我們默默坐著，望著。忽然——親愛的，兩顆眼淚由你的眼眶裡滾落下來了。同時，便也把身體往我這邊靠攏來。

「寂寞？」

我問你。你沒有回答我這句話，許久許久才輕輕的說：

「你愛我嗎？」

你如何突然地向我說出這種的話，那時候，你的心裡怎樣，我是完全理解、也同情的。

不是嗎？看吧！人間便是這麼廣大的、寥落的、荒漠的。被孤獨地拋出去的我們這一對青年夫妻，不正像海天的雲朵一樣，四無依據嗎？多寂寞呵！多淒涼呵！此去，海闊天空，我們將何所靠而生呢？愛啊！不是愛，還有什麼呢？

就這樣，兩個生命，用愛去緊緊扣在一起，武裝了他們的心，攜起手來，由世界的一個角落，漂到另一個角落。

你以一個鄉下女人言，美點是多於缺點的。雖然也曾因為你沒有受過

現代教育之故，給我們的生活以一些不方便，但也微乎其微，並且，也不完全是你的過失。除此之外，作為一個妻子，你已是盡到應盡的責任了。你平常即盡可能的清澄了和鋪好一個適合的環境，讓丈夫能夠在那裡舒適和專心地工作。還有你那堅強和獨立的性格，當我們的環境陷入了最艱難困苦的時候，你是怎樣不撓不屈地掙扎，並且鼓勵自己的丈夫啊！在瀋陽、在北平、我們的生活頻臨絕境的時候；在臺灣，我頹然病倒了，一家徬徨歧路的時候，你總是奮勇而起，準備用你那兩隻細小的胳臂，支撐起勢將傾倒的我們的家庭。你曾幾次要求我允許你去做你做得到的事情：你說你可以做工，可以給人家當老媽子，養活我們父子。我知道你是說得到做得到的，然而，我每次只能以苦笑回答你。你雖要強，雖然滿腔熱情，卻不知道你那種想法是多麼的天真。你忘記你是一個女人，我們的這種社會，女人能做什麼呢？當然，這些你是不會知道的。

我也常常想了，假如我有出息些，身體強壯些，我們的家庭是會好一點的。或者你做丈夫，讓我來做妻子，則我們的家庭也會好一點的。可是，我從來就如此羸弱，而我們的地位，卻又無法顛倒過來，因此我們就只好弱而無能的挺在當前，強而有用的埋沒草萊了。

我們在外面漂流了八年，在光復的次年，抗不過鄉心的引誘，終於回到南海的臺灣。但，苦難到了。在當難民被遣送的船上，20 天吃不飽、睡不好、和過份勞苦的生活，把我原就虛弱的身體毀壞了。因很快我找到工作和小小的寄託之所而得的高興，也只在一個短暫的瞬間而已。

八月，我病倒任所，翌年，以療病之故，必須離開你們，來北就醫。可是，我如何安頓你們母子呢？還有你們的生活？在無可奈何的情形之下，雖然我們誰都不願意，卻也只得把你們送回還留著有傷心回憶的故鄉去。那裡雖曾經把我們驅逐出來過，卻有著我們一筆小小的財產：幾間老屋，和一小塊地。你是土裡生長的人，原可回到土裡去，它是會供給你們生活之資的。我知道你是多麼地難過。我們的故鄉，是一個封建勢力相當頑強的地方，正是為了它，我們才離鄉背井的，現在再度回去，其苦樂如

何，自不難想像而得。但是你什麼也不說，只默默地接受了現實所賜予的的路子。你把希望寄託於未來的日子中，更由兩個孩子的身上，打算取得安慰和勇氣。於此，你堅強的獨立的性格，又一次抬起了頭，你說你可以逗著立兒笑，立兒也會和你笑了。又說只要我能病好回家，不致留下你們母子大雞追小雞啄。幾年辛苦，不算什麼；如此鼓勵丈夫安心就道。而我，也就懷著沉重的心情，拋下你們，遠走北部。十年來互為依佐，相依為命，未嘗分開的我們，就這樣匆匆地分開了。然而，誰曾料到我們這一生離，便成永別呢？

我於民國 36 年八月來北，十月杪入院。當時我原預備，並且也以為只要住一年，便可以恢復健康。所以就曾在封存的原稿之類的包紙上，題下「病中此日封原稿，不到周年不拆開」的誓詞。似水流年，不轉瞬，一年即已到了盡頭。而病呢？則依然如故！此時，我已經驗及研讀所得，以明白醫治本疾，非數年不得了，但也還堅信自己是終能病好回家的。於是我就一直住下來；一年、二年、三年，以至於今日。於今，認識是更深了、更多了，卻又明白此病要好是非常之難的，並且，除了開刀以外，似乎沒有第二個辦法可行。

我們的醫學，到今日為止，說它是進步也好，但仍不能使不幸的人們免於呻吟病榻之苦。我們暫時把注意力移到報紙上去吧！就可以明白人類還正在為了要怎樣才能更其有效地給人間添製出更多的更大的悲慘與痛苦而瘋狂著。好像一個正在發作的瘧疾患者，很難有正常的、冷靜的，和平的時候。比起這個來，人類為了救人而在醫學上所下的努力，是那麼微小得可憐。若使能把用之餘前者的人力物力，撥出千分、萬分、至於億萬分之一也行，來用到後者的工作，則像我們這一批不幸者，是早就該脫離苦海了。然而人類並不這樣做，一任呻吟呼號者繼續去呻吟呼號！

在這樣的世界，我們不可能有多大的期待，必須自求解決之道。所以解剖刀帶來的，雖也可能是死，而病友卻都一個個的終而必須爬上手術台去，他們不怕開刀嗎？不畏痛苦嗎？怕得，畏的，不但如此，他們還知道

據醫學的統計，由此道得救的人，只能占半數而已。可是他們爲了自己，更大的爲了別人，必須使自己勇敢起來，看著隨在護士後面向手術室走的他們的背影，那不但是悲壯，而又是那麼的寂寞。可是除開身歷其境的人，是不會知道此種心境的。

世人也常常肺病云云，如此這般，提起來，莫不訝然失色。然而他們的怕，是觀念的，不帶實感。就是肺病患者自身，也因環境優劣，或由它引起的環境變化的大小，體味自有深淺不同，記得民國 36 年正月，我第一次入臺大醫院。由南部來北的同事告訴我鐵兒肋膜炎的消息。這似乎已算得起我病後又一次較劇的變化，但這消息，當時沒能給我多大的心理衝激。我以爲不過是和頭痛或者感冒差不多，吃吃藥就算了。所以當那同事又告訴我給鐵兒看病的璧和先生竟至留了眼淚時，我倒吃驚起來，因而也略略覺得事情大概比頭痛和感冒嚴重些兒。但也如此而已，不久，便拋開了。現在才明白朋友之所以流眼淚的理由，原來當時他即以料到我們數年後的歸趨，必是如此的了。果然，前個月便接到你報告鐵兒也病倒的信，多可悲啊！

又去年年底，有一個女病人入院，他的丈夫，據說是一位公務員。我是看過的，是一個營養不良的瘦長身軀的青年人，黃黃的，像摘下曬乾的菠菜。據說他是沒有病，卻也不比病了的妻子好看多少。不久，女病人出院了，據說要回家裡療養去。爲什麼呢？後來我才知道，原來家裡還有一個身患癌腫的婆婆，丈夫一個薪水微薄的公務員，供給不過，所以回去的。看吧！人間有多少可憐人！

他們的未來是很清楚了：家破人亡！可是回頭來看看我們自己，強過他們多少？還不是一樣的嗎？隨著我的病，我們的家庭，一年一年的委靡破落下去。房子分開來賣了，地也一零一碎的切開來賣了。而我的病，何時能好，是誰也不會知道的。長此下去，則不但療養費成問題，就是你們母子只好流落街頭，化爲乞丐。何況現在，可憐阿！鐵兒年紀輕輕也倒下了。一頭是丈夫，一頭是鐵兒，還有你自己和懷抱中的立兒，如此沉重的

擔子，你一個軟弱的女人，如何負擔下去呢？每想起你，便總要聯想到那不幸的菜色公務員來。你不會也像他變成青青的黃黃的嗎？妻阿！

為了你們，我臥病五年來，忍受煎熬，嚐盡苦楚，誓與病魔奮鬥到底。我曾在瀉痢、喘息，和高熱折磨之下，擊退了時時向我招手的自殺的誘惑。曾為了你們而失眠，卻也為了你而終於使自己酣然睡去；我呼著你們母子的名字來減輕痛苦。為你們，粗茶淡飯，我能吃得非常之好，小時的挑剔、偏好，是完全沒有了。這是你們的血和汗啊！我這樣想。果然你們冷清清孤苦無靠的影姿便浮現在我眼前。於是不論什麼，便都是那麼清香可口。

醫生和病友常常笑我是神經質，以為實在無須如此。當然他們那裡會知道我的心境呢？你們的痛苦是多餘的，不應該的，可是為我之故，你們必須如此？這是我的罪惡，我的責任，我必須拿出決心來，設法切斷誘起變化的源頭，給你們留一條生路。

最後，便是如此，親愛的！我就爬上手術臺了。結果卻如你們現在所知道的：和你們永遠分離！

啊啊！親愛而不幸的妻呀！你傷心嗎？你哭嗎？請不要如此，請聽我的畫，我是如此的愛你，愛你們！我愛你，活下來了，現在又以愛你，而永敢的死去。你應該也勇敢的起來，勇敢的活下去，才不辜負我之死。我希望你這樣做，你必須這樣做去。

你是一個賢明的，堅強的，勇於生活的女人，我相信你必能比我還在時更強壯的活下去，活得非常之好的；但願如此。

前年，母親返家探視回來時，即告訴我說：屋漏已修蓋好了，並且也已有了門窗；秋潦時，屋裡也不再入水了。記得以前，我們的房子，是並不如此的。一到雨季，便總是雨來漏水，風來滿屋迴旋，地下更是洋溢成池。想不到，不及一年，你全給整理好了。可見你生活力堅強如此。又說，鐵兒已經學會了煮飯，反日你下田做活，三餐便由他去煮。我數一數，那時鐵兒才只七歲呢！並且更機動人的是：連三歲的立兒，也懂得如

何幫忙管家了。母親下田，哥哥上學，山間如許大一間房子，只留他看管。午睡起來，眼睛尚未睜開，便先關心到天是否下雨，外面是有衣服曬著的，必須收起來。

我聽著，既興奮、又感動，也覺得羞慚。後來，即又變成了悲哀，因而不覺得便墜下幾滴淚。

我 11 歲時，還要姊姊給我洗澡。由學校回來，知道的只是玩、吃和撒野；更那去理會下雨天衣服是否該收，飯又如何做呢？然而你們，可憐的孩子，尚在稚年，就以嚐受到你們還不該受的人間的悲苦了。比起我來，你們是如何的不幸啊！

但，這些都是好的，我正希望你們能如此堅強！

我曾在自己床頭，貼下白香山卻病十語作為座右銘。裡面第六句原是「家室和睦，無交謫之言，六也」，我卻將其改為：「妻賢子慧無內顧之憂，六也。」

果然，我期待、我相信的不差，你們離開丈夫、離開爸爸，竟過得比不離開丈夫、不離開爸爸，還要勇敢，還要穩定。我是多麼自負和驕傲自己有這樣的妻子，這樣的孩子啊！

現在，去吧！親愛的！強壯的話下去！不要畏懼！絆腳石我已經給你們搬開了，以後只要你們向前走去就是。人間雖塞滿了荊棘，只要勇者起而打開，路還是平坦的展開來！你們必須拿起信心，鼓起勇氣，邁開你們矯健的步子，向著你們應該走的地方走出；過去的、就讓它永遠留在後面，不要回顧！

去吧！親愛的，去吧！向前，向前，勇敢的，強壯的。…

再與台妹：

一：吾屍可付火葬，越簡單越好。

二：多多想你們的事，不必為已死之人傷心。

三：鐵兒的病，似在輕微，尚有可為，千萬不可延誤。

四：對孩子：首要健康，然後學問；財產不必。

五：家庭的苦，我已嚐盡，也因它而有今日，絕不可在使孩子也受此折磨。

六：孩子勿使學我，可以種地，地最可靠；卻也不可相強。

七：你自己的事，可自作主，勿以我之故，自甘束縛。

八：靠別人而能解決的事，只是些撂下了也不相干的小事，真臨大事，只有自己可靠。

——選自《鍾理和全集 5》

高雄：高雄縣立文化中心，1997 年 10 月

悼鍾理和

◎方以直*

鍾理和先生死矣！廢報三嘆，不足伸此鬱氣。

我敢說沒有幾個人仔細讀過鍾先生的文章。外行，對那沒頭沒腦的短篇小說的好處莫名其妙，內行呢？人人忙，忙衣、忙食、忙寫，有的還難免忙吹（吹噓、吹牛），能好歹勻出一點時間讀讀名著已是難得。鍾先生的文章儘管寫得好，文藝中人對他的印象卻淡漠。因此，對他的逝世懷有深沉的悼惜之意的人，也許只有林海音吧？正如真正明瞭劉非烈之死是社會一大損失的，也許只有一個邱楠。

我從來沒見過鍾理和其人，只是常受他作品的吸引。談表現臺灣鄉土，他是數一數二，甚至也許是唯一唯二。他的筆調蒼涼、低啞，字裡行間有不盡的悲憫之情。這與他久治不癒的肺病大有關係。在觀察人生時，他的眼珠是灰白的。他所達到的境界，我們無法比肩，只有一個纏綿的肺病患者，或者是一個無期徒刑的囚徒，或者是因其他原因放棄一切野心而只留著藝術創造欲望的人，才能敲出這樣沉重而精確的音響。跟他比，我們多數人未免近於淺，近於浮，只能與他爭明朗鮮麗，不能爭深沉凝練。

鍾理和先生在近幾年進步神速。死亡使這進步有了過早的終點。比死了一個人更覺難過的，是死了一個前途，死了一個希望。應該有一種方法可以通知生命：「你離開一隻蠶的時候，先讓它吐完絲」。

文人死後，總要留下遺囑和遺著兩個問題。鍾先生寫作甚勤，但是還沒有一本集子行世，家中妻小的生計，似乎也甚是艱難。這兩件事都是他

*本名王鼎鈞。發表文章時為《徵信新聞報》「信手拈來」專欄作家，現旅居美國紐約。

所不能瞑目的。亡人的眼睛若是睜著，活人也很不容易在床頭闔上眼皮。

——原載《徵信新聞報》，1960 年 8 月 11 日，第 12 版

——選自《鍾理和全集 8．鍾理和殘集》
臺北：遠行出版社，1976 年 11 月

鍾理和作品中所表現的人道主義精神

◎施懿琳[*]

一、

　　一生困頓窮愁的臺灣作家鍾理和（1915～1960），雖然在生前只有一部作品集《夾竹桃》印行；而且，多次向報刊雜誌投稿，常遭到退稿的命運。但是，有價值的作品終究不會受到湮埋，在他去世後，那一篇篇以生命的真實和熱忱寫成的作品，終於逐漸受到文壇的重視，在臺灣新文學發展史上，鍾理和已然獲得一定程度的正面評價[1]。

　　根據張良澤以十多年時間編成而由遠行出版社印行的《鍾理和全集》（1967 年）可知，鍾理和一生留下來的作品有：已發表的一長篇、六中篇、26 短篇；已完成未發表的一中篇、15 短篇；而未完成的作品則有十篇[2]。這些為數不算多的作品，何以能使鍾理和備受後人的推崇和欽仰呢？除了因為他以真誠無偽的態度、流暢纖麗的筆調，生動具體地描寫活在周圍的人物之外，更重要的是強烈地貫注在他作品中的三大思想特質：1.強調

[*]發表文章時為中正大學中國文學系副教授，現為成功大學中國文學系、臺灣文學系教授。

[1]如陳火泉在〈倒在血泊裡的筆耕者〉一文所云：「我更愛他的文字簡練樸實，寫出手的作品都經過精緻的琢磨真夠得上中國現代文學第一流的文筆」，《臺灣文藝》第 1 卷第 5 期，1964 年。葉石濤在〈鍾理和評介〉云：「他像一顆光芒四射的彗星，倏而消逝於冥冥之中，卻在本省鄉土文學史上留下了震爍的、撼人心弦的一章」，《自由青年》第 36 卷第 5 期，1966 年。黃重添在《臺灣新文學概觀》則說：「鍾理和畢竟是臺灣現實主義的一位傑出作家，尤其是他勇敢地面對鼓譟一時的反共文學，仍堅持不懈，默默地耕耘著鄉土文學園地，在臺灣新文學中發揮了承上啟下的作用。他不僅是 1950 年代鄉土文學最有代表性的作家，而且也是臺灣新文學的一位重要作家。」，廈門：鷺江出版社，1991 年，頁 89。

[2]參考張良澤〈鍾理和作品概述〉，《書評書目》第 9～11 期，1974 年 1～3 月。

反封建、反權威的「革新精神」；2.重視不屈服、不妥協的「人性尊嚴」。3.表現悲生民、憫萬物的「人道主義」[3]。這三種創作基調，恆常呈現在鍾理和各階段的作品中。隨著時空的轉移，經驗有了更多的累積，題材也幾經更迭，但是，以個性、人格凝鑄而成，屬於作家特有的質素卻未輕易改變。

為了避免與以往的研究主題相重複[4]，本文只擬針對鍾理和作品的三大基調之一：「人道主義精神」作分析，俾能了解這位境遇坎坷的作家，如何透過文學作品，抒解自己的抑鬱苦悶，進而從貧病交纏的網絡中超拔出來，以感同身受的柔軟關懷，去悲憫、同情更多受苦難困陌的廣大民眾。誠如葉石濤所云，讀了鍾理和作品之後，我們在感慨、吁嘆，或悲憫、不忍之時，體驗到窮苦人生裡深刻人性的發露，此時，我們宛如洗滌了一次靈魂，使晦濁的心靈獲得了救贖，而有了「新生」的感覺[5]，這恐怕是鍾理和作品最動人且最有意義之處吧！

二、

所謂「人道主義」，在本文乃採較寬泛的定義，即：承認人人生而平等，主張超越階級、地域、種族，宗教等藩籬，互相尊重扶持，同情老弱殘疾，悲憫受苦難、被壓迫的人民，以謀求全人類共同的安定和福祉；並進而愛護萬物、敬重生命，這種思想主張，便可稱為人道主義[6]。

---

[3] 參考澤井律之〈臺灣作家鍾理和的民族意識〉，《臺灣文藝》創新第 8 號，1991 年 12 月，頁 22～39。

[4] 探討鍾理和勇於對舊制度下的婚姻提出抗議及挑戰的革新精神之作品頗多，如：兩峰〈鍾理和論〉，《臺灣文藝》第 5 期，1964 年 10 月；隱地〈讀鍾理和的《雨》〉，《自由青年》第 33 卷第 5 期，1964 年 3 月；劉秀燕〈活過、愛過、寫過──鍾理和研究〉，《臺灣文藝》第 89 期，1983 年 7 月。而探討鍾氏強調人性尊嚴主題的，則以鍾鐵民〈鍾理和文學中所展現的人性尊嚴〉，《臺灣文藝》創新第 8 號（1991 年 12 月）為代表。

[5] 參考葉石濤，《臺灣文學的困境》，高雄：派色文化出版社，1992 年，頁 120～121。

[6] 人道主義乃源自西方哲學傳統，從斯賓諾沙（1632～1667）開始，通過 18 世紀法國和德國的啟蒙運動哲學家，一直沿續到歌德（1749～1832）和黑格爾（1770～1831）。這個傳統的本質表現了對人的關懷，並且敬重人之所以為人的價值。參考王元明《佛洛姆人道主義精神分析學》，臺北：遠流出版社，1990 年 12 月，頁 30。本文有關「人道主義」的定義則在此基礎上，做更廣泛的界定，大致說來，與傳統儒家親親、仁民、愛物的精神較相契合。

　　鍾理和天生是一位具有悲憫襟懷的人道主義者，他溫厚不爭先的謙和性格，自幼即然，鍾鐵民曾描述道：

　　鍾理和從小就有寬諒別人、尊重別人的氣度。據我的姑母回憶，祖父鎮榮公事業做得大，長年都雇用很多工人。加上家族成員，每餐吃飯都有三十人以上，要擺兩張飯桌。吃飯時一聲開動，二十幾個人等在大飯鍋前要裝飯，鍾理和拿著碗等，飯匙卻總是輪不到他，等到大家裝完時，第二輪的人又回來搶先了，他就呆呆地站著等，好不容易裝好飯，桌上早已風掃雲捲，一菜不留了，經常如此。[7]

　　這並非意味著鍾理和是人生競技場上的弱者，我們從他日後為反抗舊式婚姻的不合理，勇敢地偕台妹遠走中國東北，徹底向命運之神挑戰的堅毅精神可以證明。他只是爭其所當爭，向束縛人性、僵化心靈的舊制度與老傳統提出強烈的控訴；而反封建、反權威的當下，不就在提醒吾人，生命的本然平等，與每個個體的存在都應該受尊重嗎？

　　八年的中國經驗，他寫作了數篇批判性相當強的作品：〈泰東旅館〉、〈新生〉、〈薄芒〉、〈夾竹桃〉、〈地球之黴〉，〈逝〉、〈門〉、〈第四日〉等，在看似尖銳冷諷的筆觸下，實然隱藏著熱血青年在理想幻滅後，對大陸原鄉濃烈糾纏、愛憎難名的矛盾情結。陳映真在〈原鄉的失落──試析《夾竹桃》〉一文中，將鍾理和貼上了「殖民地喪失自信的知識分子」的標籤，並指責他「對祖國的落後，發出辛辣、毒惡的批評，在這個批評中，看不見他自己的民族立場，從而拒絕和自己的民族認同」、「在這一段話裡，我們感受不到一絲一毫對殘破而黑暗的舊中國裡的同胞愛。」[8]有關鍾理和民族認同的問題，過去已有數篇文章論及，

---

[7]參考鍾鐵民〈鍾理和文學中所展現的人性尊嚴〉，同註4，頁44。
[8]參考陳映真《孤兒的歷史‧歷史的孤兒》，臺北：遠景出版社，1984年初版，頁99～100。

茲不贅述[9]。在此，我們要問的是：鍾理和果真在返回原鄉後，因期望落空，便完全絕望地截斷對自己同胞的關愛嗎？在這個背負了 4,000 年舊文化包袱的古老中國裡，鍾理和果真看不到一點人性的光輝和溫煦的人情，致使他必須「深惡痛絕」的嘲諷、毒惡批評嗎？相信透過下面的解析，這些問題都可以獲得一定程度的解答。

　　中國歸來一直到 1960 年病逝，這 15 年是鍾理和創作最重要的階段，他一生中最精采、完整的作品如：「故鄉系列」、〈笠山農場〉、〈原鄉人〉、〈雨〉等篇，都在此期完成。這個階段，由於長年的病痛折磨，以及物質生活的貧乏，使他作品風格轉為沉鬱悽苦，雖不復早期的明朗流麗，卻在哀愁悒鬱中蘊含更細膩深刻的人性觀察與溫厚樸實的生命特質。以下筆者嘗試就鍾理和表現人道主義精神的作品做類型分析，並舉實例說明，使吾人在讚揚鍾理和為「人道主義者」之餘，能對其作品做更具體的了解和掌握。依作品內容，筆者將鍾氏投注關懷的主要對象分為三類：

（一）舊式婚姻下的犧牲者

　　鍾理和一生最為人所稱道的，便是為爭取婚姻自由，敢於向舊封建制度下保守客家社會挑戰的勇氣。他有一系列自傳色彩極濃厚的作品：〈笠山農場〉（1955 年）、〈同姓之婚〉（1956 年）、〈奔逃〉（1958 年）都相當真實而詳細地呈現了當時的矛盾、痛苦和掙扎，更深刻地呈現了傳統社會裡許多愚盲的執著與擺脫不掉的重層阻障。〈笠山農場〉裡劉致平與劉淑華的障礙來自：他們同姓，而淑華稱他為「叔」，他痛苦地省思道：

　　這些都為了彼此腦袋上頂著同樣一個字，如此而已！一種血緣的紐帶，
　　一種神聖的關係，在彼此陌生而毫無痛癢關係的人們之間迅速建立起

---

[9]如張良澤〈鍾理和作品中的日本經驗和祖國經驗〉，《中外文學》第 2 卷第 11 期，1974 年 4 月；陳映真〈原鄉的失落──試評鍾理和《夾竹桃》，同註 8；許素蘭〈冷眼與熱腸〉，《鍾理和逝世 32 周年紀念暨臺灣文學會議論文集要》，高雄：高雄縣政府，1992 年 11 月；澤井律之〈臺灣作家鍾理和的民族意識〉，《臺灣文藝》創新第 8 號（1991 年 12 月）等篇，均論及此問題。

來。它是和平，但強制；是親切，但盲目——這個「叔」字便意味著一
道牆，人們硬把它放進裡面去，要他生活和呼吸局限在那圈子裡，而這
又都是他所不願意的……[10]

　　爲了遵守這社會的規範，人必須壓抑自己的情愛，強就那千年以來即
已鑄成的生之牢絡。不僅同姓不婚，「太親了，不雅觀」（〈薄芒〉）、
「幼時父親便給他暗聘一個鄉下姑娘」（〈柳陰〉）、「那一家人我不喜
歡！」（〈雨〉），都可以成爲阻撓幸福的理由。在那個舊禮教重重束
縛，父親威權至上的時代，除非有足夠的勇氣和毅力如鍾理和者，才可能
突破禁忌，不惜以一生的幸福做賭注，敢於向整個社會的既定價值觀挑
戰。這種不輕易低頭妥協的精神固然可佩，但是，綜觀鍾理和一生的困頓
窘迫、貧病潦倒，我們仍然不禁要爲這悲苦的生命歷程而感嘆唏噓。由於
反抗傳統而遭致鄉人的鄙視、雙親的不解，鍾理和把他的傷痛、掙扎、無
奈、委屈，一一傾瀉在作品中。但是，他畢竟不只是想藉寫作來療傷消
愁，而是要更積極地向人們呼籲尊重婚姻的自主權，打落舊社會盲目、迂
腐的枷鎖，以避免悲劇一再地發生。〈薄芒〉裡，女主角英妹爲了照顧老
父幼弟，爲了父親不允早嫁，竟造成男主角阿龍癲瘋的不幸；〈柳陰〉
裡，由於男子已有婚約在先，女主角被強制拆散後，憤而離家，起初在咖
啡館當女侍，後來竟抵不過命運之神的撥弄而淪爲妓女；〈雨〉裡情投意
合的火生和雲英，因爲彼此家長關係的惡化，被迫分離，終於落得男子出
走，女子服毒喪命的慘劇。那麼，是不是向傳統挑戰，就可以獲得永恆的
幸福呢？從鍾理和寫婚後生活的作品：〈門〉（1954 年）、〈野茫茫〉
（1954 年）、〈貧賤夫妻〉（1959 年）、〈錢的故事〉（1959 年）、
〈復活〉（1960 年）等篇來看，答案恐怕是否定的。鍾理和雖未深刻地挖
掘封建思想籠罩下諸多不合理現象的病根，亦未正面指示未來應有的走

---

[10]《鍾理和全集 5・笠山農場》，臺北：遠行出版社，頁 89。

向，但是，藉由一件件悲劇的具體揭示與呈露，我們在感嘆、不忍之餘，是不是該進一步去省思對治之道，解病之方呢？假如整個價值觀不調整，假如那些非理性的枷鎖不去除，反抗也好，不反抗也好，人生因情愛而生的悲劇，將會輪轉不斷，永無休止之時。

（二）貧病交迫的孤獨廢疾者

自傳色彩較濃厚的作品往往是作者生活內容及心靈世界的映現以及再擴展，鍾理和後半生纏綿病榻，困阨窮苦，他在自傷自嘆之餘，仍不免要同情與他同樣命運的淪落人。其實，早先居住在大陸時期，鍾理和便已在作品中表現出了悲天憫人的慈善襟懷。〈夾竹桃〉裡，以魯迅式的尖銳嘲諷，不留餘地批評了大雜院裡自私、貪婪、懶惰、骯髒的原鄉人，譬喻之尖刻誇張，實不下於諷刺大師錢鍾書[11]，這是陳映真之所以對他的作品頗有微辭之故。其實，吾人若能諒解年輕人慣有的任性騁才的毛病，退一步以冷靜的態度來觀察鍾理和此作，則可發現在整部作品中，還是有兩位「人道主義的代言人」：曾思勉和黎繼榮。儘管他們可能「人道」得不夠徹底，但是對那被後母凌虐至死的孩童以及遭家人遺棄，遲鈍痴呆的老太太，仍有幾許不忍之心，且看寫老太太的幾個片段：

> 她的皮膚乾癟，皺裂如老柏，呈紫醬色。感官機能既顯得那麼遲鈍，思維又至為緩慢，尤其視聽二官，更顯薄弱。她十年一日地穿著褪了色的壽字紫綢短上衣，手拄一支拐杖，姿態傴僂，滿院裡蹣跚地進進出出，逢人便追，一邊宛若小孩，哀聲哭訴：「您怎麼不理我呀？咱們都是很好

---

[11] 如寫大雜院的髒亂：「幸而他們是世界最優秀的人種，他們得天獨厚地具備著人類凡有的美德；他們忍耐、知足、沉默。他們能夠像野豬，住在他們那已昏暗、又骯髒、又潮濕的窩集中，是那麼舒服，而且滿足。於是他們沾沾自喜而自美其名曰，像動物強韌的生活力啊！像野草堅忍的適應性啊！」（《鍾理和全集 1‧夾竹桃》，臺北：遠行出版社，頁 3）。寫莊姓太太的潑辣和多產則云：「奇怪的是這位莊太太，生殖力不亞於一隻母豬，孩子一個又一個，一年一個的接踵而至，像是一架機器，她們知道的是製造。並且她們天生有一張發則如牛吼的口，能聲勢俱厲的，把她們所製造的物品，震懾得如一口柔馴的牲口。」（《鍾理和全集 1‧夾竹桃》，臺北：遠行出版社，頁9），文筆均極犀利，在嘻笑怒罵中均寓有深刻的諷刺。

的街坊,是不是?」[12]

只見三四個穿制服的人物,勢不可遏的一湧進來。他們都以為那便是養老院派來的人,不禁為老太太擔心……老太太見進來的一隊,嚇得直向她的女兒嚎啕起來:「姑娘,我不去……」她央求著:「我不去,姑娘你告訴他們我不鬧了……」一邊又哀求進來的人,幾幾乎要跪下去:「不要帶我去,我求求您,先生,我不去呀!」[13]

　　作者只是直接呈現事實,並未加以主觀的感情投注,但當我們看到孤獨老婦的走投無路之窘迫,即使她再髒(身上虱子如雨落)、再放肆(公然向他人拿取短缺物品),終究令人感到同情和不忍。尤其最後老太太淪為乞丐,和孫兒二人顛顛撞撞、步行困難地向行人求乞時,鍾理和如是寫道:

　　曾思勉悲痛地瞧了他們一眼,就也掏出毛票,和對普通的乞丐一樣,扔給少年,頭也不回地走了過去。同時,在心裡感到了一種類似憎惡與悲哀的感情。[14]

　　請注意上文中「悲痛」、「憎惡與悲哀」等用語,這是作者明白而直接的心情寫照:雖然嫌惡,卻還是忍不住為之感到傷痛,這是一種對祖國理想破滅後,難以言喻的心境。許素蘭在〈冷眼與熱腸〉一文中曾云:「這種源於濃厚的鄉土之愛,而對人物產生哀憫、對整體族群感到憂心的情操,在〈夾竹桃〉裡是看不到的。」[15]證諸以上對老太太的描寫,這樣的評斷恐失公允[16]。再者,〈夾竹桃〉裡,另一個令人矜憫的人物便是林大順

---

[12]《鍾理和全集 1・夾竹桃》,臺北:遠行出版社,頁 19～20。
[13]同上註,頁 29。
[14]同註 12,頁 64。
[15]參考許素蘭,同註 9,頁 40。
[16]許素蘭在引文時將〈夾竹桃〉的末句「類似憎惡與悲哀的感情」誤引為「類似憎惡與鄙夷的感

的小兒子。在後母凌虐下，八歲的小男孩不僅吃不飽穿不暖，而且每天都必須在灶前拉風箱，作者如是描述道：

> 午間與昏前，便看得見那少年光著瘦骨嶙嶙的脊樑，被深深地埋在一堆乾草中間，用力拉著風箱。濃煙即由這灶邊，濛濛地騰冒起來……這濃煙薰得一切器皿、衣服、屋子都浮溢著焦苦辛辣的氣味，而刺激得那坐在灶前的少年涕淚交流，感到窒息的苦惱。[17]

後來，少年病倒高燒，後母仍不肯罷休，終究導致了少年的死：

> 翌日，一具小棺木在暮色中無聲地被抬向哈達門外去。傍晚，黎繼榮看見孤獨地，一邊在拉著昔日少年拉過的風箱，一邊悄悄地淌著淚的少女時，他突然憶起昨日曾思勉的話。他由這裡鮮明地看見一步步走向貧窮，更由貧窮一步步走向破滅的一個民族的命運的影子。[18]

這種不忍生命受傷殘的心情，實寓有對民族自私性格的不滿，對中國未來走向的憂慮。不是詛咒，而是愛深責切遂生的隱憂。人性的墮落、道德的淪喪，看在懷有純潔而崇高理想的青年眼中，毋寧是難以忍受的，鍾理和早期作品裡表現了如此濃厚的批判色彩，對祖國社會抨擊，並非無因而然。

中日戰爭結束後，在中國的臺灣人往往被視為漢奸，而備受排斥，鍾理和夫婦遂於 1946 年 3 月回到臺灣[19]。隨著鍾理和的病倒，家中經濟日漸拮据，養家餬口的責任遂由台妹一肩擔當。返臺的幾年間，她學會了莊稼人的全副本領：犁、耙、蒔、割，農事完了之後，她還抽空到附近富戶或

情」，雖只兩字之差，但在解釋鍾理和的原鄉情懷上，卻易產生理解的歧異，不能不加以釐清。
[17]同註 12，頁 41。
[18]同註 12，頁 59～60。
[19]參考王麗華〈鶼鰈之情——夜訪鍾台妹女士〉，《臺灣文藝》第 54 期，1977 年 3 月。

林管局造林地做工。由於不是時常有工可以做，所以他們的經濟老是搖擺不定。鍾理和不禁感慨道：「事情往往又不是『吃稀點』，便可以熬過去的。柴米油鹽醬醋茶，對於他人是一種享受，但對於我們，每一件就是一種負擔……」[20]緣此，對於台妹以汗水勞苦掙來的錢，他點滴都珍惜、感激。從 1946 年 8 月肺疾初發，病倒任職之處開始，鍾理和便與殘酷的病魔不斷地搏鬥。貧與病的交纏，是他後半生的所有內容。苦過、痛過，因此，他更懂得以體貼細膩的心，去傾聽大地苦難生靈的呻吟。並透過他的筆，寫出了這些孤獨廢疾者貧病交迫的無奈和悽傷。〈阿遠〉寫一位白痴女人被嘲弄、被戲謔，被她貧窮的丈夫阿貴看得比一頭牛還不如的卑微。阿遠的儀表看來不男不女，高個子粗骨架，扁鼻濃眉。為了便利整理，婆婆乾脆將她剃光了頭，穿著齊膝長杉，每天荷著鋤頭，挽著畚箕，一拐一拐地跟在水牛後面，準備接收牛糞。餵牛，撿牛糞，這是阿貴唯一指定給她的工作，而她也都做得極稱職，有一次，由於小說中的敘述者和幾位同伴調皮，將鋤頭藏起來，阿遠在嚎哭之後，便改用手扒牛屎。回去，遭阿貴一頓打，而且改用村人撿豬屎用的「豬屎夾子」給她，然而，阿遠卻從此改用手扒牛糞，夾子只用來捎畚箕。為了自己的頑皮，竟使這個白痴女人落到如此田地，敘述者心中感到微微的歉疚和不安。而後，寫阿貴買牛一幕，更凸顯出白痴女人在一般人心目中牛馬不如的卑賤地位，村民中有不以為然的大聲叱呵：

　　人家二十元買來一條母牛跟你換人——聽明白了沒有？牛換人！你本就不像話了，你又倒貼二十元給人家，這不是拿鈔票請人來睡自己的老婆嗎？你是何苦來？[21]

　　但是，也有幸災樂禍，趁機起鬨嘲笑的：

---

[20]鍾理和〈貧賤夫妻〉，《鍾理和全集 3・雨》，臺北：遠行出版社，頁 7～8。
[21]《鍾理和全集 3・雨》，臺北：遠行出版社，頁 98。

這是好主意，母牛比人聽話些，好擺布，是這個意思吧，阿貴？[22]

　　這樁買賣因羅阿興揭發牛販在牛背釘上釘子矇騙阿貴的技倆，終究沒有做成。然而，這種對於生命的輕賤，對於勤勉卻又低能的女子之鄙視，卻是敘述者心裡一直拂拭不去的陰影，他忍不住省思：

　　每個人都願意自己生得眉清目秀，五官端正，但這也只是願意而已，事實在我們呱呱落地的一剎那，一切便已決定了。你是生得妍好清麗呢？抑生得五體不全呢？這一瞬間的情形便決定了你今後的一生……但無論如何，一切既已如此決定，對此，我們一點辦法也沒有。
　　一個人生而貧窮，固然可悲，然他未始不可用他的努力和智慧去改造那惡劣的環境？但是，失去的胳臂或心靈則永遠也追不回來了，這是天地間不可彌補的最大憾事，最大不幸。唯有如此，我們對那些不幸者，應該去嘲笑他們呢？去侮辱或去欺負他們呢？[23]

　　此篇完成於 1951 年元月，正值 1950 年代白色恐怖時期，鍾理和並未觸及敏感的政治、社會問題，只以急速變化中的農村作遠景，題材則著重於永恆的人性問題之探討。這問題亙古以前即便存在，1950 年代的臺灣農村社會存在，在 20 世紀末的今天，每個所在，不也同樣存在著這種生命缺憾的無奈嗎？當我們透過鍾理和的文字喚醒內在深藏的善良本質，為書中人物抱屈、不忍之時，是不是更該因此對生活在我們周遭，而卻又失去上帝眷顧的盲聾瘖啞以及智能偏差的同胞，多一份矜憫與同情呢？
　　1960 年鍾理和以自己三年住院診療所見所聞，寫出了令人嘆惋的〈閣樓之冬〉，發表於《聯合報》副刊。故事中的主角邱春木是鍾理和隔壁病室的室友，臺北人，父親早死，靠母親以裁縫維生。戰後，曾在市府做

---

[22]同註 21，頁 99。
[23]同註 21，頁 91～92。

事，後來因病住院，家計及醫療都要靠母親獨力撐持。隨著病勢的加重，邱春木幾乎斷絕了活下去的希望，後來，由於打了「邁仙」，他的病情急速好轉。看著他恢復血色的面孔，母子二人都有無限的歡欣。但是，邁仙非常昂貴（一錢黃金只能買一至二支），不是普通人家付得起的。一支支邁仙打下去，母子二人都暗地裡愁苦、擔憂。這病至少要打 40 支邁仙才能生效，而只打到 14 支，邱春木的母親便已賣完首飾，並狠下心把她賴以維生的縫衣機賣了。在病情無起色，而家裡又付不起醫藥費的窘境下，邱春木只好退院返家——靜候死神的召喚。秋去冬來，邱春木終於熬不過，走了。邱母在事後，傷痛地憶述：

> 回家後春木瀉得很厲害，她還設法給他打兩支邁仙，不過以後春木就不讓買了。他說反正他不會好了，徒然浪費金錢，他們還要生活呢！他說他們已為他盡了心，就是死了，他也無話可說。自得瀉症後他即戒慎飲食……所以，他想在死前放開口腹吃個痛快。他要她辦一桌筵席，讓他一天吃一樣，吃完八碗八盤，然後死去，他就滿足了……[24]

然而，邱春木終究來不及吃完最後一盤菜便死了。篇末，作者寫道：

> 她的悲哀壓著我的心，按著我的腦袋。當她說到最後時，我舉起我的頭，只見油加里樹又向那邊彎過身子，雨正瑟瑟地下著。[25]

病友的死，猶如自己又一度生死歷劫，唯有真正徘徊在死亡邊緣的人，唯有真正切感貧病摧磨的人，才能將這種痛苦憂戚寫得如此入木三分吧！而在戰後初期的臺灣，尤其是偏僻、貧窮的農村，有多少人曾受過這種無奈的淹煎！有多少人因為經濟拮据，必須眼睜睜地看著至親之人一點

---

[24] 《鍾理和全集 4·做田》，臺北：遠行出版社，頁 14。
[25] 同上註，頁 15。

一滴被死亡侵蝕而無能為力！從鍾理和的作品裡，我們似乎看見了那個時代臺灣人民一齣又一齣輪替不斷的生之悲劇。

（三）社會變遷中的挫敗者

鍾氏夫婦返鄉，正值臺灣戰後重建的時期。國民政府接收臺灣後，因為官員貪污腐敗所產生的物價飛漲、經濟蕭條；以及語言隔閡、分配不均所引發的省籍矛盾，終究不可避免地爆發了臺灣近代史上極慘烈的二二八事件。在 1940～1950 年代，白色恐怖陰影籠罩下，臺灣民眾歷經了日本治臺以來又一次的浩劫，1949 年國民政府退守臺灣，在痛失大好河山之際，舉國沸騰著反攻大陸，解救同胞的熱血，政治色彩一向不濃厚的鍾理和 26，在彼時並不趨附潮流，只是秉持著他一貫真實誠懇的創作態度，繼續描寫自己熟悉的事物，刻劃那些時代變遷下，在生活裡奮鬥掙扎的農民及村人。葉石濤在《臺灣文學史綱》裡指出：

> 〈笠山農場〉裡不像三〇年代新文學的農民小說一樣，有尖銳的地主佃農的對立，倒是地主與農場勞動者之間相處融洽，這也是鍾理和小說中的一個特色。他一向不以社會性觀點來處理題材，倒是用美學和人性來安排情節，使他的小說細膩動人，有高度的藝術成就。然而，精確而優美的寫實技巧，往往也透露出小說背景慘無人道的事實真相。如〈故鄉〉連作，把光復後臺灣農村疲憊、凋零、荒蕪、窮苦描畫透徹，敢說是可以躋入世界文學之林的傑出作品。[27]

階級鬥爭、民族矛盾並非鍾理和寫作的焦點，如葉先生所說的，他是著重以藝術手法真實地去探索人性的本質。立足於人道主義的觀點，去察照生活在周遭的芸芸眾生之苦難和傷痕。他並不刻意去批判政策缺失、揭發環境弊端，但是當他所著眼描繪的「人」在歷劫受苦時，我們同樣可以

---

[26]同註 5，頁 50。
[27]葉石濤《臺灣文學史綱》，高雄：文學界出版社，1987 年，頁 98。

明白地看到與書中人緊密交纏的時代網絡。〈故鄉系列之一：竹頭庄〉裡的炳文、〈故鄉系列之三：阿煌叔〉中的阿煌叔，都是鍾理和極用心描繪的時代變遷下的挫傷者。兩人的共同點是，早期他們都充滿了蓬勃的朝氣和開朗堅毅的性格，鍾理和如是描繪著敘述者少年時候志同道合的友伴炳文：

> 炳文是妻的族人，又是我從前要好的朋友之一：是一位機智、活潑，肯努力有希望的青年……我們一見面便是海闊天空，大聊其天……尤其難得的是：當時他又是我很少數能夠閱讀和討論中文文學的朋友之一，這在我們的友誼上，更添了一層較普通為深的感情。[28]

這位西裝革履和「我」出入酒樓茶館，充滿昂揚生命力的文學青年，在 15 年後敘述者返鄉時，有著什樣的變化呢？

> 朋友變化的徹底，又復使我大吃一驚。他那三角形的頭，只有稀疏幾條黃毛，好像患過長期瘧疾的人一樣倒豎著。陰淒淒的眼睛，塌落的眼眶深處向前凝視，口腔凹陷，細細的脖子，清楚可數的骨頭……竹椅已破得靠背和扶手僅賴麻繩維持，稍一轉動，便悉悉索索作響。「壓乾癟了的蘿蔔乾！」我想。[29]

他們冷淡而片斷的交談，過去那種溫馨而充滿詩意的友誼似乎從來不曾發生過。令敘述者尤其痛苦的是，炳文那不耐煩的視線和帶著嘲弄與狡獪笑意的嘴角，只有在談到從救濟總署的水泥肥料牟利時，方才從眼睛射出熱情的火花，蒼白的臉也透出微紅，使人依稀看出他昔日的機智和活潑來。「何昔日之芳草兮，今直為此蕭艾也！」（〈離騷〉），一個人最珍貴最善良的本性何以 15 年後竟會消磨殆盡？作者透過丈母娘的角色來分析

---

[28] 《鍾理和全集 2・原鄉人》，臺北：遠行出版社，頁 212。
[29] 同上註，頁 212～213。

道：由於失業――全臺產業的不景氣，加上米荒――先是日本的重稅，而
後是光復後的雨災、旱災，造成民眾的普遍貧窮。為求活口，炳文遂有了
極大的轉變：

> 打去年起，逢人就說要賣水泥，這裡那裡去騙錢，鬼才知道他是賣水泥
> 賣火泥呢！人，扯開面皮就什麼事都做得出！孩子飢得像隻小雞，吱吱
> 滿地叫，誰不說可憐呢？[30]

在連活命都有問題時，談正義、誠實、理想、抱負，有時竟是一種奢
侈！「人，扯開面皮就什麼事都做得出！」這種赤裸裸而又真實的披露，
令人思之酸楚。敘述者遂由原先的憎惡，轉為對炳文更深沉的同情和悲
憫。由天真熱情變為狡猾唯利，或許炳文也不甘心；然而現實的無奈，經
濟的窘迫，又使他不得不再度的自我毀棄，這其中或許曾有過無數矛盾掙
扎的痛苦吧？值得一提的是，這篇小說完成於 1950 年，而故事發生的時間
是 1946 年的 4 月，故事中，人們把生活的困窘、社會的動盪、物資的匱
乏、經濟的崩潰歸咎於早期的日本政府與終戰後的天災，果真只是這樣
嗎？鍾理和在 1950 年代末敢把造成政治社會動盪不安的真正因素藉著小說
呈現出來，是有著現實上的顧忌和不得已。但是，他並沒有疏忽作家的職
守，仍舊越過禁忌，把執政當局利益分贓，層層剝削下民生凋敝的慘狀，
借著炳文這樣一個具體的人物呈現在吾人眼前。與炳文同樣令人嘆氣惋息
的是那具有客家人勤奮剛健特質的阿煌叔，早年的阿煌叔在敘述者心目中
是強者的象徵：

> 一個彪形大漢，高個子，闊肩膀，像一堵壁。他的每一個手勢，每一個
> 轉身，都像利刀快活，鐵鏈沉著。他的手上、腿上、身上，並且臉上，

---

[30]同註 28，頁 218。

沾的滿是泥漬。在抓草時彈起來，而經體熱烙乾的點點泥漬，使他不平凡的面孔，平添了幾分剽悍、勇猛的表情。這一切，我覺得和他的魁梧的身姿極相稱和的。我由他的每一個動作的陰影下，獲得一個有力而清楚的印象——一個字：強！[31]

做爲村裡最受歡迎的除草班領班阿煌叔，20 年後又是何等模樣呢？

「這個人是完了——懶得出骨！」
「你去看看吧，他準是在家睡覺呢！飯也懶得煮來吃——睡死了他才好！」[32]

而後，敘述者記錄了往訪阿煌叔家所見污穢、邋遢的景像：茅寮周圍的堆屎、萬頭鑽動的蒼蠅、蟑螂，拖著兩道黃鼻涕的女孩，光著屁股坐在地上玩耍的男孩，枯瘦憂鬱的看門狗，以及屋裡如豬般細眼、厚唇、癡呆的女主人，還有捲著骯髒被單躺臥在床上的男主人——阿煌叔：

由兩個洞裡發射出來的黃黃的眼光是要把一切人們認為有價值的東西，統統嘲笑進裡面去的阿煌叔的身子，已顯得十分臃腫，皮膚無力的弛張著，鬼才相信這皮膚從前曾經繃緊得像張鐵皮。下眼皮腫起厚厚一塊紫泡，恰像貼上了一層肉。頹廢和怠惰有如蛆蟲，已深深吃進肉體了。[33]

作者並未明顯地交代阿煌叔墮落頹靡的原因，但是，我們仍可從阿煌叔那句自棄而具關鍵性的話語：「難道說我還沒做夠嗎？人，越做越窮！我才不那麼傻呢！」[34]並比照「故鄉系列」所給予的背景暗示，得到一些了

---

[31]《鍾理和全集 2・原鄉人》，臺北：遠行出版社，頁 239。
[32]同上註，頁 241。
[33]同註 31，頁 243～244。
[34]同註 31，頁 245。

解。原本勤奮的阿煌叔而今卻斷言「人越做越窮」，可見他必然曾付出極大的心血為前途打拼，而可以想見的是，他必然一再一再地受到挫折打擊。履仆屢起，屢起屢敗，這個失敗能把如此剛健的男子磨得志氣皆無，我們可以想像打擊之殘酷、之頻繁。在作品中，我們看不到勇者椎心刺骨的嚎泣，但是，若不是曾經如此痛苦絕望，怎可能會有後來行屍走肉般的阿煌叔？我們進一步要問，究竟是什麼因素使得阿煌叔與炳文都會毀廢到這種地步呢！四篇「故鄉系列」裡皆將重點放在久旱不雨的天災上，事實上，我們仍可從字裡行間找出作者細心隱藏的蛛絲馬跡：

這是什麼年頭？有產有業的，還是有了今天沒明兒，是不是？[35]

一個農夫跟我嘆息說：「年頭不好，天也反常了。」我想起了他那徬徨四顧的眼睛，那裡面清楚地湛著失去信心的心靈的不安。我好像覺得人們是變得十分不可思議的了，從前並不是這樣的……但是，那些事到底又怎樣呢！——不消說，我是想起了幾天來我所聽和所見的所有事情：阿添的困難、德昌伯的悲哀、炳文的詐欺、丈母的牢騷、燒山人的愚蠢、哥哥的咒詛、阿煌叔的破滅……也許這些都是一個錯誤吧？一個極其偶然的錯誤吧？到了那個時候，一切都會被修正過來，生活會重新帶起它的優美、諧調和理性。就像做了一場惡夢之後，當我們睜開眼睛來時，世界仍舊是那麼美麗可愛！但願如此。[36]

鍾理和以相當含糊的筆調總結了〈故鄉系列〉裡種種脫軌的現象。值得注意的是「年頭不好，天也反常了」這話。不是由於天反常——雨災、旱災接連而至，遂使年頭不好嗎？而今卻顛倒過來說，難道鍾理和是暗示著，「人禍」遂招致「天災」嗎？那麼，又是什麼樣的人禍使他必須如此

[35]鍾理和〈竹頭庄〉，《鍾理和全集2·原鄉人》，臺北：遠行出版社，頁218。
[36]鍾理和〈親家與山歌〉，《鍾理和全集2·原鄉人》，臺北：遠行出版社，頁248～249。

曖昧含混、欲言又止？「也許是一個極其偶然的錯誤吧……就像做了一場惡夢……」戰後初期曾發生過什麼令人如此沮喪的錯誤？又發生過什麼惡夢般的劫難？純粹只是民眾迷信無知與天災所造成的糧荒，致使人心惶惶而已嗎？如果我們把這一系列的作品，放回鍾理和寫作的那個年代，答案就昭然若揭了。國民政府於戰後接收臺灣之際，由於官員的貪污徇私、資源壟斷，造成嚴重的米荒，導致物價暴漲、經濟恐慌。民間企業瓦解、工商凋零、農村破產、失業人口激增、社會動盪不安、司法紊亂、疾疫流行……對祖國政權極度失望的民眾，在當時流傳著〈臺灣零天地〉的打油詩，表達了苦痛的心聲：「臺灣光復，歡天喜地。貪官污吏，花天酒地。警察蠻橫，無天無地。人民痛苦，烏天暗地。」在時代的大變遷下，整個臺灣社會都失去了原來的秩序和軌道，勤奮工作者可能遭致失業或米糧被強制以賤價收購的噩運[37]。炳文和阿煌叔便是那個非理性時代的被犧牲者，從這兩位鍾理和筆下塑造的典型人物，我們同樣看到了許許多多時代悲劇下受難者的憂苦容顏，以及他們呼告無門的憤怒和悽傷。

三、

　　林載爵曾以楊逵的「抗議」和鍾理和的「隱忍」，來概括臺灣文學的兩種精神[38]。前者代表了臺灣作家中，外放的、剛烈的、激昂的勇士類型；後者則代表了另外一種內斂的、溫厚的、堅毅的仁者類型。不同的個性、氣質，構成了不同的作品風格和題材取向，這原無所謂價值的高低。一般人在閱讀鍾理和的作品時，往往被他纖細清麗、明淨幽邃的文字魅力與創作風格所吸引。葉石濤在〈鍾理和評介〉一文中說：「鍾理和的作品具有

---

[37]參考《臺灣銀行季刊》創刊號，1947 年，頁 227、363、400；莊嘉農《憤怒的臺灣》，臺北：前衛出版社，頁 90～91。

[38]參考林載爵，〈臺灣文學的兩種精神——楊逵與鍾理和之比較〉，《中外文學》第 2 卷第 7 期，1973 年 12 月。雖然有人認為「隱忍」二字不足以概括鍾理和作品的全部精神，如張良澤在〈鍾理和作品中的日本經驗與祖國經驗〉（同註 9）即持此主張。但是，大抵說來鍾理和的作品特質確與楊逵有著內斂及外傾兩種不同的走向。

說不出的濃郁氣氛，明豔的色彩……這使他成爲卓越的藝術家，令人激賞的作家」；林載爵亦讚賞鍾理和是臺灣前代作家中「將文字、形式、結構，用得最好的一位。」[39]然而，在探索鍾理和作品的內在思想時，評論者往往不勝惋惜地指出鍾氏後半生爲病痛所苦，致使作品開展不出大格局，像楊逵、呂赫若、吳濁流等人般，對當時的政治、社會，提出犀利的批評。大多取材於個人的經驗、遭遇，故不免流於「狹隘的個人經驗主義」[40]。其實，以個人的生平遭逢做爲創作基調，在眾多作品的映照下，一再一再出現作者的影像及其心靈世界的自白，是許多世界級大文豪的共同現象。海涅曾說：「詩人是按照自己的肖像來創作其他人物的」[41]；中國近代小說家巴金也說道：「《家》裡的那些人物都是我所愛過和我所恨過的，許多場面都是我親眼看過或親身經歷過的。《家》裡面沒有我自己，又處處都有我自己。」[42]經驗來自作者的親身感受，必然較深切、強烈，因此，在作品中進行人物的刻畫與情節的鋪排時也就較爲逼真傳神，不致有矯揉造作之弊。杜斯妥也夫斯基爲癲癇病所苦，遂將箇中滋味透過《白痴》中的藝術形象梅什金公爵來傳達；莫泊桑爲進行性痲痺所苦，遂將他的幻覺和狂念投注在小說《奧爾拉》中[43]，其他如歌德的《少年維特的煩惱》、赫塞的《徬徨少年時》，三島由紀夫的《假面的告白》……不都帶有極濃的自傳色彩嗎？必定要求鍾理和與同時代的作家一樣，藉著作品來批判強權的壓迫、階級的對立、民族的矛盾，是不是也將形成另一個窠臼，另一種八股？如前所云，鍾理和是屬於內斂型的作家，根據近代心理學家榮格的分析，這種「內傾型的男性」容易將自我的影像強烈地投射在作品中，並

[39]參考葉石濤〈鍾理和評介〉，《自由青年》第 36 卷第 5 期，1966 年 8 月。林載爵〈臺灣文學的兩種精神〉，同上註。

[40]參考鄭清文〈重讀鍾理和的短篇小說〉：「鍾理和的作品大多以自己的生活爲中心……這是鍾理和的作品特色，這也是題材的自我侷限……」收在鄭氏《臺灣文學的基點》，高雄：派色文化出版社，1992 年 7 月，頁 73～90。

[41]參考魯樞元、錢谷融主編的《文學心理學》，臺北：新學識文教出版中心，1990 年 9 月，頁23。

[42]參考吳士余《中國小說美學論稿》，上海：三聯書局，1991 年 9 月，頁 61。

[43]同註 19，頁 65。

且具有相當細膩深刻的內省能力[44]。因此，鍾理和並不刻意地向外累積生活的經驗，以拓展他寫作的視野和題材。藉著敏銳的文學觸鬚和較一般人細膩柔軟的心思，他往往將別人看來平淡平常的事物，透過慧心巧思，以高度的提煉手法，框取生活中具典型代表的片斷，使文學作品具有一定程度的感染力和藝術性。儘管部分具有豐富想像力的作家，並不爲其生活內容所局限，而能以虛擬的手法，構造出動人心弦的情節。但是，在鍾理和的創作觀裡，他相當堅持「真實無僞」的寫作態度，在給友人的書信中鍾理和寫道：

> 戰鬥文藝滿天飛，我們趕不上時代，但這豈是我們的過失？何況，我們也無須強行趕上。文學是假不出來的，我們但求忠於自己，何必計較其他？[45]

> 一個人的生活經驗畢竟是有限的，不能遍及各方面。對於他的生活範圍，他知之詳而體之深，寫來自然親切動人，有真實感。然而，一走出他的門檻，既已不是他的世界，他就難免生疏隔膜。如果要寫，就只能靠想像，因此，要想它寫得好，寫得動人是很難的，說不定還會變成矯揉造作。[46]

　　由於要求真實不虛矯，因此對政治問題投入不深的他，日治時期並未在作品中表現激烈的抗議色彩，戰後也未參加「戰鬥文學」的行列。他只是忠實地呈現自己的思維與情感，真摯地表達他對周遭人物的愛和關懷。在給友人的書信中，鍾理和一再地強調他「爲人生而藝術，爲社會而文學」的創作理念，他反對「無病呻吟」或「風花雪月」之作，認爲寫作

---

[44]參考榮格《心理類型學》，西安：華嶽文藝出版社，1989 年 4 月，頁 185～186。
[45]1958 年 11 月 19 日〈致鍾肇政書函〉。
[46]1958 年 12 月 30 日〈致廖清秀書函〉。

「不該離開生活，否則就變成沒有內容的東西」[47]，而偉大的作品之所以能
永垂不朽，主要在它具有「社會價值」[48]。所謂「社會價值」就鍾理和的觀
點而言，乃是能夠喚起讀者的共鳴，而能夠達到啓迪、鼓舞社會的作用。
他的《笠山農場》就是在這樣的理念下，將原本悲劇的收尾改爲較圓滿的
結局。爲了不致令同樣因同姓結婚而痛苦煩惱的青年讀者沮喪，鍾理和做
了情節的遷就和調整，他並不因之而懊悔，在給鍾肇政的信裡，他寫道：

> 拙作〈笠〉篇情節的變更我並不後悔，甚至愈來愈認為應該如此。我們
> 沒有理由讓一位讀者在讀完一部作品後大感灰心。（1958 年 12 月 24
> 日）

　　除了藉著作品來鼓舞讀者外，鍾理和更嚴格要求作家的是，必須具有
高尚的品格和正義感，始能對讀者有所啓發。在給廖清秀的信中，他明白
地表達這樣的理念：

> 我贊成一篇作品是外在世界透過一個作家的個性扭曲的映像的說法……
> 然而，一個人的個性是不能離開他的人格品行思想而獨立的。在透過他
> 個性的同時，必然也帶上他德操品格的印痕，因此，要求作為一個作家
> 必須養成有高尚的品格才有道理……一部作品既被列為世界偉大的小說
> 之列，我認為絕不單純因為它有趣、有特性、有感情，對於社會人生，
> 亦必賦有極大的感化力。而這感化力，我認為便是一個作家崇高的品格
> 和正義感……如果他沒有對崇高的東西的感受性，他就不會對讀者有所
> 啟迪。（1958 年 12 月 30 日）

　　而所謂「崇高的東西」以鍾理和而言，最具代表性的應該便是關懷民

---

[47]參考《鍾理和書簡》，臺北：遠行出版社，1967 年 11 月，頁 86。
[48]同上註，頁 91。

眾苦難、悲憫同胞不幸的「人道主義」吧！假如我們願意換個角度來看，
鍾理和作品的題材雖較狹隘，但是他那深摯的關懷和不忍人之心，不是全
人類根植於內心深處永恆而普遍的存在嗎？這種超越時間限制和空間阻隔
的人性光輝，不正就具有宏闊的視野和寬廣的胸襟嗎？夏志清在〈時代與
真實〉一文中說到：

> 反映時事的文學作品當然有其重要性，尤其如果要把它當做社會研究的
> 資料──但，我還是認為，一般而言，最佳的文學作品關注永恆的人類
> 問題，較少關懷短暫的時事問題。[49]

　　夏先生的說法，很足以做為鍾理和作品特色的詮釋，亦足以用來回答
一般批評者的疑惑。做為一個「人道主義精神」的實踐者，鍾理和與古今
中外許多偉大的作家同樣地具有一種超越自我的大愛，在歷劫受苦之後，
以感同身受的心靈，去撫慰廣土眾民的痛苦和傷痕。彷彿「人類靈魂的工
程師」，透過文學作品刻鏤人類的憂煩和苦惱，在揭示生命的缺憾和無奈
之餘，作家往往嘗試引導讀者從現實的困境和邪惡中超拔出來[50]。誠如
1950 年美國作家威廉‧福克納（1897～1962）在諾貝爾文學獎頒獎典禮上
所說的：

> 人的不朽，不只因為他在萬物中是唯一具有永不耗竭的聲音，而是因為
> 他有靈魂，那使人類能同情、能犧牲、能忍耐的靈魂。詩人和作家的責
> 任，便是要寫出這種同情、犧牲與忍耐的人的靈魂。詩人和作家的天
> 職，是借著提升人的心靈，鼓舞人的勇氣、榮譽、希望、尊嚴、同情、

---

[49]參考夏志清〈時代與真實〉，《聯副三十年文學大系》，臺北：聯經出版社，1981 年 2 月，頁
　291。
[50]參考劉再復〈論文學的主體性〉，《生命精神與文學道路》，臺北：風雲出版社，1989 年 11
　月，頁 112～115。

憐憫和犧牲，這些人類一度擁有的榮光，來幫助人類永垂不朽。[51]

困頓與苦阨使鍾理和較一般作家更貼近地掌握了生命殘酷的本質，難堪的窘境、死亡的逼臨，使他真切地省思人生存在的嚴肅問題。他不做廣闊的社會百態之察照，但是，每一位在他手中雕鏤而出的人物，都如此深刻地呈顯出生命的憂患和心靈的滄桑。他那觸及靈魂深處及生命底蘊的批判和吶喊，使我們如許真實地感受到他對於同樣受創負傷者深厚的同情和矜憫。這種由個人經驗出發而寫成的作品，不僅使作者的悒鬱苦悶獲得某種程度的消解，更能藉由人道精神的感悟，將之推展爲更寬廣的人類之愛。使讀者透過作品的閱讀，激發起人類共同的良善本性，提升了人類更光明潔淨的心靈境界，這恐怕是鍾理和作品最具意義和價值之處吧！

——選自施懿琳《跨語、漂泊、釘根》

高雄：春暉出版社，2000 年 6 月

---

[51]同註 43，頁 92。

《笠山農場》評析
兼談鍾理和的創作歷程

◎余昭玟[*]

一、前言

　　鍾理和（1915～1960），生於屏東高樹，18 歲遷居美濃，幫父親管理「笠山農場」，在此邂逅鍾台妹女士，不被家庭與社會容許的同姓之婚使他帶著台妹遠走北京，在原鄉生活了八年。戰後回臺灣任教中學，不久因肺疾辭職，北上松山療養所治療三年多，並開刀鑿去七根肋骨才保住性命。同姓之婚和肺疾使他一生全然改變，他既不被村人接納，又需忍受貧病煎熬，但他奮力以文學來護衛理想，寫出眾多優秀作品，並因過勞咳血而死，成爲「倒在血泊裡的筆耕者」。死後十多年作品才受到臺灣文學研究者的重視，1976 年張良澤全面整理鍾理和作品、遺稿、日記、書簡、資料等，編成《鍾理和全集》，共八卷（臺北：遠景出版社）。1983 年在鍾理和故鄉美濃成立了「鍾理和紀念館」，1992 年高雄縣政府爲他舉辦逝世 32 周年學術研討會，1997 年高雄縣立文化中心重編一套全集，共六冊（高雄：春暉出版社）。現在鍾理和已被肯定爲戰後臺灣文學最重要的作家之一。

　　鍾理和完成了一部長篇小說，三中篇，五十多篇短篇小說，合計約五十三萬字[1]。《笠山農場》就是這部唯一完成的長篇小說，原題「深林」，計177000 字。1956 年獲中華文藝獎金委員會長篇小說第二獎。可惜的是作者生前未能目睹《笠山農場》出版，終至於對文學完全絕望，交代遺言：「吾死後，務將所存遺稿付之一炬，吾家後人不得再有從事文學者；《笠山農

---

[*]發表文章時爲屏東教育大學中國語文學系助理教授，現爲屏東教育大學中國語文學系副教授。
[1]根據張良澤〈鍾理和作品概述〉的統計，張良澤是最早全面整理、編印鍾理和作品的研究者。

場》不見問世，死而有憾。」[2]語極沉痛。這是一個以生命見證文學，卻孤獨地埋沒草萊的作家。

鍾理和重要的作品大多完成於 1950 年肺疾手術出院後，到 1960 年病逝的十年間，這時期多以故鄉人物及家人為題材，自傳性質很濃[3]，《笠山農場》的男女主角——致平、淑華，也就是鍾理和夫婦的投射，文中坦誠傾訴作者的所見所感，語言樸實簡潔，而綿綿的情緻處處撼動人心。小說內容以同姓之戀為經，土地墾植為緯，組成一闋愛情和土地的戀歌。它對鍾理和的創作生涯別具意義：1.這部長篇小說的誕生極為曲折，寫作過程貧病交加，已備極艱辛，而完成後歷經波折，仍無法出版，以致作者含恨以終；2.同姓之婚對鍾理和的生活和創作影響很大，甚至成為他一生創作的泉源，而《笠山農場》則正是將同姓之婚闡述得最詳盡的小說；3.鍾理和由原鄉大陸返回故鄉美濃，前後作品風格丕變，從〈夾竹桃〉到《笠山農場》正好是前後期的典型代表；4.同樣寫故鄉，這部長篇小說卻和其他短篇作品風格迥異，傾向優美的田園牧歌，在所有作品中獨具一格。

這四者既是《笠山農場》的特點，也標誌了鍾理和的創作歷程。本文即就此四種視角來評析《笠山農場》。

二、一部長篇小說的誕生

《笠山農場》雖在大陸時期已開始初稿，但大部分作於 1950～1955 年臺北治療肺病回家後的五年間，這是他創作的重要時期，除了《笠山農場》之外，尚有其他短篇小說〈阿遠〉、〈故鄉〉、〈野茫茫〉、〈蒼蠅〉、〈做

---

[2]轉引自《鍾理和全集・總序》，張良澤編《鍾理和全集》，臺北：遠景出版公司，1986 年，頁7。鍾理和生前唯一出版的著作是中短篇小說集《夾竹桃》，北平：馬德增書店出版，1945 年。
[3]鍾理和去世次年，鍾肇政訪晤台妹女士長談經歷後，即發現「理和筆下的『平妹』原都是實有其人實有其事」。見鍾肇政：〈美濃行〉（收錄於張良澤編《鍾理和全集・卷八》）。鍾鐵民亦稱：鄰人與開山農人往往會出現在父親鍾理和的作品中，「還是同樣的神情同樣的態度，我都可以一一指著他們叫出名字來。」見鍾鐵民〈父親・我們〉（《臺灣文藝》第 1 卷第 5 期，1964 年10 月）。又說：「《故鄉》四部中第三篇〈阿煌叔〉所描寫的主人翁，就是當年家中工頭之一。」見鍾鐵民〈鍾理和文學中所展現的人性尊嚴〉，《臺灣文藝》創新第 8 號，1991 年 12月。鍾理和小說具有濃厚自傳性，殆已成為定論。

田〉等，就一個作家而言，這是創作高峰期。但不幸的是這五年間他極爲窮困，作品卻只有一篇〈野茫茫〉得以發表，沒有文友，沒有稿費，而且長子病成殘廢，次子夭折，母親去世，打擊接踵而來。他敘述自己的寫作環境是：「紙，一枝鋼筆，一塊六寸寬一尺長的木板，這是我全部的工具；外加一隻籐椅，一堆樹蔭。我就這樣寫了我那些長短篇，和《笠山農場》。」（〈致鍾肇政函〉，1958 年 8 月 2 日[4]）寫作期間他備嘗痛苦與失敗的滋味：「由我開始學習寫作起，一直至今，既無師長，也無同道，得不到理解同情，也得不到鼓勵和慰勉，一個人冷冷清清，孤孤單單，盲目地摸索前進，這種寂寞悽清的味道，非身歷其境者是很難想像的。」（〈致廖清秀函〉，1947 年 3 月 22 日）

在這種情形下，他對《笠山農場》的寄望特別深，因爲長篇小說是他向來的寫作目標，早在 1941 年他即著手撰寫《泰東旅館》，起草六萬字左右擱筆。完成《笠山農場》後，1958 年又立志寫「大武山之歌」，第一部 20 萬字，預計兩年寫成，但當時病體屢弱，只留下第一部開頭 6000 字，就齎志以歿。對這部唯一完成的長篇，他寄望很深，所以在《笠山農場》被《自由談》、《晨光》退稿時，他受到的打擊頗大。終於這部小說獲得 1956 年中華文藝獎金委員會舉辦的徵文長篇小說第二獎（第一獎從缺），獎金一萬元，但他在乎的並不是高額的獎金，仍衷心企盼著作能夠出版，不幸的是同年文獎會和該會專刊《文藝創作》相繼停辦，《笠山農場》無法面世。他拿回原稿再做改寫，以致《笠山農場》的稿本共有四種之多。之後寄去香港亞洲出版社及臺北幼獅出版社均無結果，再寄到《中央日報》，因篇幅太長被拒絕。其間鍾理和備受煎熬，一再去信向鍾肇政感嘆：

> 戰鬥文藝滿天飛，我們趕不上時代，但這豈是我們的過失？何況我們也無須強行「趕上」，文學是假不出來的，我們但求忠於自己，何必計較其

---

[4]本文所有引用鍾理和小說、日記、書簡原文，均依據春暉出版社 1997 年出版的《鍾理和全集》。

他。(1958 年 11 月 19 日)

　　他不認同 1950 年代風行的戰鬥文藝[5]，其實在原鄉的八年正值中日戰爭、國共鬥爭時期，他都曾留意觀察並記錄在日記裡，若要下筆並不缺乏此類題材，但爲了忠於自己的感受，只好繼續面臨退稿。直到他去世後次年《笠山農場》才終於出版[6]，達成他的願望。戰後第一代省籍作家，在 1950 年代完成長篇小說並公諸於世的，除了《笠山農場》之外，唯有吳濁流的《亞細亞的孤兒》、李榮春《祖國與同胞》及《海角歸人》、廖清秀《恩仇血淚記》。[7]《笠山農場》的內容以臺灣鄉土爲主要題材，完整呈現 1940 年代以前南部客家聚落的興衰，山村生態的變遷，這部長篇小說的出現，在 1950 年代的臺灣文壇是有其代表意義的。

三、創作的泉源──同姓之婚

　　客家族群有嚴格的宗族觀念、倫理規範，遵行「同姓不婚」的原則，甚至有些被認爲是同宗的相異姓氏，如「張、廖、簡」或「余、涂、徐」等，彼此間也不能通婚姻。[8]同姓結婚遠比男女雙方身分、地位、貧富不相配的婚姻更嚴重。鍾理和觸犯此一大忌，一生都處在這陰影之下，就是爲了抗拒這個詛咒竟驅使他投入文藝，成爲當上作家的契機，他 19 歲時就決

---

[5]戰鬥文藝是 1950 年代文壇的主流，始於 1949 年 11 月《新生報》副刊「戰鬥性第一，趣味性第二」的創作原則，整個 1950 年代均籠罩在此口號之下，不過它是一種號召，而非政府正式制定的文藝政策。（見司徒衛〈五十年代自由中國的新文學〉，《文訊》第 9 期，1984 年 3 月）雖然鍾理和不認同戰鬥文藝，他的《笠山農場》卻是在戰鬥文藝的主要機關「中華文藝獎金委員會」得了大獎，而且與文藝會的徵稿標準──以能應用多方面技巧，發揚國家民族意識及蓄有反共抗俄之意義者爲原則──並不符合，可見 1950 年代文壇有許多複雜的因素，尚待進一步研究。

[6]鍾理和去世頗令文友震驚，1960 年 10 月林海音、鍾肇政、文心等人緊急組成「鍾理和遺著出版委員會」出版了中短篇小說集《雨》，由文星書店發行，成爲百日祭的獻禮。1961 年逝世周年祭時，《笠山農場》由學生書局出版，達成作者生前的願望。林海音〈一些回憶〉對出版過程有詳細的記載，見《臺灣文藝》第 1 卷第 5 期，1964 年 10 月。

[7]廖清秀《恩仇血淚記》獲 1951 年「中華文藝獎金會」長篇小說第三獎；李榮春《祖國與同胞》於 1952 年獲「中華文藝獎金會」獎助，但全文 70 萬字只印行 20 萬字，其餘仍未出版。《海角歸人》於 1958 年完成，由《公論報・日月潭》連載，未結集出書。

[8]參考雨青編《客家人尋「根」》，臺北：武陵出版社，頁 284， 1991 年 1 月，第 4 版。

定要以文學當武器來護衛同姓之戀，並且一生不曾改變。橫亙在愛情中的一直是同姓問題，《笠山農場》後半部幾乎都在處理此一衝突，同姓不得結婚是封建思想下盲目的強制，男主角致平不斷找理由證明那是無稽之談，不過習俗具有強大的力量，使它成為一道無法跨越的高牆，但即使致平的父親震怒，父子斷然決裂，致平也始終不屈服：

> 父親為何拒絕？為何同姓不可以結婚？彼此親緣相距十萬八千里，而僅僅為了頭上戴著同樣的一個字？
> 他終於碰上那道牆了！
> 而他不能理解，更不能相信！（頁217）

致平注重的是人的尊嚴，自由的愛。封建的勢力太強大，以致他苦無對策，這也是作者鍾理和所悲痛的，他從 19 歲起，幾乎一生都在和它抗拒。

能攪亂笠山的客家山村的，或許只有愛情，而愛情中唯有同姓結婚最具革命性，鍾理和從成年戀愛開始，一生已註定要和故鄉父老周旋，不斷奮鬥、不斷證明，至死方休，他本身的經歷已經是最曲折的小說情節了。誠如楊照所說，他一生都沒走出同姓之婚的陰影，要靠不斷的寫作和故事裡的虛構，來減輕內心的罪咎恐懼，利用寫作來做為自我救贖。[9]的確，現實中的同姓之婚仍然給鍾理和極大的壓力，寫兩人戀愛的經過，就彷彿是一種補償心理，《笠山農場》回溯初戀，極力刻劃纏綿的情緻，寫到結婚便戛然而止。雖然在爭取自由戀愛時，不斷惹起家庭風波，但這仍算是鍾理和一生中最幸福平順的階段，難怪《笠山農場》成為他最心愛的作品。相對的，現實中的婚姻生活讓鍾理和與台妹都吃盡苦頭，在鍾理和去世的兩年後，即 1962 年，張良澤曾去拜訪台妹女士，他記錄道：「一向只記得平

---

[9]見楊照〈「抱著愛與信念而枯萎的人」──記鍾理和〉，《聯合文學》第 11 卷第 2 期，1994 年 12 月。

妹[10]是青春美麗帶靈氣的女孩，沒想到眼前站在豬圈裡清掃豬糞，彎背直不
起來而蒼髮蓬亂的老太婆，頓使我覺得人生如幻。此時，我才猛悟鍾理和
寫他們的戀愛故事，已是二十年前的舊事。二十年後的台妹，靈氣仍在，
可是變得如此消瘦與蒼老，是任何人都無法想像得到的。」[11]同姓之婚促使
鍾理和全力寫作，台妹也歷盡滄桑，成爲白髮老婦。他們現實裡的婚姻生
活受人排斥、窮病交加、幼兒夭亡，這些鍾理和寫在〈貧賤夫妻〉、〈同姓
之婚〉、〈復活〉、〈野茫茫〉之中，但對於苦難他必須尋找一個理由，證明
自己的本質並未被龐大的封建體系毀壞，所以《笠山農場》對男女主角之
間愛情的萌發、開展、衝突描寫得十分細緻，最後奔逃成功，他們回復爲
有尊嚴有自由的人。這裡比其他的短篇小說更堅決地肯定他的抉擇，《笠山
農場》是一個獨立的精神主體，在 1950 年代寫作這部小說，是他陷入困頓
時唯一能主體的力量，《笠山農場》實際上對鍾理和具有彌補與救贖的雙重
意涵。

四、題材的轉變——從原鄉到故鄉

　　由於鍾理和短篇小說〈原鄉人〉中有這樣的名言：「原鄉人的血，必須
流返原鄉，才會停止沸騰！」加上李行執導的電影「原鄉人」對鍾理和的
原鄉傳奇的詮釋，鍾理和遂被視爲臺灣人熱愛祖國的象徵。事實上，未回
到中國前的鍾理和的確對原鄉滿懷憧憬，所以決定帶台妹要出走到原鄉
時，「抱定了誓死不回的決心」(〈致廖清秀函〉，1957 年 10 月 30 日)，爲
著強烈的民族意識而來到中國。只是在東北及北京的所見所聞，竟使沸騰
的血液逐漸冷卻，這時期的作品不斷省思批判中國的根性和未來，〈夾竹
桃〉、〈新生〉、〈薄芒〉、〈門〉、〈白薯的悲哀〉等篇即是。其中又以中篇小
說〈夾竹桃〉最具代表性，描寫北京城中一所大宅院的各色人物，那人性
中種種因貧窮而現出的醜陋污穢的面相。主角曾思勉是作者的化身，他對

---

[10]鍾理和小說中影射台妹女士之處，短篇多名爲平妹，《笠山農場》則名爲淑華。
[11]見張良澤〈鍾理和全集·總序〉，張良澤編《鍾理和全集》，臺北：遠景出版公司，1986 年。

鄰人做旁觀冷靜的批判：

> 他們具同樣受著命運的播弄，何謂命運？拆開來說便是：貧窮、無知、
> 守舊、疾病、無秩序、不潔。……教育不發達，貪官污吏、奸商、鴉
> 片、疾視新制度和新東西的心理。

　　落後的中國並非夢想中的原鄉，中日戰爭造成的戒懼與隔閡，使中國
和臺灣之間產生芥蒂；另方面，中國政局一直動盪不安，日本又對臺灣統
治將近半世紀的情況下要去找尋原鄉，客觀條件上已不可能有圓滿結果。
鍾理和的祖國意識的產生和吳濁流《亞細亞的孤兒》描述的一樣，是出自
對日本殖民統治的反抗：

> 最初，日本人到來時，一塊兒他們帶來了皮鞭與尖銳的犁兒，他們可以
> 說從開始就用這具犁兒，由三貂角到鵝鑾鼻，再由西海岸到東海岸，凡
> 是他們能夠由那兒犁起來的，便不問什麼，統統拿走，而皮鞭就跟在那
> 後邊。（〈白薯的悲哀〉）

　　鍾理和的祖國意識便由這種反抗精神產生，所以 1941 年在北京時，憤
然辭去日人華北經濟調查所翻譯員的工作，也拒絕以日本僑民的身分領取
配給物資。
　　他的反抗精神更明顯地表現在創作語言上，一生不曾用日文寫作，雖
熟諳日文，寫作中文必須由日文腹稿辛苦轉譯，他仍堅持使用中文，和他
年齡相當的呂赫若、龍瑛宗在 1940 年代初期都已是成名的日文作家，而鍾
理和在此時出版的是中文小說《夾竹桃》（1945 年），早已立志要當「中國
作家」。青年時期他廢寢忘食地閱讀五四之後風起雲湧的新文學作品，像魯
迅、巴金、茅盾、郁達夫等人的選集，較少接觸日本文學，這奠定了他中
文寫作的基礎，當戰後省籍作家正辛苦「跨越語言」時，他已能流利使用

中文，建立自己獨特的文字風格，比其他人更迅速地跨過語言的障礙。[12]由
此看來他的民族意識不可謂不強烈，料想不到一場戰爭阻隔了認同之路，
但他並未絕望，不同於張文環棄文從商，呂赫若為革命而亡，或《亞細亞
的孤兒》男主角胡太明走投無路而發瘋，鍾理和的作法是從原鄉回到故
鄉，寫出了《笠山農場》，用他的筆刻劃美濃的風土民情，尖山的墾植歷
史，把希望寄託於土地。他的思想感情全然轉變，從此題材貼近土地和生
命，集中描寫自己熟悉的鄉土。此時的〈故鄉〉連作、〈阿遠〉、〈草坡
上〉、〈做田〉都可看到他對農村的細緻體會，《笠山農場》則更是對故鄉歷
史與土地的全面反映。

五、獨特的風格──田園牧歌

　　《笠山農場》的故事背景是 1930 年代後期的臺灣南部，殖民地政府正
加緊推行皇民化運動，在各地強迫學習日本語，接著是戰爭時期的物資配
給制度，但鍾理和把這些激烈翻騰的時空潮流都排除於小說之外，完全沒
觸及殖民地人權被摧殘、經濟受壓榨、農工族群被地主和資本家剝削的社
會現實，笠山彷彿一座遺世獨立的桃花源，唯一出現的日本人高崎先生是
提供種咖啡資訊的角色，純粹的協助者，無關日臺民族對立的時代問題。

　　農場主人劉少興，因為他是胸襟開闊的實業家，開辦笠山農場以來，
雖然災害頻至，阻力重重，他仍以寬大、忍讓、堅毅的態度努力經營，他
比一般農民更富於閱歷和知識，普遍獲得手下和一群臨時工人的尊重愛
戴，即使有附近居民盜採農場產物的情事，他也盡量放寬禁令，所以同屬
於臺灣 1930 年代勞資糾紛，階級對立的抗爭，也未曾出現於小說中。劉少
興的么子致平更和工人打成一片，是一個深具人道主義關懷的知識分子，

---

[12]但這並不意味他寫中文能得心應手，畢竟九年的公學校教育已使日文根深柢固，至 1958 年鍾理
和還認為自己的文字欠錘鍊，原因是：「一、國學根基太淺，或者竟談不上有根基；二、受日文
影響太深；三、我初學寫作時既無名師指點，只憑有限的作文能力，先用日文把文章故事打好腹
稿然後用中文寫出，積久成習，以後就很難擺脫它的影響。」見〈致鍾肇政函〉，1958 年 4 月
29 日（同註 4，頁 32），跨語的辛苦由此可見一斑。

他與淑華的戀愛也毫無階級問題，而只是同姓的倫理禁忌。

　　擺脫了這些種族對立、階級差異的社會矛盾，鍾理和全力刻劃笠山風土人物的美，這是一塊占地 200 甲的山地，因為形狀像笠子，所以被稱為「笠山農場」。笠山的墾殖過程歡樂洋溢，原始的山林甦醒了，人只要肯流血汗，便有美好前景可以憧憬，整座笠山是生意盎然的：

> 春已在這些樹林中間，在淒黃的老葉間，又一度偷偷地刷上油然的新綠，使得這些長在得天獨厚的南天之下的樹林，蓬勃而倔強地又多上了旺盛的生命之火，彷彿懵然不知自然界中循環交替的法則一般。菅草以貪多不厭的老頭兒的氣概，不管是石隙、絕壁、河邊、路坎、只要能吸得一點點生命滋養的地方，它便執拗地伸探它那細而堅韌的根。（頁 30）

　　作者對大自然富有敏銳的觀察力、想像力，精緻地刻劃山林美景，賦予笠山鮮活的生命，寫盡了溪谷幽遠、秀麗的各種境界。所以葉石濤會說：

> 理和的作品具有說不出的濃郁的氣氛，明豔的色彩，這是他與眾不同的特質。……臺灣色彩鮮明的風土，在他的作品中貫徹始終，好像血脈般永不停留地流瀉搏鬥著。[13]

　　他又以情觀景，借景抒懷，使景物和情節的發展互相配合，寫物即在寫人，情與景完全交融在一起。藉流水來襯托悲喜，寄寓主角的複雜情思，使文字既有詩情，又有畫意。大自然充滿力量，人的情感和景物融合無間，鍾理和筆下的笠山，實已寄寓情感的象徵轉化。於是景物也有了生命與靈性，山林是活的，它也有知覺，有性格。

---

[13]見葉石濤〈鍾理和評介〉，《自由青年》第 36 卷第 5 期，1966 年 8 月。

　　此外，勞動者也是牧歌田園不能少的畫面，鍾理和最善於捕捉年輕女子的言行聲欬，青春湧動的美感在一群女工身上流露出來，不過她們也是鄉土的兒女，尤其具有客家女性的生命韌力，既柔美又堅強，既含蓄又野性奔放的一種「雙重的文化性格」[14]。淑華、燕妹、瓊妹無不如此，連中年的阿喜嫂也兼具慈愛與剛烈的雙重性格。她們是由美麗原野孕育出來的女子，鍾理和有意塑造他心目中完美女性的形象，《笠山農場》處處對土地與人物讚頌著。

　　小說在春天的萬紫千紅、爭奇鬥豔中進入尾聲，笠山農場換主人了，饒新華也坐在田野上溘然長逝。自然的力量仍是最強大的，人們來來去去的悲歡足跡，只在一霎後，便只剩下山歌迴繞而已。整部小說沒有清楚的時代背景，而以田園牧歌式的開頭，也以悠揚的山歌結尾。《笠山農場》風格突出，鍾理和改變一貫悲憫沉重的筆調，對生命充滿希望，表現輕快活潑的田園牧歌，工人們興致勃勃種植咖啡，對唱山歌時那歡暢熱鬧的場面是其他作品中不曾見到的。

六、結論

　　《笠山農場》的背景和人物有其真實性，農場主人劉少興即鍾理和父親，劉致遠即鍾理和大哥[15]，男女主角的交往背景也吻合鍾理和與台妹女士的初戀，尤其同姓之婚同是焦點所在。當然人物、情節也不乏杜撰之處，但大體而言，這部作者唯一的長篇小說也和他的眾多短篇小說一樣含有濃厚的自傳成分，人物的愛恨、笠山的興衰都有歷史根據，它和鍾理和的創

---

[14]參考吳錦發〈鍾理和小說中的客家女性塑像〉，《民眾日報》1990 年 12 月 7～9 日。作者提出客家女性有勞動、生命韌力、淡泊的階級性、既含蓄又敢愛敢恨、生活的現實主義者等五項特色。《笠山農場》中的女性亦具備這些特質。

[15]鍾鐵民說：「笠山農場的故事背景，其實正是鍾理和的父親，我的祖父鍾番薯由屏東高樹遷到美濃經營山林的經過。……祖父的事業做得很成功，美濃的山林其實是他準備晚年退休養老的地方。……大伯就是在父親小說中，與偷農場產品的鄉人爭執被刺死的致遠，大伯的性格、脾氣、模樣則與小說中所描寫的完全吻合。」見鍾鐵民：〈笠山農場之後〉，《鍾理和全集 4》，高雄縣立文化中心出版，1997 年 10 月，頁 303～308。

作歷程也息息相關。

　　《笠山農場》對作者的特別意義在於：因為貧苦，鍾理和不得不盡量寫短篇來賺取稿費，以至於耗盡精力，再無法經營長篇。這部唯一的長篇遂有一生代表作的意義；其次鍾理和和大部分寫故鄉的作品都在戰後完成，他以悲憫的情懷描述農民為了生活而痛苦掙扎著，〈火山〉裡的苦旱、〈阿遠〉中村人用手收集牛糞、和〈菸田〉中兩代父子拚了命做工，這都是令人驚心動魄的窮苦畫面，但《笠》卻截然不同，它是一闋舒緩優揚的田園牧歌，又點綴了男女初戀的愉悅和驚喜，它是鍾理和所有作品中最富浪漫情調的。雖然農場經營不善終而易主，但整部小說中，豐饒的土地總是為人們帶來歡笑和富足，作者似乎把對故鄉最美好的憧憬寄託在這裡。

　　《笠山農場》中作者寫土地純出自一片熱愛，在他的日記及書信中，可以看到他念念於提升自己的藝術技巧，積極要參與文壇發表作品，以賺取稿費養活家人。同為戰後第一代省籍作家，他不像鍾肇政、葉石濤那麼注意臺灣文學的薪傳使命，他忠實於生活，只勾勒美濃客家山村的種種形貌，讓溫煦、艱辛的、鄙瑣的生活自自然然流瀉出來。因此他不以社會性觀點來處理題材，而用人性和土地來安排情節，使小說有高度的藝術成就，這就是他與眾不同的地方。他之執著寫作至死不渝，也是因為他深愛台妹女士和故鄉土地，這才是他創作的泉源。終其一生他都沒有放棄寫作，努力在作品裡闡釋故鄉與自己，肯定這塊土地上的人事物，即使回應他的是嘲笑，冷漠，青山幽林又何嘗不是他的解脫？尖山山水靈秀，孕育了鍾理和其人，鍾理和也以他的筆令故鄉不朽。

——選自《從語言跨越到文學建構：跨語一代小說家研究論文集》
臺南：臺南市立圖書館，2003 年 11 月。

鍾理和「故鄉四部」版本比較研究

◎鍾怡彥[*]

一、前言

　　「故鄉四部」[1]是由〈竹頭庄〉、〈山火〉、〈阿煌叔〉、〈親家與山歌〉四篇組合而成，根據鍾理和生平年表的紀錄，這四篇作品創作時間分別爲〈竹頭庄〉1950 年 4 月 27 日寫成，同年 11 月 27 日寫成〈山火〉，12 月 17 日寫成〈親家與山歌〉，〈阿煌叔〉則寫成於 1952 年 3 月。作品的時代背景設定在民國 35 年 4 月，是鍾理和依據戰後返回故鄉時的見聞所寫下的作品。這四篇作品被彭瑞金先生譽爲「戰後僅見的描述臺灣農村景況最深入、最動人的傑作」，[2]作者以細膩的筆從最生活的角度去呈現當時的農村景象，兼具寫實的深意又蘊含了作者委婉的情意。

　　鍾理和生前爲了要讓它們能夠發表，曾經修改多次，甚至還爲這四部寫了〈後記〉，來說明他寫作的原因，只是在當時「反共文學」風氣的盛行下，無法被文壇接受。他灰心的與鍾肇政說：

　　〈故鄉〉既然聯副都不能要，我看「自由談」更未必要，此作和時代的
　　要求是背道而馳的，無人要，本極自然的事。[3]

---

[*]鍾理和孫女。發表文章時爲私立美和技術學院兼任講師，現爲中央大學中國語文學系博士生。
[1]收於鍾鐵民編《鍾理和全集》，高雄：鍾理和文教基金會，1997 年，頁 27～82。
[2]彭瑞金〈土地的歌、生活的詩──鍾理和的《笠山農場》〉，《鍾理和全集 4》，頁 296。
[3]見鍾理和〈一九五九年九月廿四日致鍾肇政函〉，《鍾理和全集 6》，頁 73。

　　直到 1964 年 10 月,「故鄉四部」才以遺作發表於《臺灣文藝》第 1 卷
第 5 期,從此,「故鄉四部」即以此版本通行,不過,由於當時的疏忽,使
得目前所看到的版本,包含 1997 年出版的《鍾理和全集》[4],都屬於前
稿,而作者修改過的後稿,卻一直到筆者寫論文時才發現。在此要說明的
是,全集雖然屬於前稿,但其中的文字與前稿卻不盡相同,這是依照《臺
灣文藝》所刊登的版本。所以,筆者在比較版本時,除了將以前稿、後稿
的比較爲主外,會旁及《全集》,分詞語的選擇、句式的選擇、修辭手法和
敘述語言等四方面,來比較其間的差異。

二、詞語的選擇

　　首先是詞語的選擇,這部分將分北京話、客語的運用、詞義的照應、
虛詞四個項目來討論。

(一)北方詞彙

　　鍾理和於 1938 年到大陸,直到 1946 年戰爭結束後才返臺,其間共有
八年的大陸經驗,而這一時期影響他的北方語言,卻一直延續到後來。「故
鄉四部」屬於返臺後早期的作品,受北方語言的影響比其他後期作品來得
深,尤其以「兒」化詞用得最多。下面,筆者將比較兩二手稿與全集間的
差異。

　　首先是手稿與《全集》的比較,《全集》裡有手稿沒有的兒化詞和北方
詞彙,如:〈竹頭庄〉「一邊(全集加:兒)有一搭」[5],兩份手稿都只用
「一邊」,不是兒化詞。此外,也有手稿是北方語言,而《全集》做了修
改,如〈竹頭庄〉「關(全集改:求)了三天神」[6],兩份手稿用「關」這
是大陸的詞彙,全集改爲「求」;又如〈阿煌叔〉「「他又躺了一忽(後稿
改:一會兒,全集改:一會)」[7],三個版本都不一樣,手稿用的都屬於北

---

[4] 鍾鐵民編《鍾理和全集》,財團法人鍾理和文教基金會出版,1997 年。以下簡稱《全集》。
[5] 鍾理和〈竹頭庄〉,鍾鐵民編《鍾理和全集》,財團法人鍾理和文教基金會出版,1997 年,頁 28。
[6] 同上註,頁 29。
[7] 鍾理和〈阿煌叔〉,鍾鐵民編《鍾理和全集》,財團法人鍾理和文教基金會出版,1997 年,頁 65。

方語言,《全集》則把兒化詞去掉。

　　其次是前後手稿的比較,〈竹頭庄〉中「我們可一點兒也——」[8],後稿改為「我們可一點也」,「這是什麼年頭兒(後稿改:年頭)」[9],兩者都將原來的兒化詞改為一般用法;「有鬍渣的漢子(後稿改:男人)」[10],「漢子」常用於北方語言中,作者將他改為一般常用的「男人」。還有種情形是改為北方語言的,如〈親家與山歌〉中「餓著肚子的小猴子(後稿改:兒們)」[11],明顯的後稿將「小猴子」改為北京話「小猴兒們」。最後則是兩稿都使用北方語言,如〈阿煌叔〉「他望了一忽(後稿改:會兒)」[12],「一忽」和「一會兒」都是北方用法,但後者現已通行於一般口語了。

　　兩份手稿對北方詞彙的運用,差別並不大,因為這四部作品的語言特色,是屬於返臺早期的風格,北方詞彙的影響還是很深,這點鍾理和也知道,但基於當時的政治環境,他無法做太大的改變。在手稿中,還有另一種語言特色,那就是客語詞彙,作者對此也做了若干的修改,下文將對此作分析。

(二)客語的運用

　　除了北京話的影響外,另一個影響鍾理和文學語言的就是客家話,客語是他的母語,作者在創作時是以客家音讀寫的,而這些詞彙都是口語的習慣用法,因此,自然就會將這些帶有特殊結構的詞彙寫入作品中。然而,這些帶有客語成分的詞彙,常因編者不懂而遭到修改,如下面的例子:

　　1.龍妹做(全集改:坐)了月子[13]

---

[8]鍾理和〈竹頭庄〉,鍾鐵民編《鍾理和全集》,財團法人鍾理和文教基金會出版,1997年,頁29。
[9]同上註,頁37。
[10]同上註,頁29。
[11]鍾理和〈親家與山歌〉,鍾鐵民編《鍾理和全集》,財團法人鍾理和文教基金會出版,1997年,頁70。
[12]鍾理和〈阿煌叔〉,頁61。
[13]鍾理和〈竹頭庄〉,頁30。

2.我發愁 管嗎用 （全集改：幹嘛）[14]

3.有一個很小的人歪坐在靠 壁 （全集改：牆）的竹椅上[15]

4.收到劉清妹 油香 （全集改：香油）錢五十元[16]

5.田 塍 （全集改：壟）上有一個灰色的人[17]

　　例 1 以客語來讀和「做」一樣，讀成〔zo〕，而非「坐」的讀音〔c
ó〕，所以應該是「做」而非「坐」；例 2「管嗎用」則是客語的習慣用法，
意指有什麼用；例 3 客家話稱「牆」為「壁」；例 4「油香」則是客語語
法；例 5「田塍」是客語用法，意指田畦。以上五個例子都與手稿不同，
編者依自己的語言習慣，將客語改為國語，不過，卻失去了原來的味道，
這也是《全集》與手稿的不同所在。

　　接著是作者自己的修改，首先是將非客語改為客語，如〈竹頭庄〉「裡
面便是丈母的 家 （後稿改：屋子）」[18]，「家」是國語的用法，客語稱為
「屋子」、〈阿煌叔〉「有時也不免由哪一個唱 隻 （後稿改：支）山歌」[19]，
「隻」和「支」在國語讀音一樣，但客語卻不同，前者讀作〔zad〕，後者
讀作〔gí〕，而客語稱山歌的讀音是讀為後者，因此在後稿中修正過來。除
了將國語改為客語外，尚有將客語改成國語，如〈阿煌叔〉「紅白分明的紅
龜 粄 （後稿改：糕）」[20]，「粄」是客語用來稱所有米製品的專有名詞，作
者在修改時，可能考慮到非客家族群讀者不懂此意，因此改為「糕」。

　　本文要特別說明的是手稿的客語用詞，前稿中用的「二」，除〈山火〉
「我們父子二代」[21]外，在後稿都改為「兩」，這是因為客家話多用「兩」，

---

[14]鍾理和〈竹頭庄〉，頁 31。
[15]同上註，頁 33。
[16]鍾理和〈山火〉，鍾鐵民編《鍾理和全集》，財團法人鍾理和文教基金會出版，1997 年，頁 52。
[17]鍾理和〈親家與山歌〉，頁 80。
[18]鍾理和〈竹頭庄〉，頁 36。
[19]鍾理和〈阿煌叔〉，頁 60。
[20]同上註，頁 59。
[21]同上註，頁 45。

少用「二」；還有前稿中所有的「口」，後稿都改爲「嘴」，亦因客語在稱人體器官時多用「嘴」，只有在稱呼非生物時會用「口」，因此作者加以修改。

就客語運用方面，後稿顯然比前稿用的多，因爲後期作者在其他作品中，已經有意識的將客語寫入，後稿應該也是受此影響，而《全集》運用最少的，這是由於編者語言習慣的關係，將原有的客語詞彙改爲國語，是《全集》中常見的現象。接著，本文將討論兩份手稿中詞義的照應，這也是作者修改的重點。

（三）詞義的照應

詞語的意義往往是從上下文裡顯示出來，因此詞語的組合，詞義的照應，就成了詞語選擇和推敲的所在。詞義上下照應得好，可使表達嚴密，生動有味。[22]

在手稿中，爲使詞義能互相照應，鍾理和做了許多的修改、刪除，例如：

1.哪裡不呈現旱災的 面目 （後稿改：荒涼景象）呢？[23]

由於作者要說明的旱災的景象，而「面目」大多指人的行爲，並不適合用來描寫災害，因此改爲「荒涼景象」，才能說明當時的情況。

2.山火 的 （後稿刪除）外 邊 （後稿改：沿）的竹林 , （後稿改：仍）完好無恙，（後稿加：它們）彷彿在（後稿加：合力）抗拒 宿命 （後稿改：無情）的破壞 , （後稿加：而）築起一道堅強的青色碉堡，把燒跡團團圍住了。[24]

---

[22]見石雲孫：《詞語的選擇》，安徽教育出版社，1985 年，頁 125。
[23]鍾理和〈竹頭庄〉，頁 33。
[24]鍾理和〈山火〉，頁 46。

「的」刪除,因為整句讀起來,是多餘的字。「外邊」改為「外沿」,因為「外邊」通常指以外的地區,也就是山火以外的地區,而改「外沿」,則具體的界定竹林範圍,是在山火的邊緣地帶。「,」改為「仍」,能強調竹林的完好。「宿命」改為「無情」,因為宿命可好可壞,這些竹子的宿命不一定是被破壞,因此作者改為「無情」,加強了破壞的程度。

3.那種嚷嚷然 的空氣 (後稿改:氣息),立刻把我激盪起來了。[25]

「空氣」無色無味,感覺不到,是自然、客觀的存在,而「氣息」則是可以感覺到的,它可以經由人為而產生,是主觀的感覺,因此,改為「氣息」較貼切。

4.玉祥看著婦人和孩子, 茫然失措 (改稿改:愕然良久)。[26]

「茫然失措」意指不知所措,前途不明;而「愕然良久」則是指突然受到驚嚇,一段時間後才恢復。兩者以後者較能表現出玉祥的心情,因為玉祥剛從戰場回到家,突然面對撫養問題時,當然會受到驚嚇,然而在驚嚇過後,他卻能負起這個責任,若用前者,就不會有這感覺。

　鍾理和對詞義的掌握,後稿比前稿更精確,這也是修改的重點所在,可看出他對字義推敲的用心。而修改最多的,是下面要討論的虛詞。

(四)虛詞

　虛詞是相對於實詞的,包括有副詞、連詞、介詞、助詞、嘆詞。虛詞一般沒有詞彙意義,只有語法意義。單獨地看,詞義很虛,但運用在句子上後,可以表達出細緻的甚至是實在的意思,而這些意思對內容表達來說

---

[25]鍾理和〈阿煌叔〉,頁 59。
[26]鍾理和〈親家與山歌〉,頁 75。

是重要的，是實詞無法代替的。[27]鍾理和的改筆中，除實詞的鍛鍊外，對於虛詞的選擇也是巧運匠心。一個句子中，或刪去，或增添，或改換一兩個虛詞，都可看出修辭的功力與為文的用心。因此，在所有的修改裡，以此部分的刪改最多。

首先是刪去的部分：

1.人下去一大半，也陸陸續續 的 上來了不少。[28]

2.走到有兩條小河匯合，河岸有 著 一排高聳入雲的竹叢的山嘴[29]

3.子弟唸書麼？利益在哪裡 呢 ？[30]

4.這是人的眼睛， 而且 隨即（改稿加：，）我認出了那是女人。[31]

5.織成了在幻燈裡才會有的荒唐 的 故事。[32]

例 1 刪除結構助詞「的」，因為「也陸陸續續上來不少」就已經可以完整表達意思了。例 2 刪除動態助詞「著」，可使全句緊湊。例 3 刪除了語氣助詞「呢」，因前面已經有一個語助詞，這裡刪除可使語氣緊湊不會散漫。例 4 刪除了連接詞「而且」，使句子更精鍊。例 5 刪除是結構助詞「的」，是因為前面已有一個「的」了，要避免重複。以上是刪去虛字的例子，下面再看增加的部分：

6.阿秀家裡，半個月來就淨吃番薯葉子（加：嘍），番薯還得給小孩留著。[33]

7.（改稿加：顯然，）家裡的山林也未能例外（改稿加：地），遭到了前

---

[27] 見《詞語的選擇》，頁 131。
[28] 鍾理和〈竹頭庄〉，頁 32。
[29] 鍾理和〈山火〉，頁 43。
[30] 同上註，頁 47。
[31] 鍾理和〈阿煌叔〉，頁 64。
[32] 鍾理和〈親家與山歌〉，頁 71。
[33] 鍾理和〈竹頭庄〉，頁 30。

所未有的人為的劫火！[34]

8.提起阿煌叔，要是把時間往回倒退二十幾年，（改稿加：則）我倒也是很熟的。[35]

9.她的臉孔，像豬；眼睛細得只有一條縫，（加：也）像豬；厚嘴唇、厚眼皮，（加：更）像豬；不思想東西，心靈表現著空白，（加：又是像豬）。[36]

10.困苦地搖晃（改稿加：著），彷彿（加：已）失去支持下去的氣力和意志了。[37]

　　以上五例都是增加虛詞，一般說來，不加上這些虛詞，原句也是通順的，但加上後跟原文相比，表達的效果就不一樣了。例 6 中，加了語氣助詞「嘍」，感嘆的語氣就躍然於紙上了。例 7 加了連詞「顯然」和結構助詞「地」，更能強調家裡的山林無法逃過的浩劫。例 8 增加了副詞「則」，強調了「我」以前就認識阿煌叔。例 9 加了「也」、「更」、「又是」，這三個詞都是副詞，「更」比「也」的語氣強，而「又是」則是「更」的再加強，強度一層一層的遞進，比原句更能強調「像豬」的特點。例 10 則增加了動態助詞「著」和副詞「已」，「困苦地搖晃著」增加了動態的感覺，表示目前的狀態，強調失去的氣力和意志。這些增加虛詞的例子，都可使文句的語氣轉變。

　　最後，則是改換的例句：

11、他 的 （改稿改：那）青白透明的臉， 也 （改稿改：此時）透出微紅，使我多少（改稿加：還能）讀出他昔日的機智和活潑。[38]

---

[34]鍾理和〈山火〉，頁 43。

[35]鍾理和〈阿煌叔〉，頁 58。

[36]同上註，頁 64。

[37]鍾理和〈親家與山歌〉，頁 69。

[38]鍾理和〈竹頭庄〉，頁 35。

12、沒有雞了 麼 （改稿改：嘛），就只好宰鵝。[39]

13、秀妹，好姑娘，很好——（改稿改：哪！）[40]

14、 可是 （改稿改：而）現在，（改稿加：便）不同了。[41]

　　例 11 將結構助詞「的」改爲副詞「那」，語氣較重，「也」改爲時間副詞「此時」，表示他的臉現在就透出微紅，有強調的作用。例 12 將語助詞「麼」改爲「嘛」，是因爲「麼」不常用於一般中文，是屬於北方用法，因此作者修改爲「嘛」。例 13 將原有的詞彙「很好——」改爲語助詞「哪」，有感嘆的意謂。例 14 先將連詞「可是」改爲「而」，再加上「便」，使兩者有的關係更爲密切，讓語氣緊湊，強調「現在」真的不同了。由以上四個例子可知，改換虛詞可以收到很好的表達效果。

　　後稿中虛詞的修改占了很大部分，本文不再一一列舉。此外，鍾理和有他的習慣用字，在兩份手稿中，所有的「旁」都寫成「傍」，這是屬於別字，其實在其他的作品手稿中都有這種寫法。另外，主角的名字，也由「阿錚」改爲「阿和」，更加強了這四篇的真實性。除了詞語的選擇外，前後稿在句式方面也有很大的不同，即下面要討論的重點。

三、句式的選擇

　　句式的選擇和運用，又稱爲鍊句，亦稱句子的錘鍊。句式如果選擇、運用得好，可以更有效地表達思想感情，準確地反映事物，增強語言的表現力，增添文章的文采，從而收到更好的修辭效果。[42]且句式亦爲形成篇章風格的重要方法，篇章要有統一和諧的風格，選用恰當的句式是不可少的。[43]由此可知，句式選擇的重要性，鍾理和對於句子的運用，也是經過琢

---

[39]鍾理和〈山火〉，頁 50。
[40]鍾理和〈阿煌叔〉，頁 62。
[41]鍾理和〈親家與山歌〉，頁 70。
[42]見林興仁〈前言〉，《句式的選擇和運用》，北京出版社，1983 年，頁 1～2。
[43]見鄭文貞《篇章修辭學》，廈門大學出版，1991 年，頁 296。

磨的，本文將針對「故鄉四部」的前後手稿來分析其句式的選擇，並依句子的類型，分爲插說句、主詞在前與後、賓語在前與後和山歌的運用等，比較修改前後的藝術技巧。

（一）插說句

句子裡常有一種不與各類句子成分發生特定結構關係的成分，既不是主語、謂語、賓語，也非定語、狀語、補語，它自身是一個獨立的意思，此即稱爲獨立成分。凡是句中插入獨立成分的即爲插說句。這類句子中的獨立成分位置不很固定，[44]本文主要以鍾理和常用的三種句式來分析：

首先是句首插說，將插說句放在句首，有引起對方注意、觀察、傾聽或思考的作用。如〈親家與山歌〉：

前稿：「在唱歌呢」

後稿：「你聽，在唱歌呢！」

「你聽」是獨立的成分，表示感嘆與驚訝，後稿改爲插說句，有引起人注意的作用。

其次是句中插說：

前稿：一大群水牛，間或也挾雜了三數條黃牛──在他們身邊很自在地在吃稻苗。

後稿：一大群水牛在他們身邊自由自在的吃著稻苗。

前稿用「間或也挾雜了三數條黃牛」，來補充說明前面「一大群水牛」，然而這插說是無意義的，有畫蛇添足之嫌，因此後稿將它刪除，使句子精簡。

---

[44]見《句式的選擇和運用》，頁 75～81。

最後則是句末插說，先看刪除插說句的例子，如〈竹頭庄〉：

前稿：一條有著大角板的黃牛，在路坎下吃得搖頭擺尾，一邊心不在焉的看著火車，瞳仁上反映著馳走著的火車的映像。[45]

後稿：一條有著大角板的黃牛，在路坎下吃得搖頭擺尾，一邊心不在焉的看著火車。

由於前面已經寫了牛正在看火車，所以不需要說明瞳仁上反映的東西，若加上去，則顯得拖泥帶水，刪除後，句子更簡潔。在手稿中，除了刪除外，尚有將直述句改為插說句的，如〈山火〉：

前稿：它們每株個別的歷史，如何經由農會，或新埔和員林的苗圃，經過無數手續和周折，轉運再轉運，然後才被移植到現在的地方——至今我還記得清清楚楚。[46]

後稿：它們每株的個別歷史——如何經由農會，或新埔和員林的苗圃經過無數手續和周折，然後才被移植到現在的地方，至今我還記得清清楚楚。

前稿的插說句在後面，說明「我還記得清清楚楚」，而後稿則在「它們每株的個別歷史」後，改為插說句，因為要補充說明的是它們的歷史，後面則改為直述句，因為要強調的是當時轉運的辛苦。

前稿：我和哥哥說起一路上自己所看到各地山火的災情；那是如何地慘重，如何地沒有理性。[47]

---

[45]鍾理和〈竹頭庄〉，頁 28。
[46]鍾理和〈山火〉，頁 46。
[47]同上註，頁 47。

後稿：我和哥哥說起一路上自己所看到各地山火的災情———那是如何地慘重，如何地沒有理性。

前句用直述句來描寫，無法強調出重點，而後稿改為插說句，將「那是如何地慘重，如何地沒有理性」寫成補充說明山火的災情，可以讓災情的慘況凸顯出來。

除了上述的三種主要插說句式外，尚有用破折號或括號的形式插說，這是用破折號或括號來點明這是插說句，常用來做補充說明。雖然插說句補充說明、承上起下的作用，但有時不須使用時還用，則會有拖泥帶水之感，除了增加的外，也有刪改的，如〈山火〉：

原文：一片經過細心選擇與照顧的果樹園———**龍眼、荔枝、枇杷、椪柑等**，也所剩無幾了。[48]
改作：一片經過細心選擇與照顧的果樹園，也所剩無幾了。

由於前面已經說是果樹園，因此不須再多加解釋，若加上這插說句，則顯得拖泥帶水，刪除後，反而簡潔有力。再看：

原文：眼睛看不見，手摸不著———人們是不肯花冤枉錢的。[49]
改作：眼睛看不見，手摸不著；人們是不肯花冤枉錢的。

由於破折號後面的句子並非用來說明的，而是一種表示結果的句子，因此不需要插說句。

在比較了兩份手稿後可發現，前稿使用了很多插說句，而後稿則有很多改為直述句，改為插說句的只有前述的兩例而已，其餘有修改的都是改

---

[48] 鍾理和〈山火〉，頁 45。
[49] 同上註，頁 47。

爲直述句。

（二）主語在前與後

漢語的句子，一般是主語在前，謂語在後。若主語倒裝在謂語之後，這種句子稱爲主語在後句。[50]在後稿中，有許多這類句式的修改，如〈竹頭庄〉：

前稿：在我左邊另一排車窗下，**有兩個農夫在閒**聊。[51]
後稿：<u>有兩個農夫</u>在我左邊另一排車窗下聊<u>著天</u>。

此句中，主語是兩個農夫，前稿主語在後，謂語在前，強調的語氣會落在謂語，這是主語倒裝在謂語之後的句子，而後稿將主語提至謂語前，則強調的重點就轉移到主語。因爲作者的重點並非是謂語，而是主語「農夫」，所以將句子恢復爲正常句式。再看〈山火〉：

前稿：像這樣失去控制的瘋狂的山火的燒跡，**一路上，我不知道已看見多少了**。[52]
後稿：<u>一路上，我即已看見了許許多多</u>像這樣失去控制的瘋狂的山火的燒跡。

前稿將主語放在後面，是可以凸顯謂語也就是燒山的行爲，但作者想要強調他已經看了很多這種情形，因此將主語提前，恢復正常的位置，這樣就強調了主語的感覺。

（三）賓語在前與後

賓語一般是在動詞之後，稱爲賓語在後句。但有時爲了特殊需要，可

---

[50]見《句式的選擇和運用》，頁121～122。
[51]鍾理和〈山火〉，頁29。
[52]同上註，頁43。

把賓語提前，置於動詞或主語之前，即稱為賓語在前句。[53]除了一般的句式外，在對話中，則有不是全部賓語都提到主語之前，而只挪動一部分，還有一部分留在動詞之後[54]的情況，可以強調提前的賓語，這種句法，在後稿中也有很多的改作，如〈竹頭庄〉：

前稿：「天火？唔，在七月嘛！我家貼了一張……」[55]
後稿：「天火？」有鬍渣子的男人說：「嗯，在七月嘛！我家壁上就貼了一張，……」

後稿將前稿改為一部分賓語提前的句法，比前稿更能強調「天火」這件事。

前稿：「——沒米吃的人家，鎮裡有多少，誰也不知道。……」[56]
後稿：「沒米吃的人家，」他又說：「鎮裡有多少，誰也不知道。……」

此句與前例相同，是要強調「沒米吃的人家」，因此將賓語提至主語前，可收到加深印象的效果。再舉〈山火〉的例子：

前稿：「你知不知道他們為什麼燒山？我說了誰也不會相信：他們深怕到了秋天天火會燒下來……」[57]
後稿：「你知不知道他們為什麼燒山？」哥哥說：「我說了誰也不會相信：他們深怕到了秋天天火會燒下來……」

---

[53] 見《句式的選擇和運用》，頁 127。
[54] 同上註，頁 128。
[55] 鍾理和〈竹頭庄〉，頁 30。
[56] 同上註，頁 30。
[57] 鍾理和〈山火〉，頁 44。

　　此例將「你知不知道他們為什麼燒山」提到主語前，比原來的句子更強調這個問題的嚴重性，也可凸顯出哥哥的氣憤。最後再看〈親家與山歌〉的修改：

　　前稿：「——你沒變多少；就是阿鏮嫂瘦點！」[58]
　　後稿：「你沒變多少　」玉祥說，自妻手裡接過茶：「就是阿和嫂瘦點。」

　　後句將前句改為賓語部分提前，強調了「你沒變多少」。此種句法在改作中很常見，限於篇幅，本文不再列舉。

（四）山歌的運用

　　除了客語詞彙顯露了作者的方言痕跡外，將山歌融入作品中，可使作品產生濃濃的客家韻味，亦可使作品更為活潑，「故鄉四部」的〈親家與山歌〉開始出現了傳統客家山歌的運用，甚至以山歌為名，這是在當時的作家中，很少有的現象。在比較兩份手稿後稿發現，後稿對山歌做了大幅度更動，以下將詳細說明。

　　前稿：一想情郎就起身，路遠山高水又深，來到山頭鳥雀叫，樹影茫茫不見人。[59]
　　後稿：一想情郎甲河灘，甲河灘水彎復彎，

　　首先是將上述山歌改為「一想情郎甲河灘，甲河灘水彎復彎，」這首山歌改自前稿的「三想情郎甲河灘」，歌詞略作變化，將「三想」改為「一想」。再看下一首的改作：

---

[58]鍾理和〈親家與山歌〉，頁76。
[59]同上註，頁72。

前稿：二想情郎伯公埤，伯公神前說囑詞；有靈郎前傳一句，小妹何時
不想伊！[60]
後稿：郎心輕薄灘頭水，流出灘頭即不還。

此首的位置改成前述「一想情郎甲河灘」的後二句，歌詞為「郎心輕
薄灘頭水，流出灘頭即不還。」與前稿的詞句相同。作者以兩句兩句出現
的方式，帶出山歌的情韻。

其次，為涂玉祥所唱的歌，後稿亦有所不同，前稿為：

下面的，也是他常愛唱的好歌之一。
柑子掉落井中心，一半浮起一半沉；你若要沉沉到底，莫來浮起動郎
心！[61]

改作為求文意通順，將文句稍做修改，刪除了「下面的，也是他常愛
唱的好歌之一」文句和這首山歌，同時加強了他唱山歌時的情景：

他抱著木棉數，以猴子的輕捷，攀援而上，爬上最高處（加：便立在那
裡）俯瞰群山，然後徐靜地引吭高歌，（加：歌聲在群山之間引起沉宏的
回音。）[62]

改稿中加入了形容涂玉祥歌聲的詞句，使得原本沉靜的文句，頓時有
了聲音，較前稿來得生動。

再來，是「三想情郎」這首也有所更動：

---

[60]鍾理和〈親家與山歌〉，頁73。
[61]同上註，頁74。
[62]同上註，頁74。

前稿：三想情郎甲河灘，甲河灘水彎復彎，郎心輕薄灘頭水，流出灘頭即不還。[63]

後稿：二想情郎伯公埤，伯公埤前說囑詞。有靈郎前傳一句：小妹何時不想伊！

最後，「四想情郎」的部分也加以刪改：

前稿：四想情郎上高崗，山路斜斜水樣長，路上逢人權借問：哪條山去即逢郎？[64]

後稿：三想情郎就上崗，——

將「四想」改為「三想」，並且只寫出第一句的歌詞，其餘的以「——」來表示，前稿將整首歌詞寫出，給人一種就此停住的感覺，但改稿的修改，卻傳達出餘韻無窮的情境，如同電影將鏡頭逐漸拉遠，留給觀眾更多的想像一樣。

至於山歌傳達出怎樣的情韻效果，可以從作者的敘述中看出。當作者聽到第一首山歌時，心情就不知不覺的愉快起來：

歌聲圓韻婉轉，調子纏綿悱惻；卻也不離牧歌的樸素真摯。這是一種很動人的山歌。我靜靜地聽著，讓它在我心裡重新喚起從前聽到它時相同的優美的感覺。（稿改：從前我聽到它時總要生起一種優美的感覺。現在我靜靜地聽著，讓自己重新沉醉在那同樣的感覺裡面。）[65]

歌聲喚起了作者對山歌的回憶，使他下文的描述詞語也就不再沉重而

---

[63]鍾理和〈親家與山歌〉，頁 79。
[64]同上註，頁 81～82。
[65]同上註，頁 72。

顯得活潑了。從山歌的出現開始，作者文筆從原本的黑暗、絕望面轉而變為光明面，這是山歌所帶來的轉折。

〈親家與山歌〉透過生動、活潑的山歌，表現大地兒女熱忱真摯、積極樂觀的天性，突破前面三部破敗的場景，陰暗的生活內容，頹廢、無奈的人性，迸發鮮明、活潑的生命色彩，在極端險惡的生活背面，透露出一股強大的生命力量，[66]這是作者所想傳達出來的意思。

比較完句式的運用後，鍾理和另一個修改的重點就是修辭，因為修辭可以影響語言風格，所以他對修辭是很重視的，本文接著即來分析修辭手法的異同。

四、修辭手法的比較

修辭是在特定的語言環境下，選擇恰當的語言形式，表達一定的思想內容，以達到增強表達的言語活動。[67]因此，作品能否完整表達作者的感情，其修辭手法的運用就很重要。本文所討論的修辭手法，主要是比較兩份手稿的異同，分比喻、模擬、誇張和設問。

（一）比喻

比喻在語言運用中有著十分重要的修辭作用，恰當地運用比喻可以使深奧的道理顯淺化，抽象的事物具體化，概念的東西形象化。也可以使語言形象生動，無論是寫人、狀物、寫景，巧妙地運用比喻可以使形象栩栩如生。[68]鍾理和擅長以比喻來將物體形象化，而他最常使用的是明喻和隱喻兩種方式，因此本文將以原稿來分析他運用的情形。

1.明喻

明喻是明顯地用喻體來比喻本體，即本體、喻體、喻詞同時出現，鍾

---

[66]見許素蘭〈毀滅與新生〉，《台灣文藝》第 54 期，1977 年，頁 54～62。
[67]見黎運漢、張維耿編《現代漢語修辭學》，書林出版社，1994 年，頁 103～105。
[68]見《現代漢語修辭學》，頁 103～105。

理和運用的比喻手法中，以此種方式最常用。

鍾理和是位善用比喻手法的作家，在他的作品中，有很多用比喻來營造適當的氛圍，其中又以明喻的手法最多，用得最好。在「故鄉四部」的手稿中，對於比喻的修改也是最多，在這些改作裡，有將比喻句改為非比喻句有明喻改為暗喻，其中以改為非比喻句的情形最多，以下舉例說明之。

首先是刪除比喻句，比喻的功用是多方面的，但不需比喻時，仍要將它割捨，鍾理和在改稿中，就有很多將比喻刪除的例子。如〈竹頭庄〉：

前稿：火車是夠破陋的了，像坐在搖籃裡，……。[69]
後稿：火車破陋不堪，筍頭弛鬆，……。

在前稿中，作者將火車的搖晃比喻成搖籃，但因作者在這句中，主要是要說明火車的破陋，而非搖晃的程度，因此，將比喻句刪除，改為直述句，直接描寫火車的情況。

前稿：在稻田上面，眩耀的陽炎，閃爍而搖曳，彷彿一道金色的流霞。[70]
後稿：耀眼的陽炎，在稻田上面閃爍搖曳。

流霞應該是傍晚時才會出現，而且給人的感覺是溫度不高，然而，作者所描寫的卻是燠熱難耐的正午時分，比喻運用並不妥當。後稿將比喻句刪除後，則顯得簡潔有力。接著是〈山火〉的例子：

前稿：令旂蓋著厚厚一層灰塵，手觸著，就濛濛地飛揚起來，像一團

---

[69] 鍾理和〈竹頭庄〉，鍾鐵民編《鍾理和全集》，財團法人鍾理和文教基金會出版，1997 年，頁27。
[70] 鍾理和〈竹頭庄〉，鍾鐵民編《鍾理和全集》，財團法人鍾理和文教基金會出版，1997 年，頁28。

　　　　雲 。[71]

　　後稿：令旆蓋著厚厚一層灰塵，稍微碰一下就濛濛地飛揚起來。

　　後稿以直述句代替比喻句後，能清楚地描述灰塵飛揚的情形，不需再
透過雲來想像。

　　最後則是〈阿煌叔〉：

　　前稿：兩條腳，這時已變成了多餘的贅物，長長地拖在後面，跟著腰部
　　的擺動，尾巴似的掃來掃去。[72]

　　後稿：兩條腿，這時已變成了多餘的贅物，長長地拖在後面，隨著腰部
　　的扭擺，掃來掃去。

　　用尾巴來比喻兩條腳，是很難令讀者想像的，因此，作者修改時，將
比喻刪除。

　　前稿：阿煌叔晃著像岩石粗碩的體幹，立在蕉陰下，左手插腰，滿足地
　　眺望著陽光如灑的田壟。[73]

　　後稿：阿煌叔晃著粗大的軀幹立在蕉陰下，左手插腰，滿足地眺望著陽
　　光如灑的田壟。

　　後稿不用比喻也能生動的形容阿煌叔壯碩的軀幹，以直述句替代比喻
句，代表了鍾理和後期的文學風格。

2.隱喻

　　隱喻是將喻體和本體說成同一個東西，常用「是」、「就是」、「等於」

---

[71]鍾理和〈山火〉，頁49。
[72]鍾理和〈阿煌叔〉，頁60。
[73]同上註，頁61。

等喻詞聯繫本體和喻體，也有將喻詞省略的。

在〈山火〉中，亦有將明喻改為隱喻的例子，如：

它 像把 （改：是看不見的）鐵爪子，緊緊地抓著每個人的心。[74]

作者將「像」改為「是」，以隱喻的方式來改作，原文的「像把」鐵爪子是明顯看得到，似乎有一把爪子在抓著人心；而改作的「是看不見的」鐵爪子，則說明了這爪子是隱形的，在人們沒有感覺的情形下，抓住了每個人的心。

（二）摹擬

摹擬為對人和物的聲音、色彩、形狀的描繪的修辭方式，其中擬聲的修辭法，是運用象聲詞來摹擬事物所發出的聲音。鍾理和在〈竹頭庄〉對擬聲作了修改，這也是唯一修改的例子：

前稿：車廂咿咿啊啊吼叫著，搖簸並且震盪，……。[75]
後稿：車廂一邊吼叫著搖簸震盪得十分利害，……。

前稿以「咿咿啊啊」來摹擬火車車廂受到搖晃摩擦發出的聲音，後者則刪除，以「一邊」來代替。

（三）誇張

接著是誇張的修辭法，即將客觀事物或現象加以誇大或縮小，以增強語言表達效果的修辭方式，就稱為誇張，是文學創作中常用的手法。[76]手稿中，也有將非誇張的修辭改為誇張，如〈竹頭庄〉的改作：

---

[74]鍾理和〈山火〉，頁51。
[75]鍾理和〈竹頭庄〉，1997年，頁27。
[76]見《現代漢語修辭學》，頁119～120。

前稿：那姿勢，幾乎使人疑心他就是那樣子一直由天亮坐到天黑，再由今天坐到明天。[77]

後稿：看上去，這一切似乎都已原封不動的經過了幾個世紀，今後仍可照樣再過幾世紀。

　　此句是在說明炳文的落魄，他以對世事不聞不問，連移動身體都懶，令作者也不禁感慨，前稿的敘述，是作者將心裡的懷疑如實的寫出，由天亮到天黑，由今天到明天，時間並不長，而後稿則以時間的誇張，來強調炳文的頹廢，原封不動的過了幾個世紀，而且還可以再過幾個世紀，來說明炳文維持這個姿勢時間之久，比前稿更能表現作者的驚訝情緒。

（四）設問

　　設問是為了增強表達效果，而故意自問自答或問而不答的修辭方式。[78]在鍾理和的作品中，此種修辭法也隨處可見，它可改變文章平敘的語氣，使文章變得活潑不呆板，亦可引起讀者的注意。手稿中的改作如〈山火〉：

山像小孩，時刻要人保護，十年種樹，也經不起一根洋火！（後稿加：你說是不是？）[79]

　　原文增加一句成為設問，除了能改變文章的語氣外，也可強調山林保護的重要性，這是作者要激起讀者注意與思考的問題。

　　由以上的分析可知，鍾理和對修辭的運用是反復斟酌，其中以比喻的改作最多，使後稿呈現出與前稿不同的風格。接著，本文即要探討由詞語、句式和修辭表現出來的敘述語言，前後手稿的不同之處。

---

[77]鍾理和〈竹頭庄〉，頁 39。
[78]見《現代漢語修辭學》，頁 154。
[79]鍾理和〈山火〉，頁 54。

五、敘述語言的比較

　　詞語、句式和修辭的選擇和運用，最後都會集中表現在在敘述語言中，而形成作者的語言風格。敘述語言除了對人物、事件、環境等進行生動具體的描述，還對人物性格成長的某些特點、事件發展的某些環節、環境氣氛演變的某些方面作適當交代和說明，或插入某些議論、抒情等，從而與人物語言連成一個統一和諧的整體，構成形象生動的生活圖面。檢視「故鄉四部」的手稿，可發現鍾理和在敘述語言上做過很多修改，筆者將分人物敘述和事件敘述兩部分來比較，可發現其間的不同處。

（一）人物敘述

　　在「故鄉四部」中，〈竹頭庄〉、〈親家與山歌〉、〈山火〉這三篇中，人物的塑造並不明顯，雖然作品中有人物的描寫，可是並不凸出，反而是以背景為敘述的中心，是在對農村與迷信陋習的描寫中，體現出對這塊土地、這般鄉民的愛恨的複雜情感，這四部中以第三部〈阿煌叔〉的人物性格最為凸出，是一篇以人物為主導的作品，[80]本文將以炳文和阿煌叔為探討對象。

　　首先是在〈竹頭庄〉裡的炳文，作者是以今昔對比的方式來描寫。炳文是作者從前要好的朋友之一，「是一位機智、活潑，肯努力、有希望的青年」，可是由於戰亂、天災、失業等一連串的打擊，使這位青年有巨大的轉變，試比較兩份手稿的敘述：

前稿：他那三角形的頭，只有疏疏幾條黃毛，都像患過長期瘧疾的人一樣倒豎著；｜陰淒淒｜的眼睛，由塌落的眼眶深處向前凝視；｜口腔凹陷｜；細細的脖子；清楚可數的骨頭｜；｜手裡｜捏｜著一本也是我所熟稔的線裝《三國誌》。[81]

[80]羅尤莉《鍾理和文學中的原鄉與鄉土》，東海大學中文研究所碩士論文，陳萬益教授指導，1996年，頁43。
[81]鍾理和〈竹頭庄〉，1997年，頁34。

後稿：他那三角形的頭只有疏疏幾條黃毛，都像患過長期瘧疾的人一樣
倒豎著；<u>黃黃的眼睛</u>，由塌落的眼眶深處<u>無力地</u>向前凝視；細細的脖
子，<u>長長的手腕</u>；清楚可數的骨頭<u>‥‥</u>。<u>他</u>手裡<u>捲筒地握著</u>一本也是我
所熟稔的線裝《三國誌》。

「陰淒淒的眼睛」改為「黃黃的眼睛」，用色彩詞來形容眼睛，這裡黃
是屬於濁色的黃，給人不舒服、不健康、懶散的感覺，較「陰淒淒」來得
生動；「眼眶塌落深處」後加了「無力地」，將眼睛無神的形態描寫的很傳
神；「口腔凹陷」與「長長的手腕」都是在形容炳文的體貌，前者可將他的
臉更具體的描述出來，表示他營養不良，瘦到只剩骨頭，而後者則不再寫
臉部，將焦點移到手部的描寫；原文的「；」改為「…」表示還有很多可
以寫，但不需要再敘述了，「捏著」改為「捲筒地握著」，除了將書的狀態
寫出外，「握」比「捏」更能精準的掌握字義，而書是被捲成筒狀握在手
裡，表示這本書根本就沒在閱讀。作者描寫的細膩，使這位頹廢的炳文清
楚的呈現在眼前，這可看出作者的描寫功力。

接著再看阿煌叔：

前稿：阿煌叔晃著<u>像岩石</u>粗碩的<u>體幹</u>，立在蕉陰下，左手插腰，滿足地
眺望著陽光如灑的田壟。<u>一邊，舉起右手在</u>不住滴著水珠<u>的臉上</u>，一把
一把<u>的</u>，抹<u>了</u>，然後<u>擦在</u>褲腰上。<u>在發達</u>壯闊的胸脯上，長著茸茸的
毛。<u>這</u>毛和頭髮一樣，<u>是</u>又黑、又粗、又亮<u>的</u>。他的臉孔，稜角分明。
很大的<u>一張</u>口。<u>肯定的</u>視線，有著除開向實生活的舞臺面以外不看其他
的人們所具有的誠意，<u>和喜悅。（頁61）</u>
後稿：阿煌叔晃著粗<u>大的</u>軀幹立在蕉陰下，左手插腰，滿足地眺望著陽
光如灑的田壟。<u>他的臉孔還</u>不住滴著水珠<u>他用右手</u>一把一把<u>地抹著</u>，然
後往褲腰上<u>一擦</u>。<u>他的</u>壯闊的胸脯上長著茸茸的毛。<u>它</u>毛和頭髮一樣又
黑、又粗、又亮。他的臉孔，稜角分明。<u>有</u>一張很大的口。視線<u>肯定</u>沉

<u>靜</u>，有著除開向實生活的舞臺面以外不看其他的人們所具有的誠意和喜悅。

　　比較這兩句可發現，後稿幾乎是句法的修改，將前稿拗口的句子，改為一般的直述句，也將其中的比喻修辭刪除，整段敘述較前稿來得通順，讓人對阿煌叔的形像一目了然，不必因為句式的難懂而產生隔閡，這是作者後期著重平順的語言風格。這段文字所描寫的，是阿煌叔年輕時候的形象，強壯、勤勞，深受眾人敬重的人，因此作者在心中留下非常深刻的記憶。可是在經過環境的巨變，生活的打擊之後，阿煌叔——這一位作者童年所崇拜的英雄，卻以另一種衰頹的面貌在作者眼前出現：

前稿：<u>由兩個洞裡發射出來的</u>黃黃的眼光，表示了對<u>于</u>不速之客的奉訪，並不比自己的發問有更多的關切。<u>我很熟識</u>這種眼光，是要把一切人們認為有價值的東西<u>，</u>統統嘲笑進裡面去的。[82]

後稿：<u>男人那兩道自深深的洞裡透出來的</u>黃黃、<u>懶懶的</u>眼光，表示了對於不速之客的奉訪，並不比自己的發問有更多的關切。這種眼光<u>我很熟識，它</u>是要把一切人們認為有價值的東西統統嘲笑進裡面去的<u>一種眼光</u>。

　　後稿「男人那兩道自深深的洞裡透出來」作者直接指明這眼光是從男人身上發出的，前稿的「兩個洞」後稿改為「深深的」，給人一種沈重、透不過氣的感覺；後稿對這種眼光，除了黃黃的是代表不健康外，又加上了「懶懶的」這個形容詞，具體描述了這種給人不愉快的眼光。從前阿煌叔的視線是肯定，流露出對生活努力與希望，然而現在的阿煌叔卻變了，他的眼光不再充滿希望，作者先從眼光來描寫阿煌叔的轉變，而且後稿的修

---

[82]鍾理和〈阿煌叔〉，頁 65。

改中，在句末處再次強調了這眼光。可見作者對眼睛的重視，他認為最能寫出人物靈魂的，就是眼睛的描寫。再看阿煌叔人生觀的轉變：

> 「在從前，誰不知道我是吃雞頭的人！（後稿加：可是一切都沒有用！我不再做傻瓜了。）」[83]

後稿加的一句話，可以清楚地知道阿煌叔已經頹廢了，他不願意再像從前一樣辛勤工作，因為他認為這是沒用的，他不願意再做傻瓜了。阿煌叔是徹底的毀壞了，作者以前後兩種不同的形像來描述他，形成強烈的對比，而在改作中，鍾理和將原本拗口的句法，改為通順的句式，這是前後手稿的不同之處。

（二）事件敘述

兩份手稿除了在人物敘述上有較大的不同外，在事件敘述上，也有很大的差異，尤其是後稿增加了許多前稿沒有的文字，如〈山火〉：

> 那意思是說到了相當時日以後，我們便可以坐享其利了。（後稿加：事實，也就是這種力量驅使著有些人們不顧一切的向前苦幹。）[84]

後稿補充說明了為何人會努力向上，就是因為日後的享受，若沒有增加後面的敘述，則讀者很難聯想到人們都受這種力量的驅使。

在「故鄉四部」中，這方面增加最多的是〈阿煌叔〉：

> 前稿：一邊，和自己約定，再也不讓自己第二次上這地方來了。那屋裡的陰暗、凌亂、黴味、酸氣和腐敗，還有那蜣螂，這些被認為不健康的

---

[83]同上註，頁 67。
[84]鍾理和〈山火〉，頁 45。

東西，是 最易令人發生一種錯覺的。[85]

後稿：我邊走邊想：以後也許沒有機會到這裡來，也不打算第二次上到這裡來。阿煌叔那浸透了可怕地扭曲了的感情的言語停在我的心上，就如不易消化的食物在肚子裡一樣會令人感到不舒服。這裡一切都可怕：那屋裡的陰暗、凌亂、黴味、酸氣和腐敗，還有那蜣螂，那滿地的屎堆。一個人長久地和這些被認為不健康的東西生活在一起，是會不會發生心理上的變態，就像病菌使人體的細胞組織發生病態一樣？而阿煌叔是不是一個最好的例子？

前稿作者並沒有批判，只是和自己約定不再到這裡，對於心理狀態沒多作說明，而後稿則批判了阿煌叔的心態，作者對阿煌叔的話提出了反思，他認為阿煌叔的語言很可怕，那是一種扭曲的價值觀，還有屋子周圍的骯髒、腐敗，所有可怕的東西都在那，一個人在那種環境下長久的生活，是會受到影響的，最後以兩個設問句來做結，而這兩個問句答案是肯定的。因此作者說：

我只希望，那句話只是 他個人的一種錯覺 （改稿改：由他那不正常的心理所發生的一種偏見，有害的偏見） ....。[86]

希望阿煌叔這種不健康的觀念，不是常態，那只是由他不正常的心理所產生的偏見，而不會影響其他人。

以上是後稿與前稿的比較中，增加的敘述語言，而這些敘述，卻能更完整地表達作者心中的話，將前稿不足之處補足。

最後還有「後記」的部分，這「後記」雖然是鍾理和為了發表而增加的，但兩份手稿的內容卻不一樣，下面就是這兩篇「後記」：

---

[85]鍾理和〈阿煌叔〉，頁67。
[86]鍾理和〈阿煌叔〉，頁67。

前稿：

作者於三十五年春返臺。當時臺灣在久戰之後，元氣盡喪。加之，連年
風雨失調；先有潦患，潦沒田禾；後有旱災，二季不得下薪。尤以後者
災情之重，為本省過去所罕見。天災人禍，地方不寧，民不聊生，謠言
四起。嗣經政府銳意經營，興革利弊，乃有今日吾人所見之繁榮。一是
破壞、貧困、徬徨；一是進步、富足、農村安定，民樂其生。雖短短十
數年，其間差別，有不（全集改：豈）可以數字計者。滄海桑田，身歷
其境，難免隔世之感。

本篇所記，即為作者返臺時所見一斑。讀者中，曾目睹當時情狀者，則
當渠（全集改：你）再回首看今日之臺灣時，定能與作者同深感慨。

後稿：

作者於三十五年春返臺，當時臺灣在久戰之後，瘡痍滿目，故鄉已非記
憶中那個可愛的故鄉。

作者在傷心之後，即將當時所見和所聽到的一切忠實地——相信很忠實
地——記在這篇報導性質的文字「故鄉」之中。從一方面看，則時過境
遷，「故鄉」似已無發表價值，但唯其如此，我們無妨把它當作一面鏡
子，來照今日的台灣，那麼我們便可以看出過去和今日的臺灣有怎樣的
不同。尤其如果這個過去是破敗的、貧困的、徬徨的，那麼這面鏡子便
越要照出今日的繁榮，富足和安定來。

它必然會如此！

這也就是作者敢於把「故鄉」拿出來發表的理由。

以前稿的「後記」看，作者的寫作動機，是想要將當時天災人禍給客
觀的報導出來，用了一半的篇幅是在寫各種災害，然而又怕犯了政府的大
忌，因此，在後面補充說這是要印證今日的繁榮。後稿對此卻只以一句話
帶過，大部分的篇幅是寫他寫這四篇作品，只是客觀的報導，並且可以和

今日台灣做比較。在語言文字上，前稿文句較文言，用了很多四字句的排比，也有映襯的修辭，在風格上較為華麗，而後稿則全用直述句，文字平淡，文句讀起來比起前稿通順很多，這是兩者最大的差別。

六、結論

「故鄉四部」的後稿中，只有〈親家與山歌〉有寫下日期，改稿完成的時間是民國 47 年 7 月 18 日，與最後完成的〈阿煌叔〉相隔有六年，而這六年間，鍾理和的寫作風格，已經有了很大的轉變，從早期的華麗，轉為後期的樸實，文字運用也已經非常成熟了，因此，在整理比較後，可以歸納出幾個重點：

1.後稿在詞語上的修改，集中在虛詞方面，鍾理和對虛詞的刪改，是經過仔細斟酌的，因此，後稿比前稿更能精確地掌握詞義。

2.在句式的選擇方面，後稿修改最多的是句子的順序，也就是主語和賓語位置在前與後的調整，使句子更平順，其次是插說句，鍾理和也做了不少的修改，這可使文句緊湊，避免拖泥帶水。而在山歌運用方面，後稿將前稿原有的五首山歌，修改成只剩三首，就民間文學的角度看，似以前稿為佳，因為它用了比較多的山歌，但作者改寫自然有他的藝術技巧，而且改寫後，亦不失客家山歌的韻味。

3.在修辭手法面，後稿改最多的是比喻改為直述句，直接影響就是敘述風格較前稿來得樸實。

4.敘述語言因受詞語、句式和修辭的影響，因此後稿的語言較前稿來得平順，少見拗口的句子，行文也多以直述方式來描寫，已接近後期作品的風格。

由於前後手稿文字差異太多，無法一一列舉，另外，《全集》的修改主要是在字詞，文句並沒有做什麼修改，因此限於篇幅，無法在正文中比較。希望將來「故鄉四部」能以後稿的版本重新出版，將作者用心修改的部分，完整的呈現在讀者面前。

參考文獻

・石雲孫《詞語的選擇》，安徽：教育出版社，1985年。

・林興仁《句式的選擇和運用》，北京：北京出版社，1983年。

・許素蘭〈毀滅與新生〉，《臺灣文藝》第54期，1977年3月，頁54～62。

・彭瑞金〈土地的歌、生活的詩——鍾理和的《笠山農場》〉，《鍾理和全集4》，高雄：鍾理和文教基金會，1997年。

・鄭文貞《篇章修辭學》，廈門：廈門大學，1991年。

・黎雲漢、張維耿編《現代漢語修辭學》，臺北：書林出版社，1994年。

・鍾鐵民編《鍾理和全集》，高雄：鍾理和文教基金會，1997年。

・羅尤莉《鍾理和文學中的原鄉與鄉土》，東海大學中文研究所碩士論文，陳萬益教授指導，1996年。

——選自文訊雜誌社編《第七屆青年文學會議論文集》

臺北：文訊雜誌社，2003 年 11 月

魯迅、鍾理和比較論

◎錢果長[*]

一、時空差異下的鄉土情結

　　在現代文學史上，最早顯出流派風範的是鄉土小說，而魯迅則是我國現代鄉土小說的開山祖師。在〈中國新文學大系・小說二集序〉中他曾對鄉土文學有過界定：「……凡在北京用筆寫出他的胸臆的人們，無論他自稱用主觀或客觀，其實往往是鄉土文學，從北京這方面說，則是僑寓文學的作者。」又說：「他們的作品大都是『回憶故鄉的』，因此也只見隱現著鄉愁。」其實這個界定本身也說明了魯迅從事鄉土小說創作的姿態，即他的鄉土文學活動主要是作爲一個僑寓在大都市的回憶性活動，是逃離了鄉土之後的對於鄉土的一種反視與反思。但需要指出的是，魯迅的鄉土小說不是「只見隱現著鄉愁」，而是以一種居高臨下的啓蒙者與文化批判者和社會批判者的口吻來進行敘述。

　　魯迅創作現代小說初始便承擔起改造中國社會和改造中國國民的巨大使命，他一直認爲說道：「『爲什麼』做小說罷，我仍抱著十年前的『啓蒙主義』，以爲必須『爲人生』，而且要改良這人生。」[1]因此魯迅的鄉土小說帶有一種特別的厚重與苦澀，反映出了我們這個古老而落後的民族在邁向現代化社會起始階段的巨大文化重負。在以魯迅自己家鄉爲背景的一系列鄉土小說中，鄉村社會的凋敝與昏暗，農民的愚昧、落後、無聊與麻

---
[*]發表文章時爲安徽師範大學文學院2003級中國現當代文學碩士生，現爲池州學院中文系講師。
[1]魯迅〈我怎麼做起小說來〉，《南腔北調集》收錄於《魯迅全集・第四卷》，北京：人民文學出版社，1981年，頁512。

木俯拾即是；相反地，具有田園詩意的故鄉只在自己的童年記憶中留存那麼一點殘影。顯然，魯迅沒有迴避，而是以直面現實的大無畏精神，將古老鄉村的死與生，老中國兒女的病與弱全盤托出，以示如他所說：「揭出病苦，引起療救的注意」[2]。所以，啟蒙應是作為魯迅鄉土小說創作的第一要素。

對中國鄉土苦難的逼真描繪並不是魯迅的最偉大之處，重要的是魯迅對造成這種苦難的原因進行了多層次的挖掘。這樣，作為啟蒙者的魯迅，其創作的鄉土小說就不時地閃現出社會批判和文化批判的鋒芒。《吶喊》、《彷徨》集中的鄉土題材創作至少批判了以下三個方面：1.中國腐朽黑暗的統治制度；2.構成中國國民劣根性的社會文化心理結構；3.資產階級革命的雙重性和革命的不徹底性。在魯迅筆下，批判的成分是多了一些，但批判本身正是為了建設。因此，魯迅的鄉土小說創作，批判只是其手段，啟蒙才是其目的，而兩者都體現出了作者對中國鄉土的現實關懷。

臺灣文學是中國文學的一部分，在「五四」新文學的影響帶動下臺灣新文學從開始就取得了較為斐人的成績。以賴和、楊逵為代表的老一輩鄉土作家在魯迅等影響下，直接面對現實，作品表現出充沛的反封建、反殖民意識。發展至 1950 年代，鍾理和以其獨特的創作姿態成為賴和、楊逵的文學傳統和臺灣 1960 年代鄉土文學復甦之間的一座重要的文學橋樑，他的一系列創作也成為臺灣鄉土文學史上的一塊界碑。

臺灣新文學受惠於「五四」以來的新文學，鍾理和作為一臺灣作家自然曾受大陸作家影響。鍾理和自小閱讀範圍就頗為廣泛，他在致臺灣作家廖清秀的函中說：「舉凡在當時能夠搜羅到手的舊小說，莫不廣加涉獵。後來更由高雄嘉義等地購讀新體小說。……像是魯迅、巴金、茅盾、郁達夫等人的選集，在臺灣也可以買到。這些作品幾乎令我廢寢忘食，在熱愛之餘，偶爾也拿起筆來亂畫」[3]。聯繫鍾理和的創作實際，可以說這種影響

---

[2]同上註。
[3]轉引自汪景壽《臺灣小說作家論》，北京：北京大學出版社，1984 年，頁 71。

是較爲深遠的。如他的「故鄉」系列小說：〈竹頭庄〉、〈山火〉、〈阿煌叔〉、〈親家與山歌〉，作品的敘事方式就是上承魯迅〈故鄉〉的，它們以非常圓熟的散文化筆調，記錄了遊子返鄉的見聞感懷，聚青年時代的夢和中年時代的悲哀於一爐，寄深邃於質樸單純，從而被譽爲戰後初期臺灣文壇「最精采最完整的作品」。

　　鍾理和的文學活動主要在上世紀 1940、1950 年代，由於兩岸的意識形態分歧，1950 年代的臺灣文壇一方面是「反共文學」喧囂塵上，另一方面是現代文學思潮風起雲湧。因此在這段漫長的時期內，鍾理和幾成爲臺灣鄉土文學唯一的重鎮。他不媚俗，不趕時髦，以完全獨立的身姿執著描寫臺灣鄉土，堪稱堅實的「地之子」。鍾理和的鄉土小說是一曲悲涼的鄉土歌謠，他的「故鄉」系列以親切質樸的語調敘寫了充滿苦難的臺灣鄉土。〈竹頭庄〉中凋零破敗的鄉村不僅物質貧窮到極點，就連人的精神和靈魂也在沉淪，昔日英俊煥發，風袂翩翩，能與「我」談文學的青年炳文如今不僅瘦得像「壓乾癟了的蘿蔔乾」，而且由於不堪窮苦的重負而做起欺騙的行當。〈山火〉中的農民因迷信天火會燒了山林，故自己先縱火把山林燒了；鎮上籌建中學，捐款不及半數，而修復觀音壇的捐款卻超過預算。這些作品充滿了人事滄桑的悲涼感，長期的殖民地處境和戰時狀態已經使鄉土元氣耗盡，滿目瘡痍，在價值紊亂顛倒的狀態中，人們把進取換作欺詐，把勤奮換作怠惰，最終把命運交給神鬼，而不是交給知識和理性去主宰。而這正是作家憂心如焚的鄉土悲涼意識。

　　與魯迅的文化批判和社會批判相比，鍾理和更多表現爲一種「悲天憫人，默默隱忍」的狀態。[4]在他的作品中，一方面他懷著一顆酸楚的心打量著周圍的一切，用筆抒發他杜鵑啼血式的鄉土悲情，另一方面他又記錄了他周圍那些善良而愚昧的人們的不幸生活畫面，挖掘他們不幸的內在根源，以期他們早日走向美麗的人生。魯迅的方式是恨鐵不成鋼的，對老中

---

[4]林載爵〈臺灣文學的兩種精神〉，轉引自王震亞《臺灣小說二十家》，北京：北京出版社，1993年，頁 69。

國的兒女「哀其不幸，怒其不爭」；而鍾理和則是溫婉的同情。這裡固然有著時代背景的差異，但同一性也是明顯的，那就是他們各自的鄉土情懷中都充滿著人道主義的思想光芒。只不過魯迅是外冷內熱，因此也深刻得多；鍾理和則親切質樸，在平實中流露出自己滿腔的鄉土之愛。

二、「國民性」問題的藝術表現

改造國民性思想是魯迅思想的一個重要組成部分，也是魯迅一生的思考對象，他不僅在許多雜文中多次談論過這一問題，而且也包括《阿 Q 正傳》在內的一些小說名篇的中心思想。

魯迅國民性思想的形成當然是由他的愛國主義精神出發的，他意在通過喚醒國人的覺悟，改變民族的精神面貌，從而達到「國人之自覺至，個性張，沙聚之邦，由是轉爲人國。人國既建，乃始雄厲無前，屹然獨見於天下」的政治理想。[5]魯迅一生憂國憂民，赴日學醫本身就抱著科學救國的政治熱情，只因學醫期間一次看幻燈片時受到刺激而猛然醒悟，「……我便覺得醫學並非一件緊要事，凡是愚弱的國民，即使體格如何健全，如何茁壯，也只能做毫無意義的示眾的材料和看客，病死多少是不必以爲不幸的。所以我們的第一要素，是在改變他們的精神，而善於改變精神的是，我那時以爲當然要推文藝，於是想提倡文藝運動了。」[6]棄醫從文，正是緣於魯迅改造國民性的思想，因此他的許多小說題材，「多採自病態社會的不幸的人們中，意思在揭出病苦，引起療救的注意。」[7]這裡所謂的「病苦」正是國民性弱點。確實，魯迅筆下的絕大多數國民都愚昧、落後、麻木、無聊、冷漠，而魯迅描寫他們也正包含著他深沉的哀憐和憤怒。

《阿 Q 正傳》可以說是魯迅「改革國民性」的代表作。魯迅在談到自

[5]魯迅〈墳·文化偏至論〉，《魯迅全集（第一卷）》，北京：人民文學出版社，1981年，頁56。
[6]魯迅〈吶喊·自序〉，《魯迅全集（第一卷）》，北京：人民文學出版社，1981 年，頁 416～417。
[7]同註 2。

己的創作意圖時說過，他要「寫出一個現代的我們國人的靈魂來」[8]，「是想暴露國民的弱點」[9]。小說通過阿 Q 這一典型集中批判了國民劣根性，毫無疑問，魯迅是把阿 Q 當作落後國民的代表、民族劣根的代表加以藝術表現的，從阿 Q 的「精神勝利法」中，經過藝術的折光反映了當時社會的病態，甚至從阿 Q 那種「懶洋洋的神情」和「瘦伶仃」的身影中，都可以聯想到東方古國孱弱、疲憊的情態。而這正如魯迅所說：「我之作此篇，實不以滑稽或哀憐爲目的。」意即引導讀者從阿 Q 身上看到國民的弱點，看到民族的病態，以激發人們改造國民性的熱情。

魯迅關於「國民性」問題的思考是完整的。從在日本弘文學院思考三個相關聯的問題時開始，[10]到棄醫從文，他的國民性思想就一直處於不斷的發展中。僅內容方面來說，一方面是揭露和批判國民性的弱點，另一方面也肯定和發揚國民性的優點。前期批判的較多，至後期肯定的不斷加強，但其目的是一致的，都在促使「一種新的向上的和符合時代要求的民族精神的誕生」。[11]

在臺灣作家中，對「國民性」問題做過魯迅般思考的鮮有其人，但並不等於說在他們的作品中就不表現「國民性」。賴和、楊逵、吳濁流等作家一方面表現了殖民地環境下臺灣人民的奴性，但與此同時也表現了臺灣人民積極的抗爭，國民性的劣與優同樣見諸於他們的作品。而在眾多的臺灣鄉土作家中，對於「國民性」的藝術表現，鍾理和應該是一個比較典型的代表。

早期作品《夾竹桃》以夾竹桃爲貫穿線索，敘寫了舊北京的一個大雜

---

[8] 魯迅〈集外集・俄譯本阿 Q 正傳序〉，《魯迅全集（第七卷）》，北京：人民文學出版社，1981年，頁 81。

[9] 魯迅〈僞自由書・再談保留〉，《魯迅全集（第五卷）》，北京：人民文學出版社，1981 年，頁 144。

[10] 三個相關聯的問題即：1.怎樣才是最理想的人性？；2.中國國民性中最缺乏的是什麼？；3.它的病根何在？，參見許壽裳《亡友魯迅印象記》，上海：峨眉出版社，1947 年。

[11] 王瑤〈談魯迅的改造國民性思想〉，《魯迅「改造國民性思想」討論集》，天津：天津人民出版社，1982年，頁78。

院裡一年之間的變化，以嘲諷的筆調描繪了雜院裡的一群「命運的傀儡」。在這裡人與人之間缺乏最起碼的關懷，兩個女人為了小小的一塊煤可以由大吵大罵到大打出手；失去正常生活能力的老太太吵著她的三兒子、三媳婦不給她吃窩窩頭；在生活重壓下變得麻木的父親對他的兒子受到後母的虐待竟無動於衷；已一貧如洗的老頭又染上了鴉片癮；可憐的少年受盡後母的虐待終於被饑餓和疾病奪去了生命……，作品通過光怪陸離的「眾生相」深刻揭示了舊北京的陰暗面，對小市民的劣根性進行了一針見血的嘲諷。魯迅的《阿 Q 正傳》固然是為了改造國民性，那麼鍾理和的這種對小市民劣根性的嘲諷可以說是出於醫治時代留給人們的心靈創傷。在這裡雖然立意不同，但兩人都能筆指國民劣根性，並都帶著自己的人性關懷去表現，這不能不說是魯迅與鍾理和的相近處。但應該指出的是，魯迅對國民劣根性的揭露和批判是審美表現的，而鍾理和在此卻頗有迷失，《夾竹桃》中的嘲諷明顯過火，多處竟變成了一種辱罵，雖然這與作者的生活際遇和思想經歷有關，但無疑已成為了他前期小說明顯的缺陷。

同魯迅在批判國民弱點的同時也肯定國民的優點一樣，鍾理和也重視尋找鄉土精魂。中篇小說《雨》就塑造了一個充滿著硬漢精神的人物。主人公黃進德倔強、樂觀、自信而充滿力量，他不信鬼神，蔑視權威，不畏強暴，堅守正義，怒斥日本殖民時期的走狗羅丁瑞，體現了一種剛健有為、自然純樸的民間文化力量。雖然他身上亦有著民間文化的局限——如以封建家長式的專制毀了女兒的婚姻，但他始終以一種充滿著力量的狀態存在，在人性的層面上就能給人不斷帶來希望，而這正是理想的國民所必須具有的品質。

三、「出走」母題的共同演繹

在中國的文學傳統中從來就不缺乏偉大的愛情，但這種愛情更多情況下只是一種精神行為，少有實際行動的能力，對參與愛情的當事人來講，「出走」是他們很難跨越的一道藩籬。而至 20 世紀，則是一個轉折點，因

為從這裡開始了對傳統的一切價值的重估與批判，其中之一便是對於個人及其感情生活的重新認識。「五四」新文化運動所帶來的思想解放和個性解放，使得男女雙方在爭取自身的幸福方面邁出了有力的步伐。因而作為「五四」前後成長起來的作家，青年男女從反抗舊式家庭、封建禮教的束縛，到追求自由戀愛、婚姻自主而出走，自然就成為他們創作的作品常見的主題。

　　魯迅作為「中國現代小說之父」，是較早對這一母題進行演繹的作家之一。〈祝福〉裡的祥林嫂基本上可以被認為是一出走的女性，只不過她是在死了丈夫之後逃出婆家的。而中國農村婚姻的買賣性質，使她在逃出婆家之後，仍然處於別人的「私有財產」的地位，並沒有找到她所希望的幸福，她又一次被婆家賣掉，在第二次婚姻照例以悲劇收場後終於死在人間的「地獄」。在〈幸福的家庭〉裡，魯迅則以幽默嘲諷的筆調描寫了「幸福」的海市蜃樓的性質。在《傷逝》裡，魯迅更是塑造了一對追求戀愛和婚姻自由的青年。像魯迅其他小說裡的人物一樣，涓生和子君這對新人，仍然被周圍惡濁的社會環境，被沉重的經濟負擔，摧毀了原來的浪漫主義的美夢。因此，魯迅以他別樣的思考，表現出對「出走」的某種絕望的情緒。

　　當然，魯迅是一個現實主義者，他關心的不僅僅是出走，而且是出走之後的一系列問題。魯迅說過，娜拉出走之後，從事理上推想起來，只有兩條路可以走：「不是墮落，就是回來。」[12]為此魯迅為娜拉開了「藥方」，即爭取「經濟權」。小說《傷逝》則是這一觀念的形象化表現。子君第一次離家出走，是受到涓生那些進步的新潮思想的影響，爭的是與涓生的自由戀愛。為此她不惜一切反抗父親與胞叔，與涓生同居。但是好景不長，涓生的失業給這個新式的家庭帶來了危機。涓生經受不住生活的煎熬，漸漸厭倦了每日空洞的愛的演習，並向子君暗示了一條「新路」：仿

----

[12]魯迅〈忽然想到〉，《魯迅全集（第三卷）》，北京：人民文學出版社，1981年，頁43。

效娜拉第二次出走。這無疑是一天大的諷刺！子君由走出家門到再走進家門，宣告了她整個反叛的失敗。而在魯迅看來，子君的失敗在很大程度上歸因於無論是在舊的家（父親的），還是在新的家（涓生的），她都沒有經濟權。因此她所走的路，只是從一個封閉的城堡走進另一個新式的但同樣封閉的城堡。這樣魯迅就自然會得出結論：光像娜拉那樣的出走是遠遠不能解決問題的。

與魯迅的深刻思考不同，鍾理和因為自己的切身經歷和體會，在對「出走」母題的演繹上有著更為堅實的內容。他的一系列自傳性小說，如〈奔逃〉、〈同姓之婚〉、〈貧賤夫妻〉等則為青年一代整個「反叛——出走——建立自己的家庭」的過程留下了寶貴的記錄。

像涓生和子君那種悲壯的反叛的失敗，在鍾理和的前期作品如〈柳陰〉、〈薄芒〉、〈泰東旅館〉中也有所反映。其中〈柳陰〉便出現了魯迅所說的娜拉出走後的第一種情況：墮落。但鍾理和是一個為求得戀愛和婚姻自由而「出走」的實踐者，「出走」於他就不僅是文學母題，更是現實生活本身。因而與魯迅相比，他的小說對於「出走」和「出走」之後的生活的描寫，就有著更加真實的體驗。

據統計，鍾理和一生著有長篇一、中篇七、短篇小說 41，其中占大多數、也最具有影響的除鄉土小說外，就是那些以自己的愛情、家庭和養病為題材的身世小說。在這類染血的身世小說中，他以散文化的筆法真實敘寫了自己與妻子鍾台妹因同姓結婚而被封建世俗和社會家庭所不容的種種窘狀，像〈奔逃〉、〈同姓之婚〉、〈貧賤夫妻〉等就生動樸實地描寫了他們在社會的巨大壓力和沉重的經濟負擔下艱辛度日的情形。但是，鍾理和不是涓生，台妹也比子君強韌。這個付出了血和淚的婚姻和家庭的幸福是依靠著女人的勤勞、男人的歉疚和彼此相濡以沫建立起來的。這樣的家庭沒有牧歌式的浪漫情調，有的只是日復一日的繁瑣但又必需的事務的堆積和清除，它將青春、夢幻和美麗埋葬在了日常瑣事之中。就鍾台妹這一形象來說，在作家眼裡她曾是何等的美麗，「娟秀苗條，瓜子臉兒，直直

的鼻樑，亮亮的眼睛，眉宇間有著一份凜然不可侵犯的氣概」，但在幾經生活的風雨侵蝕以後，竟已變成一個站在豬圈裡清掃豬糞，彎背直不起腰來的頭髮蓬鬆的老太婆。由此，從魯迅到鍾理和的小說，我們能夠感受到那種屬於青年人的「浪漫主義」反叛的激情，已經漸漸地向中年人的「現實主義」的心態過渡，即由「出走」──對自由與幸福的憧憬所導致的青春期的反叛──進入理想中的「圍城」，反叛者必須面對自己創造的新現實，並且為自己的反叛結果承擔道義。而鍾理和正是由這種切身的體會和感受完成了對「出走」這一文學母題的經典演繹。

綜上所述，魯迅與鍾理和雖是不同時空條件下的兩位作家，但在鄉土情結、「國民性」、「出走」母題的表現方面卻有著諸多相似之處，分析比較兩位作家之間的異同，既可以加深對兩位元作家的認識和理解，同時對於 20 世紀海峽兩岸文學的整合也具有一定的意義。

──選自《紹興文理學院學報》第 25 卷第 5 期，2005 年 10 月

他人之顏
民族國家對峙結構中的「皇民文學」與「原鄉文藝」

◎吳叡人*

Je est un autre.

—Arthur Rimbaud[1]

Erst einer befreiten, versönhten Menschheit wird einmal vielleicht die Kunst der Vergangenheit ohne Schmach, ohne die verruchte Rancune gegen die zeitgenössische Kunst sich geben, als, wiedergutmachung an den Toten.

—T. W. Adorno[2]

一、前言：民族國家興起脈絡中的「他者文學」

對所謂「臺灣（人）特性」（Taiwaneseness）的探索，以及對現代性的思考，是日治時期臺灣文學史上反覆出現的兩個重要的創作動機（leitmotif）。主體性與現代性——這組動機的反覆出現，清楚透露了戰前臺灣新文學運動與反殖民民族主義之間密不可分的關係，因為在日本殖民

---

*中央研究院臺灣史助研究員。
[1] 「我即他者」，法國詩人 Arthur Rimbaud 名句，轉引自 Julia Kristeva, *Strangers to Ourselves*, trans. by Leon Roudiez（New York: Columbia University Pess, 1991），p.5.
[2] 「只有一個解放了的，和解了的人類，才能或許在將來某個時刻獻身於過去的藝術而不覺得恥辱，不帶有那對當代藝術惡名昭彰的憎恨，並且因此才能夠對死者做出補償。」語出德裔猶太哲學家 Adorno《美學理論》，參見 Theodor W. Adorno, *Ästhetische Theorie*（Frankfurt am Main: Suhrkamp, 1996），p.290.

統治下，臺灣民族主義意識形態的核心課題，正是追求「具有民族主體性的現代性（national modernity）。[3]然而，在「建構現代的臺灣主體」此一主要動機之外，戰前臺灣文學史之中還存在一個清晰可辨識的附屬動機（second motif）：臺灣被設想成解消於一個更大的主體之中。我們可以在1940年代初期出現在臺灣本島的所謂「皇民文學」，以及1930年代以來流亡中國的「祖國派」臺灣籍作家或藝術家的創作之中，看到這個「臺灣主體解消」的創作動機的兩個方向：前者融入日本，後者「回歸」中國。雖說有主、副之別，然而文學創作領域之中「主體建構」與「主體解構」這兩個對立的創作動機之並存，說明了戰前臺灣民族主義在1920、1930年代的政治與文化實踐中逐漸摸索、型構出的臺灣主體性論述的不穩定與未完成狀態：「我」的形成仰賴「他者」的存在，然而形成之中的「我」之內部，卻又隱藏著投身、融入「他者」的慾望。戰前臺灣民族主義意識形態的不穩定，反映了當時臺灣人認同的臨界狀態（liminality），而這種認同的臨界狀態，則根源於臺灣人被置於兩個敵對的民族國家的夾縫之中，被他們需索忠誠的歷史困境。

這篇論文的目的，在探討日治時期臺灣文學史的這個「主體解構」的動機。作者試圖在20世紀前半東北亞民族國家的形成的歷史脈絡中重新解讀「皇民文學」與「原鄉文藝」的意義。本文論證的前提是，20世紀前半期是東北亞的中國、日本、臺灣、朝鮮、沖繩等地區經驗現代民族國家形成、擴張與衝突的關鍵性歷史階段，在這個極度動盪不安的時期，所謂「日本人」、「中國人」、「臺灣人」、「朝鮮人」、「沖繩人」等認同範疇逐漸形成，但其意義與邊界仍處於流動、不穩定而且可變的狀態。基於這個歷史認識，本文拒絕一般將「中國人」與「臺灣人」——或者將「日本人」與「沖繩人」——放置於一個先驗的、固定的共同範疇之內的民族主義式

---

[3]Rwei-Re Wu,"*The Formosan Ideology: Oriental Colonialism and the Rise of Taiwanese Nationalism, 1895～1945*,"Ph. D. dissertation submitted to the Department of Political Science, The University or Chicago, 2003, p.269～271.

的，反歷史的預設。相反的，本文主張將「中國人」、「臺灣人」、「日本人」、「沖繩人」、「朝鮮人」等理解爲在不同的政治場域（political fields）中平行出現，正在形成之中而尚未穩定的開放的認同範疇，而東北亞地區民族國家的形成與對立過程所釋放出的種種交錯的歷史力量則持續在影響、型塑它們之間的相互關係。就歷史結構而言，20 世紀前半長期困處於中、日兩個民族國家之間的臺灣人，其處境與 19、20 世紀之交分別寄居德、法兩國的猶太人頗有相類之處——他們都處在兩個對立的民族國家的夾縫之中，都被這兩個對立的國家需索忠誠，而最終他們也都選擇同化主義的道路，向不同的寄居國的輸誠表態。

從這個歷史的前提出發，本文主張日治時期的臺灣的「皇民文學」和「原鄉文藝」之間具有某種不完美的鏡像關係：他們各自代表在日本殖民統治下逐漸形成的臺灣主體，在中、日兩國之間日益升高的民族主義衝突壓力下，由內部湧現的兩股離心的驅力，或者兩種同化於他者的慾望。換言之，「皇民文學」和「原鄉文藝」分別代表了戰前臺灣同化主義的兩個類型：如果「皇民文學」試圖呈現戰爭時期島內的臺灣人被迫同化於日本人的心理糾葛和社會過程，「原鄉文藝」所描繪的則是同時期流亡中國的「祖國派」臺灣人同化或渴望同化於中國人的心路歷程。經由美學的再現，這兩種（廣義的）文學或以寫實，或以象徵隱喻，建構出了戰爭時期臺灣同化主義複雜的心理類型。這些作品看似充滿爭議性，其實卻相當誠實地表白了當時臺灣人試圖戴上——容許我借用日本小說家安部公房那著名隱喻——「他人之顏」[4]以跨越民族國家之壁的渴望、焦慮、苦惱、挫折——以及反省。就此而言，「皇民文學」和「原鄉文藝」或許可以稱之爲民族國家形成年代反映弱小民族漂泊的心靈的「他者文學」。

基本上，這是一篇藉由文學與藝術文本的閱讀以探索臺灣思想史的習作。不可否認的，本文確實具有某種謙遜的，素人的文學史與文化史書寫

---

[4]安部公房《他人の顏》，東京：新潮社，2004 年。

的意圖，因爲它試圖經由連結文學藝術作品與作品生產的歷史脈絡，尋求一個重新理解這些作品的詮釋架構。然而這篇論文更深層的意圖是，經由此種脈絡性的文本閱讀（contextualized reading of texts）以及對「皇民文學」與「原鄉文藝」的並置，辨識現代臺灣人精神史上「主體解構」動機的形式及其意義。具體而言，本文將分別討論三位「皇民文學」與「原鄉文藝」的作者及其作品：前者是陳火泉、周金波，和王昶雄；後者是鍾理和，電影演員及導演何非光，以及畫家劉錦堂。經由對這兩組創作者的討論，我們希望整理出「同化於日本人」和「同化於中國人」的幾個心理類型。

二、結構性的歷史情境：民族國家夾縫中的猶太人與臺灣人

「皇民文學」或「原鄉文藝」這種以「解消自我以融入更大主體」爲創作主題的文學或藝術類型的出現，與現代民族主義與民族國家在東北亞之興起有密不可分的關係。更具體而言，這種文藝類型是 1930、1940 年代，身處日本和中國這兩個彼此對立，互爲他者的，*正在形成之中的*民族國家夾縫中的臺灣人在面對李春生所謂「新恩舊義」[5]——也就是新、舊母國——同時向他們需索高度忠誠的困局時，所做出的美學上的回應。臺灣人這種困難對立或交戰中的「新恩舊義」之間，受到兩個相互敵視的民族主義需索忠誠的歷史情境，和 19 世紀後半（特別是 1870 年普法戰爭之後）到 20 世紀 1930 年代之間，寄居在德、法兩國而且分別面對兩個寄居國的保守民族主義壓力的猶太人的處境，在結構上頗有相類之處。而面對這樣的處境，不管是東北亞的臺灣人，還是歐陸的猶太人之間，都出現了向不同民族國家輸誠的同化主義潮流。

（一）歐洲民族國家對峙結構中的猶太同化主義（1871～1914）

18、19 世紀之交，民族主義在歐洲承美國獨立革命與法國大革命之勢

---

[5]李春生《東遊六十四日隨筆》中有「惟是新恩雖厚，舊義難忘」名句，見李明輝，黃俊傑，黎漢基合編，《李春生著作集》第四冊，臺北：南天書局，頁 204。

而興起。最初，歐洲的民族主義承襲了美、法革命的民主和共和主義精神，表現出古典的自由民族主義（liberal nationalism）風貌，成為挑戰歐洲舊封建秩序（ancien regime）最主要的進步力量。法、德國等國的猶太人也在這場歷史性的進步民族主義浪潮中逐步獲得解放，開始被整合到寄居的民族國家之內。然而 19 世紀後半，特別是 1870 年普法戰爭之後，歐洲的民族主義逐漸開始保守化。一方面，由於歐洲民族國家之間競爭日趨激烈，衝突也日益頻繁，舊日主權國家體系的權力平衡瀕臨崩解，於是國民心理之中，「外敵入侵」的陰影日益加深；另一方面，各國內部又因工業化而導致勞動階級崛起，使統治階級憂心忡忡，以為社會即將解體。在這種內外交迫的社會心理背景下，一股保守民族主義浪潮於是興起，並且蔓延於英、法、德、義等國民間，儼然界定了世紀之交整個歐洲的時代精神。法國文學家與政客 Charles Maurras——同時也是這場民族主義浪潮最雄辯的代言人——將它命名為 "nationalisme integrale"，「統合的民族主義」：立足於一種保守的血緣或種族本質論的民族觀，統合的民族主義不但排外、好戰，同時也將矛頭指向內部的他者，將猶太人、工人、同性戀等視為導致「民族衰敗」的代罪羔羊。[6]另一位法國統合民族主義的代言人 Charles Barres 如此一語道破了這個保守民族主義運動的本質：「在對鄰人的憎惡之中顯現出民族性。」[7]

　　這段時間同時也是 Seton-Watson 和 Benedict Anderson 所說的「官方民族主義」（official nationalism）開始出現的時代。[8]所謂「官方民族主義」是和「統合民族主義」略有差異的另一股保守民族主義浪潮：如果後者的目的在排除內外的他者，那麼前者的目的主要在運用政府權力由上而下塑造民眾的政治與文化認同，也就是所謂「創造民族」（nation-building）。這個

---

[6]Hagen Schulze, *States, Nations and Nationalism*: From the Middle Ages to the Present, translated from the German by William E. Yuill（Cambridge, Mass. & Oxford, England: Blackwell, 1996），p.253-254.

[7]有田英二《二つのナショナリズム：ユダヤ系フランス人の「近代」》（東京：みすず書房，2000年），頁 352。

[8]Benedict Anderson, *Imagined Communities: Reflections on the Origin and Spread of Nationalism*, Revised Edition（London and New York: Verso, 1991），Chapter 6.

「創造民族」的政治工程針對兩個對象。首先，它試圖透過教育、徵兵等管道同化文化差異甚大的下層民眾，特別是占人口多數的農民。這也就是法國史學者 Eugen Weber 所說的「從農民變成法國人」（peasants into Frenchmen）的過程。[9]其次，它試圖同化境內的少數民族。這方面的具體的事例甚多，如德國統一前普魯士政府在波蘭裔聚居的玻森（Posen）所實施的德語化政策，沙皇的俄羅斯化政策，匈牙利王國的馬札爾化政策，英格蘭對愛爾蘭的英國化政策等。德國史家 Otto Dann 稱這種官方民族主義為「總督統治的民族主義」，意指一種對「內部殖民地」（internal colony）的同化或民族化政策。[10]

　　不論是排除或同化，本質上都在追求抹煞差異或他者，確保民族本質的純淨，以及國民對國家的忠誠。這個內部同質化與外部差異化的過程，就是荷蘭籍政治學者 Stein Rokkan 所指出的現代歐洲民族國家形成（nation-state formation）此一歷史運動中，「群眾」被收編到民族國家體系，變成「公民」或「國民」的關鍵階段。[11]如此，保守民族主義浪潮分別從民間與政府兩方席捲而來，在歐洲各國之間高築民族壁壘。歐洲猶太人，特別是寄居西歐的猶太人，在法國大革命之後就逐步取得寄居國的公民權，與此相應，主張「就地同化於寄居國」的猶太同化主義也開始抬頭，成為許多資產與知識階級猶太人的選擇。然而在這個民族國家對立逐日加深的保守時代氛圍之中，無論個別猶太人同化程度有多深，他們對寄居國的效忠仍因猶太族裔散居各國的「國際主義」色彩以及猶太教的異教徒色彩而受到各國民族主義者激烈的質疑。換言之，保守民族主義興起的一個後果是，同化──進入到「民族」內部──的門檻變高了。這個情

[9]Eugen Joseph Weber, *Peasants into into Frenchmen: the modernization of rural France*, 1870～1914（Stanford, California: Stanford University Press, 1976）

[10]オットー・ダン著，《ドイツ国民とナショナリズム：1770～1990》（*Otto Dann, Nation und Nationalismus in Deutschland 1770～1990*）、末川清、姫岡とし子、高橋秀寿訳，名古屋：名古屋大学出版会，1999 年，頁 144～146。

[11]Stein Rokkan, "Dimensions of State Formation and Nation-building: A Possible Paradigm for Research On Variations Within Europe," in *The Formation of National States in Western Europe*, edited by Charles Tilly（Princeton: Princeton University Press）.

況，在原本彼此就懷有宿仇，又在 1870 年普法戰爭中結怨的德、法兩國最為明顯。面對民族國家對其忠誠的質疑，散居歐洲各地的猶太人不約而同地採取了共同的反應方式，也就是進一步加強他們對個別寄居國的效忠，以換取接納與認同。換言之，他們不約而同地變得「比德國人更德國人，比法國人更法國人」。[12]

自從 1870 年普法戰敗之後，「勿忘國恥」的愛國主義，成為法國政治氛圍的主調，而德國遂成為政治、文化菁英重構法國認同的主要他者。Barres 和 Maurras 的統合民族主義就是在這個氛圍之中興起的。從一開始，他們就展現強烈的反猶太主義，到了 Dreyfus 事件之後，隨著列強之間對立加深，他們的排外和反猶太主義也變得更具侵略性。受到了這個極右翼民族主義的挑撥與刺激，許多愛國的猶太裔公民為了證明自己對法國的忠誠，也表現出某種相應的極端民族主義傾向，如支持國會兵役法的通過，或者親身參加法國軍隊，誓言以武力保衛法國的海外權益等。Ernest Renan 在 1882 年的著名演講〈何謂民族？（Qu'est～ce qu'une nation?）〉中，曾經將民族界定為「每日舉行的公民投票」（"L'existence d'une nation est...un plebiscite de tous les jours"），[13]而這個「公民民族」的概念，也成為猶太人得以跨越族群血緣障礙，同化於法國最重要的理論依據。然而到了世紀之交，在保守民族主義的壓力下，住在法國的猶太教徒為了要跨越猶太民族之壁以成為「真正的」法國國民，竟然被迫「非得拿起槍桿來回應『每日舉行的公民投票』不可」。[14]從盧梭到 Renan，法國共和主義「自由意志的結合」之進步願景，終究倒退成「為祖國而死」（pro patria mori）的「血的結合」。誠如專研法裔猶太人認同問題的日籍學者有田英二所言，「猶太裔法國人的民族主義，既然要和反猶太的民族主義對抗，不得不加入愛國的

---

[12]Vicki Caron, Between France and Germany: The Jews of Alsace-Lorraine, 1871～1918（Stanford, California: Stanford University Press, 1988），p192.

[13]Ernest Renan, *QU'EST-CE QU'UNE NATION? Et autres essays politiques*（Pocket, 1992），p55.

[14]有田英二《二つのナショナリズム：ユダヤ系フランス人の「近代」》，東京：みすず書房，2000年，頁 352。

競賽。」[15]換言之，在統合民族主義的挑戰下，猶太愛國者的民族主義也從先前的自由民族主義轉換成保守主義民族主義——他們變成比一般法國人更民族主義，更好戰，更排外，並且競相參與法國海外殖民擴張的偉業。這個民族主義和 Barres 的保守民族主義是鏡像關係：前者強調法國民族不變的本質，後者則以強調法裔猶太人對法國大革命之共和傳統與現代化之貢獻來保證他們的「法蘭西特性」，而基於這種幾近本質主義的自我認識，他們甚且排斥「法蘭西特性」不足的東歐裔新猶太移民。[16]

　　1870 年普法戰爭之後德國統一，然而從一開始反猶太主義就成爲協助建構新國家所欠缺之國家認同的功臣：在分裂的，缺乏同質性的俾斯麥帝國的脈絡之中，反猶太主義反對「猶太人的世界主義」之主張爲新國家找到不可或缺之他者，因而成爲民族國家整合的要素。就像在法國一樣，猶太人再度成爲急遽的社會變遷的代罪羔羊。[17]也如同法國一般，血緣或種族的民族主義也在德意志帝國內部快速成長，而這使得公共論述之中「猶太性」與「德意志性」的結合基礎日益脆弱不安，而早已同化於德國文化的猶太人處境也變得日益困難。[18]對於德國反猶太主義之抬頭，寄居德國的猶太人之因應方式與法國猶太人幾無二致：他們也和保守、反猶太的德國民族主義開了一場愛國心的競賽。面對升高了的同化門檻，主流德國猶太人社會的作法是對寄居國社會更加強宣示他們的愛國心與忠誠。[19]這個愛國心競賽到了一次大戰達到高潮：

　　　第一次世界大戰中，幾乎所有的猶太社區都被愛國的熱愛所攝，不惜一切努力貢獻於德軍的勝利。（十萬人被動員，12000 人戰死）。戰爭對猶太

---

[15]前引書，頁 352～353。
[16]前引書，頁 354～355。
[17]エンツォ・トラウエルソ著，《ユダヤ人とトイツ：「ユダヤとドイツノ」からアウシュウィッツの記憶まで》（Les Juifs et L'Allemagne: de la"symbiose judeo-allemonde"a la memoire a'auschwitz），宇京頼三訳，東京：法政大学出版局，1996 年，頁 33。
[18]前引書，頁 36。
[19]前引書，頁 36。

人而言，是嚴肅的事情，因為這給他們一個歷史性的機會，可以經由所謂愛國的忠誠這種決定性的試煉，來補償他們並非由鬥爭而得到，而是由國家權力所賜予的解放特權，以獲取社會所認可的正當性。不管所屬的是自由主義或者錫安主義的陣營，所有猶太人的新聞媒體，和周圍的國粹主義步伐一致，展開愛國心的競賽。

民族國家的保守民族主義上升，迫使長期寄居該國，文化上早已高度同化的猶太人必須以更強烈的愛國行動來證明自身的忠誠，換取民族國家的認可與接納。於是我們觀察到在法國與德國猶太人，被迫與排斥他們的保守民族主義展開一場逐漸升高的愛國競賽。這場競賽的高潮，是當寄居國終於再度兵戎相見，為「寄居的祖國」而兄弟相殘：在第一次世界大戰的戰場上，法、德兩國——以及夾在德法之間的阿爾薩斯‧洛林——的猶太人兵戎相見，相互殺戮。這是德意志民族主義「血與土地」（Blut und Boden）的殘酷變奏：為了克服「他者」的宿命，猶太同化主義者必須向民族國家繳交血稅。這個場景，其實在 19、20 世紀之交的全歐到處可見：在民族國家彼此壁壘高築，同化門檻逐日加高的年代，所有歐洲的猶太人都面臨一個被歐洲史學者 Vicki Caron 生動地描繪為「變成公民的任務」（task of becoming citizens），而唯一得以使他們化身公民的唯一武器，是比寄居國國民更加倍強烈的愛國心。[20]當然，這些猶太人想成為的是不同的，乃至相互敵對的民族國家的公民，然而這個渴望脫離猶太母體而融入他者的共同慾望——也就是所謂猶太同化主義——卻弔詭地成為四分五裂的歐洲猶太人一個集體認同的基礎。[21]

（二）東北亞民族國家對峙結構中的臺灣人（1931～1945）

我們在 20 世紀前半——特別是 1930 年代以降——東北亞日、中兩國的對立之中，也觀察到類似於世紀之交在歐洲出現的民族國家高築壁壘，

---

[20]Vicki Caron, *Between France and Germany: The Jews of Alsace-Lorraine*, 1871～1918, p192。
[21]前引書，p192～193。

相互對峙，以及處在國家夾縫之間的弱小民族被分別需索忠誠的情境。當然，這兩個歷史情境在形式上有明顯的差異。首先，1871～1914 年間歐洲民族國家的對立主要是 Hagen Schulze 所說的「帝國主義的民族國家」（Imperialist Nation-State）之間的對立，[22]而 1930 年代以降的日中對立，則是帝國主義的民族國家／民族主義與反帝的民族國家／民族主義之間的對立。[23]其次，在歐洲，猶太人是以「離散」（diaspora）的型態散居歐洲各地，在寄居國而無母國，也沒有固定的 homeland，但是臺灣人則因 1895 年領土轉移而由清國臣民集體成為日本臣民，同時擁有舊母國與新母國，而且絕大多數臺灣人仍然定住於自己的 homeland，包含「祖國派」在內，在日治時期實際移居中國的臺灣人只占總人口之少數。如果將戰前臺灣人向外移居理解為一種「離散」過程，則與猶太人從巴勒斯坦向外移動，歷時兩千餘年的全球性離散過程相較，「臺灣人的離散」只是一種初期的，區域性的離散。因此，離散中的歐洲猶太人面臨的國家忠誠的試煉是多元、分散的，而離散的臺灣人則是受困於「新恩舊義」的二元對立之間。

　　儘管有這些差異，這兩個歷史情境在結構上仍然頗有相類之處。我們可以從三點加以分析。首先是民族國家壁壘的形成。如同 1871～1914 年的德、法兩國一般，1930 年代的日本與中國也處於民族國家形成（與擴張）的關鍵期，兩國境內統合性的保守民族主義上升，因此不但對同質性需求的日益高漲，對「他者」的排斥也逐步升高。而正如 1870～1914 年之間兩度交戰的德、法，從 1931 年開始處於戰爭狀態的日、中兩國，也以彼此作為內部整合的主要他者。

　　明治維新之前，日本還是一個政治與文化認同都四分五裂的封建幕藩國家。1868 年由西南的薩摩、長州、土佐、肥前四雄藩所發動的明治維新，不止統一了北州、九州、四國等傳統領域，更北向兼併蝦夷地（北海

---

[22]Hagen Schulze, *States, Nations and Nationalism: From the Middle Ages to the Present*, Chapter 11.

[23]Prasenjit Duara, *Sovereignty and Authenticity: Manchukuo and the East Asian Modern*（Lanham, Boulder, New York, Oxford: Rowman & Littlefield Publishers, Inc, 2003）, Chapter 1.

道），南向兼併琉球王國（沖繩）。然而擁有統一的「日本國」不代表「日本人」或「日本民族」的出現：直到 1880 年代，日本啓蒙思想家福澤諭吉仍批評當時的日本「只有政府而沒有國民」，「創造日本人」因此成爲明治期日本國家與在野菁英念茲在茲的主要課題。透過徵兵、〈教育敕語〉與憲法的頒佈、國會的設立、「國語」與「國史」的創造、國民教育的建立，以及一次又一次對外征戰的戰爭動員，直到明治末期（1910 年），一個具有一定群眾基礎的，作爲現代民族國家日本的認同才在核心領土（即所謂「內地」）逐漸穩定下來。然而這個民族國家形成過程與帝國主義擴張是同時並進的：日本國家在維新初期兼併北海道與沖繩，1895 年日清戰爭之後領有臺灣，1905 年日俄戰爭後取得樺太，1910 年兼併朝鮮。事實上，明治國家的最終目標是將這幾個擁有完整主權的新領土及其居民予以日本化，並吸收到日本國家之中。換言之，明治國家菁英同時在核心與邊陲領土進行「創造日本人」的政治工程。至少在其主權轄下的所謂「正式帝國」內部，日本帝國的本質是一個持續形成、擴張中的民族國家。1910 年代日本民族國家認同在「內地」的初步穩定並不意味它的完成：在「內地」，被稱爲「大眾」的工農階級逐漸興起，要求被整合到民族國家之中，而在沖繩、北海道、臺灣、樺太、朝鮮等邊陲領土，「創造日本人」的同化運動依然方興未艾。時至 1930 年代，在新一波帝國主義擴張過程中，日本國家對邊陲領土的同化壓力隨之升高，最明顯的例子就是在沖繩、臺灣、朝鮮等地推行的「皇民化運動」。在這個民族國家形成的歷史脈絡中，我們清楚地看到所謂「日本」和「日本人」範疇的邊界與意義，即使到了 1930 年代都還在擴張與變化之中，尚未穩定下來。[24]

　　從 19 世紀末期到 20 世紀前半，我們也在中國觀察到一個「從帝國到民族國家」的歷史巨變過程。從一開始，中國民族主義的出現和新興民族國家日本衝突的結果：1895 年甲午戰爭的失敗，激發了中國民族主義，這

---

[24] 本段關於日本民族國家形成與帝國形成過程之分析濃縮自 Rwei-Ren Wu,*"The Formosan Ideology: Oriental Colonialism and the Rise of Taiwanese Nationalism, 1895～1945,"*Chapter 2。

個意識形態開始將中國從「天下」重新想像爲與列國並存的「民族國家」，
而關於「中華民族」的種種論述與神話也開始被建構出來。1911 年中華民
國政權成立，然而中國卻陷入地方割據，四分五裂的情況，最初的中央政
權要到 1920 年代末期才會出現。事實上，直到 1949 中華人民共和國建立
爲止，中國一直都處在一個徒具民族國家形式卻缺乏民族國家內涵的狀
態——或者借用歷史學者 John Fitzgerald 的說法，這段時間先後出現的中國
國家政權都是「沒有民族的國家」（nationless state）。[25]在 19 世紀末到
1930、1940 年代爲止，不同政權的國家菁英都在極不穩定的條件下試圖創
造「中國人」與「中華民族」。然而誠如政治學者 Chalmers Johnson 所言，
真正促成中華民族國家認同向下層社會與農村和邊陲地區擴散的，是從
1931 年到 1945 年間對日戰爭動員所帶來的大規模人口流動。[26]換言之，所
謂「中國人」同樣也是正在形成，尚未穩定的範疇。

　　日本和中國這兩個民族國家的形成過程，都以彼此爲主要——雖然並
非唯一——的他者。日本從 18 世紀「國學」興起之際，就開始出現以「脫
華」爲目的本土主義，然而明治國家前期是以西方帝國主義列強作爲主要
他者的。這個情況，到了日清甲午戰爭之時有了變化：日清戰爭的勝利，
使日本一舉擺脫不平等條約束縛，正式遵行「脫亞入歐」的親西方路線，
而這場以中國爲對立面的戰爭動員，更是促成日本現代民族意識形成與擴
散的關鍵歷史事件。[27]1930 年代，日本雖因「入歐」不成憤而「返亞」，
「西洋」重新成爲日本亞細亞主義的主要他者，但此時日本擴張與衝突的
直接對象卻是中國，於是「支那」成爲日本重新界定自我認同時的一個曖
昧的「不可避的他者」。[28]就中國而言，甲午對日戰敗根本就是促成中國現

---

[25]John Fitzgerald,"*The Nationless State: The Search for a Nation in Modern Chinese Nationalism,*"The Australian Journal of Chinese Affairs（33），1995, p75～104.

[26]Chalmers A. Johnson, *Peasant Nationalism and Communist Power: the Emergence of Revolutionary China, 1937～1945*（Stanford: Stanford University Press, 1962）.

[27]檜山幸夫編著《近代日本の形成と日清戦争——戦争の社会史》，東京：雄山閣，2001 年，第一章。

[28]「不可避的他者」爲日本思想史學者子安宣邦描述漢字與日文之間曖昧關係所使用之語詞。子安宣邦《漢字論：不可避の他者》，東京：岩波書店，2003 年。

代民族主義興起的直接原因，而日本崛起之後「謝絕惡友」中國而與西方帝國列強爲伍，因此始終是想要模仿明治維新的中國菁英愛惜交加的鄰國，直到 1930 年代，當西方帝國主義開始撤離中國，日本卻逆勢而爲，執意西進滿蒙華北，於是兩國再度兵戎相見，「日本鬼子」成爲界定「中國人」最關鍵的他者。兩次慘烈的戰爭──1894～1895 年間的甲午戰爭與 1931～1945 年間的中日戰爭，確立了日、中兩國「互爲他者」的民族國家形成特徵，而這與歷經 1870 年普法戰爭，1914～1918 年間第一次世界大戰而形成的現代德國與法國十分類似。這兩組民族國家形成經驗，印證了 Liah Greenfeld 的主張：民族主義的形成與發展，總是與群體之間相互的「怨憎」之念（ressentiment）密不可分。[29]

　　第二個結構的相似性是他者的生產。在前述歐洲民族國家形成與對峙過程中，散居德、法的猶太人成爲目標最顯著的「他者」，而在日、中兩國對峙過程中，散居兩國境內的臺灣人──雖然以一種不對稱的形式──也因其明顯的「他者性」而被兩國質疑忠誠。當然，這個結構相似性的前提是，我們稱之爲「人」的範疇在 1930 年代的時點必須已經存在。

　　與古老的猶太族群相比，「臺灣人」範疇的出現當然是相當晚近的事。事實上，作爲合具有政治意義的群體，所謂「臺灣人」正是日、中兩個民族國家興起過程的產物──或者應該說，副產品。清朝統治末期的臺灣，雖然菁英階層已經產生初步的整合，但整體而言，被族群界線所切割的臺灣住民尙未形成一個具有共同意識的群體。將這群住民塑造爲一個群體的，是作爲大清帝國「棄民」以及作爲日本帝國「養子」的共同政治命運。具體而言，日本殖民統治歧視性的社會分類體系創造並制度化了「本島人」或「臺灣人」這個認同範疇，在臺灣本地的反殖民運動者則將這個認同進一步發展，賦予它一種「弱小民族」的政治內容。以「臺灣非是臺灣人的臺灣不可」的臺灣民族主義運動在 1920 年代的出現，正代表了作爲

---

[29]Liah Greenfeld, *Nationalism: Five Roads to Modernity*（Cambridge, Mass. & London, England: Harvard University Press, 1992），p15.

弱小民族的臺灣人主體意識的出現。[30]從現代東北亞民族國家形成的脈絡中
觀察，這個「弱小民族臺灣人」的意識是在方興未艾的兩個強勢民族主
義，也就是日本民族主義與中國民族主義的夾縫之中出現的，因此它不可
避免地受到了這兩股強勢力量──尤其是受其直接統治的日本──的牽
引、壓制或滲透，因此處於一個不安定的，臨界的狀態。換言之，在日、
中兩個新舊母國對峙的年代，蔣渭水所渴望的「以中華民族做爲日本國民
的臺灣人」[31]這種曖昧、臨界的存在形式，在日益渴求同質性的民族國家眼
中，無非更凸顯了臺灣人「既不是中國人也不是日本人」的他者性與可疑
的忠誠而已。而當戰雲密布，兩個民族國家終於劍拔弩張，壁壘分明之
時，國家勢將採取行動──同化、鎮壓或驅逐──以排除像臺灣人這類
「不純」的他者。

　　第三是他者同化於民族國家的慾望。如同歐洲猶太人爲了不願被排除
在民族國家──任何民族國家──之外，而對寄居國產生過度認同一般，
在日、中兩國排外民族主義的壓力下，不少本島臺灣人以及流亡中國的
「祖國派」想要擺脫「他者」身分，各自進入這兩個民族國家的慾望也變
得更強烈。這就是我們將要在下一節述說的，關於臺灣「皇民文學」和
「原鄉文藝」的故事。

　　1871～1914 年之間，歐洲保守民族主義興起，在各國之間高築民族壁
壘，故居歐洲各國的猶太人遂成爲各民族國家眼中忠誠可疑的「他者」。爲
了化解寄居國排外民族主義的敵意，以及回應國家對他們忠誠的質疑，歐
洲猶太人展開「愛國人的競賽」，以更熱烈的同化與愛國行動來證明其忠
誠。這個民族國家壁壘分明，向夾縫中的他者需索忠誠的場景也在 1930、

---

[30]關於日本統治下臺灣民族主義之分析，參見 Rwei-Ren Wu, *"The Formosan Ideology: Oriental Colonialism and the Rise of Taiwanese Nationalism, 1989～1945"*。

[31]「以中華民族做爲日本國民的臺灣人」乃蔣渭水在 1924 年治警事件公審時在法庭答辯所說之名言。參見〈臺灣議會期成同盟會治安警察法違反嫌疑的公判〉，《臺灣民報》，第 2 卷第 16 號（1924 年 9 月 1 日），頁 20。關於這句話的語意分析，參見 Rwei-Ren Wu, *"The Formosan Ideology: Oriental Colonialism and the Rise of Taiwanese Nationalism, 1895～1945"*, p210～219.

1940 年代的東北亞重現。兩個形成中的民族國家——日本與中國——出現，他們彼此對立，互爲他者，而隨著對立加深，各自的民族主義也日趨保守，排除「他者」，追求內部同質化的驅力也日益增強。在這股東北亞的「統合民族主義」浪潮中出現在歷史舞臺上的「臺灣人」，其處境彷彿德、法之間的猶太人。一方面，作爲日本臣民，絕大多數臺灣人只能接受日本國家「同化」的要求，然而臺灣人的漢族裔背景又使同化門檻變高，因此臺灣人必須加倍努力證明自己對日本的忠誠。另一方面，少數選擇投效中國的所謂「祖國派」臺灣人，則因其「敵國國民」背景，受到中國內部日益高漲的反日民族主義的深刻質疑。儘管具有漢族背景，這些「祖國派」的「他者性」仍然是鮮明的：這不僅是因爲臺灣從 1895 年即脫離中國歷史軌道，因此他們並未參與中國民族國家與「中國人」形成的過程，因此「中國人特性」（Chineseness）不足而已；更重要的是，在日本統治下成長的他們已經受到日本文化的浸染與影響。儘管有心認同祖國，但是烙印在他們身上的「他者性」在日益要求同質與純粹的中國民族主義（以及正在形成之中的「中國人」）看來特別明顯。正因如此，「祖國派」臺灣人想成爲「真正的」中國人，同樣也要經過一個「同化」——也就是去除自身「日本性」以跨越逐日增高的「中華民族」之壁——的艱辛過程。在這段民族國家對峙，保守民族主義浪潮高漲的年代中，臺灣人所創造的文學藝術作品中，描寫同化於日本民族過程之種種艱辛者，即所謂「皇民文學」，而描繪「同化於祖國」過程之艱辛者，或可稱之爲「原鄉文學」或「原鄉文藝」。二者都是臺灣人試圖完成 Vicki Caron 所謂「變成公民的任務」過程的產物，他們共同體現了弱小民族臺灣人在對立的兩個民族國家夾縫中，被兩個祖國「要求」加強努力證明其忠誠的悲劇命運。

三、真實性的想像：兩種同化主義文學

　　專研現代中國民族主義的印度裔美籍史學家杜贊奇（Prasenjit Duara）在分析 20 世紀前半的東亞民族主義時，提出了「真實性體制」（regime of authenticity）的概念。所謂「真實性體制」，指涉經由「權威性的，不可侵犯或踰越的種種表象或再現」（如文學作品、圖像、影像、造型等）構成的一種秩序或體制。杜贊奇指出，所有民族主義都試圖建立其自身的「真實性體制」，以界定「真正的」，「永恆不變的」，不能侵犯或踰越的民族的「本質」。日本帝國主義的民族主義當然如此，而中國反帝的民族主義同樣也是建立在由真實性體制所支撐的一種「關閉／畫出邊界的認同政治上（ an identity polity politics of closure sanctioned by the regime of authenticity）。一言以蔽之，真實性體制就是「能夠經由預先構想或象徵化一個神聖的民族來防堵對民族國家或民族主義者之挑戰的象徵性權力體制」。[32]

藉由這個「真實性體制」的概念，我們或許可以進一步掌握臺灣「皇民文學」與「原鄉文藝」的本質。如果民族國家對峙的結構一面排除雙重「他者」臺灣人，一面向他們需索相互對立的忠誠，則個別民族國家所建立的「真實性體制」，就是辨識臺灣人之「他者性」，以及衡量他們的忠誠度／同化程度的某種象徵性尺度。

然而作為一種象徵性尺度，真實性體制總是隱藏著詮釋的曖昧與歧異空間，指向某種難以企及的彼岸：擁有詮釋權的民族國家和民族主義者總是可以看見、聽到、嗅出，或者感知到你身上尚未洗淨的「不真實性」或「他者性」，而真實性體制的權力正是源於這種詮釋的任意性。作為臺灣人同化主義——即臺灣人融入民族國家之慾望——的美學表現，「皇民文學」與「原鄉文藝」或許可以被理解成「他者」臺灣人航向彷彿近在眼前，卻又遠在天邊的民族真實性的彼岸——「真正的日本人」和「真正的中國人」——的一次想像的旅程（an imaginative voyage to the tantalizing national authenticity）。

---

[32]Prasenjit Duara, *Sovereignty and Authenticity: Manchukuo and the East Asian Modern*, p29～33.

（一）皇民文學：「養子」「無止境的日常性」

日本領有臺灣、樺太、朝鮮，是明治國家兼併琉球、北海道的延長，其終極目的在將這些領土日本化並吸收到日本民族國家內部。就臺灣而言，日本從統治初期就確立了同化主義方針，但在統治前期，由於資源限制與地方秩序尚未恢復之故，日本當局只能推行漸進的同化政策。到了1919年，臺灣財政能力大幅成長，日本統治權威鞏固，於是當局開始比較積極、廣泛地推動同化政策，此即所謂「內地延長主義」。進入 1930 年代，由於日本開始另一波軍事擴張，因此開始逐步強化對臺灣人等邊陲領土人民的同化壓力。[33]1937 年中日戰爭全面爆發，為了配合戰爭動員，確保殖民邊陲地區人民的效忠，日本統治當局開始在臺灣、朝鮮、沖繩等地推動所謂「皇民化運動」——一個藉由國家權力，試圖在短時間內將臺灣等地人民在語言、文化、宗教、生活習慣乃至姓名等全面強制改造為日本人的激進同化運動。[34]1940 年代初期出現的「皇民文學」就是這股掀天揭地而來的同化浪潮的產物。

在皇民化運動中，臺灣人的處境是非常艱難的，因為所面對的，是一個極高的同化門檻。首先，從明治國家形成以來，日本一貫維持「核心——邊陲」的二元政治結構，而政治核心對邊陲一貫要求一種政治學者石田雄稱之為「奔馳型的忠誠」（駆け足型の忠誠）：邊陲必須比核心更加倍努力地效忠國家，才能證明其忠誠。維新敗者東北地方如此，北海道、沖繩如此，臺灣、朝鮮更是如此。[35]第二，沖繩學者比嘉春潮曾引用戰前日本民

---

[33] 關於日本在沖繩、臺灣、朝鮮等邊陲實施的同化殖民主義之詳細比較分析，參見 Rwei-Ren Wu,“*The Formosan Ideology: Oriental Colonialism and the Rise of Taiwanese Nationalism, 1989-1945*”, Chapter 2。

[34] 關於臺灣與朝鮮皇民化運動的比較分析，參見 Chou, Wan-yao,“*The Kominka Movement in Taiwan and Korea: Comparisons and Interpretations,*”in Peter Duus, Mark Peattie, and Ramon Myers eds., The Japanese Wartime Empire, 1931～1945（Princeton: Princeton University Press, 1995），p40～68; 關於沖繩皇民化運動，參見大田昌秀《近代沖繩の政治構造》，東京：勁草書房，1972 年，第三章。

[35] 石田雄《記憶と忘却の政治学：同化政策、戦争責任、集合的記憶》，東京：明石書店，2000 年，頁 75。

間流行的說法，生動地描述日本殖民地作爲母國「養子」的地位：「沖繩是長男，臺灣是次男，朝鮮是三男」[36]，然而由於日本和中國民族主義「互爲他者」的特性，在日人眼中，「次男」漢族裔臺灣人身上烙印著比「長男」沖繩人與「三男」朝鮮人更鮮明的「他者性」，因此他們也必須跨越一個更高的同化與忠誠的門檻。第三，做爲一個「創造日本人」的官方民族主義運動，皇民化運動的「真實性體制」所描繪的「真正的日本人」的內容其實是抽象而曖昧的。石田雄就指出，所謂「日本」的意識形態形成甚晚，其意義本來就很不確定，所謂「日本人」的概念也同樣曖昧不清，眾說紛紜，缺乏明確的意義與判別標準。在「真正的日本人」對「何謂日本人」都毫無共識的情況下，國家對邊陲領土人民之效忠與同化的要求，自然容易淪爲形式化與儀式化，並且導致國家官僚的專斷與濫權——也就是說，「同化」完成與否，並無客觀判準，因此「努力早日變成真正的日本人」往往會成爲國家操縱人民，無限制地，永久地需索忠誠的藉口。[37]著名臺灣殖民警察官僚，《警察沿革志》的編者鷲巢敦哉在《臺灣保甲皇民化讀本》的結語，恰好爲日本國家對臺灣人這種無止境的忠誠要求，做了最佳註腳：

> 最後，我要反覆呼喚，皇民化的要點是，在日常生活的所有方面，非得更像日本人不可！……[38]

作爲「養子」所面臨的，成爲日本人的「無止境的日常性」（終わりなき日常性）——這就是孕生皇民文學作家那深刻苦惱的精神風土。

[36]比嘉春潮《沖繩の歳月：自伝的の回想から》，東京：中央公論社，1969 年，頁 37。
[37]石田雄《記憶と忘却の政治学：同化政策、戦争責任、集合的記憶》，東京：明石書店，2000 年，頁 54。
[38]鷲巢敦哉《台湾保甲皇民化読本》，台北：台湾警察協会，昭和 16 年，頁 322。

（二）陳火泉：被征服者的典型

　　陳火泉的〈道〉（1943 年）[39]或許是臺灣皇民文學中最淋漓盡致地表現了「他者」向民族國家過度輸誠——即所謂愛國心或「奔馳型忠誠」的競賽——之典型性的作品。故事標題「道」，指的就是「成爲皇民之道」。主人翁「他」（也叫做「陳火泉」，俳句筆名「青楠」，應爲陳氏本人夫子自道）是任職臺灣總督府專賣局的技術雇員，個性孤高耿直，具有強烈日式職人精神，不分晝夜孜孜矻矻地鑽研樟腦提煉技術，並因此研發出改良式竈，獲得上級高度評價。另一方面，他也是一個善寫俳句，熱愛日本古典文學的人。整篇故事描寫的，就是這樣一個強烈精神傾向的臺籍公務員尋找「成爲皇民之道」的心理過程。

　　然而通往皇民之道是一條荊棘之道。身爲總督府雇員，日日與眾多「天生的日本人」（生まれながらの日本人）相處共事的主人翁深切體認到，「血緣」終究是「他者」臺灣人欲成爲「真正的日本人」無法迴避，必須跨越的最險峻的障壁。然而該如何跨越血緣之障壁呢？有可能跨越嗎？這就是自許是「求道者」的主人翁日夜焦首苦思的問題：如何在「血緣」以外，尋得成爲真正日本人的道路？「他」最初找到的答案是「精神」，也就是透過體會、習得、實踐「日本精神」而成爲日本人。然而「日本精神」果真無需附著於血緣而能傳遞到「非天生的日本人」身上嗎？「他」從「歷史」之中找到了肯定的答案：今日的日本民族的內部，不也是有著大量的歸化人的後裔嗎？換言之，「日本精神」不是封閉的，它可以經由共同的歷史經驗而擴散傳遞。臺灣人是新一波的歸化人，只要假以時日，臺灣人必然將在歷史之中受到日本精神浸染，成爲真正的日本人。[40]「他」所認

---

[39]本文討論所依據之文本爲陳火泉〈道〉，收於河原功、中島利郎編《日本統治期台湾文学台湾人作家作品集・第五巻〔諸家合集〕》（東京：綠蔭書房，1999 年），頁 9～63。

[40]「他」如是說：「けれども、血というものも大切でせうが、歴史による錬成も大切だと思います…豊臣秀吉は多く朝鮮人を連れて帰ったが、次の時代には、それらが、みんな一緒にになって、明治維新を創ったんじゃありませんか。血液を超越した歴史による錬成です。…台湾は日本の領土になってから、もう五十年になんとしています。もう既に五十年の間、歴史の錬成を行ってきたのです、…」。陳火泉〈道〉，頁 44。

知的「日本精神」的主要內容，是「尊皇攘夷」和「滅私奉公」。關於前者，「他」認為經由信仰天皇神話，「不信神」的臺灣人將會被改造成虔誠的人民。[41]關於後者，則「自身」在職場的表現，早已是最雄辯的證明。換言之，臺灣人充分有可能習得「日本精神」。

值得我們注意的是，在這段關於「日本精神」的議論的同時，「他」也表達了對若干「天生的日本人」自認為是「日本精神專責業者」的不滿：

> 生まれながらの日本人の中にも日本精神を母の胎内に置き忘れてきたやうなものがあるはずです。大乗的には、この日本精神は、すべての生まれながらの日本人通有的に持たなければならぬ本来の気質であるが、時として缺けているものが見受けられます。忌憚なく申せば、これでも日本人かな、と思はしめるやうなものが存在するわけです[42]

雖然並未指名道姓，「他」在此處所批判的對象顯然是那些專好閒談，工作態度懶散，而且對戰爭時局也未表現國民應有之熱烈忠誠的日本同事。[43]若從「日本精神」的標準來看，這些所謂內地人實在遠不及像「他」這種臺灣人。很明顯的，陳火泉藉「具有日本精神的臺灣人」和「欠缺日本精神的內地人」的對比，向所謂「天生的日本人」宣戰——一場典型的愛國心競賽，已經在小說的場景之中展開。

當然，「他」之渴望成為日本人不會只是純精神性的；在「他」虔敬勵行「日本精神」的背後，存在著期待受到拔擢，成為專責局技手的物質慾望。垂水千惠因此認定陳火泉寫作〈道〉的動機，純粹是為了個人利益。[44]或許如此吧，然而這與小說美學無關。事實上，正因陳火泉揭露了「他」的精神性背後的物質慾望，才使「他」成為一個立體的，具有盧卡奇

---

[41]前引文，頁38～39，42～43。
[42]前引文，頁38。
[43]前引文，頁34～35。
[44]垂水千惠《台湾の日本語文学》，東京：五柳書院，1998年，頁98～100。

（Georg Lukacs）所謂典型性（typicality）[45]的角色：我們在願以改變認同來換取向上社會流動機會的「他」的身上，看到了古往今來歷史上類似情境中無數「普通人」的容顏。

　　不幸的是，「他」這個向上流動的物質慾望並沒有實現：儘管他有傑出的工作表現，技手之職還是給了平凡的「天生的日本人」武田。這個打擊使他陷入深刻的憂鬱之中，而讀者也可能會期待他的「日本精神」之路或許會就此終結，然而「他」並沒有在場愛國心的競賽中就此認輸。相反的，他在自己脫口而出的臺灣話之中，體認到自身「做日本人」的努力之不足。經過一番省思，「他」得到這樣的體悟：

そうだ。共に共に血を流さなくっては皇民たり得ないのだ[46]

　　於是「他」終於做出「日本精神」最終極的實踐——血書志願：如果無法生而具有日本人的血液，那麼讓我和日本人一起流血吧！民族真實性之壁只能以生命超越，而「精神」與「歷史」終究還是回歸到「血」。

　　陳火泉筆下的「他」不是英雄，而是特定歷史情境壓力下產生「自我憎惡」並對民族國家產生「過度認同」的「被征服者」（vanquished）的典型。[47]我們在20世紀初期第一代被同化的沖繩知識人，以及19世紀以來歐洲猶太同化主義的歷史當中，同樣可以觀察到類似的心理類型。在這個「被征服者」的圖像之中，我們雖然看不到周金波的「回歸鄉土」和王昶雄的主體性堅持，但仍然可以覺察到若干批判性的痕跡。隱藏在陳火泉這

[45]Georg Lukacs, *The Historical Novel, translated from the German by Hanna and Stanley Mitchell* （London: Merlin Press, 1962），p139～140.
[46]陳火泉〈道〉，頁62。
[47]「自我憎惡」（judisch Selbsthass, 日語譯為「自我嫌惡」）原指同化派的德裔猶太人為追求寄居國社會之接受而將寄居社會對猶太人之偏見內化的心理現象。見エンツォ・トラウエルソ（Enzo Traveso）著，《ユダヤ人とドイツ：「ユダヤとドイツナ共生」からアウシュウィッツの記憶まで》（Les Juifs et L'Allemagne: de la"symbiose judeo-allemande"a la memoire a'auschwitz），頁30～31。

篇呈現過剩忠誠的文本之中的批判訊息似乎是：既然官方主張要「同化」
臺灣人，那麼作爲同化主體的「日本人」就應該是對臺灣人開放的，可以
企及的範疇；換言之，封閉的「血緣」就不應該是「日本性」的判準。藉
由「他」近乎愚驗的精神主義苦鬥，陳火泉事實上提出了一個精神的，實
踐的（practical），因此是非本質的，開放的「日本人」概念，而這個開放
的日本人概念的提出也許可以視爲是對殖民地現地官方言行不一的批評與
質疑。

（三）周金波：主體性的鄉愁

　　周金波（1920～1996）屬於第一代被同化的臺灣知識分子，他的作品
描繪了同輩知識分子認同轉換的「通過的儀式」（rite de passage）的曲折歷
程：從留日知識人對同化的單純樂觀，到返鄉後認識到庶民的同化困境，
到重新認識故鄉的意義，最終止於對故鄉在同化潮流中無可避免的消逝之
悲歎。我們可以從〈志願兵〉（1941 年）、〈氣候、信仰和宿疾〉（1943
年）、〈鄉愁〉（1943 年）這三篇小說中，觀察到這個認同轉換歷程。[48]

　　〈志願兵〉的主題，在探討「成爲日本人」的兩條道路或兩種方法。
故事中的兩個主人翁，恰好分別代表這兩條路線：資產階級出身的留日知
識分子張明貴的理性主義的同化路線，以及庶民層出身，小學高等科畢業
的高進六的直觀的同化路線

　　張明貴路線的前提是，同化必須是基於理性的批判、反省之後的自覺
的選擇，因此臺灣人要同化於日本人之前，首先必須檢討「爲什麼不當日
本人不行的原因」。他在留日期間對這個問題做了反覆思考後，得到這樣的
結論：「我在日本領土出生，受日本教育長大，日本話以外不會說，假如不

---

[48] 本文以下討論所依據之〈志願兵〉與〈鄉愁〉日文原文文本，收於河原功、中島利郎編《日本統
治期台湾文学台湾人作家作品集・第五巻〔諸家合集〕》，頁 337～336；〈氣候、信仰和宿疾〉
（原文標題爲〈季候と信仰と持病と〉）日文原文收於中島利郎、黃英哲編，《周金波日本語作品
集》（東京：綠蔭書房，1998 年），頁 71～91；這三篇小說之中文譯文則依據中島利郎、周振英
編著，《臺灣作家全集別集：周金波集》。

用日本的片假名文字就不會寫信，所以除了日本人之外別無他法。」[49]換言之，對於他這一代臺灣知識分子而言，同化於日本已經是不可逆轉，因此別無選擇的命運了。如果做日本人已經是別無選擇的命運，那麼臺灣人又該怎樣變成日本人呢？張明貴認為，提升臺灣人的「教養和訓練」，使臺灣達到與日本內地相同的文化水準，就是「皇民鍊成」的真正意義。這是一種著重心理與價值層面的「同化於現代文明」的觀點。有趣的是，張明貴個人認為變成日本人並無任何困難：

> 提起日本人，像你我一樣受過日本教育的人，誰也能成為日本人，像我的情形，我可以斷言我就是日本人，成為日本人有那麼難嗎？我一點也不覺得……[50]

這是某種有產階級知識人的同化觀：經由教育，臺灣人就可以毫無困難地變成日本人。這種源於比較開放的日本內地生活經驗的樂觀主義，和陳火泉那種困守臺灣的低階公務員對同化的「苦鬥」經驗，迥然相異。

另一方面，高進六的同化是純粹直觀的：經由神道教信仰與儀式行為，以直觀方式體悟日本精神。他的方法是參加報國青年隊，和日本青年一起實行神道拍掌儀式的修練，「從拍掌儀式能產生日本人信念」。[51]這種直觀的，儀式性的「皇民鍊成」路線，最終以高進六血書志願，報國從軍達到高潮。故事的敘述者並未觸及高進六對「成為日本人」之困難度的感受，然而從高以高等科畢業之學歷而勤學日語、日本習俗以及神道儀式的作為看來，這必然是一個需要付出相當努力的辛苦過程。

故事當中，返鄉的張明貴和高進六之間關於這兩條同化路線發生了爭論。有趣的是，張明貴從未意識到他那條理性的，經由教育達成的日本人

---

[49]《周金波集》，頁 33。
[50]前引書，頁 30。
[51]前引書，頁 32。

之路，只向少數殖民地菁英階層開放而已，包括高進六在內的絕大多數庶
民階層的臺灣人並不擁有這種奢侈而優雅的選擇。張明貴返鄉之行所看到
的臺灣文化水準與日本內地之差異，其實是已經日本化了的他和絕大多數
臺灣人之間的差異。最終，是高進六靜默而雄辯的「血書志願」行為驚醒
了張明貴，讓他看到橫亙在自己和高之間的階級差異：像高進六這樣缺乏
財富與教育資源的庶民大眾，除非經過一次直觀的「精神的跳躍」，是無法
打通「成為日本人」之路的。[52]

　　然而周金波在〈志願兵〉中對直觀式同化的肯定，到了〈氣候、信仰
和宿疾〉（1943 年），似乎又產生了懷疑。這篇小說中的主人翁蔡大禮（國
語學校畢業）是直觀式同化路線的典型人物：他為了響應皇民化運動「正
廳改善」與「寺廟整理」的政策，不惜放棄傳統宗教信仰，改宗日本神道
教，表現出「內地也見不到的虔誠」。蔡大禮為了參拜位於臺北圓山的臺灣
神社，從基隆徒步走了數十公里，結果導致腳步神經痛宿疾發作，痛苦不
堪，而鄰人則紛紛傳說蔡的腳疾乃是因改宗而受臺灣傳統信仰之神明所
罰。當西醫對蔡的腳疾束手無策時，反而是漢醫運用土方療法將之治癒，
而這導致了蔡大禮在心理上開始鬆動，逐漸回歸傳統信仰。故事的結尾
是，留日的兒子清杜因氣候因素感染肺炎，而蔡大禮索性公開恢復祭祀觀
音，祈求兒子的康復。很明顯地，周金波對於高進六式的「飛躍式的」「皇
民鍊成」路線開始動搖了，然而值得注意的是，用來批判這種直觀同化的
標準，也不是張明貴的現代主義、理性主義的日本化，反而是「不理性」、
「不科學」的傳統信仰與民俗醫療。在這裡，我們看到曾經被張明貴所蔑
視的「落伍的臺灣人」以一種具有神秘療癒力量（healing power）的「故
鄉」形象重新出現。然而這意味著周金波至此就放棄同化於日本之路，回
返臺灣母體了嗎？

　　恐怕未必。讓我們再一次回憶張明貴對於「為何非變成日本人不可」

---

[52]關於兩條同化路線與兩人階級差異之關係此一洞見是中島利郎教授首先提出。參見中島利郎，
　〈周金波新論〉，收於啞啞之會編《台湾文学の諸相》，東京：綠蔭書房，1998 年，頁 115～116。

這個問題所提出的答案：

> 我在日本領土出生，受日本教育長大，日本話以外不會說，假如不用日
> 本的片假名文字就不會寫信，所以除了日本人之外別無他法。

非變成日本人不可，是因為已經別無選擇。周金波雖然對〈志願兵〉
裡面的兩條同化主義道路同時產生懷疑，但這不代表他對「別無選擇，非
做日本人的命運」的認知也跟著逆轉。事實上，他對這個命運的認知並無
改變，改變的，只是兩年前對同化所抱持的童騃般的樂觀而已。換言之，
「同化於日本」不再具有任何「選擇」的積極意義了，而只是一種命運——
——不可逆轉的命運。

然而那個神秘的故鄉的形象又如何解釋呢？一種弱者抵抗的隱喻嗎？
只要我們將三個月後發表的〈鄉愁〉合併閱讀，一個可能的意義就浮現
了。留日返國的主人翁到溫泉地休息，結果在臺灣人聚居的街上被捲進一
場卡夫卡式的暴力衝突之中。故事接近尾聲時，周金波向我們揭露了這場
神秘暴力衝突的真相：

> 這個偶然地造訪的紅磚屋街道，是古老的臺灣習慣所留下來的最後的據
> 點，而今天是這個最後據點的最後的日子，堅持孤壘的這些年輕人，高
> 潔的隨著新時代的潮流，為了新的建設而正在踏出大步的時候。到其他
> 都市或地方去工作的鄉人也都趕回來參加，以前用寫來塗染的西皮及福
> 祿兩派的鬥爭史，不管是因為太輕率還是太天真所引起的就這樣一筆勾
> 銷。
> 現在，銅鑼的捐獻式以及從西皮、福祿兩派分派以來的幾個團體的解團
> 式同時舉行。
> 首先是堆積在銅鑼上面的那些胡弓的殘骸點上了火，然後從三方走過來
> 的旗手把各自的團旗燃燒起來，炎舌舐著團旗，終於從旗柄的部分團旗

倒了下來，大紅的火焰向上高高的噴出去，四方已被黑暗包圍，火勢顯
照的照著人影，不久，滲著哽咽聲的團歌流露了出來。

悲哀的，無法消愁的，很深刻的，在我的胸中像被緊緊抓住一樣傾聽
著……[53]

那是在不可逆轉的日本化的歷史潮流下，對正在消失中的故鄉的輓
歌；那是身在故鄉的土地上，對行將消逝並且不再復返的舊世界的鄉愁。
那是對歷史洪流中驚鴻一瞥的「臺灣人」的感傷的諦念（resignation）。

（四）王昶雄：敗者的抵抗

王昶雄的〈奔流〉[54]是此處所討論的三位作者的諸作品中對「皇民化」
抵抗意圖最明顯的一篇作品，然而這是一種體制內部的抵抗：在〈奔流〉
裡，王昶雄所抵抗的不是日本化，而是「皇民化運動」那種由上而下強制
抹煞臺灣特性的片面的日本化。正如垂水千惠所指出的，他所護衛的臺灣
主體性，是在一個「文化多元主義的日本」內部的臺灣主體性。[55]

故事由三位主人翁之間的邂逅遇合所構成。敘事者「我」是一位小鎮
醫師，曾經留學日本內地十年，留學期間對日本文化與風物之美產生了憧
憬之情，渴望完整地融入這個民族之內：

自己不能干於做一個南方出生的日本人，沒有變成純粹的內地人不能滿
足。並非進一步努力地內地化，而是無意識中內地人的血液移轉到自己
的血管之中，然後不知不覺中開始靜靜地流動著，這樣的心情。[56]

「我」曾與日人女子戀愛，並且有機會結婚，但是因為對於一旦結婚

---

[53]《周金波集》，頁113～114。
[54]以下討論文本依據王昶雄，〈奔流〉，收於河原功、中島利郎編《日本統治期台湾文学台湾人作家
　作品集・第五卷〔諸家合集〕》，頁93～118。中文引文則為本文作者之翻譯。
[55]垂水千惠《台湾の日本語文学》，頁113～114。
[56]王昶雄〈奔流〉，頁99。

返臺，臺灣是否能滿足日籍妻子的期待缺乏自信，因而臨陣脫逃。顯然「我」對身為臺灣人懷抱著自卑感，而這個自卑感也表現在他在留學期間，總是對日本人掩飾臺灣出身的背景，而宣稱自己來自四國或九州，使用日本名，只說日本話這一事實之上。儘管在內心深處，「我」對自己如此卑屈的態度並不以為然：

> 你是何等卑屈的男人啊。你的行為明顯的是你歧視臺灣的佐證。臺灣人雖然絕對不是中國人，但也決不是愛斯基摩人啊不僅如此，臺灣人和內地出生的人有什麼不同？要抱持驕傲，同樣作為日本臣民的驕傲。[57]

於是我們在「我」的自卑之外，又看到潛藏的，被壓抑著的身為臺灣人的自尊。「我」的容顏，是一幅典型的猶豫不決的知識人的畫像。

伊東春生，臺灣籍的中學教員，本名朱春生，留學日本內地多年，入大學國文科，並且娶日本女性為妻。他為了克服多數臺灣青年白天在外說日語，晚上回家說臺語過臺式生活的「二重生活」困境，毅然決然地大義滅親，拋棄自己親生父母，改日本姓名，與日籍妻子與岳母共居，採取全面的日式生活。雖然這種極端的作為不受表弟林柏年的諒解，但他仍然私下資助表弟赴日留學。對敘事者「我」而言，伊東的作為代表一種「世俗的選擇」。

林柏年是伊東的表弟，也是伊東任教中學的學生。他對伊東背棄父母，想要全面融入日本內地人世界的行為深不以為然，認為「本島人也是堂堂正正的日本人」。林柏年個性剛直好勝，是劍道高手，日籍教練對臺灣學生的輕蔑反而激起他的好勝心，於是發憤苦練，終於取得地區競賽優勝。畢業之後，柏年赴日本內地留學，選擇進入武道專門學校繼續深造日本劍道，是該校第一個臺灣出身的學生。在他從東京寄給「我」的信中，

---

[57] 〈奔流〉，頁106。

柏年熱情地表白他「本島人也是堂堂正正的日本人」的信念：

> 為了與偉大的大和魂連結，非以我們的血液來描寫不可……但是當我越
> 成為一個了不起的日本人，我也越覺得非是一個了不起的臺灣人不可。
> 我一點也不會因為在南方出生，就變的卑屈起來。沉浸在此處的生活之
> 中，未必等於就要輕視故鄉的鄉下味道。母親再怎麼是一個不體面的土
> 著，我還是對她無限戀慕……[58]

對敘事者「我」而言，林柏年代表「純真的選擇」。這個熱情剛直的少年似乎對「我」有很大的影響：在讀完柏年的信後，深深戀慕日本內地之美的「我」突然重新意識到久已忘懷的故鄉的美，並且體認到自身對鄉土愛心之不足。也許我們可以說，柏年少年說出了他一直深藏心底但始終沒有勇氣說出口的，做為臺灣人的自尊。

敘事者「我」是一個猶豫不決的知識人，站立在同化歧路的分岔點：一條路是伊東春生所代表的「大義滅親」，直接跳躍到「**一元論（內地式）的日本**」的官方皇民化路線，另一條路是少年林柏年代表的「本島人也是堂堂正正的日本人」的「**多元主義的日本**」的雙向融合路線。為何「我」會說前者是「世俗的」道路，而後者是「純真的」道路呢？因為伊東的選擇，意味著他接受了現實。日本官方皇民化論述當中的「日本人」概念顯然是一元論的，純內地式的概念，在巨大的國家壓力下，臺灣人除了接受現實，向內地式日本人方向同化之外別無選擇。另一方面，林柏年所主張的，是一種能夠保持臺灣特性的多元的日本認同，而這只能經由雙向交流的文化融合（acculturation）來達成。這是一種由下而上，或者由周邊向核心提出的「**另類日本**」（alternative Japan）的訴求，而在戰前日本超國家主義年代中央集權的時代氛圍之中，所謂「另類日本」只能代表某種難以實

---

[58] 〈奔流〉，頁 116。

現的理想或願景。換言之，所謂「世俗」指的是「現實」，而「純真」指的是「理想」。雖然作者並未明言，但從最後「我」重新體認到故鄉之美的描寫看來，「我」似乎傾向了林柏年這個「純真」「理想」的道路。也就是說，經由伊東春生與林柏年的對立，「我」經歷了一場自我批判或自我檢討的「私小說」式的心路歷程，而最終他取理想而捨現實。毫無疑問，這裡蘊含著一種抵抗的姿勢。

然而如果純真之歌真的戰勝了經驗之歌，爲何「我」在得到這個重大體悟，於是興奮地想讓伊東閱讀柏年的信時，卻又在看到伊東背景時，遲疑再三，終於做罷呢？才三十出頭的伊東那一頭早發的華髮，是不可抗拒之現實的隱喻：民族國家的「養子」臺灣人需索高度的，絕對的忠誠，召喚他們航向真實性的彼岸，而渴望國家之愛的臺灣人只能盡其所有，超其所有地向「養父母」奉獻他／她過剩的忠誠，他／她的身體與靈魂。「我」的欲言又止，也許是伊東的白髮重新提醒了他，臺灣人除了現實以外，別無選擇。受到自己所鄙視的伊東資助卻毫不知情的柏年少年的理想主義，其實不是一個真正的選擇，因爲它是建立在伊東的現實主義基礎之上的。如此說來，王昶雄的抵抗終究是一種「明知其不可爲而爲」的存在主義式的抵抗。在這個迂迴曲折的內部抵抗的書寫策略中，我們觀察到一個世代以前沖繩知識人伊波普猷的面影——這是敗者的抵抗：透過書寫，他們埋下種子，等待下個世代的抵抗。[59]

（五）原鄉文藝：「遺民」的苦戀與召喚

形式上，戰前中國在缺乏強大統一的中央政治權威的情況下，很難出現如「皇民化運動」一樣的組織性的官方民族主義運動。1930 年代的「新生活運動」或許可以視爲一個不完美的類比個案，不過 20 世紀上半中國民族主義主要還是在一次次的群眾反帝動員和與帝國主義國家的軍事衝突中

---

[59] 「多元主義日本」是戰前沖繩自治派的知識分子用來抵抗日本國家之官方民族主義的論述策略。關於伊波普猷的自治思想，參見比屋根照夫《近代沖繩の精神史》第 3 部第 2 章，東京：社会評論社，1996 年。

逐漸升高的。隨著民族主義氛圍的升高，一個區隔敵我，辨識「真正的中國人」的真實性體制也逐漸形成。在這個中國民族主義的真實性體制當中，「臺灣人」有時被善意地視為與朝鮮人、安南人並列的「東方弱小民族」[60]，但是更多時候他們被視為日本人或漢奸。然而不管在那一種理解方式之中，臺灣人都是不真實或不夠真實的「他者」或「外人」。根據日本學者近藤正己的研究，所謂「收復臺灣」的訴求是由在華的「祖國派」臺灣人在 1930 年代末期向重慶政府首先提起的，但國民黨方面與當時中國社會對此提議並不熱衷，要等到 1941 年底太平洋戰爭爆發，美國對日宣戰之後，重慶政府才首度將收復臺灣列入官方政策之中。[61]這個「理性抉擇」（rational choice）背後，不是「生母」對遊子的溫暖召喚，而是將臺灣視為地緣權力政治之標的物——也就是「他者」——的冷漠與計算的眼神。從以下三位「祖國派」臺灣創作者的作品之中，我們將會清楚地看到，臺灣人並不是理所當然就可以成為中國人的；身上刻著敵國的印記，「中國性」不足或不純的他們，必須攀爬一堵「真正的中國人」的民族之壁。和他們所鄙視的那些想做日本人的「皇民」一樣，他們也必須經過一段「同化於中國人」的試煉。

（六）何非光：他者的獻「身」

　　何非光（1913～1997），臺中人，臺中公學校畢業後赴日留學，因受兄長與兄長友人張深切之影響產生反日思想，1929～1930 年之交隻身遠赴中國上海發展。1933 年入上海聯華影業公司，擔任電影演員，1935 年底被日本租界當局強制遣返臺灣。1936 年底，何再經由日本回到中國，重返電影界，並且擔任導演，在抗戰時期曾為中國政府拍攝幾部著名的宣傳電影。

---

[60]中國國民黨從孫文開始，向來將臺灣、高麗、安南並列為東方弱小民族，這個立場直到 1938 年蔣介石在臨時全國代表大會第四次會議發表「對日抗戰與本黨前途」演說時都沒有改變。中國共產黨則到 1943 年開羅宣言之前，始終認定臺灣人為弱小民族並主張臺灣之獨立。見近藤正巳、《總力戰と台灣：日本植民地崩壞の研究》（東京：刀水書房，1996 年），頁 610～615，625～627。

[61]近藤正巳《總力戰と台灣：日本植民地崩壞の研究》第 9、10 章，東京：刀水書房，1996 年。

　　從何非光 1930、1940 年代的電影作品，我們可以觀察到這樣一個「同化於中國」的認同軌跡：從最初對祖國模糊的嚮往戀慕，然後到了祖國卻被視爲「他者」，爲此之故必須展開和中國人的「愛國心競賽」，也就是以更強烈的效忠來換取祖國接納，但是與此同時他也試圖在祖國內部爲「他者」爭取一個主體位置。這似乎是許多「祖國派」所經驗過的典型認同歷程。由於本文作者至今尚無緣親睹何非光演出及導演之電影作品，以下將以日籍臺灣電影史學者三澤真美惠所做的先驅性研究爲本，[62]試圖辨識何非光作品中透露的認同軌跡。

　　首先讓我們看看演員時代的何非光。在戰前中國影壇，做爲演員的何非光首先是以「反派角色」成名的。根據三澤的歸納，他所演的反派角色大致上可分爲兩類範疇：「好色的西洋布爾喬亞階級」以及「日本軍人」。所謂「好色的西洋布爾喬亞階級」是何非光將他在現代都市東京習得的「modern boy」身體動作予以發揮的角色。[63]然而中日戰爭爆發後，電影銀幕上所需要的反派角色形象，也由爲富不仁的布爾喬亞階級轉爲日本軍人。起用何演日本軍人的導演袁叢美說：

> 何非光當反派主角，演日本軍官，演得最好。到今天爲止，沒有比他更好的了。因爲何非光受過日本教育，特別了解日本，因此拍起電影也特別容易。雖然他在劇中說中文和日文，比較起來日文是講的非常的好。[64]

　　袁叢美的證言，顯示在「真正的中國人」眼中，何非光的「身體性」已經如何地受到日本浸染。此外，在戰時的中國電影界還流傳著這樣的說法：在人才濟濟的重慶電影界，唯有何非光有著「在所有戰爭電影中被要

[62]三澤真美惠〈何非光、越境する身体——「忘却」された台湾出身の抗日映画人——〉，收於《東京大学大学院総合文化研究科地域文化専攻紀要年報》第 6 号，2002 年。
[63]前引文，頁 196。
[64]同註 62，頁 197。

求扮演日本人角色的『標準xx〔日本〕人』的外號」。[65]

　　三澤一針見血地指出，何非光在中國電影界專任「反派」實與其日本統治下臺灣人身體之「他者性」有密不可分的關係：

> 「好色的西洋布爾喬亞階級」是中國普羅階級之敵，而「帝國主義的爪牙的殘忍的日本軍人」則是追求民族解放的中國人民之敵。也就是說銀幕上的何非光的身體可以說是表象了為了畫出「應該團結的我們」到底是誰的界線所需要的「他們」。
>
> ……一方面，中國電影市場有追求可以表現出「應該團結的我們」的界線所需要的「他們」的慾望，另一方面，何非光則提供適合於滿足「我們」此種慾望的自己〔的具有他者性的身體〕，〔以追求〕何氏自身對於「被承認」的慾望。我們可以在此看到這兩種慾望共振的空間。為什麼做為電影觀眾的「我們」只能夠以這種方式與何非光碰面呢？或者說，為什麼何非光不能夠單純地成為「我們（中國人）」的明星呢？在此存在著，由何非光的語言和肢體動作所孕生的微妙的違和之總和所構成之「他者性」的問題。而這個「他者性」並不是他自己志願選擇的東西，而是在出生於日本的殖民地臺灣，受日本教育，經由現代都市東京的過程之中，不由分說地刻在何非光的身體之上的。[66]

　　中日戰爭時期的中國電影界對日本為內容的「他者」有強烈的需求，而何非光因出身日本殖民地，受過日本教育，有過東京都會經驗，因此身上烙印著鮮明的「日本的他者性」，因此恰好成為扮演「銀幕上他者」的最佳人選。何非光試圖進入中國，可是他為自己找到的容身之處，卻是以這種他者性為基礎的銀幕上的「象徵的他者」。借用三澤的話，他無法「單純地成為『我們中國人』的明星」。戰爭期間中國人對「他者」的慾望，反映

---

[65]同註 62。
[66]同註 62，引文下方橫線為本文作者所加。

了一個「我們」的正在形成——藉由可辨識的「他者」來界定可辨識的「我們」。這也就是Benedict Anderson所說的「帝國的核心之中，民族也正在出現……並且，這些民族也同樣本能地抗拒『外來的』統治」這句話的意義。[67]因此我們可以說，首先必須掩飾自己臺灣人身分，然後必須以扮演「他者」來尋求「承認」的演員何非光，從未真正「進入」「我們中國人」的範疇之內。至多，他只是一個「中間性的存在」。

那麼，做為導演的何非光又如何回應作為「象徵他者」的命運呢？何氏在重慶時代執筆了四部作品，全部都是政令宣導片。其中「東亞之光」（1940 年）甚至大張旗鼓地說服、動員日軍戰俘加入演出，在銀幕上向中國人民表達懺悔與反戰之意。這個藉電影「報效國家」的強烈作為，應該可以視爲何非光試圖以向祖國加倍輸誠——即石田雄所謂「奔馳性的忠誠」——來克服他身上的「他者性」的努力。然而何非光投入愛國心的競賽，並不代表他全然喪失自身的主體性。三澤指出，「何非光獨有的個性與獨自的話語」仍然滲透到這些宣傳電影之中：「他在一面描繪『我們』與『他們』的對立之同時，並不將『他們』描繪成沒有容顏的，抽象的存在，而是將他們描繪成有感情的『有著容顏的存在』。」[68]換言之，這些「政令宣導」電影並未將日本人描繪爲沒有容顏的存在——在片中，他們擁有自己的面目：

> 在此處何非光想說的，並非單方地強調「他們」和「我們」的差異，從而排除「他們」，而是理解到如果把「他們」當成和「我們」一樣都是被壓迫者，並且使他們共同承擔被壓迫的這個課題的話，連帶感就會產生吧。我們必須先確認在這種「他們也擁有容顏」的描寫方式之中，何非光的「被刻印著他者性的身體」在電影的敘事中也清楚地表現出來了。如果忽視了何非光自幼作為「殖民地人」而被強制設定在「他們」這一

---

[67]Benedict Anderson, *Imagined Communities*, p111.
[68]前引文，頁 198。

方，而在銀幕上也以演出「他們」而取得容身之處這樣的被身體化的經
驗，是難以想像他能夠在電影媒體之中具現化這樣的故事的。[69]

　　果真如此，則做為導演──電影作者（film author）──的何非光是為
了扭轉被他者化的命運，因此經由電影創作向中國人民做直接訴求：儘管
民族國家的對立造成中國人對「他者」的心理需求，但是被視為他者的日
本人並非抽象無面目的「惡」，而是有自身容顏的，具體的，有血有肉的，
活生生的人，因此「我們中國人」必須給予他們機會去理解自己國家的過
錯，去認識到自己也同樣是被壓迫者，如此，他們將會超越自己國家的錯
誤，而與中國人站在一起，反對侵略。在這裡，何非光藉由電影向中國人
呼籲：「請敞開你們的心，承認『他者』也和我們一樣是人吧！」也就是
說，他試圖在民族國家對峙的排他性結構中，為被這個結構排除的「他
者」尋找一個被承認的「人的空間」（a space of being human）。更重要的
是，如果日本戰俘是何非光表面上或者直接請命的對象，則更深層──或
者說，真正──的對象，難道不是處在夾縫之中的臺灣人嗎？就某個意義
而言，戰爭時期在中國大陸──特別是身處日本勢力圈以外地區的──臺
灣人其實無異於戰俘般的存在：在何非光一樣，他們經常被迫隱藏臺灣人
之身分，[70]戰爭結束之初臺灣人一度被國府視為戰犯，而在香港的臺灣人更
被直接視為敵國人民而被囚禁在戰俘營之中[71]。也就是說，如果何非光為日
本戰俘與日本平民百姓請命，要求中國人給予他們一個自新的，證明自身
的人性的空間，這個訴求的背後，何嘗不是在請求中國人給予臺灣人一條
證明自身人性／中國性，使他們能夠被接納，進入中國的道路呢？

---

[69]前引文，頁199。
[70]根據林坤鐘先生的證言，「在大陸時，一般臺灣人與外省人在一起時，都說自己是福建人，不曾
說是臺灣人。」見許雪姬〈林坤鐘先生訪問記錄〉，收於《口述歷史》第5期，1994年6月30
日，頁68。此外，許顯耀先生、李佛續先生亦有相同論語，見許雪姬〈許顯耀先生訪問記錄〉，
《口述歷史》第6期，1995年7月30日，頁9，以及許雪姬〈李佛續先生訪問記錄〉，《口述歷
史》第6期，1995年7月30日，頁56。
[71]許雪姬〈戴秀麗、戴秀美女士訪問記錄〉，《口述歷史》第6期，頁122～126。

（七）劉錦堂：遺民的召喚[72]

　　T. W. Adorno 說：「所有藝術作品──以及藝術整體──都是謎。」（Alle Kunstwerke, und Kunst insgesamt, sind Ratsel）[73]另一個日治時期投奔中國的臺中人──畫家劉錦堂（1894～1937）──在他的 1934 年的畫作〈臺灣遺民圖〉中所提出的謎，或許是一個「認同之謎」罷。美術史學者周亞麗曾經對這幅畫作做了精彩的美學與歷史的解謎工作。[74]在這一節，本文作者希望試圖以周亞麗的分析爲本，爲〈臺灣遺民圖〉的認同意涵建構一個臺灣人「同化於中國」的心理類型。這個類型，也許可以稱之爲「**遺民的召喚**」：透過向祖國召喚的姿態，它同時表達了怨憎、尊嚴與解放。

　　首先，讓我看看劉錦堂回歸祖國的歷程。劉錦堂在留學東京美術學校之時（1915～1920 年），受到中國五四運動影響，遠赴中國欲投身孫中山的國民革命運動，爲同盟會元老王法勤收爲義子，並改名王悅之，改籍貫爲河北高陽。1921 年東美畢業後返回中國，入北大中文系，並協助王法勤從事國民黨地下工作。1924～1927 年間任職於北京市教育局及僑務局等單位。1928 年出任國立西湖藝術學院西畫系主任，1929 年任國立北平大學藝術學院教授。1930～1934 年間，任職私立京華美專，其後得馮玉祥捐款，擴大改制爲北京藝術專科職業學校，仍由劉錦堂任校長。其義父王法勤和汪精衛同屬國民黨改革派，與李大釗、馮玉祥等交善。劉錦堂就讀北大時曾受李大釗照顧，並由李氏介紹給章士釗，任其子之美術教師。馮玉祥除捐款北京藝術專校創校外，也擔任該校董事長。王法勤和馮玉祥一樣，素來與蔣介石不合，在反蔣「西山會議」之後，王法勤被蔣通緝，劉錦堂也受到牽累，不得不四處逃亡，躲避一時。[75]

---

[72]公共電視徐蘊康小姐於兩年前向作者提示劉錦堂在臺灣美術史之重要性，並提供〈臺灣遺民圖〉與〈棄民圖〉二作之圖檔，謹此深致謝意。

[73]Theodor W. Adorno, *Ästhetische Theorie*, p182.

[74]周亞麗〈祖國認同與臺灣關懷：劉錦堂的「臺灣遺民圖」〉，《何謂臺灣？近代臺灣美術與文化認同論文論》，臺北：行政院文化建設委員會，1997 年，頁 290～306。

[75]劉藝〈我的父親〉，周文主編《劉錦堂、張秋海生平及藝術成就研討會論文專輯》，臺中：國立臺灣美術館，頁 36～48。

　　由此背景觀之，劉錦堂之進入中國，乃是與「政治社會」或「國家領域」直接掛勾，而且是深深地捲入了中國現代中上民族國家形成（中央政治權威之樹立）的政治鬥爭過程之中。當然，他「選錯了邊」，因此在政治上遭到邊陲化，但是劉氏經由「國家」途徑進入中國乃是不爭的事實。

　　〈臺灣遺民圖〉是 1934 年完成的作品。依照中國官方解釋，〈臺灣遺民圖〉表現了「臺灣人渴望祖國解放臺灣的意識」。這是中國「遺民」概念的正統解釋，即陸放翁所謂「遺民忍死望恢復」那種等待前期復興或「王師」來臨的消極心緒。然而根據周亞麗的分析，劉錦堂在這幅作品中所表現的「臺灣遺民意識」其實遠爲複雜。首先，它不是單純渴求「王師」來臨以解民之倒懸的正統「遺民意識」，而毋寧是其延伸與擴大。〈遺民圖〉中站立在中央的那位法相莊嚴，有如觀音的現代女子右手所托的地球模型所顯示的地區，正是包含中國，臺灣，朝鮮，安南等地在內的帝國主義支配下的東亞。經由這種「殖民地共同體」的表象方式，劉錦堂其實已經將自身作爲臺灣人的亡國之感延伸、擴大到對所有弱小民族的共感了。換言之，〈臺灣遺民圖〉首先可以看成是一種弱小民族尋求共同解放的救贖之隱喻。[76]（參見下圖）

[76]周亞麗〈祖國認同與臺灣關懷：劉錦堂的「臺灣遺民圖」〉，《何謂臺灣？近代臺灣美術與文化認同論文論》，台北：行政院文化建設委員會，1997 年，頁 295～299。

　　然而這種對於其他弱小民族的共感，必須以臺灣人自身擁有弱小民族意識爲前提。周亞麗認爲劉錦堂作品中表現的臺灣人弱小民族意識的核心要素，就是所謂「孤兒意識」。[77]眾所周知，「孤兒意識」一語脫胎於吳濁流的傑作〈亞細亞的孤兒〉，它指涉戰前臺灣人因其特有之歷史境遇——也就是被親生父母（舊母國）拋棄，又被養父母（新母國）歧視，想要回到生家，卻又被生家拒絕的進退兩難，無人憐惜，有如孤兒般的困境——而產生的自我認同意識。孤兒般的困境是戰前在中國不分政治立場的所有臺灣人的共同處境，劉錦堂當然也不能置身事外。和其他許多在中國的臺灣人一樣，劉錦堂也親身經歷了類似的處境。首先，他改名換姓，改籍貫，隱藏臺灣人身分，完全以「他人之顏」進入、行走於中國。在 1930 年爭取京華美專校長職位時，北京晨報攻擊其「臺灣人」背景：

　　……王係臺灣人，原名劉錦堂，前在日本因犯要案，改名榮楓，潛入我國，隨王法勤，更名悅之，侵佔阿博洛學會，據爲私產……擾我教育，破壞我校風，早宜逐出國境。

　　由此「潛入『我』國」應「逐出國境」的用語來看，當時中國社會完全把臺灣人視爲日本人。又依照友人所敘述，劉氏對外以王悅之行，自稱福建人，其閩南腔調與北京社交圈扞格不入，加上留日背景，與留法爲主的美術圈也有隔閡，因而朋友很少，十分孤獨不快樂。周亞麗如此評論：「……劉錦堂擁抱父祖之國的認同歷程是相當不順遂的。」[78]

　　周亞麗推測這種認同祖國過程之不順遂所形成的「孤兒意識」，可能是劉錦堂創作「臺灣遺民圖」的支援意識。[79]也就是說，已經回歸祖國的劉錦堂，將他認同之路的挫折表象化（represent）爲「臺灣遺民」。在這個層次

---

[77]前引文，頁 301。
[78]前引文，頁 302。
[79]同前註。

上，這幅謎樣的圖像訴說著如此的訊息：明明已經回到祖國，卻仍然進不
了祖國，做不了真正的中國人，明明身在祖國，卻仍然還維持「遺民」、
「孤兒」之身的臺灣人的命運。這就是尼采在《道德系譜學》中所說的，
弱小者對強者的怨憎之念（ressentiment）。[80]

　　總結到此為止周亞麗對劉錦堂的分析，所謂「臺灣遺民意識」的意
義，就是臺灣人身為弱小民族的自覺意識，以及由此而生之對包含祖國中
國在內之所有弱小民族的自覺意識，以及由此而生之對包含祖國中國在內
之所有弱小民族的連帶感與共同解放的期待。然而諷刺的是，這個與祖國
同為弱小民族之共感的源頭，竟是被祖國拋棄在先、排斥於後的「孤兒意
識」。也就是說，造成臺灣人弱小民族命運的元兇之一，正是臺灣人渴望共
同提攜解放的祖國。在這裡，我們看到「臺灣遺民意識」的明與暗：表層
是對祖國的嚮往，底層是對祖國的怨憎。這正是近藤正己所指出的，「祖國
派」臺灣人的中國認同當中同時存在著相互對峙之「祖國意識」與「棄民
意識」的二重性。[81]

　　然而在「臺灣遺民」劉錦堂的嚮往與怨憎之中，我們依然讀到一種對
主體性的謙遜堅持。或者說，對主體性的堅持使他超越了片面的嚮往與消
極的怨憎。這就是〈臺灣遺民圖〉所欲傳達的終極訊息：根據周亞麗，這
幅畫謎其實是藝術家經由人像向觀者（中國人）的召喚與質問：

　　……劉錦堂顛覆中國傳統仕女圖與西化女性象的原型，以三位筆直站立
　　的新女性正面逼視觀者的構圖，顯然是企圖透過肖像與觀者間的相互凝
　　視，給繪者——肖像——觀者三者間塑造某種「召喚」與「間詢」的聯
　　繫與張力。「臺灣遺民圖」繪於一九三四年的北平，劉錦堂所召喚、問詢
　　的，自然是當時的中國人：臺灣人是「我類」？還是「他者」？[82]

[80]Friedrich Nietzsch, *On the Genealogy of the Morality/Ecce Homo.* Translated by W. Kaufmann and R. J.
　Hollingdale（New York: Vintage Books, 1989），First Essay, Section 10.
[81]近藤正巳《総力戰と台湾：日本植民地崩壊の研究》，頁 546。
[82]周亞麗〈祖國認同與臺灣關懷：劉錦堂的「臺灣遺民圖」〉，《何謂臺灣？近代臺灣美術與文化認

以筆直站立的，解放的現代新女性的形象向中國人召喚問詢——這顯然不是弱者怨憎的姿態，而是具有主體性的自求解放的姿態。透過這三位世俗的救贖象徵，劉錦堂的話語，不只是詢問，也是宣示，宣示臺灣人的尊嚴。「他者」臺灣人的尊嚴。劉錦堂「同化於中國」的荊棘之路所體現的，是受害於中國民族主義排外浪潮的精神暴力以致充滿怨憎但又試圖超越怨憎的，對於中國與臺灣「對等結合」「共同解放」的憧憬。

（八）鍾理和：原鄉的幻滅

鍾理和在中國時期的小說作品構成了「原鄉文學」的一個詭論（paradox），因為他們同時包含了臺灣文學當中「原鄉憧憬」與「原鄉幻滅」兩種動機的原型。當然，從時間軸觀察，這代表了鍾理和認同的動態發展歷程——從渴望同化於中國人，到對中國人的幻滅，到回返臺灣。鍾理和的「幻滅」——或許應該稱之為「決裂」？——是「獻身」與「召喚」之外，戰前「祖國派」臺灣人認同歷程的另一種類型。[83]

故事當然得從〈原鄉人〉（1959 年）[84]說起。這篇寫於戰後國民黨白色恐怖時代的自傳式短篇，回溯地重建了鍾理和戰前「原鄉」情懷的產生過程。在小說之中，敘事者「我」的「原鄉」印象有四個主要來源。首先是幼年期對現身鄉里的原鄉人神秘的，異國情調式的親身體驗。第二是公學校日本老師在課堂上講述的「支那觀」：

> 兩年之間，我們的耳朵便已裝滿了支那，支那人，支那兵各種名詞和故
> 事。這些名詞都有它所代表的意義：支那代表<u>衰老破敗</u>；支那人代表<u>鴉</u>

同論文論》，台北：行政院文化建設委員會，1997 年，頁 302～303。

[83]成功大學應鳳凰教授提醒作者，作為一種對原鄉幻滅之典型，鍾理和文學的特質不僅不應稱之為「原鄉文學」，反而應稱之為「反原鄉文學」。作者同意應教授之觀點，因此本節對鍾理和作品之討論，主要目的在藉由鍾氏部分作品文本之詮釋來建構戰前臺灣人「祖國派」中的一種特定心理類型或原型，而不應視為對「鍾理和文學」之作者式的全面性詮釋。

[84]本文討論之〈原鄉人〉文本，依據鍾理和〈原鄉人〉，收於鍾鐵民編《鍾理和全集 2》，高雄縣岡山鎮：高雄縣立文化中心，1997 年，頁 1～14。

片鬼，卑鄙骯髒的人種；支那兵代表怯懦，不負責等等。[85]

　　第三個來源，是到中國經商失敗的父親對當代中國政治與民風的灰心。最後，但也最重要的，是「二哥」（鍾和鳴）對中國的愛國主義式的熱烈憧憬。

　　第一種印象是無善無惡的，但它誘發了對原鄉的好奇心。第二種印象則是強烈的負面陳述，背後雖然具有師長的權威，但是幼小的「我」無法斷定其真偽，不過這顯然更加深了「我」對「支那」的好奇心：「我重新凝視那優美的弧線。除開它的廣大之外，它不會對我說出什麼來。」[86]第三種印象當然也是負面的，而第四種則是「我」所獲得的關於「原鄉」的二手訊息之中唯一正面的。不只如此，它直接啓發了「我」對中國發生思想和感情。[87]聆聽、觀賞「二哥」從中國帶回來的唱片和照片「大大的觸發了我的想像，加深了我對海峽對岸的嚮往」[88]。

　　最終，「二哥」的影響壓倒了一切，「我」做出了「回返原鄉」的決定。不過，和直接前往重慶的「二哥」不同，「我」的回歸不是政治的，民族主義式的，融入式的回歸，而比較是個人的，情感的回歸。從幼年時期開始累積起來的一層層原鄉印象終於被「二哥」的熱情燃成一個衝動，一個憧憬，「我」無論如何必須親自去看看那個用想像構築起來的，美麗的原鄉：

　　我就這樣走了。

　　我沒有給自己定下要做什麼的計畫，只想離開當時的臺灣；也沒有到重慶去找二哥。

---

[85]鍾理和，〈原鄉人〉，頁 7。
[86]前引文，頁 8。
[87]前引文，頁 9。
[88]前引文，頁 10。

　　我不是愛國主義者，但是原鄉人的血，必須流返原鄉，才會停止沸騰！[89]

　　「沒有到重慶找二哥」，「我不是愛國主義者」這兩句陳述清楚表明他
的回歸，是相對於「重慶」、「愛國主義」之外的另一種回歸之路。他沒有
投入「民族主義運動」或「（民族）國家」的「大傳統」之中，反而投入了
「民間」的「小傳統」之中，試圖在「社會、民間」的層次體驗原鄉。他
「返鄉」而未「回國」。這是和許多政治上的「祖國派」關鍵性的差異：不
經過國家機器而直接連結社會。原鄉人血液流返原鄉所流經的河道，是繞
過了民族國家的，社會的底層。

　　如是，則「原鄉人的血，必須流返原鄉，才會停止沸騰」這句話可以
解讀出另一層意義：最終會讓原鄉人血液停止沸騰的，不是「政治中國」
的擁抱，而是社會底層的冷酷現實──特別是中國人民族性的現實。換言
之，「血液停止沸騰」的另一層意義，是「幻滅」與「心灰意冷」。「原鄉
人」寫於戰後的 1958～1959 年之間，遠在他描寫祖國剪碎的諸作品之後，
因此這句話彷彿在暗示作者沒有寫出來的弦外之音：歷經日後的親身經
驗，「我」終將肯定了日籍老師與父親的原鄉印象。

　　進入中國人社會的底層生活的親身經驗，使鍾理和對原鄉的憧憬徹底
幻滅。「原鄉人」變成「他們」（「他者」？）──一個與日本老師所描述的
負面的「支那人」民族性完全符合，甚至有過之而無不及的「足堪詛咒的
民族」「墮落的民族」。且讓我們隨著鍾理和進入〈門〉（1945 年）[90]內，透
過異鄉人「袁」的雙眼，觀察原鄉社會底層的面貌：

11 月 25 日
　　有一種力量，一種誘惑，把我從生活比較能安心的日本站，搬到滿人街
　　來。平常，人皆指是一種力量與誘惑曰信仰、曰愛。但，我將把這崇高

---

[89]前引文，頁 14。
[90]此處討論文本，依據鍾理和〈門〉，收於鍾鐵民編《鍾理和全集 2》，頁 245～310。

的東西奉獻給誰？他們嗎？卑鄙與骯髒，與失掉流動的熱情和理智所代表的足堪詛咒的這民族嗎？那力量、那誘惑、髣髴一條強韌的麻繩，把我牢牢的拴在這裡頭。然而，我由這裡頭所得到，並瞧見的是些什麼？那不是失望，與幻滅，並他們那如河童之不潔，與愚蠢、與吝嗇嗎？而我之信仰與愛，所要傾注的對象，便是這些嗎？

11 月 28 日

憎之而又愛之，愛之而又不能不憎之！」[91]

12 月 9 日

……是的，只要一天地球還在轉動，則這所院子便一天有事情，並且，不管其事件的形象，有二種方式——是賤民的、是貴民的，但其所構成的內容，則不外是吝嗇、欺詐、愚昧、嫉妒、卑怯、狹量、猜疑、角逐、魯莽。

啊呀，失卻人性、羞恥，與神的民族喲！[92]

　　是對原鄉祖國的「信仰與愛」，這樣的「力量」與「誘惑」，使「袁」放棄在日本人街較好的物質生活，移居到中國人社區。正如〈原鄉人〉的「我」一樣，「袁」之投奔原鄉，是情感或非理性力量超越理性計算的結果。這確實是一種崇高的情感，然而它卻被現實所背叛了。令人好奇的是，「袁」使用了「如河童之不潔」來描述中國人——我們不應忘記，「如河童之不潔」是純然日本式的形容語詞，而忘情地寫下這句話的神秘異鄉人「袁」，是不是在無意識當中使用了日本文化的價值尺度來衡量他所見到的中國人呢？在這段痛心疾首，徹底幻滅，將「原鄉人」全面轉化成「他者」的悲嘆之中，透露了臺灣人鍾理和的「中國人」特性之不足：在日本統治下受教育、成長的他，不可避免地在價值觀、倫理觀上受到日本文化，或者日本式的現代化過程的浸染、影響（如對「清潔」之堅持）。

---

[91] 鍾理和，〈門〉，頁 248～249，引文下方橫線為本文作者所加。
[92] 鍾理和，〈門〉，頁 252～253，引文下方橫線為本文作者所加。

當然，鍾理和在評價中國人民族性時，還有另一個重要的價值尺度來源——「南方的故鄉」，也就是臺灣。在〈夾竹桃〉（1944 年）裡面，鍾理和就是以中國人的冷漠自私來對比故鄉臺灣人的熱情溫暖：

> 富有熱烈的社會感情，而且生長在南方那種有濃厚而親暱的鄉人愛的環境裡的曾思勉，對此，甚感不習慣與痛苦。[93]

誠如前述，鍾理和並未投入民族主義政治的歷史洪流，而是以個人方式回歸原鄉社會。換言之，他並未經由民族主義或國家意識形態的中介，而是以最直接而個人的方式來體驗「何謂中國」。在這種情況之下，他用來評價他眼中的中國最主要的價值尺度，不是任何意識形態，而是他所認知，所能領會的作為人之良善品行（human decency），而他對做為人之良善品行之觀念的來源，則是日本教育以及故鄉的生活體驗。換言之，鍾理和並未遵循民族主義邏輯，經由凸顯當時中國的共同敵人對立面（日本）來寬容中國在諸多方面之不盡如人意，反而是以一種個人的，或者人性的邏輯去衡量破敗的祖國。由此觀之，鍾理和確如自己所宣言，「不是一個愛國主義者」，他對原鄉祖國，從憧憬到親身體驗到幻滅，這整個過程，都是站在民族主義邏輯之外完成的。

「袁」除了對中國人民族性的幻滅之外，似乎還有另一個對中國不滿的因素——「中國不愛與不理解臺灣」：

2 月 5 日

我想起來了，幾時，我與康孝先在一個更深人靜的夜裡所談的話。「一個人。」我說，「不能因人之不愛與不理解我，而和他們相疏遠，相拒絕往來。他們的不愛，與不理解，並不足為此作拋棄愛他們，拋棄自己的信

---

[93] 鍾理和〈夾竹桃〉，收於鍾鐵民編《鍾理和全集2》，頁 111。

念的理由。愛與信念，絕非主觀的所產，而是客觀的存在，它並不足因
對象的捨就，而發生多餘，或不足。」

「否！」康孝先回駁我說，「時代已不同往昔，給我們以餘裕的時間了。
此方的不愛與拋棄他們，和彼方的不愛與不理我們，我認為均有同樣的
自由。彼方已然沒有強迫他們必須認識此方的價值的權利，自然此方也
沒有低頭去為他們服務的義務，絕對沒有。愛與信念，縱然如你所說，
不因對象而有所增損，但你卻忘了一個重要之點，即<u>它也許將因此而見
凋謝並隕落。</u>」

於今想來，他的話是如何的中肯啊！誰能夠知道這年頭抱著愛與信念，
而枯萎的人有多少呢！[94]

　　這段對談，其實是像佐藤春夫 1920 年的短篇〈形影問答〉一樣的自問
自答。在這裡，「不愛與不理解」的「彼方」指的應該就是祖國。證諸鍾理
和在〈白薯的悲哀〉裡面對於祖國的臺灣人視為異族以及「對臺灣山海經
式的理解」所表達的強烈不滿，這個詮釋並非過論。儘管鍾理和並未在
〈門〉和〈夾竹桃〉文本之中觸及這個問題，然而〈白薯的悲哀〉和戰後
初期的日記說明他同樣有過被祖國同胞視為「他者」的「孤兒」體驗。[95]那
麼，「不愛與拋棄他們」的「此方」代表的又是誰呢？應該就是幻滅之後的
臺灣人。如果這個詮釋可以成立，則這段鍾理和的「形影問答」的意義就
很清楚了：「袁」試圖對祖國情感的幻滅，進行理性的檢視，並因此得到了
這個結論——認同是相對的、可變的，<u>並且可以是一種個人選擇結果的結</u>
<u>論</u>。鍾理和的自問自答，描繪了一種典型的認同變化（identity change）的
心理過程。

　　最後一個待解的問題是，如果鍾理和曾經透過和中國的實地比較過

---

[94] 鍾理和〈門〉，頁 278，引文下方橫線為本文作者所加。
[95] 鍾理和〈白薯的悲哀〉，鍾鐵民編《鍾理和全集 3》，高雄縣岡山鎮：高雄縣立文化中心，1997
　　年，頁 1～9；鍾鐵民編《鍾理和全集 5》，高雄縣岡山鎮：高雄縣立文化中心，1997 年，頁 17～
　　18，關於 1945 年 10 月 9 日之記事。

程，重新確認了自己對「南方的故鄉」臺灣之認同，這種對故鄉認同的再確認意味著某種新的政治立場的形成嗎？我們似乎缺乏足夠的文本來支持任何主張，但是如果依照前面的分析，鍾理和的「重返故鄉」應該和他的「原鄉憧憬」、「原鄉幻滅」一樣，不是民族主義式的認同轉換——儘管在這個個人的，文化的認同變化之中，確實蘊含「政治」（國家）認同變化的種子。

四、結論：兩種同化的鏡像關係

在某個意義上，「皇民文學」所體現的在臺灣的日本同化派，以及「原鄉文藝」所描繪的中國同化派，具有一種「鏡像」（mirror image）的關係：如同分處不同民族國家內部的猶太人同化主義者試圖同化到他們寄居的母國一般，分處在日本與中國統治下的臺灣人同人主義者，分別選擇了他們同化與效忠的對象。不論是陳火泉的〈道〉、周金波的〈志願兵〉和王昶雄的〈奔流〉，或者是何非光銀幕上的「他者的身體」、劉錦堂畫謎和鍾理和的原鄉——這些作品，難道不都是在述說著流離失所的異鄉人爲重新尋找故鄉而過度認同日本的那種「人的境況」（human condition）嗎？

從歷史來看，這兩群同化派臺灣人的返鄉之路都不順遂。日本同化派既不是（或不想做）中國人，卻還是（或者被看做是）中國人（「清國奴」），既是（或者想做）日本人又不是（或者不被看做是）日本人。「祖國派」既不是（或者不想做）日本人，卻還是（或者被看做是）日本人，既是（或者想做）中國人又不是（或者不被看做是）中國人。這兩群同化派的因應方式是，更強烈地認同他們各自選擇的祖國，以尋求接納。這組互爲鏡像的關係，透露了戰前身處中國與日本民族國家夾縫中的臺灣人做為「雙重他者」的臨界性（liminality）存在狀態。

是的，這些渴望融入更大的主體的臺灣人代表了現代臺灣精神史上「主體解構」的動機，然而在這個自我解構的動機內部，依然存在著一個與新主體的辯證關係——他們渴望融入，但是他們也渴望來自新主體的承

認與尊重。在上面的分析中，我們觀察到戰前臺灣同化主義的幾種心理類型。在「皇民文學」中，陳火泉代表「精神的被征服者」的原型，周金波代表對必然消逝之舊臺灣感傷的「諦念」，而王昶雄則體現了被征服之後的「內部抵抗」。在「原鄉文藝」中，何非光代表「獻身」，劉錦堂代表「召喚」，而鍾理和則代表「幻滅」。我們必須注意的是，雖然強弱程度不同，這六種類型當中都蘊含著一種對所欲投奔之民族國家由上而下強制、一元的同化的抵抗：最強烈的，與祖國的「真實性」尺度徹底決裂的鍾理和固不待言，即使是最典型的被同化者陳火泉都主張一種能夠包容異質的、開放的日本人概念。換言之，戰前臺灣同化主義的內部，蘊含著一個與強者協商、交涉，企圖在新主體內部為臺灣人尋求一個有尊嚴的主體位置的驅力。

　　「皇民文學」和「原鄉文藝」的作者在他們的作品中，為了尋求某種弱小謙遜的主體尊嚴所做的苦鬥，讓人想起偉大的 18 世紀德國啟蒙運動者 Gotthold Ephraim Lessing 的著名劇本《智者納丹》(*Nathan the Wise*)，[96]主角納丹是耶路撒冷的猶太商人，夾在回教徒和基督徒之間，受到他們的排斥與懷疑。然而，聰明的納丹卻反過來運用他的「他者」位置，跨越不同宗教族群之界線，積極地交涉出彼此可以和平共存的方式，也為自己創造出保存自己的差異性而能繼續生存的空間。「智者納丹」象徵的，是他者的主體性。我們在此所討論的這些臺灣人作者們或許沒有納丹那麼聰明，他們的處境也許遠較納丹困難，他們的行動也許是更隱晦、更微弱的，但是他們向讀者／觀眾發出的呼喚和納丹是一樣的：

　　在我們成為中國人、日本人、臺灣人（回教徒、基督徒、猶太人）之前，難道我們首先不都是人嗎？

---

[96]Gotthold Ephraim Lessing, *Nathan the Wise, Mina von Barnhelm, and other plays and writings*（New York: Continuum, 1991）.

　　所以，經由一次同情理解的，歷史的閱讀，我們知道這些作者們是在向日本與中國呼喚，要求一個能夠包容自己滿佈著他者性痕跡的身體的空間。

　　當我想起何非光等人和智者納丹，我也不由想起 1924 年在治警事件法庭上，對著強調同化主義的三好一八檢察官鼓吹「以中華民族作為日本國民的臺灣人」理念的蔣渭水[97]，以及在中日戰爭前夕出版《東亜の子かく思う》，以「作為日本人的臺灣人」的立場，為調解新舊母國一觸即發之衝突而作最後努力的蔡培火[98]。被舊祖國遺棄，被新祖國壓迫，臺灣人可以有什麼選擇？我們沒有在歷史上找到一致的答案：回歸，獨立，或者歸順，夾縫中的臺灣人像被歷史風暴吹散的落葉，飄向天南地北。然而在這嘈雜喧嘩的歷史風暴中，我們確實一直可以聽見一個微弱的，謙遜的，但卻堅定的聲音，向著中國，向著日本，向著悲劇的漩渦，傾訴著：

　　　讓我們和解吧。讓我，被你們兩方都視為他者的臺灣人，讓我用我這不
　　　純粹的身體，讓我用我這混了血的靈魂，為你們，為我們，搭建一道友
　　　愛的橋樑吧。

　　讓混血的，多重他者的福爾摩莎成為友愛的橋樑吧。東亞之子如是思考。

　　閱讀「皇民文學」和「原鄉文藝」的作品，不由讓人想起安部公房的〈他人の顔〉，和敕使河原宏拍的同名電影。故事是「莊子試妻」的翻版：男主角戴上他人之顔，目的在測試妻子的忠誠。我們的主角——陳火泉、周金波、王昶雄、何非光、劉錦堂和鍾理和——戴上他人之顔，卻是要證明自己的忠誠。最終，他們發現他人之顔其實已經是卸不下來的面具，他

---

[97]關於蔣渭水思想的分析，請參照吳叡人，〈臺灣非是臺灣人的臺灣不可——反殖民鬥爭與臺灣人民族國家的論述 1919～1931〉。收於林佳龍、鄭永年編，《民族主義與兩岸關係》，臺北：新自然主義公司，2001 年，頁 70～74。
[98]蔡培火《東亜の子かく思う》，東京：岩波書店，昭和 12 年。

人之顏已是自我之顏。在這自／他的辯證中，醞釀著一個邊緣的、越界的、混血的（hybrid）身分認同，一個試圖向兩個交戰中的民族國家交涉、談判出一個（或多個）自主空間的認同，我們稱之為「臺灣人」。臺灣人：Je est un autre. 我們失去了故鄉，但我們依稀窺見一個新的故鄉，在此岸與彼岸之外的，我們可以夢想自由的故鄉。

──選自「跨領域的臺灣文學研究」學術研討會論文，

國家臺灣文學館與國立成功大學臺灣文學系主辦，2005 年 10 月 15～16 日

山歌・菸樓・青色洋巾
鍾理和小說中的客家意象

◎許素蘭*

一、倒在血泊裡的筆耕者

　　一生熱愛文學，在貧病交迫的現實生活中，仍堅持寫作信念，被稱為「倒在血泊裡的筆耕者」的客家作家鍾理和（1915～1960），出生於日治時期屏東郡高樹庄的「大路關」（今屏東縣高樹鄉廣興村，舊稱「新大路關」）。

　　鍾理和父親鍾番薯，在日治時期曾先後經營杉木行、布莊、汽車貨運行、磚窯廠、香蕉外銷等行業，為一事業成功的農村企業家。1930 年代，鍾蕃薯在美濃尖山地方，買下一片山地，做為種植咖啡的農場；當時 18 歲的鍾理和，即經常往來美濃與大路關之間，協助父親處理農場和布莊、杉木行等事業，因而在農場結識同姓的鍾台妹。

　　台妹美麗賢淑、勤勞認真，與鍾理和認識後，兩人即成為相愛甚深的戀人。然而，因為同姓，觸犯當時「同姓不婚」的社會禁忌，兩人的愛戀，不但得不到父母親友的祝福，反而受到強烈的反對與壓制，兩人因此陷入痛苦的深淵。為了與相愛的人在一起，也為了反抗不合理的社會習俗，打破傳統禁忌，鍾理和和台妹兩人，不得不離開臺灣，於 1940 年前往中國東北，到陌生的地方，尋找生活新天地，直到日治結束的隔年（1946年），才又回到臺灣。

---

*發表文章時為靜宜大學臺灣文學系講師，現為國立臺灣文學館研究典藏組研究助理。

　　帶著長子鐵民回到臺灣的鍾理和夫婦，原本以為從此可以在自己的土地上，建立安穩的幸福家庭；沒想到，鍾理和卻在回臺隔年，爆發嚴重的肺疾，經過治療後，雖然得以控制病情，但是，無法正常工作的病體、難以根治的肺疾，卻成為鍾理和一家生活的暗影。鍾理和生病之後，全家的生計，完全靠台妹一人耕種美濃尖山下幾分薄田，以及出外打零工賺錢維持，生活相當清苦。台妹外出工作，鍾理和則在家一邊養病，一邊照管洗衣、煮飯等家務，同時利用餘暇，從事小說創作。

　　1960 年 8 月，鍾理和肺疾復發，不幸病逝。直到生命最後一刻，鍾理和仍然無法忘情於文學，在病榻上，依舊執筆寫作，稿紙上斑斑血跡，伴隨一顆熾熱的文學心靈，留給後人無限的哀思與敬意。

二、山歌繚繞的文學原鄉

　　鍾理和一生，短短 46 年歲月，一共留下六十多篇中、短篇小說，一部長篇小說，共約六十三萬多字；另外還有日記、書簡數十萬字。他的作品，除了少數以旅居奉天、北京時期的見聞為題材，其餘大多以返臺後定居的美濃為背景。

　　位於高雄縣境的美濃，四周山巒環抱，田野開闊平坦、阡陌相連，放眼望去，「天，和雲，和山的倒影，靜靜地躺在注滿了水的田隴裡」(〈做田〉)[1]，而「溪水平野景色柔媚細膩，充滿了人間的溫暖與親切」(《笠山農場》)。

　　美濃原屬客家「六堆」之「右堆」，居民以務農為主，百分之 90 為客家人，是臺灣少數至今仍保留多樣客家文化的客家聚落之一。美濃雖非鍾理和的出生地，卻是他安頓身心的地方，也是他文學生命的原鄉，在他筆下，經常流露出對這個地方的關切與熱愛。

　　鍾理和的病弱之軀，雖然無法參與實際的農事，但是，他的生活卻是

---

[1] 以下所引文句，皆出自鍾理和小說。

與農民、與土地融為一體的,他不但能深刻體會農民的苦樂,也熟悉農事的操作細節;加上地緣關係,他的小說,也因此而能夠鮮明地描繪出客家農村的生活樣貌與文化的獨特性。

其中,在小說中經常伴隨著勞動的人們,繚繞山間田野的山歌,即是相當具有代表性的客家文化之一。

在鍾理和眼中,「勞動」是莊嚴、神聖,充滿生命律動的:「一切都集中於一個快樂而和諧的旋律裡,並朝著一個嚴肅的目的而滾動著,進行著」(〈做田〉)。

而在嚴肅中,讓人們忘記疲勞、增進樂趣與工作效率的,便是客家特有的「山歌」:

> 阿妹生來圓叮噹╱好比天上圓月亮
> 阿哥好比小星子╱夜夜相隨到天光
>
> ——《笠山農場》

> 十七十八正當時╱百花爭早不爭遲
> 竹筍出尾節節老╱今不風流等幾時
>
> ——〈初戀〉

> 一想情郎就起身╱路遠山高水又深
> 來到山頭鳥雀叫╱樹影茫茫不見人
>
> ——〈親家與山歌〉

這些山歌,「或纏綿悱惻,或抑揚頓挫,或激昂慷慨,與自然合拍,調諧於山河」,將人們對於愛情的憧憬、生活的熱愛、土地的感情,融合在一起,成為優美動人的旋律。

「山歌」以音樂的意象,悠揚飄盪於田野林間,溫暖地包裹著純樸、勤儉、篤實的勞動的人們;而藉著文字構成的圖象,鍾理和將歌者的身

影、當時的情境，生動地呈現在讀者面前：

> 他抱著木棉樹，以猴子的輕捷，攀援而上，爬上最高處；俯瞰群山，然
> 後徐靜地引吭高歌。那姿勢，是美麗的、動人的，也是神秘的，令人想
> 起山的精靈。　　　　　　　　　　　　　　　　　　——〈親家與山歌〉

> 班子由十幾個年輕男女組成，他們有著豐富和活潑的生命，像牛一般強
> 壯。排成橫隊，膝間挾著稻子，跪在田壟裡在翻抓稻頭下的土和
> 草。……他們一邊說著、笑著、歡叫著，而且吹口哨，有時也不免由哪
> 一個唱支山歌。　　　　　　　　　　　　　　　　　　　——〈阿煌叔〉

三、秋夜曠野裡的螢火蟲

　　1930 年代，日本人將栽種「菸葉」的方法與燻製技術引進臺灣中南
部，美濃乃成為臺灣重要的菸葉產地之一。菸葉的種植，從灑種、移植、
培土、摘花除芽、灑農藥，到摘收、燻烤、分檢、包裝，過程繁瑣、耗時
費力，正如美濃人所戲稱的：真是「冤業」。

　　鍾理和在他 1958 年發表的〈菸樓〉裡，即曾如此描寫美濃人夜裡趕工
灑菸種的情景：

> 由開犁起，我們整整趕了五天，才把菸種落土，最後一天還是點了燈火
> 趕夜工，才趕完。當我站起身子，卻發現遠近有不少火光在搖曳，有如
> 秋夜曠野裡的螢火蟲。原來點著火把在田裡做活的並不只我們一家。

　　然而，重植菸葉的收穫，對農民而言，是一筆相當可觀的收入，許多
家庭往往靠它為子女娶親、讓子女受教育，因此，只要有機會，農民一定
想辦法栽種。〈菸樓〉寫的便是美濃農民對於「菸葉」愛恨交織的複雜情

感，以及農民趕造菸樓、種植菸葉的辛苦情景。

近年來，由於經濟轉型，以及洋菸進口的衝擊，美濃菸葉的種植面積大幅縮減；而電腦化「菸葉乾燥室」引進臺灣之後，傳統的紅磚菸樓，不是改做其他用途，便是任其荒廢，昔日種菸、燻菸的盛況，已不復出現；鍾理和〈菸樓〉中，彷若「秋天曠野裡的螢火蟲」般閃爍田野的火把、古樸美麗的紅磚菸樓，則成為令人懷念的文學意象，存在紙頁間……。

四、青色洋巾隨風飄揚

臺灣南部的婦女，在田野工作時，習慣在頭戴的竹笠上，搭一條布巾，以防日曬。這些布巾，除了遮陽防曬，也可以拿來包東西或擦汗，用途多樣，閩南人稱「包袱巾」，客家人稱作「洋巾」。布巾的顏色，有花有素，包法也各地不同。在美濃則流行以特殊包法在竹笠上留下尾帆的「青色洋巾」。

觀察入微的鍾理和，特別留意到美濃婦女，不同於其他地區、獨特的包洋巾的方式，而在小說中屢屢提到「隨風飄揚的青色洋巾」（有時則是「藍色洋巾」）：

> 頭上戴的竹笠，有一頂是安著朱紅色小帶，卻同樣拖了一條藍色尾巴——那是流行在本地客家女人間，以特殊的手法包在竹笠上的藍洋巾。
>
> ——《笠山農場》

> 在那裡，有渾身藍色的人影，在樹間隱現。那是女人。竹笠上裹著青色洋巾，拖在腦後的巾角，隨風飄揚著，彷彿一條尾巴。
>
> ——《親家與山歌》

> 年輕女人穿著豔麗的花布短衫，腰間用條花帶結紮著，那包在竹笠上的藍洋巾的尾帆，隨風飄揚著。
>
> ——〈做田〉

想像隨風飄揚的青色洋巾，點綴在寬闊的綠色大地，或綠蔭蓊鬱的山林間，將是何等地生動、活潑！而其與身手矯捷的勞動婦女所組成的構圖，又是何等地充滿力與美的生命律動啊！

五、臺灣文學地圖上的鮮明區塊

從日治時期臺灣新文學興起，以至於 21 世紀的現在，在臺灣作家中，占相當比例的客家作家或以小說、或以詩、散文，所形構具有族群特質的文學風景，一直是臺灣文學地圖上，色彩鮮明的區塊，例如：吳濁流《亞細亞的孤兒》、鍾肇政「濁流三部曲」、「臺灣人三部曲」、李喬「寒夜三部曲」、黃娟「楊梅三部曲」等，以臺灣歷史為素材的小說，即具建構族群精神史的文學意義，同時也深切地反映了臺灣的歷史變遷，都是臺灣可貴的文學資產。

作為重要客家作家之一的鍾理和，其以貼近土地、貼近農民的創作題材，透過生動、細膩的情節描繪，所寫下富於土地情感的作品，不僅讓我們看到了隱藏在字裡行間令人感動的赤忱的文學心靈，其小說中鮮明的客家意象，更是帶有濃厚的文化特色，而深具價值。

——選自《新活水》第 9 期，2006 年 11 月

紀實與虛構
吳濁流、鍾理和的中國之旅與原鄉認同

◎張惠珍[*]

一、前言

　　出生於日治時期殖民地臺灣的作家吳濁流（本名吳新田，1900～1976），畢業於臺灣總督府國語學校師範部。由於秉性耿介又深具客家人不輕易妥協的「硬頸精神」，因此屢屢觸怒當權者，造成教員生活：「在職計20 年整，左遷又左遷，降調復降調，結果在番界邊緣的分教場告終。」[1]而正當盛年 41 歲的吳濁流，不甘「在殖民地的桎梏下，自由被剝奪，生活形同奴隸，毫無指望。」[2]適逢同學章君正寄寓南京並擔任政府要職，遂忍痛割捨妻兒，獨自奔赴「祖國無限自由的天地」。吳濁流從上海登陸，旅居南京期間，曾任職南京「日本商工會議所」，負責《南京》一書的翻譯工作，後轉任南京《大陸新報》記者一職，直到返臺為止。從 1941 年 1 月至1942 年 3 月（41～42 歲），吳濁流計旅居中國一年三個月左右。關於記錄吳濁流旅居中國時期的相關文本，計有隨筆散文〈南京雜感〉[3]（1942 年連載於《臺灣文藝》雜誌，1977 年收入遠行出版《吳濁流作品集 4》），自傳體小說《亞細亞的孤兒》（1943～1945 年日文稿完稿，1956 年日文版日本出版，1962 年中文版臺灣出版）、《無花果》（1967 年底完稿，1970 年林白

[*]政治大學中國文學系專任講師。
[1]吳濁流《無花果》，臺北：前衛出版社，1995 年，頁 91。
[2]同上註，頁 94。
[3]有關吳濁流生平與作品繫年，參考褚昱志《吳濁流及其小說之研究》，淡江大學中國語文學系研究所碩士論文，李瑞騰教授指導，1994 年。

中文版出版）、《臺灣連翹》（1971～1974 年底日文稿完稿，1987 年南方中文版出版）等三種。

　　同樣是日本殖民時期出生的臺灣客家人作家鍾理和（1915～1960），他在完成了公學校、公學校高等科的殖民教育，與大約一年半的私塾漢文教育（1922～1932 年，8～18 歲）之後，開始協助父親處理農場、布莊和杉木行等事業。由於同姓婚戀的受阻與祖國原鄉的召喚，在 1938 年（24 歲），毅然隻身渡海到瀋陽，入「滿州自動車學校」學習謀生技術，1940 年（26 歲）取得駕駛執照後任職於「奉天交通株式會社」，並返臺偕同戀人鍾台妹一起奔赴瀋陽。翌年（1941 年，27 歲）夏，舉家遷居北平，應聘「華北經濟調查所」翻譯員，三個月後辭職，曾經營石炭零售店，後來專事寫作和日文翻譯。旅居中國期間（1938～1946 年，24～32 歲），鍾理和立定了作家的志願，並開始以筆名「江流」投稿發表作品。由於貧病交迫加上政局紊亂，遂於 1946 年（32 歲）3 月 29 日，舉家搭乘難民船返臺。鍾理和以中國為背景、題材的作品，計有：短篇小說〈泰東旅館〉（未完稿）、〈地球之黴〉（未完稿）、〈柳陰〉（1939 年）、〈游絲〉（1943 年）、〈新生〉（1944 年）、〈夾竹桃〉（1944 年）、〈門〉（1945 年）、〈第四日〉（1945 年）、〈原鄉人〉（1959 年），散文〈白薯的悲哀〉（1946 年）、〈祖國歸來〉（1947 年）等虛實交錯的文學文本，以及民國 34 至 35 年寫於北平的鍾理和日記等紀實性的日記文本。[4]

　　1950、1960 年代以來，來自前殖民地又受過殖民宗主國或所謂先進的西方國家的現代化教育的知識分子，開始針對前殖民宗主國對於殖民地的文化影響與制約，展開反思與批判，開啟了 1970 年代以降風起雲湧的後殖民論述，並且在第三世界造成流行。弗朗茲‧法農（Frantz Fanon，1925～1961）正是掀起第一波後殖民論述的先驅者。1952 年他以法文出版《黑皮

---

[4]有關鍾理和生平與作品繫年，參考〈鍾理和自我介紹〉、〈自傳〉、〈鍾理和生平與著作刊登年表〉，收錄於鍾鐵民編，《鍾理和全集 6》，臺北：行政院客家委員會，2003 年，頁 217～233。

膚‧白面具》，以殖民者施予的語言（法語）及精神醫學教育，砲火猛烈地
對殖民者展開思想戰鬥，甚至以實際行動參與法屬阿爾及利亞的獨立戰爭
（1954～1962 年）。1959 年他爲阿爾及利亞的獨立戰爭付出下肢癱瘓的代
價。1961 年，他因白血病抱憾以終，臨死前對妻子說：「昨晚他們要把我
放進洗衣機去洗！」法農不僅是個憤怒青年、革命家、暴力理論家、精神
科醫生，同時還是出生於西印度群島的法國殖民地法屬安的列斯的黑人。
在 36 歲的盛年，法農死了，法農的去殖民化工程，卻在第三世界造成燎原
之勢。法農認爲「黑人的異化並不是個體的問題。在種系發生和個體發生
之外，還有社會發生。」他以精神分析的方法，透過臨床醫學的研究，剖
析被殖民者與殖民者的集體心理，揭露由殖民者建構出來的殖民心理學的
虛妄。他誓言要「用最大的能量搖撼那經由數世紀不理解所造成的可悲樣
貌」，他矢志要終結「數以百萬計被巧妙灌輸了恐懼、自卑情結、戰慄、屈
膝、絕望、奴才態度」的人的不正常情感狀態，進而「讓這個病態世界完
全溶解」。[5]

　　基於法農生平與後殖民論述的啓發，本文擬將吳濁流、鍾理和的文本
置入其所經歷的社會、政治、文化與歷史的脈絡之中，檢視吳、鍾二人作
品中有關原鄉中國的書寫──如何呈現日治末期同時也是中日交戰狀況下
的時代背景與作爲殖民地臺灣人的心理圖象；如何透過紀實與虛構的書寫
去想像中國、經驗中國與再現中國；並釐清「剪不斷理還亂」的原鄉情
懷，如何相應於吳濁流、鍾理和的人生開展與中國經驗，進而產生轉折與
變化。最後，將以殖民地知識分子的原鄉書寫與認同危機總結，對照後殖
民理論與行動的先驅──弗朗茲‧法農的論述[6]，藉以剖析殖民經驗對於吳

[5]弗朗茲‧法農（Frantz Fanon）著；陳瑞樺譯〈導論〉，《黑皮膚‧白面具》，臺北：心靈工坊，
2005 年，頁 63～74。
[6]法農生於 1925 年 7 月 20 日，1961 年 12 月 6 日因白血病病逝於他生前拒絕前往的「（黑人）私
刑之國」──美國（華盛頓）。位於西印度群島的馬提尼克島（Martinique）的首都法蘭西堡是他
的原鄉，馬提尼克島與瓜德羅普島（Guadeloupe）合稱法屬安的列斯，是法國的海外殖民地。小
學畢業後，法農轉往法國求學，1947 年到里昂（Lyon）修習精神醫學。他一生兩度志願參戰，一
次是爲了殖民母國法國對抗二次世界大戰德國希特勒的侵略而戰，他獲頒戰爭英雄的勳章；一次

濁流、鍾理和等殖民地臺灣作家的心理與文本所造成的深層影響，進而從中獲得如何在後殖民時代建構國族主體性的啓發。[7]

二、想像中國：漢族意識與原鄉情懷的萌發

　　祖籍中國廣東的吳濁流，從玄祖開始，舉家從廣東遷臺落戶，經過兩代胼手胝足的經營新竹新埔一帶的土地開墾與油車工廠而致富。日治時期，由於二房的伯父參與抗日戰役，導致宗族本家被日軍燒燬。祖父是個漢學淵博的讀書人，年輕時曾遊歷廣東、香港，帶著「殺身成仁的悲懷」代表宗族出面與日軍周旋，虎口餘生歸來後，開始對日本殖民政府採取不抵抗的消極態度，而私淑陶淵明，度其餘生。吳濁流自四歲懂事以來至 13 歲祖父病逝爲止，一直和祖父共同生活，深受祖父寵愛與影響，「祖父的思想，如陶淵明的行徑，想超越現實的態度，不重金錢的地方，中庸的處世法等等，至今仍然對我有所暗示似的。」[8]祖父再三懇切訓告吳濁流「明哲保身爲第一」，無論如何都得「隱忍自重」，否則一時血氣行事，不僅會招來自滅，還會連累族人。然而，祖父卻常與任教私塾的同輩友人談話中，流露出壓抑不住的憤慨，「復中興」、「否極泰來」、「我們總有一日」等詞語，不斷出現在對話中。此外，父親也常嘆息「臺灣人已成籠中鳥，日本憲警所說的話，除了唯唯諾諾之外沒有別的辦法了。」[9]吳濁流自幼受到家族父祖輩的身教言教的薰染，從求學時期到擔任公學校教職期間，飽受長

是爲了阿爾及利亞脫離法國殖民的獨立戰爭而戰，他付出了下肢癱瘓的重傷代價。他一生只活了 36 歲。死後遺體被以戰士禮儀安葬在阿爾及利亞的軍人公墓。法農留下四本完整著作：*Peau Noire, Masques Blancs* （英譯本：*Black Skin ,White Mask* 中譯本：《黑皮膚，白面具》）、*L'an V de la revolutiion algerienne* （英譯本：*A dying colonialism* 中譯：《阿爾及利亞革命五年》）、*Les damnes de la terre* （中譯：《受詛咒的大地》），及過世後出版的論文集 *Pour la revolution africanine* （中譯：《邁向非洲革命》）。其中 1952 年出版的《黑皮膚，白面具》一書，爲法農奠立了做爲後殖民論述的先驅的歷史地位。該書臺灣中文版即陳瑞樺譯：《黑皮膚，白面具》，臺北：心靈工坊，2005 年。

[7]本論文從初稿草創至修改定稿期間，承蒙黃美娥教授於百忙之中撥冗批閱，並盛情雅正；復承《臺北大學中文學報》匿名審查委員之惠賜高見，特此一併誌謝。

[8]同註 1，頁 24。

[9]吳濁流《臺灣連翹》，臺北：前衛出版社，1995 年，頁 24。

期的歧視教育與現實衝突，常在「杯弓蛇影」、「敢怒不敢言」中隱忍度日，深感劇烈而痛苦的矛盾：「我對日本人的橫暴不正，做為一個本島人，不曾感悟有抗議的義務。只是心中憤慨……，我確是在性格上有奴隸性，在意識中承認日本人的不法行為，彷彿去勢了的人一樣，被捏造成方便日本殖民地統治的人物。」[10]吳濁流此番對於這種「連自身都嫌厭的殖民地型的性格」的痛苦覺察與感悟，恰與法農對於被殖民者受到殖民者強勢影響與制約所導致的「不正常情感狀態」──恐懼、自卑情結、戰慄、屈膝、絕望、奴才態度等不謀而合。[11]

> 思慕祖國，懷念著祖國的愛國心情，……臺灣人的祖國愛，所愛的絕不是清朝。……老人們即使在夢中也堅信總有一天漢軍會來解救臺灣。臺灣人的心底，存在著「漢」這個美麗又偉大的祖國。……眼不能見的祖國愛，……經常像引力一樣吸引著我的心。真如離開了父母的孤兒思慕並不認識的父母一樣。……以一種近似本能的感情，愛戀著祖國，思慕著祖國。……這就是所謂的民族意識吧！[12]

　　無視於日本殖民政府高壓統治所產生的「寒蟬效應」，吳家老人們和吳濁流依然深刻懷抱著孤兒思慕父母般「近乎本能」的「民族意識」。只是恪遵祖訓，以謹言慎行自守的吳濁流，還是無法冷眼漠視日人對臺人一味地輕視與羞辱，扼止不住排山倒海而來的憤慨，三番兩次與教育當局發生衝突，導致不斷遭受降調的噩運，最後卻在蠻煙瘴癘的馬武督分校任教時期，抗議郡督學因細故在新埔運動會上對臺籍教員出拳施暴，「我在憤慨之餘，立刻把事情的經過向州知事報告，要求督學道歉，可是不但沒有獲得一句賠罪的話，反而造成我以辭職的結局來抗議。我深深地感覺到生活在

---

[10]同上註，頁30。
[11]同註5，頁63。
[12]同註8，頁7～9。

臺灣，是沒有意義而愚蠢的。」[13]因爲不甘苟延殘喘在日人的殖民淫威下，又憧憬著那無限大的大陸有的是自由，因此，毅然決然地渡海奔赴想像的「祖國」——中國。

　　鍾理和（1915～1960）出生於日治時代的屏東郡高樹庄的大路關（今屏東縣高樹鄉廣興村）。父親爲當地知名地主和資本家，經營布莊、杉木行、農場等事業，並曾投資中國生意而失敗。提到鍾理和中文寫作與原鄉情懷的淵源，不得不繫聯到既是異母兄弟又是公學校時期的好友同窗鍾和鳴的影響。[14]公學校畢業後，少時三友（即異母兄弟鍾和鳴、姑表兄弟邱連球和堂兄弟鍾九河）順利升學，而鍾理和卻因體檢不合格未能報考高雄中學。鍾理和曾自述此次打擊的影響：「這是給我的刺激很大，它深深刺傷我的心，我私下抱起決定，由別種途徑趕上他們趕過他們的野心。」[15]轉入長治公學校高等科就讀與村私塾學習漢文期間（1928～1930 年，14～16歲），鍾理和開始熱心蒐羅、瀏覽中文古體小說，後來更「廢寢忘食」地購讀魯迅、巴金、郁達夫、張資平等人的新體小說，甚至有樣學樣地模仿寫作。後來那位異母兄弟看過鍾理和的作品後，鼓勵鍾理和「也許可以寫小說」，「以後他便由臺北，後來到日本時便由日本源源寄來世界文學，及有關文學理論的書籍——都是日文——給我。」鍾理和認爲：「他的話不一定打動我的心，但他的這種作法使我不斷和文藝發生關係則是事實。鍾和鳴的鼓勵與自己日後從事文藝工作有大關係」。[16]公學高等科畢業（1932 年，

---

[13]同註 10，頁 101。

[14]關於鍾和鳴與鍾理和的關係，鍾理和〈鍾理和自我介紹〉中，稱「異母兄弟」；鍾鐵民編，〈鍾理和生平與著刊登年表〉中，稱鍾和鳴爲鍾理和的「異母弟」；呂正惠，〈特立一代的鍾理和〉一文，則進一步指出：「鍾理和最爲崇仰的二哥鍾皓東（本名和鳴，同父異母，比理和早生二十多天），高中時代就具有強烈的民族意識，並在抗戰後期，勇敢的奔赴大陸。光復後回到臺灣，二二八事變後深感國民政府的腐敗，藉著基隆中學校長的地位從事共產黨的地下工作。事發被捕後，又輕易放棄可能的生存機會，寧可選擇被槍決的命運。」以上〈鍾理和自我介紹〉、〈鍾理和生平與著刊登年表〉二文，收錄於鍾鐵民編，《鍾理和全集6》（臺北：行政院客家委員會，2003年），頁217、225。呂正惠〈特立一代的鍾理和〉，錄見《聯合文學》第11卷第2期第122號（1994年12月），頁98。

[15]鍾理和〈鍾理和自我介紹〉，收錄於鍾鐵民編，《鍾理和全集6》，頁217～218。

[16]同上註，頁 218～219。

18 歲）後，鍾理和開始協助父親經營事業，並在 19 歲那年在「笠山農場」結識農場女工鍾台妹，進而相戀。因為同姓不婚的社會習俗的壓力，「被壓迫的苦悶和悲憤幾乎把我壓毀。……我想藉筆來發洩蘊藏在心中的感情的暴風。這思想把我更深地驅向文藝。由此時起要做作家的願望開始在心裡萌芽起來。」

　　由於「鍾理和的文學非常貼近他的真實的人生行程」[17]，因此有關鍾理和原鄉情懷的醞釀，除了上述紀實性的鍾理和生平資料可供佐證外，鍾理和以第一人稱敘事觀點，寫成於返臺後的亦實亦虛的短篇小說〈原鄉人〉[18]（1959 年，45 歲），或可參照、補充鍾理和自述的不足。年事漸長後，敘事者「我」從祖母與父親談話中得知原鄉叫做「中國」，原鄉人叫做「中國人」，祖先是從中國廣東省嘉應州（民國後改稱梅縣）遷臺的。六歲剛過，村裡來了個「先生」，父親將他送去村塾讀書，開啟了「我」與「原鄉人」的第一次接觸，也前所未聞地得知「原鄉」在海的那一邊。兩年的私塾啟蒙，先生都是原鄉人，後來陸陸續續又看見了更多的原鄉人，都是些像候鳥一樣來去無蹤的流浪人物，都不是很體面的：賣蔘的、鑄犁頭的、補破爛釜的、修理布傘鎖匙的、算命先生、地理師。他們有寧波人、福州人、溫州人、江西人。同是原鄉人，言語、服裝、體格卻又不盡相同，卻又覺得「他們都神奇、聰明、有本事」。公學校五、六年級時，開始上地理課，地圖上的中國竟是如此之大，它和臺灣一衣帶水，隔著海峽向臺灣劃著一條半月形弧線，比起臺灣不知要大好幾百倍。然而，「我」從此發現，父祖輩口中的原鄉「中國」，變成日本老師口中的「支那」；「中國人」變成了「支那人」。日本老師一說及「支那」時，總是津津有味的：「支那」代表衰老破敗；「支那人」代表鴉片鬼，卑鄙骯髒的人種；「支那兵」代表怯懦，不負責等等。「我」幼小心靈中，對於日本人與支那人的形象已經形成

---

[17] 鍾鐵民〈編者序〉，收錄於《鍾理和全集》（全 6 冊），臺北：行政院客家委員會，2003 年，頁 7。

[18] 鍾理和〈原鄉人〉，收錄於《鍾理和全集 2》，臺北：行政院客家委員會，2003 年，頁 6～7。

強烈對比：「經常著制服、制帽、腰佩長刀，鼻下蓄著撮短鬚。昂頭闊步，威風凜凜。他們所到，鴉雀無聲，人遠遠避開。母親們這樣哄誘著哭著的孩子：孩子不哭了，日本人會打人的，也許會把哭著的孩子帶走呢！」[19]這是殖民地臺灣的日本人的威權形象。權威的日本人的說法，深深地烙印在被殖民者臺灣的孩子們的腦海中。「老師的故事，不但說得有趣，而且有情，有理，我不能決定自己該不該相信。我重新凝視那優美的弧線。除開它的廣大之外，它不會對我說出什麼來。」[20]日本老師口中極度輕蔑與鄙視的支那與支那人，究竟是真是假？這些有關原鄉形象的矛盾與疑惑，已經悄然進駐內心並且留下深刻的印記。

「同時，父親和二哥則自不同的方向影響我」，父親在大陸投資生意，每年都要去巡視一趟，他的足跡遍及沿海各省，上自青島，下至海南島。父親敘述原鄉老家的事情，是村人們百聽不厭的話題。「父親敘述中國時，那口吻就和一個人在敘述從前顯赫而今沒落的舅舅家一樣，帶了二分嘲笑、三分尊敬、五分嘆息。因而這裡就有不滿、有驕傲、有傷感。」[21]但是，「真正啓發我對中國產生思想與感情的人，是我二哥。我這位二哥，少時即有一種與生俱來的強烈傾向——傾慕祖國大陸。在高雄中學時，曾為『思想不穩』」——反抗日本老師，及閱讀『不良書籍』——《三民主義》，而受到兩次記過處分，並累及父親被召至學校接受警告。」[22]二哥中學畢業那年，在父親許可後，終於得償「看看中國」的宿願。他在南京、上海暢遊了一個多月，帶回了一部留聲機，和原鄉的歌曲及名勝古蹟的照片。粵曲的低迴激盪、纏綿悱惻令人如癡如醉，再加上賞心悅目的名勝風景，「大大的觸發了我的想像，加深了我對海峽對岸的嚮往。」後來「七七事變」發生，二哥自日本回來，帶回日本人已作久遠打算，中國也誓必抗戰到底的消息，他已決意要去大陸。二哥去後杳無音信。「失去二哥，我的

---

[19]同上註，頁1～2。
[20]同註18，頁7～8。
[21]同註18，頁8～9。
[22]同註18，頁9。

生活宛如被抽去內容，一切都顯空虛而沒有意義。我覺得我是應該跟去的。……其後不久，我就走了——到大陸去。……我沒有給自己定下要做什麼的計劃，只想離開當時的臺灣；也沒有到重慶去找二哥。我不是愛國主義者，但是原鄉人的血，必須流返原鄉，才會停止沸騰！二哥如此，我亦沒有例外。」[23]

　　鍾理和〈原鄉人〉一文，在虛實掩映中照見了敘事者與作者間「似曾相識」的家庭背景與心路歷程，滲透了鍾理和原鄉情懷的萌發過程，更顯現出日本殖民教育對於殖民地臺灣人的原鄉（中國）印象的強勢扭曲。日治時期臺灣人與在臺日人的學齡兒童，被要求分別進入公學校與小學校就讀。被殖民者與殖民者，永遠沒有公平競爭的可能，這從學童階段就已經被決定。殖民政權對被殖民的臺灣人實施所謂的「同化教育」，被殖民者被迫改以殖民者的語言為國語，殖民政權開始假現代化教育之名，行扭曲民族人格與認同的「殖民教育」之實，並隨著殖民時間的推移，逐漸矮化、弱化進而奴化。同樣的殖民／被殖民情境，也發生在法農的後殖民論述中：「所有被殖民者——換句話說，所有因為當地文化的原初性被埋葬而產生自卑情結的人——都得面對開化者國家的語言，也就是（殖民）母國的文化。隨著學習母國的文化價值，被殖民者將更加遠離他的叢林。當他拒絕他的黑，拒絕他的叢林，他會更加的白。」當殖民母國（法國）性，成功置換並凌駕被殖民的安的列斯性時，也就是殖民者收割殖民成功的果實的時候。於是一個認識殖民母國首都並認同母國價值與文化的安的列斯黑人，開始產生認同矛盾，逐漸分裂、拋棄固有認同，甚至異化成傲視被殖民者的半神半人——準白人，而這種被殖民者的自我分裂，正是殖民冒險的具體成果，也是被殖民的後遺症。[24]不同於法農的被殖民經驗，殖民地臺灣人的自我／祖國的認同分裂，還同時糾葛了原鄉／中國性、臺灣／本土性與殖民母國／日本性的複雜情結。

---

[23]同註 18，頁 14。
[24]同註 5，頁 75～104。

三、經驗中國：親炙斯土斯民，原鄉夢碎

　　原本懷抱著追求自由、平等生活的夢想，而於 1941 年 1 月隻身奔返祖國的吳濁流，方才登陸上海，就被街頭洪水般成群的乞丐、遊民與娼妓所震懾住。上海、南京街道上到處遺留戰爭殘骸的陰影，「沒想到原來中國大陸上也是屬於日本人的天下，因為在這兒也聞不到些微的自由氣息。」25 這無異於給了吳濁流一記當頭棒喝，他以為走出臺灣，就能如掙脫牢籠的鳥一樣自由，豈料大陸竟和臺灣一樣，背後有日本憲兵的眼睛在閃爍。當時南京處於日本占領下，日人抬出了汪精衛政權，採取以夷制夷的統治方式。吳濁流為了憧憬自由、探求自尊，而寂寞、失望地徬徨著，加上語言隔閡、謀生不易的問題，到南京後的七、八個月中，吳濁流寄居臺籍同窗章君家中，專心學習中國話。之後曾經以令人欣羨的高薪，為南京「日本商工會議所」發刊的《南京》一書擔任翻譯工作，未料才任職七天，就因自尊心受損而與日人主管爆發言語衝突，勉強工作十天後離職求去。旋即接受上野編輯部長所邀，赴南京《大陸新報》擔任記者一職，兩人並結為肝膽相照的朋友，而西島社長漢學造詣深湛，對下屬沒有差別待遇，同事又都是學有專長、識見不俗之人，有著開明的世界觀，毫無種族偏見。因此，吳濁流一直擔任該報記者直到翌年三月返臺為止。其間於 1941 年的 8 月底，吳濁流因聽到上野部長將回日本內地把家眷接到南京，加上有感於中日戰爭爆發後臺灣的物資缺乏相當嚴重，不忍妻子的辛勞困苦，幾經考慮後遂決定返臺將妻兒帶回南京安頓。然而，後來情勢演變到南京日本人的蠻橫作風，比起在臺日人也不過是五十步與百步之差，難望獲得平等與自由。隨著珍珠港事件爆發，大東亞戰爭的開戰，日人對南京占領區內臺灣間諜的逮捕行動漸趨擴大，臺灣人身陷莫名的恐懼，人人自危。吳濁流研判日本終將敗戰，一旦敗象顯露，臺灣人勢必腹背受敵，難逃戰敗後的可怕報復。為了保全全家性命，遂不顧戰局緊張，冒險渡海，經過三天兩

25同註 9，頁 103。

夜的海上驚魂後，終於 1942 年 3 月 21 日攜眷安抵臺灣。吳濁流自 1941 年
1 月登陸上海，計旅居南京 1 年 3 個月。

　　1938 年（24 歲）夏，鍾理和隻身赴中國東北（僞滿洲國）發展，一償
回歸原鄉的想望，藉以緩和因同姓相戀而產生的家庭衝突，並進一步思考
解決之道。他先進瀋陽「滿洲自動車學校」，兩年後取得駕駛執照，任職於
「奉天交通株式會社」，擔任汽車駕駛。1940 年（26 歲）秋，鍾理和返臺
將台妹帶回瀋陽，從此脫離原生家庭，獨立謀生。翌年長子出生，舉家遷
居北京，應聘「華北經濟調查所」擔任翻譯員，三個月後辭職，曾做過石
炭零售商，後來專事寫作，生活有賴一位表兄的接濟。直到中日戰爭結
束，1946 年（32 歲）春返臺爲止，鍾理和旅居中國東北瀋陽（1938～1941
年）和北平（1941～1946 年）計有八、九年之久。北平時期，亦即鍾理和
創作的習作期、嘗試期，他出版了第一本短篇小說集《夾竹桃》。鍾理和在
中日交戰的非常時期來到了祖國的淪陷區北京，以爲可以擺脫社會舊俗與
家庭壓力，和鍾台妹相偕廝守，開創新生，無奈現實的無情漩渦，排山倒
海地帶來更多的不幸，更導致他從臺灣的災難，跌進了祖國的災難裡。

（一）內憂外患與社會亂象

> 上海儼然是列強榨取的中樞，很多銀行、會社等高樓大廈，建築的豪華
> 令人吃驚，而住在租界的外國人，甚妄自尊大，其旁若無人，更令人憤
> 慨。只不過三、四天的見聞就使我深感做一個中國人的悲慘。洪水般的
> 野雞，乞丐的奔流，都是為求生存的人們的可憐影子。相反地，外國人
> 都是暴君，橫蠻不可理喻，正是支配者的一副嘴臉。祖國啊！多麼可悲
> 可憫，我在心中緊灑憤恨的淚水。[26]

　　吳濁流登陸祖國的首站是號稱「十里洋場」的上海，他未曾魅惑於五

---

[26]同註 12，頁 96～97。

光十色的高樓大廈與豪華排場，深情關注的是比「國破山河在」還更淒涼的「國破乞丐在」的祖國人們，那些爲求生存的可悲可憫的祖國人，那些洪水泛濫似的乞丐與娼妓們。壓抑不住的憤恨讓他將怒氣指向形成強烈對比的租界區的外國人，因爲日本人和西洋人的優越感，實來自列強的榨取所得。因此，在吳濁流小說《亞細亞的孤兒》胡太明眼中，上海是一個「龐大怪物似的都市」，到處只有「麻醉人類靈魂的事物，卻找不出一樣使人心身舒暢的東西。」租界內林立的高樓大廈是「抹煞人性的金權主義下所產生的怪物」而先施百貨則「又是一個充滿人間各種慾望的大洪爐，那種物質享受的沌濁氣息，使人置身其間，頓感頭暈目眩。」[27]

短暫停駐上海三天後，吳濁流過蘇州赴南京，沿途所見盡是「滿眼烽煙」，比起上海的繁華恍同隔世般無盡荒涼。到了南京，終於看見「大蛇般盤繞紫金山麓的南京城牆。在這一瞬間，心中矛盾忽然一掃而光了。想起孩提時曾看見過的中國革命軍穿過砲火下入城的勇姿的壁畫……」[28]然而，好景不常，接著觸目所見的是湫隘的巷路和「和平反共建國」、「建設東亞新秩序」、「擁護汪主席」等既刺目又「幼稚」的標語。在名爲汪精衛政權的統治下，實則爲日本軍閥占領區的南京，法律是不存在的。中國洋車夫被拒繳車錢的日籍工務局長暴力毒打，喝醉酒的日本從軍記者隨地便溺，不聽勸阻，還動手痛毆中國憲兵，諸如此類事件，層出不窮，「南京的天空其實比臺灣還要灰黯」。吳濁流再度陷入滿懷抑鬱與徬徨：「我覺得大陸上的人比臺灣人更可憐。如今不管在那兒都是日本人的天下。」[29]「沒想到原來中國大陸上也是屬於日本人的天下，因爲在這兒也聞不到些微的自由氣息。」[30]

拜擔任南京《大陸新報》記者職務之便所賜，吳濁流廣泛接觸了南京政府高層，包括汪精衛政府的核心人士。他曾經和西島社長、上野編輯部

---

[27]吳濁流《亞細亞的孤兒》，臺北：前衛出版社，1995 年，頁 147～148。
[28]吳濁流《無花果》，頁 98。
[29]同上註，頁 106。
[30]同註 9，頁 103。

長一起拜訪汪公館，和「汪主席」交談過，覺得「汪精衛待人和氣頗有長者的風度」，「也許汪精衛是一個傑出的人物吧，但在他的周圍，可以說完全沒有人才。」[31]汪精衛夫人陳璧君的近親陳家一派，除了長於貪污外，什麼才能都沒有，汪夫人的外甥陳某是汕頭的主席，他竟栽種鴉片的原料罌粟，從中謀取暴利。擔任汪政權財政部長的周佛海畢業於日本京都大學經濟系，態度相當傲慢，見人不打招呼，只對日本人獻殷勤，「雖然自己是中國人，但不承認中國人的存在。這種心理和一個奴隸一旦被釋放時，比原來的主人還要殘酷，而忘了自己原來的奴隸身分去欺負他的奴隸情形相似。」[32]至於擔任社會部長的丁默邨，「他的外貌顯得衰弱，風采不揚而像個丑角似的。像這種人會是個『部長階級』，不由得令人連想到汪偽政權本身，也不過是丑角罷了。」吳濁流從記者角度看盡了官場的逢場作戲與殘酷現實，做為一個過渡性色彩強烈的傀儡政權，政客們大多只是抱持躬逢盛會、機不可失的投機主義心態，發足國難財便罷。因此，遊民、乞丐、流鶯泛濫成災也不足為怪了。

抗戰勝利後，鍾理和所在的祖國故都，從「淪陷區」變成「收復區」，從「北京」變回「北平」，執政者從「偽政權」變成「重慶政府」，不變的是貪污腐敗，萎靡頹廢依舊。「第一個官僚，第二個官僚，第三個還是官僚！」[33]曾經憧憬與信仰重慶政府的國人，再度陷於絕望與詛咒：「盼中央望中央，中央來了更遭殃。」[34]鍾理和不禁感慨：「自唱政治刷新官吏肅清以來，為時已久了。但似乎《官場現形記》尚有重寫的必要。也許於中國它是寫不完的一部小說。」[35]勝利的喜悅並不能持續太久，戰後通貨膨脹，中央一面呼籲商人不得藉機哄抬物價，一面卻反過來調高民生物價，而國

[31]同註 9，頁 110。
[32]同註 9，頁 111～112。
[33]鍾理和〈鍾理和日記民國三十四年記於北平〉，《鍾理和全集5》，臺北：行政院客家委員會，2003年，頁18。
[34]同上註，頁 41。
[35]同註 33，頁 22。

際救援物資又苦候不到，下落不明。平民百姓先遭受戰火的荼毒，後忍受飢餓的痛苦。雖然報紙社論頻頻喊出：「人民只有一個願望，趕快復員；國家只有一條出路，統一和平。」[36]但是，忙於爭權奪利的政客們依然充耳不聞，國共內鬥，愈演愈烈：

> 各地共軍的蜂起與政府的狼狽……。共軍獎勵破壞交通，規定破壞鐵軌一根賞洋千元，電線一斤百元，電桿一根五十元。並強迫民眾每日交出鐵軌、枕木、道釘若干。[37]
>
> 國共一邊在重慶開政治協商，一邊在全國各地進行龍虎鬥，這叫作且戰且談。在這中間夾雜著國民的呻吟、呼號，而一般貪官污吏更站在這上頭，一邊吆喝著一邊盡量把洋錢——國民的血與汗往裡撈。這是勝利後的中國所有的一切。[38]

　　祖國人們才精疲力竭地打完八年對日抗戰，轉身又和自己人掀起國共內戰，而且更慘烈，更無謂。總而言之，抗戰終結之後，便是百萬人「勝利大逃亡」的開始，史無前例的，又在締造歷史新紀錄，鍾理和的憤懣不平也就愈演愈烈。

（二）中國觀與中國性格

　　回歸祖國前的吳濁流，對於祖國的想像，無疑是古調蒼然的，不符合現實的，同時也摻雜了殖民教育的過度扭曲醜化，「依日本教科書的教育，鄰國是個老大之國、鴉片之國、纏足之國，打起仗來一定會敗的國家，外患內憂無常的國家。」[39]直到親炙斯土斯民後，吳濁流經過一年三個月左右的接觸與觀察南京社會，而有了重新認識與修正後的中國觀。吳濁流旅居

---

[36]同註 33，頁 42。

[37]同註 33。

[38]同註 33，頁 48。

[39]吳濁流〈南京雜感〉，該文曾於民國31年連載於《臺灣藝術》雜誌，後收錄於《吳濁流作品集4・南京雜感》，臺北：遠行出版社，1980年，頁50。

南京的記者生活，不僅使他有機會深入觀察報導南京層峰人士動見觀瞻的行爲舉止，更能貼近市民百姓。他有意以中國政府的中樞所在地南京，做爲「大中國的縮影」，依實客觀記錄淪陷時期京滬地區的社會世相，進而提供臺灣人了解祖國當時的社會真相，並做爲認識所謂中國性格的參考。因此，從南京返臺後一年多，一直在《臺灣文藝》執筆，陸續發表〈南京雜感〉系列隨筆散文。

　　吳濁流對於京滬地區大陸女性的觀察頗爲用心，並常與臺灣女性相提並論。他認爲：「大陸的女性，幾乎都是線條很柔和而不顯露。尤其是臉部，……給人非常豐滿的感覺，……穩重而非常冷靜，雖年輕，也沒有不自然的嬌羞；淑靜而不把心裏的感情依樣表現出來的地方，使人看出儒教的殘痕。」；「臺灣的女性，比之南京姑娘，線條很細而鮮明。沒有圓柔的感覺，卻是熱情的、感情的、浮動的，這也是自然的影響吧。」[40]「臺灣的女人，聲音高而饒舌，三人集在一起，就吵得不得了。但是，南京的女學生溫柔而不愛多辯。……確可領會到儒教的教養。……她們的態度還是優雅的。」[41]吳濁流從形貌、教養來比較中、臺雙方的女性，除了凸顯體格線條上遺傳的客觀差異外，更從是否具備「儒教」的薰染，說明造成兩者教養殊異的原由，不知這是否是抱持孺慕祖國的心情所影響的第一印象。因此，小說主人翁胡太明同樣地也曾輕率地想像：「從她們摩登裝束中，散放著高貴的芳馨，似乎蘊藏著五千年文化傳統的奧祕。」[42]然而，隨著旅居時日的加長，接觸日廣後，從驚鴻一瞥令人「著迷似地凝視」的美好印象，似乎也逐漸產生發酵，尤其是對於所謂「新女性」、「現代女性」的諸多言行不一的虛僞行止，吳濁流不僅無法苟同，微微發出譏諷，甚至還針鋒相對地提出批判：

---

[40]同註 39，頁 58～59。
[41]同註 39，頁 79。
[42]同註 3*，頁 146。

中國的現代女性完全陷溺在虛榮與解放的思想中，無軌道的享樂在無知
階級少見，有錢有閒階級為多。……若不打牌、吃飯、看戲，就認為不
是紳士淑女似的。[43]

現在中國女性的解放思想，不能令人贊同的多。……她是北京大學畢業
的。她以為要和男人平等，就要像男人一樣，沒有必要重視貞操，主張
像男人一樣做。我聽不過，忘了初次見面的禮貌，立刻駁她：太太們使
用阿媽、住洋樓、乘洋車，口上倡平等，可是，你們女性為什麼不倡導
廢止阿媽，主張女人拉洋車？只對自己好才主張平等是不行的。[44]

　　關於「新女性們」言行不一的行止，吳濁流在小說《亞細亞的孤兒》
的主人翁胡太明之妻「淑春」身上，最是淋漓盡致的集中展現。金陵大學
女學生時期的淑春，以「膚淺的公式化的論調」，煞有「新時代女性的氣
派」[45]，對太明大發議論地談到所謂結婚的理想，至少須有 30 個男朋友，
從中選擇三人戀愛，再選擇一人結婚。婚後主張「結婚並不是什麼契約，
我不能因結婚而失去自由啊！」，「男人不應該把妻子當作訂立長期契約的
娼婦」，「她要做什麼是她的自由，並沒有受丈夫拘束的必要。她的生活漸
漸地奢侈起來，她所用的化妝品和衣飾，大都是那些包圍她的男人奉獻給
她的。」她自負地以女王的姿態肆無忌憚地徹夜周旋在舞廳、牌桌和俱樂
部，充分享受新女性解放後的絕對自由與平等，卻荒唐地連漱口、梳洗、
喝咖啡、吃飯，樣樣都要女傭侍候，如果女傭不在，就乾脆不動手，甚至
連掉落在身邊的報紙，也都要按鈴叫女傭上樓幫她撿起。[46]胡太明認為：
「新時代的事物，必須以道德觀念和文化水準去衡量它。至於淑春這種標
新立異的行為，只是社會進化的過程中，將產生新思想時一種不可避免的

---

[43]同註 27，頁 59。
[44]同註 39，頁 62～63。
[45]同註 27，頁 173。
[46]同註 27，頁 177～183。

現象，在這種意義上說，淑春無非是個犧牲者而已。」[47]胡太明的說法，未嘗不是呼應上述吳濁流的女性觀。自奉爲舊時代人物的胡太明（吳濁流），其實並不反對女性的解放，但主張解放或自由應該符合新的社會道德觀與文化水準，應該言行一致，不能流於任性妄爲，甚至放蕩不檢。否則，將淪爲時代過渡的犧牲者，只是自以爲是的「僞」現代性。

　　至於中國人的性格與生活態度，吳濁流引述朋友鍾君的話：「焦急是大陸生活的禁物。像長江水一樣，悠悠然最好。能玩就玩，等待機會，才是最聰明的生存方式。」[48]此外，「有錢便是世界上最能自由、最能縱情的國度，這就是中國的現實。」「麻將、會餐、看戲，這三大娛樂，是中國社會各階層相通而最被喜好的。」[49]小說主人翁胡太明在南京認識的朋友賴君，一位復旦大學畢業的南洋華僑，是一個健談喜玩的人，始終抱著他的「候差主義」等待機會進入國府宣傳部工作，成天嚷著「升官發財」，毫無思想和理想，滿腦子盡是做官和發財的手段。他還沾沾自喜地開示太明：「等我當了一年所得稅課長，就夠你們吃一輩子了！中國的官吏並不是階段式的，在外國洋行裡當捐客的，搖身一變就做大官了。所以我第一是靠機會，第二還是靠機會，你要是碰到一個有辦法的親戚，地位包你不成問題。……最好當然是財政部長囉！其次就是上海市長了，這兒的行情你是不懂的。」[50]在國難當頭的敵軍占領區裡，吳濁流看到上海、南京城裡上自僞政府層峰，下自中產市民，兀自醉生夢死、及時行樂地度日子。誠如胡太明寄居南京城時的澡堂經驗與感慨：

　　太明隨著搥腿的節拍，漸漸地也覺得昏昏欲睡；這時他把所有的一切都忘懷了：學國語的困難、流落街頭的乞丐、「野雞」的世界、擾亂公園秩序的動物，以及只知有大砲的軍閥。……這時無論有多少蠻不講理的

[47]同註 27，頁 182～183。
[48]同註 27，頁 57。
[49]同註 27，頁 61～62。
[50]同註 27，頁 153、159。

「看門狗」在他的身邊，他也毫不在乎。他躺在浴室的一隅矇矓地睡去，那心境的安逸和舒暢，大可與王侯媲美。……「中國的澡堂子也許跟鴉片煙差不多。」太明心裡一直考慮著在不知不覺間會使異鄉人的感覺和神經受到麻痺的中國社會那種不可思議的同化作用。[51]

此外，「中國的社會非常看重面子，他們挖盡了錢包，也要努力保住面子。太重面子的結果，便會擺闊架子。到面子保不住時，便會走上極端的不軌。他們只要有錢便坐人力車，把鞋子擦得雪亮，頭髮上油上到蒼蠅都會滑跌……。男的女的都很珍愛鞋子，……說鞋子是社會階級的標準並不為過。」[52]從事教職出身的吳濁流悲天憫人地為南京的孩子們，所謂中國的新時代後繼者，深感擔憂與焦慮，因為他察覺南京的孩子們：「看來一點也不活潑，沒精神，沒有小孩子的蓬勃氣象。……遊樂場所是垃圾堆，那裏朝暮聚集著孩子們，在蒐尋東西。……格鬥、互毆都難得看見，孩子們的鬥爭心，至為稀少。……乖乖的，什麼也不計較。……南京的孩子們，不放風箏，也不唱歌，在垃圾堆玩耍，在陰溝裡洗手腳，關心著街道上是否有遺落的東西，而逐漸地成長。」[53]受到戰禍波及的南京的小學校，「黑板、講臺、講具等現代教育的器具全付缺如，帳篷也沒有。……這樣露天教學隨處可見，這意志是夠壯觀的，這是戰禍帶來的可憐現象，令人不能不同情。中國的就學率，沒有正確的統計，大概是百分之 20 左右。」

吳濁流還將觀察與筆觸伸向下層社會的女佣（即阿媽）和洋車夫。阿媽的世界觀是把一切看開了的世界觀，她們自知天命，自安於天命，自始就是不要努力的世界觀，因而不知不平不滿，只是一任命運的播弄，所以努力、發奮、功名、事業都與之無緣。她們悠閒自在，也不想努力做事，她們像野狗似地蒐尋著獵物，椅子、棉被、鞋子……，稍不留意，無論什

[51]同註 27，頁 154～155。
[52]同註 39，頁 85。
[53]同註 39，頁 80～82。

麼東西，都會被她們竊去。而洋車夫們，則是另一群迥然不同的存在者。他們有堅強的生活力，他們大多是從遙遠的鄉間來到都市，憧憬著將來成功而勞動的青年，他們無畏嚴寒與酷暑，以「偉大的忍耐心與貧苦戰鬥」，「竟能與文明機器電車或汽車競爭，其精神實在壯觀，一面也正說明出中國勞動力的偉大。」[54]最後，吳濁流以「中國是海」來概括中國社會的複雜特質：「中國是廣大的海。大中國，正如海，華北、華中、華南、華僑混然一體，呈現同一色彩，而各自的特性，則是千差萬別，社會也極為複雜。……中國儼然像海，不論什麼樣的，全抱擁在懷中。具有融合日本人、印度人、西洋人等世界各人種的偉大潛力。」[55]

　　從南方故鄉出走到祖國故都北平，北平胡同深處的院落生活，具體而微地再現於鍾理和的小說〈夾竹桃〉中。「這所院子證實了研究北京人的生活風景的各種文獻。也即是說，這所院子典型地代表著北京城的全部院落」[56]，因此，在這院落中生生滅滅的庶民生活，也就具備了尋常而典型的意義。鍾理和將中國人的醜陋形象與民族劣根性濃縮具現於一個位於北平的尋常院落之中。這裡住著形形色色的市井小民，租屋於院落一隅的房客曾思勉——本文的主人翁，任職於某機關，住在中院三間正房，這是唯一「還算保持著房子的模樣」。通篇文章或透過曾思勉的觀察，或曾思勉與同住在中院的哲學系學生黎繼榮的對話，儼然以「來自外國的旅行家」、「社會學者」的姿態，冷眼旁觀、冷嘲熱諷院內的「他們」的生活型態。本來，天棚、魚缸、石榴樹，是北京人庭院生活的三大理想，但是，魚缸裡養不成金魚，改成菖蒲也無所謂；石榴樹養得半活不死的，改種楚楚宜人的夾竹桃也無所謂，反正「他們又是八面玲瓏，無往不通的民族，他們是不能夠以辭害意的呢！」於是北京人庭院生活的理想，頓時便代換成天棚、菖蒲、夾竹桃。理想，是這麼輕易可以被代換的，是苟且偷安，得過

---

[54]同註 39，頁 76～78。
[55]同上註，頁 88～89。
[56]鍾理和〈夾竹桃〉，《鍾理和全集 2》，臺北：行政院客家委員會，2003 年，頁 99。

且過？還是知足認命、善於應變？再看看這院內的房子，分為前中後三進，有的是「萬物之靈長的人類住的」，有的像「人類以外的動物住的」，一言以蔽之，一共有 16 間。而曾思勉是這樣看待並形容他的鄰人們：

> 他們是世界最優秀的人種，他們得天獨厚地具備著人類凡有的美德；他們忍耐、知足、沉默。他們能夠像野豬，住在他那既昏暗、又骯髒、又潮濕的窩巢之中，是那麼舒服，而且滿足。於是他們沾沾自喜，而自美其名曰，像動物強韌的生活力啊！像野草堅忍的適應性啊！……這裡漾溢著人類社會上，一切用醜惡與悲哀的言語所可表現出來的罪惡與悲慘。[57]

> 他們具同樣受著命運的播弄。何謂命運，拆開來說便是：貧窮、無知、守舊、疾病、無秩序、沒有住宅、不潔、缺乏安全可靠的醫療、教育不發達、貪官污吏、奸吏、奸商、鴉片、賭博、嫉視新制度和新的東西的心理。這些，便是日日在蹂躪他們，踐踏他們的鐵蹄，是他們背負的祖先所留下的遺產！[58]

> 是幸是不幸，不知道，事實上這樣的女人，要算中國最多，最為普遍。吝嗇、自私、粗野、貪小便宜、好事、多嘴、吵罵，……等等，這是她們的特性。對別人的幸災樂禍，打聽誰家有沒有快人心意的奇殃，是她們日常最大關心事之一。……並且，她們天生有一張發如牛吼的口，能聲勢俱厲的，把她們所製造的物品，震懾得如一頭柔馴的牲口。[59]

　　無論男女老少，在鍾理和中國原鄉書寫中所再現的他們——只是庸庸碌碌營營苟苟於動物的生存線上的人類；像棲息在惡疫菌裡的一欄家畜；像野豬般，舒服滿足地住在既昏暗又骯髒又潮濕的窩巢之中，而沾沾自喜

---

[57]同註 56，頁 100～101。
[58]同註 56，頁 143～145。
[59]同註 56，頁 105～106。

地自詡為具有像動物強韌的生活力，像野草堅忍的適應力；他們是生長在
砂礫間陰影下的雜草，得不到陽光與雨露的滋養；他們還是掙脫不了歷史
重擔和命運撥弄的網底的魚。從他們身上能看到的，只是宇宙間的一切劣
根性的堆積——包括自私、缺乏公德心、沒有鄰人愛、怕事怯懦、無知、
守舊、無秩序、不潔、懶惰、吝嗇、貪小便宜、自私、粗野、好事、多
嘴、吵罵、幸災樂禍、缺乏毅力與實踐力……。這便是曾思勉眼中也是鍾
理和筆下的醜陋中國人的負面化的「動物化形象」，與洋洋灑灑罄竹難書的
「民族劣根性清單」。最後，曾思勉還以上帝的全知全能的姿態，無情地總
結這個人種的命運——如果不發生奇蹟的話，他們的結果只有破滅，並且
從世間完全消失。

　　鍾理和的北平時期（1941～1946 年），也是他立定要做作家願望的開
始，他把全副精神和時間都花費在翻譯日本作家的作品（短篇小說和散
文），和小說創作、投稿上。他自稱《夾竹桃》中的四篇作品（即〈夾竹
桃〉、〈新生〉、〈游絲〉、〈薄芒〉）是失敗了，「單就文章即亂得一塌糊塗」。
他自我分析與說明原因，主因是臺灣的殖民統治下，接觸和使用的幾乎全
是日文，而他的中文與國語，全是「無師自通」——用客語來拼讀和學
習。初習寫作的鍾理和，先用日文在心中打好底稿，再把底稿譯成中文，
然後才用筆轉寫到稿紙。

　　由於層層轉譯，使得中文寫作上「嘗受到許多無謂的苦惱，並使寫出
來的文字生硬和混亂。」[60]這種「跨越語言的障礙」，鍾理和比戰後臺灣本
土作家提早遭遇，也提早克服。這個集子裡的四篇作品，除了以南方故鄉
為場景的〈薄芒〉流露出文學異彩之外，其餘三篇的寫作技巧可能未必高
明，有人物形象未能鮮明，而且流於意念先行與過於直露，思想灰色與消
極，並且近似魯迅式批判社會的「雜文」色彩，缺乏「小說」的藝術表現
力與感染力等等問題。然而，這些種種的敘事技巧上的不足與不穩定，適

---

[60]同註 15，頁 219。

足以說明習作階段鍾理和的努力與艱辛。尤可注意的，是浮現在字裡行間百轉千迴的悲憤之情與恨鐵不成鋼之思。解讀鍾理和北平時期習作階段的作品，應該注意的恐怕不在藝術技巧的追究，而是鍾理和在那茫茫黑暗時代的痛苦摸索與深刻觀照的心理。相對於「內地人」，無論是以日文為國語的殖民母國的日本人，抑或是以中文為國語的祖國的中國人，臺灣人，同樣是脫離母／祖之國而被迫置身於政治、經濟、地理、心理上的邊緣位置，是饑渴於語言、技巧、精神，被生活追趕的殘骸與乞丐。這是因為歷史的宿命，與隨之而生的畸形的黑暗的社會文化所致，而這個現實的衝擊對於奔赴祖國懷抱的臺灣人來說，心情最是不堪與複雜。

四、經驗中國：白薯的悲哀，臺灣人在中國

（一）時地不宜，格格不入

> 登陸後，我發覺到一句話也聽不懂。雖是自己的祖國，但予人感受卻完全是外國。……我覺得上海倒不像是想像的天堂……。最大的問題是語言的隔閡，在上海所聽所聞，都沒法懂得。加上人情、風俗、習慣等，也都有異，簡直如置身異域。[61]
> 隻身抵達南京，是在翌年的 1 月 18 日，南京正在酷寒之中。那天正在零下四度或五度，臺灣穿著的我，與大陸紳士在一起，難免自慚形穢，真有群鶴隻雞之感，使我無法不顧慮自己的可憐的樣子。臺灣的冬服窄而短，和大陸的洋服，那上海的堂堂大派比起來，簡直不能看。……步行於上海的租界時，連朋友都為之赧顏。[62]

　　來自殖民地的臺灣人吳濁流，由於身分特殊，時地不宜，由裡而外，舉凡語言到穿著，無不顯得格格不入，甚至自信心喪失殆盡。以為逃離殖

---

[61]同註 1，頁 96～97。
[62]同註 39，頁 54～55。

民地臺灣，就能盡情呼吸自由空氣，享有平等生活的權利，怎料甫踏上祖國的土地，竟有祖國似異國的陌生感，人情、風俗、習慣甚至語言在在都隔絕了奔返原鄉的海外「棄兒」。此外，更難堪的是，所謂「祖國」正與殖民「母國」交戰，慘遭戰火的無情浩劫，且處於屈居劣勢、被占領統治的情況，於是，心急如焚，深感前途暗黑。無奈的臺灣人，終究還是得選擇語言優勢，周旋於交戰中的祖國與殖民母國之間，勉力謀職維生。持日本護照卻不承認自己是日本人，來自臺灣卻佯裝是福建人或廣東人，甚至為求自保還得爭取「多重身分」。旅居南京期間的吳濁流，因為擔任《大陸新報》記者的緣故，得以多方接觸南京的民情風俗，更能了解寄人籬下，依違於日本人與中國人之間，以「異己分子」和「被憎惡的對象」而存在的臺灣人的艱苦處境。

> 章君還提醒我，應該隱祕臺灣人的身分。……我們約好對外說是廣東梅縣人。……在大陸，一般地都以「番薯仔」代替臺灣人。要之，臺灣人被視為日本人的間諜，……那是可悲的存在。這原因，泰半是由於戰前，日本人把不少臺灣的流氓遣到廈門，教他們經營賭場和鴉片窟，以治外法權包庇他們，供為己用。結果祖國人士皂白不分，提到臺灣人就目為走狗。這也是日本人的離間政策之一。開戰後日本人再也不信任臺灣人，只是利用而已。臺灣人之中有不少是抗戰分子，為祖國而效命，經常都受著日本官憲監視。來到大陸，我這明白了臺灣人所處的立場是複雜的。[63]

於是，來自苗栗三義的前日本「同文書院」教授，任職南京汪政權財政部的彭參事，不僅隱藏臺灣身分，還「狡兔三窟」地積極經營三方關係。他私下對吳濁流說起他那萬無一失的謀生之法：「我現在是『三不

---

[63]同註 61，頁 99。

怕』，在重慶那邊官拜少將，在汪政權是參事，在日本這邊又有日本籍。我的胸前有一粒痣，正合『胸前一粒痣，兵權萬里』那句話。」[64]結果，這位機關用盡的彭參事，先是被視爲重慶的間諜而遭汪政權的特務逮捕，僥倖獲釋後不久竟在上海舉行的「明治節」慶祝酒會上，被日方毒殺身亡。另一位吳濁流師範時代的同學黃自強[65]，在臺灣服務期滿後就偷渡中國求學，考取出國留學資格後進入日本陸軍大學攻讀，畢業後投奔重慶政府，官拜陸軍少將，正領軍與日本軍閥作戰。後來卻被陸軍大學時代有同窗之誼的汪政權的顧問影佐上校的友情所誘騙，而離開重慶政府轉入汪政權。雖然當了江蘇省主席，日本投降後卻因漢奸罪名而狼狽不堪地逃回臺灣。臺籍菁英們，縱有報國熱忱亦不免在時代和歷史的無情作弄下，淪爲三方夾殺下的犧牲者。

　　小說《亞細亞的孤兒》主人翁胡太明，本來出發到大陸前還向爺爺焚香祝禱，滿懷建設新中國的熱情，祈求保佑他成爲「埋骨於江南的第一人」。在經歷首都警察廳官員據報得知他爲臺灣人，有間諜嫌疑而將他囚禁審問之後，僥倖獲救的他旋即飛奔臺灣。[66]一心追求精神寄託的胡太明，遠離故鄉臺灣，遊學日本，飄泊大陸，接二連三殘酷的現實打擊，使他成爲「歷史的犧牲者」，他畢竟還是無所依歸的「亞細亞的孤兒」，胡太明終究還是發瘋了，「果是有心人，又怎麼能不發瘋呢？」[67]胡太明悲劇性的一生，正是殖民地臺灣知識分子的具體寫照。

　　　　日本人到來時，一塊兒他們帶來了皮鞭與尖銳的犁兒。……由三貂角犁
　　　　到鵝鑾鼻，再由西海岸到東海岸。凡是他們能夠由那裡犁起來的，便不

---

[64]同註1，頁112。
[65]關於黃君生平事蹟，吳濁流書中對黃君的軍階有兩種說法，分別載見於105頁：官拜陸軍「少將」；頁107處爲：當了政府的「中將」。吳濁流《臺灣連翹》，臺北：前衛出版社，1995年，頁105～107。
[66]同註27，頁4～5。
[67]吳濁流〈日文版自序〉，收錄於《亞細亞的孤兒》，臺北：前衛出版社，1995年，頁198～213。

問什麼，統統拿走。而皮鞭，就跟在那後邊。於是，那地方成了他們所說的「帝國的寶庫」。但現在，可感謝的，祖國已收回了這塊土地。……我們是可以相信的，我們被解放了。也即是說，我們已不再受那皮鞭與犁兒的苦！[68]

鍾理和奔赴原鄉的路徑，一路從偽滿洲國治下的瀋陽而抵祖國的故都北平。只是當時的祖國正處於非常狀態——淪陷為日本人的佔領區。魅影般的日本人的皮鞭與犁兒伸到了祖國的土地來，糾纏、啃噬、挑動著被殖民者——臺灣人纖弱敏感的神經。「臺灣人」，常常與朝鮮人被祖國人相提並論，它意味著：差別、輕視與侮辱，於是，臺灣人不得不隱藏身分，披上保護色，夾處在統治者日本人與原鄉人中國人之間。回到祖國的臺灣人反而丕變為「異鄉人」，處境比在故鄉臺灣更形艱困與難堪。然後，歷史之流，總算回到它原來的河道，中國人戰勝了，臺灣重歸祖國懷抱了。在令人暈眩的時代巨輪的快速輾轉下，「白薯的悲哀」卻未嘗稍減，更殘苛的考驗才剛開始。

當他由南方的故鄉來到北京，住到這院裏來的時候，他最先感到的，是這院裏人的街坊間的感情的索漠與冷淡。一家一單位，他們彼此不相聞問，他們這麼孤獨而冷僻地，在過著他們的日子。他們的門，單獨的閉著。……富有熱烈的社會感情，而且生長在南方那種有淳厚而親暱的鄉人愛的環境裡的曾思勉，對此，甚感不習慣與痛苦。他為此懊惱了許久，至今他還是那麼悵然。……他不由得對此民族感到痛恨與絕望了。[69]

愈是深入故都北平的胡同院落，來自南方故鄉（臺灣）的曾思勉（鍾理和），愈是陷入痛苦與絕望的深淵。明明是流著同樣的血、同樣發源於渭

---

[68] 鍾理和〈白薯的悲哀〉，《鍾理和全集 3》，臺北：行政院客家委員會，2003 年，頁 6～7。
[69] 鍾理和〈夾竹桃〉，《鍾理和全集 2》，頁 110～111。

水盆地、有著同樣生活習慣、文化傳統、歷史與命運的同胞，卻可懼的存在著截然不同的思考方法與生活觀念，並且差不多喪盡了道德判斷力與人性的光明、溫暖與尊嚴。[70]這些可怕又殘忍的發現，這些強烈而衝突的對比，導致嚴重的格格不入。臺灣人與原鄉人、自我與他者之間，劃開了一條深不見底的鴻溝。於是他質疑自己與他們的關係，他一變向來的信仰與見解，萬事皆休，一切全完了，原鄉夢徹底幻滅了。接下來的北京生活，「便是一片淒寂，與難有光明之希望的漫漫永夜！」，只是「絲毫沒有光明與溫情的灰色的日子的連續！」[71]

> 北平沒有臺灣人，但白薯卻是有的。並不是沒有臺灣人，而是臺灣人把臺灣藏了起來！把海外那塊彈丸小地──宿命的島嶼，由尾巴倒提起來，你瞧瞧吧，它和一條白薯沒有兩樣。白薯──就這樣被大用起來。[72]
> 白薯在故都，……他們如流浪漢，混雜在人群裡，徘徊於大街、小巷、東城、西城、王府井、天橋、貧民窟、城根。他們像古城的乞丐，在翻著，與尋找著偏僻的胡同，和骯髒的垃圾堆。……白薯是不會說話的，但卻有苦悶！[73]
> 在抗戰中，臺灣人的衣兜裡，莫不個個一邊揣著中國政府頒給的居住證明書，一邊放著日本居留民團的配給票。他們大部分都是二重國籍。但這絕非臺灣人企圖要撿來便宜，或準備當間諜，而是……怕自己的身分被人知道。[74]

「平津兩地間有一句暗號流行於臺灣人之間即『白薯』。這是一個意味

---

[70] 同註 69，頁 108～109。
[71] 同註 69，頁 310。
[72] 同註 68，頁 2～3。
[73] 同註 68，頁 8～9。
[74] 鍾理和〈祖國歸來〉，《鍾理和全集 3》，臺北：行政院客家委員會，2003 年，頁 13～14。

臺灣與臺灣人的代名詞。」[75]因為時地不宜，因為歷史的錯誤，臺灣人在祖國的土地上，被貼上日本人走狗與奴才的標籤。「臺灣人——奴才，似乎是一樣的。幾乎無可疑義，人們都要帶著侮蔑的口吻說：那是討厭而可惡的傢伙！」[76]因為，殖民地的日本教育，加上法律上又是日本籍，使臺灣人很自然的都在偽政權之下謀生。在北平討生活，寄人籬下的臺灣人，他們通常具備雙重國籍，不得不兩面應酬，結果徒然弄得自己頭暈目眩，精神疲乏。於是，為了生存，白薯像昆蟲披上保護色般，被北平的臺灣人用了起來。因為，「北平是很大的。……但假若你被人曉得了是臺灣人，那是很不妙的。那很不幸的，是等於叫人宣判了死刑。那時候，你就要切實的感覺到北平是那麼窄，窄到不能隱藏你了。」[77]

　　當時祖國人對於臺灣這塊海外畸零土地的認識，卻又貧乏得可憐，亦即鍾理和所謂「山海經式的認識與關心」[78]：

> 正報登有一篇新約卞先生的臺灣素描。這裡頭所顯露的偏見與歪曲，簡直可以說是造謠生事。……這位新約卞先生說：臺灣溫度總在 95 度以上，而且地震之頻「使一般土人在定期會時常說：『我在上午地震後必去看你』」於是他記數他在一年之中竟經驗至九百餘次之多。新約卞先生更興頭十足的說，中國有大批大部分是屬於「客家」的遊牧民族移到臺灣去。而「這群人是以吃人肉為快事的」。並且「他們也無什麼成績」。[79]
> 東亞的小巴黎——臺北。——華北日報說。[80]

　　前者即鍾理和所謂志怪式、山海經式的荒誕不經的臺灣素描，後者則

---

[75]同註 74，頁 11。
[76]同註 68，頁 3。
[77]同上註。
[78]同註 33，頁 11。
[79]同註 33，頁 17～18。
[80]同註 33，頁 23。

為新聞媒體所報導的臺灣印象。前後並列，適足以證明當時中國人對臺灣、臺灣人認識之謬誤與隔閡。這與臺灣人對於自己的認知，相差又何只天壤——「在這裡，我甚不欲隨著現時流行於世間的口頭禪，說什麼臺胞是大明的遺民，如何與異族相抗拒，歷三世紀之久未嘗少懈，更不想列舉過去在日本五十餘年的統治之間，民族的紅而熱的血所造出來的轟轟烈烈的革命事蹟來自負，且炫耀於國內的同胞。」[81]迫於生活的現實，有口卻又難言的臺灣人，不得不隱藏身分，在夾縫中爭取生存，這是臺灣人在北京的苦悶，臺灣人在北京的可憐相。

（二）勝利等於逃亡，不如歸去

　　我在南京度過一年三個月的歲月，在此波瀾很大的舞臺上，雖然到處奔跑，鑽頭覓縫，對我個人來說，並沒有什麼裨益，我只是感到個人的力量，是多麼單薄微弱。因此，對自己渡海遠涉大陸的目的，一天比一天動搖而增加不安。⋯⋯不要說救天下國家，如果搞不好，連自己的生命都保不住。⋯⋯我想：與其像住在大雪中乞丐活活等死，化成江南的泥土，還不如回臺灣，變成一隻失去自由的鼈一般活著過日子。[82]

　　誠如小說中的胡太明，旅居南京期間本想憑藉教育的力量去激發學生的愛國心，用實際行動去證明自己建設中國的熱情；卻因臺灣人身分被視為間諜而遭拘捕、軟禁、獲救後，慨然興起故鄉之思：「故鄉的山河像一首美麗的詩，不像江南那樣無生氣，那永遠不下雪的地方，終年有青蔥茂盛的香蕉和椰子⋯⋯。」於是，放棄「成為埋骨江南的第一人」的初衷，決心離開大陸，返回臺灣。[83]隨著中日戰局的激化與擴大，臺灣人夾處於交戰國之間，既是日本軍閥眼中的「清國奴」、「支那人」、「殖民地次等人」，又

---

[81]同註 74，頁 11。
[82]同註 9，頁 116。
[83]同註 27，頁 198～213。

是祖國人眼中的「日本走狗」、「漢奸」，重慶政府、汪偽政權及日本政府高層，不是利用臺灣人做「功狗」，就是把臺灣人當「間諜」看待，因此兔死狗烹之例不勝枚舉。吳濁流洞悉了臺灣人無法在祖國享有平等自由的殘酷現實，祖國之夢幻滅，決定與其客死「異鄉」，不如落葉歸根，力求保全身家性命安全。在研判戰局將不利於日本政府後，深恐日本戰敗後臺灣人會遭受池魚之殃，遂興起不如歸去的念頭，不顧戰火波及，海象危險，而於1942 年 3 月底攜眷涉險渡海返臺。

戰後鍾理和選擇繼續留在故都，驗收抗戰勝利的果實。祖國光復了故都，於是「北京」又改回「北平」。然而，勝利的喜悅沒有持續多久。來自「抗戰區」的國人以優越感十足的架勢君臨北京，「淪陷區」的同胞，看在他們眼裡，是一群笨頭笨腦的劣等人，結果弄得風聲鶴唳，人心惶惶，非奸即偽之聲不絕於耳。「然則臺灣人的地位與身分，在大後方的那些人看來，不但連奸偽都當不上，我想只怕連奴才、豬狗都不如的。」[84]偽政權解體，「在接收即等於停辦的政治現象下，失業者塞遍街頭」，臺灣人更無插足餘地，「失業，是促成他們生起回臺之念的動機。」[85]因為，臺灣人到處受到嘲諷、歧視與侮辱，如果只是來自那些無知、沒有人性、缺乏自省能力的尋常百姓也罷。「唯奇怪的是，此歧視、欺負與迫害，卻都受自國家」[86]。光復淪陷區後，臺灣人甚至還得承受來自中央政府的冷漠對待與差別待遇。抗戰勝利之初，「白薯」團體——「臺灣省旅平同鄉會」史無前例地公開召開大會，會場有來賓席，議程有來賓致辭，他們熱烈期待來自祖國的鼓勵、安慰，渴望熱情的舊雨重逢的喜悅。「大門交插著飄揚國旗與黨旗。在異族支配與蹂躪之下，踱過五十餘年的人們，感慨當無量也。」[87]但是希望落空了，中央沒有來賓蒞臨，祖國對臺灣是否關心？白薯只能擁抱疑惑、苦悶、失望與悽涼，以及緊接著的徬徨。臺灣被葬在世紀的墳墓裡，

[84]同註 74，頁 14。
[85]同註 74。
[86]同註 68，頁 4～5。
[87]同註 33，頁 1～2。

白薯終究還是白薯，他們被冷冷地拋擲在地球的另一邊。然後，中央一面宣示「臺灣人由日本投降之日起，即已恢復國籍」，一面頒布「關於朝鮮人及臺灣人產業處理辦法」[88]向惶惑、驚駭、焦慮的臺灣人投下了一枚恐怖的震撼彈。所幸，在「臺灣省旅平同鄉會」及「臺灣革新同志會」措辭嚴正而公允的斡旋、溝通下，臺灣始免於與朝鮮列於同一法令，免遭無罪沒收私產之苦。但是，「臺灣人亦一律與回國日韓僑民同樣待遇」，必須接受身體與行李的檢查。鍾理和道出當時旅平臺灣人的不平之鳴：

> 這於我們，不用說是件很痛苦的事情，即於救濟總署，亦莫不覺得意外。這是不是侮辱，我們不敢說，但我要祈求並且叮囑大家，千萬不要忘掉了這痛苦，並且還要把這痛苦好好帶回臺灣去。……收復區的同胞感慨地說，勝利等於失業，照此種說法，臺灣人應該說，勝利等於逃亡。[89]

抗戰終結，隨之內戰蜂起，在物心兩面威脅與煎熬下，北京白薯們被迫離開祖國，不管如何受騙、受苦、吃虧，都要逃回自己的故鄉——臺灣。終於，在同鄉會會長（三安醫院院長梁永安）的積極奔走之下，透過國際救濟總署的援助，旅平臺灣人們團結自強，效法「鄰保」組織，緊密連繫與照應，終於歸心似箭地重返了南方的故鄉——臺灣。

五、結語：殖民地知識分子的原鄉認同與後殖民論述的啟示

檢視虛實參照的殖民地臺灣作家吳濁流和鍾理和的原鄉書寫與認同，

---

[88] 「關於朝鮮人及臺灣人產業處理辦法」內容如下：一、凡屬朝鮮及臺灣之公產，均收歸國有。二、凡屬朝鮮及臺灣人之私產，由處理局依照行政院處理敵偽產業辦法之規定，接收保管及運用。朝鮮或臺灣人民，凡能提出確實籍貫，證明並未擔任日人特務工作，或憑藉日人勢力，凌害本國人民，或挈同日人逃避物資，或並無其他罪行者，確實證明後，其私產呈報行政院核定，予以發還。見鍾理和〈祖國歸來〉，《鍾理和全集3》，臺北：行政院客家委員會，2003年，頁19。

[89] 同註74，頁19。

可以發現，兩人對於中國的原鄉情懷與認同，同樣歷經了三階段的劇烈變化：殖民地臺灣出生，從未親歷祖國，只能間接從家族親人口中獲致啟發進而產生無限美好憧憬，並與日本帝國主義者殖民教育所形塑的「支那論述」產生矛盾衝突，此為第一階段——想像中國；日華戰爭期間，因追求尊嚴與自由而選擇回歸並旅居中國，親身經驗中國後強烈感受到時地不宜的險惡與格格不入的衝擊，於是失落了先前懷抱的美夢而萌生不如歸去之感，也開始藉由書寫而再現中國，此為第二階段；歷劫歸來，重返故鄉臺灣，歷經國府接收和「二二八事件」的驚駭而浩劫餘生，此為兩人根本地捨中國意識而就臺灣意識的關鍵轉折，也就是第三階段。

　　雖然同樣歷經了矛盾而複雜的祖國、原鄉情懷的轉折，因為人格特質與祖國遭遇的殊異，吳、鍾兩人表現在原鄉書寫的主題內容與風格傾向上實存在著顯著的差異。吳濁流客居中國期間（1941 年 1 月～1942 年 3 月），先投靠來自臺灣的同窗故友，經過七、八個多月的中國話的學習與友人的在地導覽後，逐漸適應了異地的文化差異，也順利進入南京《大陸新報》，展開多方接觸與觀察的記者生涯。復以結交所及，盡是有力人士，工作順利，收入也堪稱優渥，遂能在相對安適的身心狀況下，以趨近記者客觀報導的角度和寫實筆法，正反兩面留下旅居南京的觀察與心情實錄，即隨筆散文〈南京雜感〉，至於戰後出版的三本長篇自傳體小說，其高度概括性與象徵性地透過所謂「臺灣三部曲」——《亞細亞的孤兒》、《無花果》與《臺灣連翹》，具體描繪出殖民地臺灣人擺盪在殖民母國、原鄉中國之間，身心飄零，流離失所的無告之苦，與生存意志、生命韌性頑強的臺灣精神，成為臺灣意識的最佳代言人。

　　相較之下，鍾理和的中國經驗坎坷孤苦許多，他的中國書寫所引發的爭議也複雜許多。他因不見容於故鄉家族的「同姓婚姻」而出走，窮苦潦倒，貧病交加，又進退失據，因此筆下盡是「流落異鄉的孤獨的臺灣人艱

苦、困頓的生活經歷」[90]。中國的不幸經驗，痛苦地考驗他的身心，也磨利他的筆尖。充斥在鍾理和〈夾竹桃〉中的負面的原鄉書寫，一貫的冷眼旁觀，不留餘地的像一把匕首劃向病入膏肓的中國社會、中國人，眼中筆下無非是「非我族類」的「他們」，而「他們」是以第三人稱被凝視、被書寫的。許南村先生（陳映真）認為鍾理和這種「令人疼痛的民族自我憎惡意識」，實踰越了分際，喪失了「批評者自己做為中國人的立場」，「鍾理和不曾了解到，20 世紀的中國，正值她由前近代的歷史階段，向著近代的歷史階段做著苦痛的衝刺的時代。……而鍾理和所看見的中國，正是這樣一個天翻地覆，一片混淆的中國；正是那正在承受迎接一個自由了的、獨立了的民族和國家所必要的陣痛的中國。……於是他的單純的，因『原鄉人的血』而來的，單純民族感情幻滅了。」[91]

其實鍾理和這樣的書寫題材、主題，與冷峻、抑鬱的風格，在現代中國與臺灣文學中，既不空前也不絕後。仔細推敲鍾理和在 1945 年的北京日記中寫下的有關魯迅（1881～1936）其人其文的評議[92]，對照他的〈夾竹桃〉（1944 年）卻有「正言若反」的奇妙效果。他雖口口聲聲的說「魯迅的路子」是行不通的，是傻子才肯做的，印在紙上的冷冷的字是無用的，但是，他卻還是走上了「又一個魯迅的路子」。〈夾竹桃〉那個憤世疾俗地聲討中國民族劣根性的曾思勉，是鍾理和的化身，何嘗不是魯迅的還魂。鍾理和書寫祖國原鄉人，正是相同取徑，魯迅的影響，可謂欲拒還迎地呈現在鍾理和的中國書寫上。此外，再從殖民處境來看，日治時期殖民地臺灣的知識分子，史無前例地被迫處於「非常狀態」下，那是歷史的謬誤所導致的畸形社會，他們是被選擇、被決定、被放逐的一群孤臣孽子。已經「脫亞入歐」，搖身變成統治者的日本，挾強勢的殖民主義與帝國資本主義，在臺灣雷厲風行地推動殖民式的現代化，臺灣人被迫淪為次等人、被

---

[90]呂正惠〈特立一代的鍾理和〉，《聯合文學》第122號，1994年12月，頁97。
[91]許南村〈原鄉的失落〉，《現代文學》復刊號第一期，1977 年 7 月，頁 83～93。
[92]同註 33，頁 36。

支配者。而隔海那片美麗的原鄉，祖國，不僅內憂外患，自顧不暇，對臺灣（人）不聞不問，甚至還冷嘲熱諷，歧視欺侮。對於有心奔赴祖國懷抱的臺灣人來說，對祖國幻滅了希望、澆熄了熱情，甚至發生猶疑的認同危機，亦屬能夠理解與同情的範圍。要求殖民地知識分子保持絕對的、固定的、單一的國族認同，其實是苛求，因爲誠如法農所言，認同的分裂危機，正是殖民冒險的直接結果[93]，因此殖民地的子民必須宿命般地被迫承受殖民主義所導致的多元的、錯亂的、流動不居的認同分裂的痛苦。鍾理和後來即曾著文反省思考，深切意識到殖民主義的支配與影響，他在民國 34 年 10 月 4 日的北平日記中曾經寫下：

> 看到緬甸戰線祖國的勇士們活躍在硝煙彈雨之下的英姿，不覺潛然淚下。是悲是喜抑所謂悲喜交集。以往日本的教育宣傳？極力對吾人灌注帶有輕蔑與不肖的氣氛的「支那兵」，今日吾人才真正見到祖國勇士們實在的姿影，卻知道前此所抱見解之錯。這淚珠莫非為今日之掃開雲翳重見天日，且知道祖國亦有此偉大，因而自尊得到滿足而流落的嗎？[94]

　　從祖國戰士浴血奮戰的報導之中，鍾理和對於來自殖民統治者日本，假現代化之名行殖民之實的思想支配，透過同化（奴化）教育強硬灌輸的偏頗的「支那論」，開始產生根本性的動搖，進而修正錯誤認知，重獲民族自尊。鍾理和深受日本殖民主義的荼毒，後來也都能幡然醒覺，其間身心的煎熬與心路歷程的複雜轉折，皆血淚斑斑、載浮載沉於文本的字裡行間。徵諸現代中國或臺灣歷史與文學的發展，事實證明：即使幼稚也好，只要掙扎地吶喊出聲音，或者只是痛苦地嘆息呻吟；無論是樂音（正面書寫）也好，噪音（負面書寫）也罷——只要能夠振聾發聵，「鐵屋子」[95]

---

[93]同註 5，頁 75。
[94]同註 33，頁 12。
[95]語出魯迅〈《吶喊》‧自序〉，楊澤編《魯迅小說集》，臺北：洪範，1994 年，頁 469。

裡、「安樂椅」[96]上昏沉沉的中國人還是臺灣人，就有醒轉的機會，就有重生的可能。這也正是吳濁流甘冒叛逆或反戰罪名，不惜冒著生命危險寫成《亞細亞的孤兒》，藉以做為「時代的一項證言，同時亦是著者吳濁流對自己的『遺書』」[97]的創作真締之所在。

殖民主義（colonialism）的罪惡不僅僅在殖民宗主國以武力手段對於殖民地進行政治、軍事和經濟上的直接統治和主權延伸，更可怕的後遺症是殖民地百姓，尤其是知識分子，甚至連思考模式都會受到制約，進而產生對於殖民宗主國盲目的從屬性。這種文化的殖民主義的影響最為深遠，既殘存於殖民地的社會結構中，也集體無意識地保留於被殖民者的心靈內。這一縷陰魂，不會因為殖民主的撤離而宣告消散；它會滲透到獨立建國後的新興民族國家的社會裡，使接管政權的資產階級知識分子，成為延續殖民關係的中介者。於是，在貿易、政治與文化上，前殖民宗主國改以「遙控」方式，以高科技強勢經濟體、先進國家的姿態，持續干預或影響新興民族國家。證諸 21 世紀初的臺灣現況：仍然以「半人」姿態夾處於美、日強國之間，國家主權與國族認同仍然遭受新、舊殖民者的「遙控」挾持而矛盾分裂，美國價值和日本價值依然凌駕一切。這一切既展現了臺灣的後殖民困境，也應證了法農的後殖民預言。[98]法農（Frantz Fanon, 1925～1961）、薩依德（Edward W. Said, 1935～2003）和絡繹不絕的追隨者，或以理論建構或以文學創作，他們以筆代刀在挖心掏肺、刮骨廓創，這是一條漫長而痛苦的療治過程。

日治時期臺灣的殖民地文學，或是半殖民地中國的租界地文學之中，存在著連篇累牘的殖民地負面書寫，其中最容易隱藏法農所謂的被殖民者

---

[96]語出龍瑛宗〈熱帶的椅子〉，原載於《文藝首都》第9卷第3號，1941年4月，頁95～96。〈熱帶的椅子〉一文由葉笛先生（葉寄民）全文譯出，見載於「臺灣客家文學館」，網址：http://literature.ihakka.net/hakka/author/long_ying_zong/long_composition/long_onlin/essay/essay_a07.htm.

[97]語出工藤好美書序，收錄於吳濁流《亞細亞的孤兒》，臺北：前衛出版社，1995年，頁1。

[98]參見陳光興〈法農在後／殖民論述中的位置〉，收錄於法蘭茲‧農法（Frantz Fanon）著，陳瑞樺譯《黑皮膚‧白面具》，臺北：心靈工坊，頁39～59。

難以擺脫的扭曲人格、殘缺人格，亦即「半人」心態——民族自尊自信心喪失殆盡，以及伴隨而生的可怕的「亦步亦趨症候群」——盲目認同殖民宗主國。從後殖民觀點重讀與梳理殖民地文學，採取更多的理解、同情與包容是必需的，因爲在一個連精神抵抗都不被允許的畸形的殖民體制下，殖民末期的臺灣作家們只能潛伏在字裡行間，幽幽地發出痛苦的掙扎與微弱的嘆息。對於他們以及他們嘔心瀝血的作品，再怎麼哀矜與悲憫都不爲過。因此，解讀之道，必須將作品置回其所來自的殖民情境和社會脈絡之中，儘可能地讓作者和作品發聲，而非抽離式的只是文學本位的解讀策略。至於解讀的目的，不在清算殖民作家的意識形態是否正確，不在譴責作家當時思想與情感的幼稚，未能超越殖民情境，未能具備高明的洞察力與積極的行動力；而在進行去殖民化，唯有透過集體的驅魔與招魂，方能重塑自我，建構主體。19 世紀是帝國主義收割肥美的殖民果實的年代，當時歷史、文化與知識的發言權和書寫權掌握在帝國的殖民者手中，而 20、21 世紀的現在，則是被殖民者贖回記憶，療治創傷，並建構主體性的時代，這是殖民地文學與後殖民論述對於現代臺灣的重要啓示與價值。

參考文獻

（一）文集

- 吳濁流《吳濁流作品集4・南京雜感》，臺北：遠行出版社，1980年。
- 吳濁流《亞細亞的孤兒》，臺北：前衛出版社，1995年。
- 吳濁流《臺灣連翹》，臺北：前衛出版社，1995年。
- 吳濁流《無花果》，臺北：前衛出版社，1995年。
- 魯迅著，楊澤編《魯迅小說集》，臺北：洪範書店，1994年。
- 鍾理和著；鍾鐵民編《鍾理和全集2》，臺北：行政院客家委員會，2003年。
- 鍾理和著；鍾鐵民編《鍾理和全集3》，臺北：行政院客家委員會，2003年。
- 鍾理和著；鍾鐵民編《鍾理和全集5》，臺北：行政院客家委員會，2003年。
- 鍾理和著；鍾鐵民編《鍾理和全集6》，臺北：行政院客家委員會，2003年。

（二）專著

- 弗朗茲・法農（Frantz Fanon）著；陳瑞樺譯，《黑皮膚・白面具》，臺北：心靈工坊，2005年。

（三）學位論文

- 褚昱志《吳濁流及其小說之研究》，淡江大學中國文學研究所碩士論文，李瑞騰教授指導，1994年。
- 徐千惠《日治時期臺人旅外遊記析論——以李春生、連橫、林獻堂、吳濁流遊記為分析場域》，臺灣師範大學國文研究所碩士論文，莊萬壽教授指導，2002年。

（四）期刊論文

- 許南村（陳映真）〈原鄉的失落〉，《現代文學》復刊號第1期，1977年7月。
- 宋冬陽（陳芳明）〈朝向許願中的黎明——試論吳濁流作品中的中國經驗〉，《文學界》第10期，1984年5月。
- 呂正惠〈特立一代的鍾理和〉，《聯合文學》第122期，1994年12月。
- 廖炳惠〈旅行與異樣現代性：試探吳濁流的「南京雜感」〉，《中外文學》第29卷第2期，2000年7月。

．丸川哲史（Marukawa, Tetsushi）著；朱惠足譯〈與殖民地記憶／亡魂之搏鬥——臺灣的後殖民心理地圖〉，《中外文學》第31卷第10期，2003年3月。

．歐宗智〈吳濁流身分認同的心靈轉折——合讀《無花果》與《臺灣連翹》〉，《臺灣文學評論》第6卷第3期，2006年7月。

——選自《臺北大學中文學報》第 3 期，2007 年 9 月

從一篇遺落的文章，看鍾理和對戰後臺灣教育的省思

◎陳祈伍[*]

一、前言

　　1960 年人生最後幾年，藉著鍾肇政與林海音幫助，使鍾理和有較多的文學作品得以刊載，成為其人生創作的高峰，作品的刊登也頻頻出現，是其公開發表的第二高峰，或許稍可彌補其一生文學創作的遺憾。鍾理和於1946 年 4 月歸臺之後，人生境遇使其墜入沉重的深淵，身體的毀壞，影響到家庭的幸福，但似乎並沒有打倒其文學創作之理想。在《文友通訊》的階段中，其為建立臺灣省籍作家的文學灘頭堡，感到興奮與悲哀，在與文友的書信往來中，透露出創作的意圖與期待，但時代的氛圍對當時臺灣省籍作家是不利的，從報名參獎進而獲得名次，到文章在報刊雜誌的刊登，對臺省籍作家來說，並非那麼容易遂其所願。文壇的風氣與權力，也不利於當時臺籍作家作品發表，雖有幾位能夠獲得機會，稍展露頭角，但多是點綴性質。如在「中華文藝獎金委員會」、或在《自由談》徵文比賽，或《亞洲畫報》徵文比賽，《文友通訊》臺籍作家群，屢次提起筆躍躍欲試，但所獲得的名次並未如他們所期待。在鍾理和與其文友書信中，多次互相鼓勵想攻得灘頭堡的企圖，大都未能成功。翻開當年 1958 年《亞洲畫報》第四屆短篇小說比賽獲獎名單中，優秀獎由姚曉天〈父與子〉獲得，第二名是劉优武〈黑貓〉，第三名許承志〈勛章〉。其他著名作家有第六名楊品

---

[*]南榮技術學院通識教育中心專任講師。

純（梅遜）〈皮衣〉，第七名張萬熙（墨人）〈空手〉，第八名陳鴻禧（晨曦）〈二麻子〉。在 20 名入選佳作作品中有李明（尼洛）〈守墓者〉，郭良蕙〈第二母親〉，郭衣洞（柏楊）〈無題〉，吳延玫（司馬中原）〈沙窩子野舖〉，朱青海（朱西甯）〈出海〉等著名人士，[1]哪一個作家後來不是名利雙收，而鍾理和卻必須窮困潦倒一生，到死亡之時無一作品得以出版，甚至是為修改〈雨〉參加徵文比賽，最後變成倒在血泊中的筆耕者，付出最寶貴的性命。

為了出版其長篇得獎作品《笠山農場》曾三次要求「文獎會」發回原稿，更四處尋求幫助，如林海音《聯合報》、香港《亞洲畫報》，或楊品純《自由青年》，但最終仍無法出版。只有在死後的百日冥誕——1960 年 10 月，由林海音、鍾肇政、文心等好友組成「鍾理和遺著出版委員會」出版《雨》一書（文星書店發行），內收一中篇及 15 短篇。在隔年（1961 年 8 月 4 日）鍾理和逝世週年，再由委員會出版長篇小說《笠山農場》（學生書局發行），[2]總算在死後友人努力之下，稍稍彌補鍾理和的遺憾。

1960 年 8 月 4 日鍾理和因修改稿子，過於疲累而引發病症，結束其 46 年短暫的一生。一生中幾乎都在為文學創作而奮鬥，尤以經歷日本殖民統治，仍堅決立志做一個中國作家，其必須付出更多的心血，才得以磨練出良好的筆力。甚至為理想遠赴中國，除追求婚姻的自由之外，對文學懷抱的夢想，也是出走的動力之一。經過多年生活觀察與鍛鍊，也在中國北平出版第一本作品集《夾竹桃》。1945 年中國戰勝日本，改變了臺灣人的政治歸屬，也改變鍾理和的人生規劃。臺灣人雖恢復了祖國的中國籍，但卻必須回到臺灣，而這些時代兒女的漂泊流離，使鍾理和人生添加各種波濤。不過遠離祖國回到故鄉的過程，卻使其身體遭受重大的打擊，造成後半輩子窮困不安的人生。

在臺灣歷史轉折之時，也是鍾理和文學創作最為激昂的階段。較多的

---

[1]參考《亞洲畫報》第 61 期，1958 年 5 月，頁 2。
[2]張良澤〈《鍾理和全集》總序〉，《鍾理和全集》，臺北：遠行出版社，1977 年再版，頁 8。

作品也能夠在那時，公開發表在報刊雜誌，成為其文學作品發表的另一個高峰。而這高峰有著昂揚關懷世事的胸襟，對戰後日本、大陸、臺灣都有敏感的觀察書寫。只是這創作階段，並未受到太多的注意與肯定，大概還是政治氛圍使然吧！另外資料的不周全也是緣故之一。

1976 年張良澤為臺灣文學開啓了一條康莊大路，開始編輯翻譯臺灣日據作家的全集，鍾理和全集則是這系列的先鋒之作，也為 1970 年代鄉土文學建立基礎，故此《全集》出版對臺灣文學史發展及鍾理和個人歷史地位，都是重要的里程碑。臺灣文學作家出土，重新審視臺灣文學家創作內涵，挖掘被埋沒多年的文學佳作。

到了 1990 年代之後臺灣主體意識更加濃烈，政治勢力也由本土人士所逐漸掌握，故高雄縣縣政府得以在 1997 年重新整理出版更為完整的《鍾理和全集》，使在 1970 年代張良澤所編全集，因政治因素被暫時拿掉未出版的篇章，可以較為完整呈現出來。而到了 21 世紀之後，臺灣本土政權獲得全國性的政權，「鍾理和文教基金會」可以將鍾理和的作品，做成網路線上資料，使得鍾理和作品更進一步推展開來。這四十餘年鍾理和文學作品出土、出版過程，顯然就是臺灣文學出版史艱苦奮鬥過程。

在筆者閱讀鍾理和作品過程中，也得以在 1990 年代傳文出版社復刻戰後 1945～1950 年，臺灣五年期間重要的雜誌裡，發現鍾理和以江流為筆名，發表在《新臺灣》雜誌第 4 期〈在全民教育聲中的新臺灣教育問題〉一文，並未收錄於 1976 年張良澤編的全集，也未收錄於 1997 年高雄縣政府出版全集裡，後經查詢鍾理和紀念館的線上網站資料，也未收錄於此篇文章。故筆者不揣簡陋，希望藉此篇文章的重新評價（不敢說重新出土），來看戰後初期，鍾理和還在大陸之時，是如何論述當時頗受矚目，熱烈討論臺灣重回祖國，在新臺灣如何重建新教育的問題？鍾理和與當時人的看法有何差異？一方面使得鍾理和在此階段公開發表的文章更見完整明晰；另一方面藉此文章看看當時鍾理和的思想狀態呈現如何內容？

在北平做為溝通祖國中國與被殖民地臺灣關心教育的知識菁英，明顯

籠罩在這既主觀又保守的教育思想中，也可見到陳儀政府之後，在臺推行教育的政策、心態、手段。他們看到只是日本 50 年奴化教育，只是「同化於日本」的角度，而此偏頗的思考方式，最後只會造成歧視臺胞，未見臺胞在日據時代以來，也有良好先進教育內涵，這就造成以後彼此文化落差，當然就會隱含二二八事件的文化衝突因素。

二、時代心靈的紀錄

（一）《日記》中的臺灣印象

　　鍾理和對時代的紀錄清楚表現在日記中，曾自言他寫日記的經驗已有四次，前三次的日記很可惜已焚毀無存，失存的原因其中有很大部分，是因時代的不靖，故感嘆「念起江河之收復，吾當更愛惜自己的日記」。[3]因此使我們無法窺見其更早期的心靈狀態。而第四次日記始於 1945 年 9 月 9 日於北平。從此日之後，即不斷記錄自己的光復後的心情，與所觀察到的時代變局。北平的平面報紙是觀察的依據，而在「旅平同鄉會」成立之日，也就是日記的開始日，可見他對旅平同鄉會的活動不一定積極參與，但一定相當注意。故日記第一篇則清楚而生動記錄「臺灣省旅平同鄉會」的成立經過，也將戰後初期在大陸階段的重要作品發表在同鄉會的機關刊物裡。在鍾理和的日記中，我們可以見到他勤於閱報、剪報、抄報的習慣，這些時勢資料是他觀察時代的依據，再從這些資料裡，轉化成文學創作的根源，這是他前期文學創作的特色，時代的特徵是相當清楚。

　　而「同鄉會」的機關刊物《新臺灣》，也是他觀照時代的材料之一，也是他雖不參與公共事務，但仍為文發聲的管道。在《新臺灣》雜誌中，常介紹臺灣的歷史與現狀，傳達給祖國同胞或在中國臺胞所知曉，相反地，鍾理和同樣關心當時中國是如何認知臺灣。從《新臺灣》第 2 期著名的〈白薯的悲哀〉，以及下文要介紹的〈在全民教育聲中的新臺灣的教育問

---

[3]鍾理和《鍾理和日記》，高雄：財團法人鍾理和文教基金會，1996 年 10 月，頁 31。

題〉文章莫不如此。除了在公領域的為文發聲外，仍可在其私人領域中的日記，發現中國大陸在戰後如何看待臺灣。畢竟中國戰勝日本，對臺灣人而言，所呈現的情感未必是全面性歡呼中國的獲勝，因為在當時他們是日本人，縱有著強烈的祖國情懷，在現實裡中國獲勝，日本的戰敗，臺胞是夾雜歡喜、迷惑、不確定感及不安情緒，才是當時臺灣人普遍的心靈狀態。如鍾理和記錄自己的想法是：

> 戰勝與戰敗而今已鬧了一個多月，然吾尚未由此獲得清楚、而且實在的意義、感覺與態度，是不是吾於「誠」字上欠程度，即是否自己未曾完全把自己推進洶湧的現實裡面，抑或因為時局變得太快，並且太超過了想像而使自己追隨不上。[4]

在戰勝過後的一個多月，在大多數人陷入狂歡慶祝之時，對於在大陸的鍾理和，其實還是難以掌握「中國勝利」的意義，這樣的反省應該是更貼近鍾理和當時的心靈。和一般臺灣人，對中國勝利急切歡呼的表象，似乎是有些不同。對生命抱持嚴謹態度的鍾理和，甚至懷疑自己是否心理與道德有所不足而引起了自責，懷疑自己對生活是否投入不夠，或是不夠熱情接受成為中國人的事實，可見以中國人為原鄉情結的他，在抗戰勝利後對於臺灣人那種自省表現相當深刻。他看見大多數人於時代的慶祝與投機，反省自己未把熱情推身於歷史現實中，遂感到無名的疑惑。

對於戰勝日本的中國在戰後的轉折與臺灣該何去何從？他認為自己在這樣時代實已脫離其所可以掌握，最後只有訴諸於自己「有需反省」。鍾理和做為一個既熱情又冷靜的現實主義的作家，於這翻天覆地時代，發出情感難以調適的唱嘆！當然，在另外一面，他仔細留意這個中國父母如何對待這個臺灣小弟弟。最初，鍾理和除藉《新臺灣》發表〈白薯的悲哀〉一

---

[4]同註3，頁8～9。

文，表達小弟弟臺灣人的深刻自省想法之外，相對地其日記中也多次節錄中國對臺灣的看法。鍾理和日記第一次紀錄中國人，對臺灣的初次印象是在 1945 年 10 月 2 日，內容是「國人對臺灣的山海經式的認識與關心」[5]。在此我們已無法確知這「山海經式」的內容爲何？但至少知道中國人對臺灣所知是有限，從其他日記中的描述，則知道這「山海經式」的印象，絕對不是什麼正面的認知。如 10 月 9 日中提及報紙上卜先生對臺灣的素描可做一說明。依卜先生所說臺灣的地理是地震頻繁，使土人時常說：「我在上午地震後必去看你。」他記錄臺灣一年有九百餘次的地震。而在人情風俗中，更興頭十足的說，臺灣在 16 至 17 世紀之時，有中國大批屬於「客家」的遊牧民族，移民到臺灣去，而這群人是以「吃人肉爲快事」的民族。並且評論該遊牧民族「也無什麼成績」。[6]這些類似遊記式的獵奇報導，就如早期對原住民做田野調查般想像，在鍾理和的評語中，這已不是「山海經式」印象，而是造謠生事，顯露出偏見與歪曲。

尤其對同屬「客家」族群的嚴重扭曲，更是觸動鍾理和當時的心靈，這樣的敘述，是把臺灣形容成未進開化的民族，是一種類似低等不文明的民族，故以後當中國來到臺灣之後，其所充滿的偏見當然不足爲奇。中國人來臺灣，是要再教育這未進文明階段，且已飽受五十餘年奴化教育的非我族類，故視臺灣人是被「奴化」、低等「未文明化」的民族。是以「我族」想像「他族」之間的不平等認知。另外在 10 月 8 日日記中，其還抄自《華北日報》的紀載「青廈二地毒窟──十九年春日籍臺民所開設煙管土棧共二百零三家，違抗禁令不歇業，我與駐廈日使交涉，無結果」[7]當時《北平日報》還將舊的資料訊息，予以刊登。這樣訊息當然會勾起中國人認爲很多臺灣人士，是依賴日本的勢力，在中國從事不法活動，並以日本爲靠山，爲非作歹、爲虎作倀。這當然會加深中國人對臺灣人的不滿，甚

---

[5]同註 3，頁 11。
[6]同註 3，頁 18。
[7]同註 3，頁 17。

至嚴重的歧視心理。

　　另外在 1945 年 9 月 9 日「臺灣省旅平同鄉會」的成立典禮中，地點是在北平的西單大光明電影院舉行，鍾理和的描述現場是「人聲、歡呼、笑顏、熱情……太陽、青天。大門交插著飄揚的國旗與黨旗。在異族支配與踐躪之下，度過五十餘年的人們，感慨當無量也」[8]。但在會議中臺胞卻也分裂為新、舊兩派，鬧得不甚愉快。但鍾理和也觀察到當時中央並沒派人到現場致意或指導，「中央沒有來賓蒞場，祖國對臺灣是否抱有關心？疑問、苦悶、不滿。但無論如何，吾人有需反省的地方很多。」[9]可見鍾理和在抗戰勝利後，也在注意中央對於臺灣同胞處理的態度。從日記文中書寫顯然和同日開「同鄉會」之欣喜態度，是有著更為深刻反省。日記中他也關心對於漢奸處理問題，如記錄下「連日報紙都有對過去漢奸——政治首領的揭發與逮捕等消息。事情議論紛紛，我想吾人對道德——善惡的問題有需要一個現代的解釋」。對於這個「漢奸」問題，鍾理和注意到問題嚴重性。因為臺灣人是日本國籍，在大陸角色尷尬，且問題複雜。鍾理和慎重評論此問題，就如其雖肯定同鄉會中年輕一代之人的積極，認為青年人還堅持道德與正義感，也敢挑戰老一輩的政治立場。但這道德善惡問題不是一成不變，他也不敢驟下定論，直率地提出看法，只留下「一個現代的解釋」。

　　有關「漢奸問題」，之後就在同鄉會的《新臺灣》雜誌中討論相當熱烈，也是旅平同鄉會表達立場的課題，當鍾理和經歷了被遣送回臺之後，「漢奸」問題變成其刻苦銘心的經驗，就是後來重要文章〈祖國歸來〉的內容。只是這篇文章在第一次遠景版全集中存目未收錄的文章，因為它太敏感而被張良澤給保留。當我們回過頭來，就很清楚為何鍾理和會寫下憤怒該文。那是繼〈白薯的悲哀〉一文之後，更深刻憤怒表達臺灣人之痛的深刻文章。而以下所要討論的文章，就是在這一連續脈絡下，鍾理和思考

8 同註 3，頁 1。
9 同註 3，頁 2。

的問題。

（二）〈在全民教育聲中的新臺灣教育問題〉的內容

在這篇未被收錄《鍾理和全集》遺漏的文章，基本上，筆者把它分爲兩個主要組成部分。一是針對張四光〈新臺灣的教育問題〉一文，提出其批判性的反駁；二是新臺灣的教育問題是否有其特殊性？以下則根據這兩點分析如下：

文章一開始鍾理和也認爲臺灣光復後，復建問題千頭萬緒，他也同意最嚴重且迫切首推新臺灣教育問題。並以張四光發表於《華北新報》的〈新臺灣的教育問題〉爲其文章切入的開端。在張四光文中提及臺灣社會治安良好，物產豐富，人民勤奮，財政經濟也無大問題，而總括政治、社會、經濟諸問題，恐怕沒有教育問題來得一半重要。其實鍾理和會針對張四光的文章提出立論，這牽涉北平臺灣人新舊世代的大問題，我們從鍾理和第一天開始的日記裡，即可見出端倪，筆者推測鍾氏當時思想對應者即是張四光[10]，如第一天日記開頭，即寫完一篇〈爲臺灣青年伸冤〉[11]這篇是爲反駁張四光的〈臺灣人的國家觀念〉一文[12]，因爲此文曾指責臺灣 20 至 30 歲的青年，是沒有國家觀念者，爲何張四光此文會引起鍾理和著文批判，之前筆者認爲：一是鍾理和較爲敏感的政治意識，二是牽涉臺灣同鄉會新舊世代的鬥爭（雖然鍾理和未涉及其間糾葛），[13]但當筆者仔細閱讀

---

[10]張四光，即張我軍，可參考蘇世昌《追尋與回憶：張我軍及其作品》，中興大學中國文學研究所碩士論文，1998 年 6 月。

[11]筆者推測有關鍾理和失蹤未收錄全集的重要二篇文章〈爲臺灣青年伸冤〉、〈爲海外同胞伸冤〉，大概無法追現蹤了，因爲再仔細閱讀日記，在 9 月 13 日中說「直至今日，都未見我所寫的原稿登出。……我遂把自己的熱情壓抑下去。而寫得只剩一頁的「爲海外同胞伸冤」稿子收起（日記，頁 3），可見一篇未被刊載，一篇是未成稿。再從《新臺灣》雜誌也未見此二文，及鍾理和文教基金會網路資料也未見此二文行蹤，大概可判定不容易再見到。

[12]有關張我軍〈臺灣人的國家觀念〉、〈新臺灣的教育問題〉二文，經筆者查閱張我軍二兒子張光直在 1989 年純文學出版社出版《張我軍詩文集》一書中，並未收錄該二文；後又由大兒子張光正在 2002 年由人間出版社《張我軍全集》中也未見此二文，推其原因可能因其牽涉較爲敏感問題，其兩位兒子爲父親隱而未收，深爲可惜，只期待稍後有那一天能夠使此二文重見天日。

[13]在鍾理和日記中，其在 1945 年 9 月 9 日這一天有「兩個『時代』的鬥爭，青年與老輩的鬥爭」；及 1945 年 10 月 29 日更清楚描述當天會場兩代之爭的鬥爭實況。才感嘆「漢奸的定義也有各

《新臺灣》雜誌後，才驚覺張四光的文章，影響力甚大，因爲在《新臺灣》雜誌就有介紹八篇，關於談臺灣教育問題的文章中，包括有〈燕京臺灣國語普及會創辦意見書〉中，就談及臺籍知識分子 30 歲以下，不會漢文連臺語也說不完全。金文昶〈漫談國語與臺灣推行國語〉中也說及「即本地方言亦爲大部之青少年所不能諳習」，在曾慧明的〈對於從事臺灣省國語普及運動應有認識與態度〉中也說「現在 30 歲以下的臺胞，不但很少有會說國語懂國文的，即臺灣的方言土語，也幾乎全說不完整了」。也就是張四光所談臺灣青年的國語程度，與國文水準嚴重低落問題，而導出其他人接受其看法，指責臺灣青年無國家觀念，故鍾理和才爲文發聲爲青年喊冤、爲海外同胞喊冤。

而在〈在全民教育聲中的新臺灣教育問題〉一文中，鍾理和雖然承認「莫不體會此問題如何的不容吾人忽視」，但在下一段中引用張四光在前面所談論點「現在的臺灣人，完全懂得漢文的已成少數的特殊存在；臺灣話雖還存在，據說已有一部分人不太會說」，鍾理和卻認爲問題沒有如張四光所言那麼嚴重。並認爲張四光只是「據說」而已，「不會說臺灣話」和「懂得漢文」都是少數特殊存在，並非普遍現象。其再舉例當地人不會講當地話，只要客觀的生活環境改變即不成問題。因爲其認爲語言問題是生活熟悉問題，況且認爲張四光其實對現實臺灣也是有隔閡。尤其老一輩臺胞旅居中國已有一段時日。

重要的是因在「旅平同鄉會」會長選舉中，發生青年與老輩的鬥爭糾葛。當時青年一派對張我軍過去角色的質疑，使得老一輩的張我軍需對青年的謝罪、辯解，而鍾理和認爲青年是熱血、不平、真誠，頗認同青年力量的偉大。雖然後來也感嘆年輕人做事不紮實而感懊惱。但在同鄉會中確實存在「新」與「老」的世代，嚴重的衝突，對鍾理和而言，其雖不欲介入其間的糾紛，但從其爲文寫作爲青年伸冤，並都是同情年輕人，故寫文

種各樣的」。

章來針對張四光的立論，是相當合理的動機。

在第三段中鍾理和再引張四光說：「據民國 31 年日本政府的調查，懂得日語的臺灣人已經有百分之 58 了。三年後的今日，數目當然更多。」張四光以統計數字論証臺灣人「懂得」日語的普遍，而鍾理和卻認為，懂得日語並非得一定忘記自己的語言，或更會變成日本人。他反而認為日文與中文差異並非那麼大，況且現代日本文明教育，更是推展中國語言最大的優勢，語言轉化並不是那麼困難。

其次，他更深層討論文化底層牢固性，認為文化並不是隨意可以任性塗抹，如衣服是無法取代皮膚作用，衣服可隨意更換，但皮膚卻是深層不變，也就是說臺灣官方語言常會隨政權而更替，但臺灣人文化意識不是那麼容易被抹殺消滅。對張四光的論述，鍾理和或許同情新世代在北平的臺灣人觀點，或也夾雜些許派系的意氣之爭。但其還有文化深層意識，如前所述其堅持文化的牢固性，在其日記之中，更容易發覺其對文化牢固性的自信心。如對於淪陷區光復後的文化教育的看法，在戰後報紙討論的不少，鍾理和也一直關心此重要議題。在 10 月 3 日日記裡，借用一位作家（匯文先生）的見解來闡述其對戰後文化重建的看法

> 因為文化本身仍舊是文化，就如一棵樹木一樣，待我們除去的是蟲蝕了的枝幹，而根基還永埋在土中。
> 文化不是可任性塗抹的東西，在淪陷期間的文化只是征服的文化，是虛偽的非文化，而真的文化傳統是在地下生存著的，而今只待我們的發掘了。[14]

以樹木的根與幹來論述文化的表層與深裡，枝幹或許會因季節的變化，而有盛衰的變異，但植根於大地的根部，不是那麼容易被撼動與蟲

---

[14]同註 3，頁 12。

蝕。鍾理和認為淪陷區文化是征服文化、虛偽的偽文化，中國有歷史悠久幾千年文明，短期間異文化的入侵，是無法撼動根深柢固的華夏文化。對中國而言，日本文化不過是由中國延伸而出的次文明，中國人對日本文化，不像對西方文化那樣的崇拜，有時還是誇言中、日兩國文明是同源。鍾理和某方面也有如此的概念，故文章後來論述臺灣教育的問題，他認為在國語文普及的困難度並不高，因為中文與日文的差異性並不如想像中那麼大，鍾理和舉出中文「吃飯」與日文「飯吃」二字，只因排列不同，而都是相同意義的漢字，故反而認為臺灣人借用日文的程度，更容易切入中文。

　　而在語言方面，臺灣人雖然在公共領域中使用日語，但在私領域並未忘記自身母語，日本同化現象是有的，不過不用誇大臺灣人的日本化。另外臺灣更具有的優勢是教育的普及，這是中國其他各省所沒有的特色，鍾理和堅信以臺灣教育的普遍，學校設施的完善，人民對教育的重視，對於實行國語文的推廣，臺灣是比其他省分更具優勢，更容易取得學習的成效。

　　其實 1945 年左右臺灣教育的普遍化，是超過張四光的了解，也超過中國任何一省分的水準。故鍾理和末段結論，新臺灣的教育問題雖有迫切性與尖銳性，但他最後的評論：臺灣教育並非想像中那麼困難，人力的素質與努力，絕對可以克服此困難。另外新臺灣教育問題，跟全中國各地所面對問題有一致性，雖然臺灣經日本五十餘年統治，會有其特殊困難地方，但他還是認為解決問題的困難度，是不用過度誇大。最後提及祖國可以特別關心臺灣，要特別厚待臺灣也可以，因為他是基於「臺灣人」的立場論述之。

　　鍾理和論述臺灣新教育問題，重點並非在「可能」與「不可能」的問題，而在陳儀政府施政者與被教育者之「誠」的問題。當時普遍的臺灣人，對祖國的中國語言文的學習，是抱著很高的學習心態，就如後來鍾理和在 1946 年寫作〈校長〉一文，以其親身目睹的經驗，來描述鍾璧和先生

熱心教育的事實，可以見證臺灣人對祖國語文學習的熱誠。相對而言，對陳儀政府施政的心態與手段則認爲太過份與不足，太過者即對日文排斥的心態，短短一年之後立即禁止日文。而不足者，陳儀政府未有足夠耐心去了解臺灣人，從日文轉換中文的艱苦。語言文字不只是一種學習工具，背後存在一套價值體系的支撐。在 1945 年接收不到一年之後，其缺失與優越心態暴露無遺，最後更因二二八事件，使得臺灣人不僅不再喜歡學習中文，而從根本排斥中國文化。對中國國語文學習更在高壓之下，呈現噤聲無語被動學習過程。故我們回過頭來，思考鍾理和這個「誠」字，乃是同理心的設身處地爲對方設想，結果是原本臺灣受到日本殖民統治的同化問題，到了中國來到臺灣，卻真正的變成奴化現象。

在談及「奴化」的問題，我們可從《新臺灣》雜誌中，見到此用字的大量出現，中國傳統文化的「夷夏之防」，自古以來即是根深柢固，區分我族與他族的文化高下。中國也曾幾次淪爲外族的統治，尤其在最後帝制的統治，更是來自東北滿洲民族，「外族統治」的意識，瀰漫著中國知識分子，包括建立中華民國孫中山原始的革命意識，充滿著排滿族群意識。而近代中國歷史的戰爭挫敗，持續到 1945 年之前，特別從 1895 年甲午戰役，老大中國竟敗給隔鄰的蕞爾新興小國日本，臺灣爲此戰爭割讓給日本，其時間更是長達五十餘年之久，戰爭後中國民族主義挫折感加強。雖於第二次中日戰爭，最後取得的勝利，但中國人已對臺灣被日本統治之久，感到臺灣人的不可信任感，故常以臺灣被異族「奴化」[15]的字眼，來簡化敘述臺灣 50 年的文化發展結果。

在《新臺灣》雜誌八篇文章裡〈國語普及創辦意見書〉臺灣「日本帝國忠實的奴才」、「同化奴化」；金文昶〈漫談國語與臺灣推行國語〉的「經過五十餘載之奴化統治」；畢平〈關於臺灣的教育〉的「奴化宰割」；陳鴻勳〈對於今後獻身臺灣教育界的幾點意見〉的「敵人如何實行他的奴化教

---

[15] 有關臺灣人「奴化」問題，可參考陳翠蓮〈去殖民與再殖民的對抗：以一九四六年「臺人奴化」論戰爲焦點〉，《臺灣史研究》第 9 卷第 2 期，2002 年 12 月。

育」；〈臺灣國語的推行與注音符號〉的「不要再叫他們運用那些奴化的毒素——操日語」。雜誌中不管是大陸籍作家，甚或臺灣籍的人士，幾乎都曾異口同聲於論述臺灣真的受「日本的奴化」，這些對臺灣有所了解中國人，甚或在中國臺籍人士，對於臺灣教育文化的想像，都存在某種眼光，即受日本的教育即是「奴化」。

　　回過頭來我們檢視鍾理和〈在全民教育聲中的新臺灣教育問題〉中，鍾理和知道大部分關心臺灣教育者認為「臺胞受異族奴化之程度為憂」，這是他觀察他人對臺灣人的看法。但在文章中其並未提出「奴化」的用字，最多是「在日本五十餘年辛苦經營的愚民與同化教育中」、「認為臺灣過去半世紀受了日本的同化，而此時有變異種人之可能的。這是國人一種過份的焦慮，與過分相信同化的力量了」，從文章中文字論述的過程可以看見，鍾理和的用字，大都用「同化」取代與他人所常用的「奴化」，我們可相信鍾理和對此用字應該相當敏感，因為「同化」者，有如陳培豐所論一是「同化於文明」，一是「同化於日本」。雖在戰爭後期日本加強後者的目標，如「皇民化」的推行，是往此方向的加強。但臺灣也在日本統治下走向於「同化於文明」。故鍾理和雖不很明確意識及「同化於文明」與「同化於日本」差別，但他顯然只願意用「同化」的用詞，來了解臺灣在基礎教育的成果。並在基礎教育普遍優於中國大陸各省，臺灣人得以透過日文與世界文明接軌，達至一定程度的現代化。

　　另外，也顯示其思想中，臺灣乃有臺人的傳統，其再度言說「臺省的文化傳統，生活習慣，與語言，尚保持著漢民族的生活方式，不異於國內任何一省」。也更不見其用「奴化」字眼，因為他意識到「奴化」問題，不僅有著民族文化落差歧視問題，也有著國內階級支配問題。臺灣「奴化」有著臺灣是個「變異種人」，也是個可被「奴役的族群」。故在 1945 年中國來臺灣接收，中國官員普遍心態，有著上國支配意識。再者，他較為凸出的見解，是認為不需把臺灣教育的特殊化提出來，或許當時其已看清國民政府派到臺灣的政治體制——行政長官公署，就是依臺灣過去被日本統治

臺灣總督府的翻版，這才是日本遺留下來奴化體制的挪用。

　　因為中央視臺灣跟其他淪陷區不同，必須借用日本遺留的特殊體制來統治臺灣，政治體制既是如此設定，在此政治體制下的文化教育政策，還是實施它的特殊化教育政策，此特殊化教育政策的結果，對有八年深刻觀察中國人民、政治體制經驗的鍾理和而言，更了解臺灣的特殊性將會有什麼發展可能性。況且在戰後，中央政府曾頒布的「關於朝鮮及臺灣人產業處理辦法」，中央即對臺灣採特殊處理手段，這也是為何《新臺灣》雜誌成立的重大背景。因為若臺灣特殊，那中央必另眼相待，在這另眼相待的過程中，臺灣真的可能會會成為真正的「奴化」之民，這也許是鍾理和最不願看到的結果吧！只是在 1946 年初論述擔心之事，等其回臺不久，其所發現臺灣的接收現狀，從政治的、文化教育的發展事實，都走上其所預測嚴重之路。故其在 1947 年二二八事件之後，其再依《新臺灣》雜誌有關資料，特別是用「產業處理辦法」的歷史背景，寫成〈祖國歸來〉一文（該文未發表，也無法收錄 1976 年張編的《全集》中）的材料，並激烈地批判中國政府的不公不義。

三、結論

　　在 1945 至 1950 年不管臺灣或是中國，都是一個風雲詭譎的時代，勝利、歡呼、不安、疑惑，對臺灣敏銳的作家鍾理和來說，其五味雜陳的心靈，都可以在這一段的日記與作品看的很清楚。只是這段際遇是其人生最昂揚、最迷惑的時代，在其作品與日記中也多所記錄。但相對地此階段鍾理和研究仍較為不明朗，本篇文章的研究，可以介紹給大眾（不敢說出土），讓以後全集能夠更為完備。

　　在《新臺灣》雜誌中，主要是旅居北平、天津臺灣人在戰後表達他們看法的雜誌，除了介紹臺灣讓祖國了解臺灣事務之外，當時跟臺灣人最密切相關是臺灣身分問題，及臺灣人身財產保障問題，臺灣人透過不斷的呼籲祖國政府認真思考臺灣人處境，並且對臺灣新教育普及提出見解，從各

篇文章中，其看法貼近於國民政府的思考模式。以中國本位思想為其思考
重心，他們視臺灣為再收復的淪陷區，而不像臺灣同胞所想要的再解放，
故祖國中國是以母親心態，認為這長久被抱走的小孩，必須以特殊的教育
方式，才有辦法改變其被「奴化」的異種心靈。

　　鍾理和在〈在全民教育聲中的新臺灣教育問題〉一文中，其所論述批
評的對象，即是張我軍的觀點。張氏觀點是很多在北平臺灣人，或國民政
府主事者的態度，他們都認為臺灣人被日本人「奴化」教育。故需要以更
強烈教育目標給予快速扭轉過來，認為臺灣教育特殊化，就如政治體制一
般，需要異於其他各省的體制，以行政長官體制來統治臺灣。對臺灣新教
育目標，就是要盡速斬除日本文化的毒化、奴化，而其激烈手段是國語文
全面推行，並在一年後完全禁止日本語文在公眾領域的使用。

　　另外其教育理念，充滿保守的傳統儒家聖賢思想與價值觀，希冀能夠
以傳統保守禮教教化臺灣人，重回國民黨三民主義的黨化教育，借用傳統
儒家思想的靈魂，架接上國民黨保守統治教育思想。故其教育手段是「同
化於中國」，雖使臺灣泯除於日本異民族的同化，但卻又落入同民族不同階
級的「奴化」，使戰後臺灣比日本時期的教育，更為落後、更為脫離世界思
潮的教育內容。

　　而在最後的文中，鍾理和清楚臺灣人的身分，以不卑不亢的口吻，認
為祖國中央，假如以特殊的、正確的出發點，真正關心臺灣的教育的話，
身為「臺灣人」的立場沒有理由拒絕，是願意接受中央的善意。只是曾經
住旅中國達八年之久，近距離觀察中國的國民性，更在抗戰勝利後發表
〈悲哀的白薯〉的鍾理和，在被遣送回臺之時，寫下了這篇「被遺落的文
章」，這跟後來所寫〈祖國歸來〉的文章，其實都是同脈絡下思索的結果。

參考書目

- 《新臺灣》雜誌，臺灣舊雜誌復刻系列4，第3號，臺北：傳文文化事業有限公司，出版時間不詳。

- 鍾理和《鍾理和全集》第8卷，臺北：遠行出版社，1977年7月再版。

- 鍾理和《鍾理和日記》，高雄：財團法人鍾理和文教基金會，1996年10月。

- 鍾理和《鍾理和全集》第6冊，高雄：高雄縣立文化中心出版，1997年10月。

- 鍾理和、鍾肇政《臺灣文學兩鍾書》，臺北：草根出版社，1998年2月。

- 鍾肇政《原鄉人》，臺北：文華出版社1980年9月再版。

- 吳濁流《無花果》，臺北：前衛出版社，1988年8月。

- 巫永福《風雨中的長青樹》，臺中：中央書局，1986年12月。

- 林載爵《臺灣文學的兩種精神》，臺南：臺南市立文化中心出版，1996年。

- 陳孔立《臺灣研究十年》，臺北：博遠出版社，1991年。

- 陳映真《鞭子與提燈》，臺北：人間出版社，1988年4月。

- 陳培豐著《「同化」‧同床異夢——日治時期臺灣的語言政策、近代化與認同》，臺北：麥田出版社，2006年11月。

- 張光直編《張我軍詩文集》，臺北：純文學出版社，1989年9月二版。

- 張光正編《張我軍全集》，臺北：人間出版社，2002年6月。

- 張良澤《倒在血泊裏的筆耕者》，臺南：大行出版社，1974年7月。

- 彭瑞金《鍾理和傳》，南投：臺灣省文獻會出版，1994年6月。

- 黃英哲編，涂翠花譯《臺灣文學研究在日本》，臺北：前衛出版社，1994年12月。

- 羅尤莉《鍾理和文學中的原鄉與鄉土》，臺中：東海大學中文研究所碩士論文，1996年6月。

- 蘇世昌《追尋與回憶：張我軍及其作品》，臺中：中興大學中學研究所碩士論文，1998年6月。

- 張燕萍《人間的條件——鍾理和文學裡的魯迅》，臺中：靜宜大學中國文學系碩士論文，2001年6月。

・林俊宏〈鍾理和先生年譜〉，收於《臺灣文藝》第68期，1980年8月。

・澤井律之〈臺灣作家鍾理和的民族意識〉，收於《臺灣文藝》第128期，1991年12月。

——選自《文史薈刊》復刊第 9 期，2008 年 12 月

論鍾理和文化身分的含混與轉化

◎楊傑銘[*]

當你獨自前來

我們也許可以成為一生的摯友

為什麼

當你隱入群體

我們卻必須世代為敵？

席慕蓉〈蒙文課──內蒙古篇〉[1]

一、戰後本土作家的苦悶：從《文友通訊》開始談起

臺灣戰後第一代的作家常被冠上「跨越語言的一代」一詞，此一詞語的出現也成了形容那時代苦悶、荒涼的註腳。其中，匯集於《文友通訊》的臺灣作家，成為現今臺灣文學評論聚焦討論的作家群。《文友通訊》經由鍾肇政的發起、廖清秀穿針引線的介紹下，聚集了鍾肇政、廖清秀、陳火泉、鍾理和、施翠峰、李榮春、許炳成（文心）七位作家，若加上之後參與的許山木、楊紫江則一共是九位。《文友通訊》作為本土作家溝通、交流的平臺，實屬於「聯誼性質」的刊物，與當時的《自由中國》、《文壇》、《文學雜誌》、《文星》相比，在當時代的重要性遠低於這些雜誌，甚至是微不足道。但《文友通訊》對於當時的臺灣本土作家來說，卻是一解在文

---

[*]發表文章時為中興大學臺灣文學研究所碩士生，現為國會助理。
[1]不論是國族或是民族作為「想像的共同體」下的群體，卻成為對立與對抗的肇始。

壇四處碰壁、無法得志下共同取暖的小天地，其重要性彌足珍貴。像是鍾理和在第十次的《文友通訊》便提到：

> 我灰心此道已久，自有「文友通訊」之舉後，無形中受了鼓舞，又復拿起筆桿，是否寫得出像樣的東西，尚在未知，還望各位文友不吝賜教。[2]

　　從鍾理和的例子來看，我們可以發現，對於四處投稿碰壁的本土作家而言，加入《文友通訊》最大的意義，在於能夠在相同際遇的本土作家身上取得創作上的溫暖。面對以外省人為主，並占有絕大多數文壇資源的「主流作家」來說，本土作家形成相對應下的少數分子，不但在歷史經驗中有著特殊性，語言、身分更是本土作家無法拋擲的烙印。換句話說，以本土身分集結的《文友通訊》作家群，「省籍」成為其組成的最重要成因，而本省／外省的界分在國府國家機器的宰制下，成為不可忽略、亦不可忽視的鴻溝。

　　過去的研究中，對於鍾理和身分認同的看法眾說紛紜，隨著不同時代的氛圍對鍾理和的認同也產生了不同的詮釋。臺灣文壇自 1970 年代以來民族認同開始趨於複雜，在「鄉土文學論戰」熱烈展開之際，鍾理和的文學也是常被用以舉證的文學作品之一。在不同立場、不同審美觀的評論者眼中，鍾理和作品成為評論者自身的民族認同、意識形態的最好例證。像是陳映真、林載爵、唐文標、葉石濤等人皆對其作品皆有所評論，且看法南轅北轍。面對如此的情況，應鳳凰為鍾理和發出感慨的不平之鳴：

> 我們讀了七十年代各家批評，不免感慨，「殖民地作家」真是難當——〈夾竹桃〉「抵抗」、「批評」的太多，《笠山農場》則「抵抗」得太少，都成了批評家批評的箭靶；「太勇敢」或「太不夠勇敢」都顯得可疑。[3]

---

[2] 鍾肇政〈關於「文友通訊」〉，《文學界》第 5 期，1983 年，頁 165。
[3] 應鳳凰〈鍾理和文學發展史（代序）〉，應鳳凰編《鍾理和論述》，高雄：春暉出版社，2004 年

　　面對 1970 年代以降不同評論者的「後見之明」，由於鍾理和去世得早，當然不能有所回應。不過從這些評論者的身上我們可以發現，他們的意識形態潛藏於對鍾理和作品評論時的文字中，換句話說，從其論述裡所「再現」的不是鍾理和本人，而是他們所「希望」的鍾理和形象。我想，這與時代因素息息相關，但這裡必須進一步探討的是：為何評論者對鍾理和的作品詮釋會有如此分歧的看法？究竟鍾理和的「認同」又應如何看待與詮釋？而這也將是筆者在本文所要探討的重點[4]。

　　若以後現代的觀點來看，自我認同的過程是藉著與他者「差異化」來進行界分，而界分的因素有時是生理性的（血緣、種族、膚色、性別），也有可能是人為性的（民族、政治社群）。但不論是哪種界分方式，都源自於以「論述」（discourse）來強調自我與他者之間的分別，細言之，由論述來建構「他者」也是型塑自我的最佳方式。精神分析學者——拉康（Jacques Lacan）的「鏡像階段理論」（mirror stage）對自我主體的建構做了如此說明：小孩在以鏡子看到自己的倒影時才展現自我與異己間的差異，在「差異化」的映照下開啟了小孩對自我疆界的認知與認識，也因此而產生了自我的認同[5]。我們若依此概念來看，戰後的臺灣族群分野在國府政權的操作下，以本省／外省的界線中建構起重要的差異疆界，並在此疆界中建構起臺灣本島中「正統中國」的主體。對外省人來說，操作本省／外省的差異

---

　4 月，頁 23。

[4] 不可避免的是，筆者對鍾理和的詮釋必然也帶有自身主觀的意識形態。但在本論文中，筆者希冀跳脫過去較為「固著化」的身分談法，以「差異化」的概念配合德里達「延異」的身分不斷流轉的動態過程，來端視鍾理和身分認同之問題。

[5] 拉康「鏡像階段理論」是修正弗洛依德「伊底帕斯情節」而產生的，並以象徵界（the symbolic）、想像界（the imaginary）、現實界（the real）作為「主體心理結構」三大要素。其中，象徵界是占主導地位的一種。拉康認為，「自我」（ego）並非與生俱來的，也不是人的本原狀態，而是想像所構成的虛構性產物，也是與「他者」具交混、相對應下所產生的產物。「鏡像階段理論」基本上可分做三部分：首先，是嬰兒在鏡子前看到反射的自己時，開始對於自己與鏡像的自己產生混淆、無法辨認（這即是自我與他者的混淆）。其次，嬰兒會發現鏡子反射的其實不是自己，而僅僅只是一個影像而已（此時陷入將他者視為獨立的個體）。最後，嬰兒不但會將鏡子中的影像視作是獨立的個體，而這整體影像與自身又是如此息息相關。因此，通過對於鏡中影像的認識，嬰兒開始認知到自身的存在，是藉由與他者差異化的結構下所建構的「自我」。

論述，有利於將本省人形容爲自我想像的「他者」。換句話說，掌控論述權力的外省人，將本省人視爲必然存在而無法發言的「他者」，不但用以界定自身的主體，更從中取得臺灣政治、經濟、文化的主導權。

借用葛蘭西「文化領導權」（culture hegemony）的理論來說：國家機器的權力不僅透過軍事、監視、法律的力量掌控人民，國家機器的權力也會透過學校、家庭、媒體等種種社會文化機制，形成共識與社會價值觀來對人民進行宰制。國府藉由這種無形的國家權力，在臺灣島上操縱本省／外省的界分論述，使其政權能夠更爲穩固並有效的統治臺灣。也就是說，《文友通訊》的產生並非本省作家在操弄族群，刻意建構起一個沒有外省作家的園地，而是面對國家機器的暴力下，本土作家被迫的、不得不然的行徑。在這裡，我所要特別強調的是本土作家的在族群界分上的「被動性質」，存在於當時國家機器全面掌控的戒嚴時代，臺灣人是「被分類」出來的人種，並非主動、掌有權力選擇的結果。換句話說，在中國人／臺灣人的架構下，「臺灣」成爲中國主體的「他者」，特別是國共內戰下，流亡來臺的中國人爲了保存其「正統中國」的權力，並有效掌控臺灣人民所建構出來的差異化論述。

舉例來說，1950 年代臺灣是一個「反共文學」、「戰鬥文藝」當道的時代，任何的文學創作似乎都必須成爲爲政治服務的工具。缺乏反共、戰鬥經驗的本土作家，在文學創作上當然也不會有深刻的、具經驗的反共、戰鬥的文學作品產生，這對本土作家而言是一大困擾。而在鍾理和給好友鍾肇政的書信中，也曾表達了對「反共文藝」充斥文壇現象的不滿。

> 但是現在的風氣卻在要求你這篇也「愛國」那篇也「反共」，非如此便不足以表示你確係一位愛國者，非如此便不為他們所歡迎，想起來真是肉麻之極。存在哪裡？文藝在哪裡？嗚呼！[6]

---

[6]鍾理和致鍾肇政函，1958 年 12 月 24 日。見張良澤編《鍾理和書簡》，臺北：遠行出版社，1976 年 11 月，頁 157。

　　從鍾氏的行文中，我們可以看到他字句血淚般的無奈，國共之間的戰亂所衍生的政治意識形態與他對原鄉的認同毫無關聯，不論是國、共兩個政權加諸在人民身上的政治包袱，更是全然的切斷了兩岸人民的歸屬感與認同感。這種以政治論述的方式滲透到人民的民族認同，也逐漸使臺灣人民的「民族認同」產生發酵，甚至是質變，最終造成臺灣人民的認同產生含混、混雜的情況。在當時代的臺灣，最明顯的例子就是國府的「論述」以反不反共來界定這一個人愛不愛國。對完全沒有「反共經驗」的本土作家來說，被排除在國府政權外成為「他者」，是迫使他們集結於《文友通訊》共同取暖、相互依賴的重要原因。這也造成本土作家在兩個中國（包括國民黨、共產黨兩個政權）的相互拒斥下「臺灣意識」的萌芽，逐漸從「孤兒意識」走向以臺灣為中心的本土意識[7]。

　　當然，明確的以臺灣本土意識作為認同的主軸，已是 1970 年代以後的事情了。但是在這段期間中，不論作家本身是否有意識到要以「臺灣中心」作為思考主體，「臺灣意識」的確在本土作家心中開始萌芽。這種以「本土」作為中心的思考，無非是破除過去這塊土地上多次被殖民、被壓迫的慘痛經驗，以追求平等、自由的價值，讓臺灣人自己有當家作主的機會。我們可以發現鍾理和作品中已經透露出中國意識、孤兒意識、臺灣意識並陳、含混的情況。不過，我們若將鍾理和的作品做歷時性的並置，可以發現鍾氏的這種含混、矛盾的認同，卻也逐漸朝向臺灣本土意識位移。誠然，這種位移的方式並非明確的、快速的導向臺灣本土意識，在中國、臺灣的符碼間也存在著繁複的交混情形。但對鍾理和而言，中國認同的破滅緣起於離開臺灣到中國後的生活經驗。關於此點，下面筆者將針對鍾理和的旅中經驗的作品〈白薯的悲哀〉作為探討核心，並進一步詮釋在「差異化」的界分下，鍾理和中國認同的破滅過程與心理轉折。其次，將討論他對中國的認同破滅後，所進一步的轉向對臺灣土地認同的過程。

---

[7] 對國府或共產黨政權來說，「臺灣」都是一個「他者」，也因此像謝雪紅就在投共後，最終仍被冠上「地方主義」的罪名被共產政權批鬥。

二、從中國意識到臺灣意識：一個含混、轉化的認同流動的過程

（一）原鄉夢碎，夢碎原鄉？

吳濁流的成名著作《亞細亞的孤兒》中，其小說主人翁——胡太明在故事中展現了臺灣人在身分認同上的混淆與碰壁，這無疑是「跨越語言一代」人們的縮影。小說描述的胡太明在日本與中國身分間認同的混淆成為全書的焦點與鋪陳重心，故事最後雖以胡太明「似乎」跑到中國的大後方參與抗日活動作為小說結尾，不過，我們依然可以在文本中看見臺灣人在中國與日本夾縫中生存的處境。

中日戰爭期間，臺灣人在原鄉中國與日本帝國的認同選擇上即產生矛盾與複雜，特別是旅居中國的臺灣人，在認同中國或日本的矛盾、複雜情形更為明顯。不論是隨日本軍隊到中國戰爭的軍夫、翻譯員，或是寓居中國做生意、討生活的「臺籍同胞」，甚至是參加國軍對日抗戰的臺灣青年。對臺灣人而言，這一場戰爭中透露出臺灣人心中不同的民族認同，有人仗著日軍的皇威在中國狐假虎威，有人因憂心中國未來的命運而為中國犧牲奉獻對抗日軍[8]。不過，不論臺灣人「想」成為哪一種人，其實這些皆不是臺灣人自己能夠決定的。因為，不論是在中國或日本的眼中，臺灣人就是臺灣人，若非臣服中國即是依附日本，但卻也並不能成為中國，亦不能成為日本。換句話說，在中日戰爭下的臺灣人，分別被這兩個群體所排斥，而臺灣人在這種無法決定自己的認同命運中，成為被中國與日本民族拒斥下的次等民族。

以鍾理和而言，其著作〈白薯的悲哀〉就是描寫臺灣人在中國遭到歧

---

[8]臺灣人在中國因個人利益、民族認同之不同有很大的差異性存在，但在日本人或中國人眼中卻是被「同質化」來看待的。像是隨日軍到中國的臺灣人，日本政府因懼怕臺人與中國的串通，因此僅只能做通譯、伙夫、運輸兵等與戰爭無直接關聯的工作。另外，像蔣碧雲、鍾和鳴等人中日戰爭期間，回到中國希望為祖國效力，卻被當作是日軍派來的間諜。所幸是在中國的半山人士——丘念台的營救，才化解被槍決的危機。從這兩個例子中可看出，臺灣人在中國所受到的雙重壓迫與猜忌，更顯現其民族認同的多元性與複雜程度。

視的文章，所透露出的便是臺灣人所受的歧視與不平等待遇。1946 年 2 月鍾理和以筆名「江流」將〈白薯的悲哀〉發表在《新臺灣》雜誌。當時《新臺灣》雜誌發刊於北平，是「臺灣省旅平同鄉會」的機關刊物，其重要成員有：梁永祿（社長）、張我軍、洪炎秋、張深切等人。〈白薯的悲哀〉以第一人稱視角出發，文本裡首先陳述臺灣在政權不斷更送下命運的無奈，訴說身爲臺灣人在二次大戰後於中國北平所遇到的諸多歧視。特別是描寫在二次世界大戰後臺灣雖回歸祖國的懷抱，卻得不到祖國以同等地位的對待：

> 例如有一回，他們的一個孩子說要買國旗，於是就有人走過來問他：「你是要買哪一個的國旗？日本的可不大好買了！……[9]

想當然爾，這裡所指涉的即是臺灣人的孩子在北平所遭遇到的辱罵與歧視。我們可以想見作家鍾理和，甚至是北平生活下的臺灣人，生活在被歧視的眼光下的痛苦、憤怒與無奈，那種滿溢的悲憤情緒可見於字字珠璣的血淚筆墨。以下，容許我徵引兩個段落作爲探討的重心：

> 北平很大的。以它的謙讓與偉大，它是可以擁抱下一切。但假若你被曉得了是臺灣人，那是很不妙的。那很不幸的，是等於叫人宣判了死刑。那時候，你就要切實的感覺到北平是那麼的狹窄，窄到不能隱藏你了。因為，它——只容許光榮的人們。因為，你——是臺灣人。然而悲哀是無用的。而悲憤，怨恨，於你尤其不配。記著吧，你——是那——白薯，也就這樣，被北平的臺灣人用了起來！[10]

---

[9]鍾理和〈白薯的悲哀〉，《鍾理和全集 3》，高雄：財團法人鍾理和文教基金會，1997 年，頁 3。原刊載於《新臺灣》第 2 期，1946 年 2 月，頁 3。
[10]同註 9，頁 3。

臺灣人——祖國說。並且它常是和朝鮮人什麼的被排在一起。朝鮮人怎麼樣，臺灣人又怎麼樣，報紙上常常登著。這樣的話我們已經聽得太多了。我們能由這裡感到少許的親熱嗎？從前，我們的支配者也同樣叫我們——臺灣人！這裡，我們讀到很多的意味：差別、輕視、侮辱，等等。然而我們能夠說什麼呢？祖國——它是那麼偉大的。它不但包括一切的善，並且它包括一切的惡。它要求我們的代價。[11]

從上面兩段文字，我們可以歸納下面幾點：第一，所謂的白薯是臺灣的稱謂。這除了形狀與臺灣本島土地相似之外，更是中國人對臺灣人的看法：臺灣人不是人，是白薯，是有等級差別的、不具平等身分的，在中國人的界分下以「他者」的形態存在於中國的論述之中。第二，臺灣人在中國人的眼光中是等同於朝鮮人的。換句話說，臺灣雖然光復了，但臺灣依舊是臺灣，不是中國。臺灣和朝鮮雖然最後一個成為中國領土的一部分，一個是建國，兩者雖走向迥異的道路，不過在中國人眼中，臺灣與朝鮮地位是相同的，是屬於「第三等的人」[12]。看在鍾理和的眼裡，這種區分與日本人對臺灣的歧視大同小異，同樣藉由族群的界分將臺灣排除在中國之外。第三，鍾理和對中國的失望與不捨。「失望」與「不捨」是兩種矛盾的情緒。對他而言，中國是如此令人厭惡，但卻又是臺灣的原鄉。因此，他在文本接下去說：「在從前，我們是那麼自然的，發起了革命，發起了民族運動，而且求援於祖國。那完全是迫於必要——那時候我們有敵人。……現在，我們已不知道我們的槍是要打些什麼人了。」[13]因為面對祖國對臺灣

---

[11]同註 9，頁 7。

[12]蔣介石在 1940 年〈八一三紀念日告淪陷區同胞書〉是將臺灣與朝鮮歸納為最下等的「第三等的人」：「我們可以想像得到淪陷區的同胞們，是在三重奴化下過著非人的生活，是在作著第三層的奴隸。換一句話說，在淪陷區內，敵國軍人是第一等人，敵國僑民是第二等人，為虎作倀的鮮臺浪人是第三等的人……」雖然，蔣氏已說「為虎作倀」的鮮臺浪人才是第三等的人。不過，以族群的方式界分也種下日後中臺間族群衝突的肇端。

[13]同註 11，頁 7。

的「內部殖民」，鍾理和十分徬徨、無奈，究竟要以什麼樣的態度面對中國，而這也成為其日後身分認同複雜矛盾的來源。

〈白薯的悲哀〉可說是鍾理和旅居中國時間中所發表的最後著作，在同年的 3 月，鍾理和從北平回到臺灣，完成了旅居中國八年的遊歷。我們從其散文〈原鄉人〉可以看見鍾理和年少時期對於原鄉的眷戀，但不可否認的是，逃離臺灣前往中國並非僅止於對於回到原鄉的渴望，更是鍾理和在面對「同姓之婚」的社會道德壓力下逃離臺灣的重要原因。也就是說，鍾理和旅居中國的原因，除了受到家庭教育的影響之外，自身的婚姻關係不為當時淳樸的客家社會所接受也是他離開臺灣的重要原因。其作品具有強烈的自傳性色彩，讓我們可以從他的作品看到其生命經歷的痕跡。像是〈夾竹桃〉就是描寫鍾氏在中國所看見中國國民性的醜陋，〈同姓之婚〉、〈笠山農場〉皆是描寫鍾理和與鍾台妹同姓婚姻的戀愛故事，〈原鄉人〉則是鍾理和對自身過去對原鄉渴望的原因所做的最好描述。除了上述四篇之外，還有許多他的著作與其生命經歷息息相關，我們可以從中了解到鍾理和生命經歷的苦難與貧病，並可約略的拼湊出鍾理和生命經歷的圖象。但是，這裡所討論的〈白薯的悲哀〉一文最為重要的意義，乃在於代表著鍾理和中國經驗的完整結束，以及回臺後故鄉生活體驗的再出發。這種「再出發」的歷程，除了可以代表鍾理和旅居中國多年的一個終結之外，也象徵著返家後新的開始。

〈白薯的悲哀〉一文其實可作為鍾理和中國經驗的結束，但這所謂的結束並不代表鍾理和對中國認同的終止。誠然，如前面的分析可見，鍾理和對中國民族操弄族群，以不平等的待遇對待臺灣人民深表不滿。但是，自身對中國身分的矛盾、複雜情緒，卻非簡化式的中國／臺灣二元對立可以呈現的。換句話說，對鍾理和來說，中國／臺灣的認同是可以分割的，亦是不可分割的。「分割的」在於中國人的主動界分下不得不然的結果，不論是戰前或是戰後，臺灣人處於中國的「論述」權力之中，是存在於既存在卻又不斷被排外的「他者」身分位置之中；至於「不可分割的」是自古

以來中國與臺灣在語言、血緣、文化層面的臍帶關係，對臺灣而言，尤其是客家人，對於姓氏、祖籍、文化皆源自於中國的想法更爲根深蒂固。故，對「原鄉」總是抱持一種「共同體」的想像，藉由想像的血緣、姓氏甚至是文化的統一性來達到「共同體」的建構。也因爲中國與臺灣所存在著歷史的、文化的、民族的身分之複雜，因此，若將鍾理和身分認同視爲動態的過程或許有助於讓我們理解其中複雜的心理狀態。

（二）含混與轉化的認同流動

　　文化研究學者斯圖亞特・霍爾（Stuart Hall）在〈文化身分與族裔散居〉一文中爲身分在差異化過程中的流動進行解釋：

> **文化身分既是「存在」又是「變化」的問題。它屬於過去也同樣屬於未來。它不是已經存在、超越時間地點、歷史和文化的東西。文化身分是有源頭、有歷史的。但是，與一切歷史的事物一樣，它們也經歷了不斷變化。它們決不是永恆地固定在某一個本質化的過去，而是屈從於歷史、文化和權力的不斷「嬉戲」。身分絕非根植於對過去純粹的「恢復」，過去仍等待著發現，而當發現時，就將永恆地固定了我們的自我感；過去的敘事以不同的方式規定了我們的位置，我們也以不同的方式在過去的敘事中給自身規定了位置，身分就是我們給這些不同方式起的名字。[14]**

　　從霍爾的說法中我們可以了解到，自我主體身分是具有不斷變動與轉化的現象，這種轉換就像德里達（Jacques Derrida）「延異」的概念一樣，主體是存在於不斷流動與建構的過程中。從這角度動態的一面來看待身分認同的變化，有助於我們理解鍾理和其身分的含混性，更可以讓我們了解到其認同傾向並非對中國／臺灣兩個符碼進行選擇，而是在於歷史記憶與

---

[14]Stuart Hall〈文化身分與族裔散居〉，《文化研究讀本》，中國：中國社會科學研究出版社，2000 年 9 月，頁 208。

生命經驗的感覺，使他的認同有所猶疑與拉扯[15]。

　　所謂「含混」的身分認同的展現，更可以以動態的方式看到文化身分的流動過程，這不但打破了過去將身分認同視為本質化的想法，並可了解到認同含混的人們內心糾雜的情況[16]。這種「含混」的文化身分，我們可以從鍾理和的作品中得到印證，除了上文所述的〈白薯的悲哀〉之外，〈原鄉人〉也是一篇很好的例子。在〈原鄉人〉中，鍾理和描寫到過去的家庭教育、私塾教育，以及其兄長的影響下，使其對「原鄉」的想像與認同。然而，這種認同並非實際經驗的「土地認同」，而是藉由教育下的符碼所編織出來的意識形態。在文中如此寫到：

> 但真正啟發我對中國發生思想和感情的人，是我二哥。我這位二哥，少時即有一種可說是與生俱來的強烈傾向——傾慕祖國大陸。在高雄中學時，曾為「思想不穩」——反抗日本老師，及閱讀「不良書籍」——《三民主義》，而受到兩次記過處分，並累及父親被召至學校接受警告。[17]

　　這裡的二哥所指的是鍾和鳴。鍾和鳴於日治時期曾回到中國，加入中國的對日抗戰，到了戰後初期在基隆中學擔任校長一職。其一生不但是強烈認同中國，但卻也反抗著國民黨政府在臺的暴行，最後因為「《光明報》事件」遭到國民黨政府逮捕、槍決。除了鍾和鳴之外，鍾理和的表弟邱連球、友人藍明谷也同樣在「《光明報》事件」遭到處刑，這件事影響了鍾理和甚鉅，使鍾氏在原鄉認同中產生糾雜的情況。

---

[15] 王萬睿在其碩論《殖民統治與差異認同——張文環與鍾理和鄉土主體的承繼》中對於鍾理和身分認同的探討也有相似的想法，不過筆者希望藉由認同流動的概念更加強化說明鍾理和所認同的並非表面的中國、臺灣符號而已，而是更深一層的平等、自由的思想。

[16] 荷米·巴巴（Homi Bhabha）將此種認同的「含混」以「第三空間」（third-space）的概念來詮釋之，亦指「第三空間」打破了內、外二元對立的架構，創造出一個組合起兩大文化意識的空間，一個游離於兩者的空白地帶，可讓認同的意識在其中流動穿梭的地方。

[17] 鍾理和〈原鄉人〉，《鍾理和全集2》，高雄：春暉出版社，1977年，頁9。原刊載於《民間知識》，1959年。

　　我們可以試著釐清鍾理和這一代在中國認同上糾雜的情形：首先，他們必須承認臺灣過去的歷史與血緣與中國所串聯起的關係。但如同鍾和鳴一樣，「反抗日本」與「傾慕中國」是不可分割的思想與意識形態，不論是由於「傾慕中國」而「反抗日本」，或是「反抗日本」而「傾慕中國」，在中國對日抗戰的過程中，認同中國與日本是不可並陳的兩個符碼。也就是說，中日大戰下的臺灣人民，被迫在殖民母國與祖國間進行抉擇。而選擇中國有兩種可能，第一，是自發性的國族認同，像張我軍就是如此。另外，也有為了反抗日本而投效祖國的例子，這裡的鍾和鳴即是一例。其次，臺灣人對原鄉的認同，這也是包含兩個層面的，一個是表面的中國符碼，另一個其背後深層的「新中國」思想的認同。對當時的臺灣人來說，認同中國是包含這兩個層面的，這裡提到的「三民主義」其背後的民族、民權、民生的思想，是當時代臺灣人在面對日本殖民壓迫下，渴望追求與達到的烏托邦境地。而服膺於三民主義下建立的中華民國，便成為臺灣人傾慕的原鄉國度。因為過去在日本殖民體制下無法獲得的「平等」、「自由」的生活與生存空間，故將此寄望於對原鄉「新中國」的認同。這也就可以說明在戰後當中華民國背離了「三民主義」實質內涵時，包含鍾和鳴在內的過去傾慕中國青年會憤而與國民黨政府對抗。因為，對他們而言，認同的對象最主要的並非中國的符碼，而是符碼背後的精神與思想。對鍾和鳴來說是如此，對鍾理和而言亦是如此。若依此來看，也就可以解釋鍾理和為何會在〈原鄉人〉一文的最後會說道：

　　　我不是愛國主義者，但是原鄉人的血，必須流返原鄉，才會停止沸騰！[18]

　　因為，對他而言，有意義的不是原鄉，而是原鄉國度所建立的民主、自由、平等的精神。雖然在〈原鄉人〉的內文裡並沒有明文寫到他對中國

---

[18]同註 17，頁 14。

失望的細節，但從文章的蛛絲馬跡中，我們依然可以看到鍾氏對國府政權的批判，甚至是對中國此一民族的不滿[19]。原來，回到原鄉後的體驗才讓他明白，中國人並不把臺灣人當作是自己的一份子來看待。反倒以觀看「他者」的眼光，以差異化的方式界分了中國人與臺灣人，將臺灣人排除在「想像的」中國共同體之外。這讓鍾理和切切實實的體認到中國國民性的腐敗與政權的不堪，身為臺灣人，是被中國這一群體所排斥的，甚至更處於被界分下的次等人種。也因此，他原鄉人的血停止了沸騰了！他開始發現，他愛的不是那個國家、那個民族，而是那一份追求平等、自由的精神。

因此，我們可以說「臺灣意識」或是「臺灣主體」的建構，是藉由與中國的「對話」中所產生的。當中國民族對臺灣進行排他界分的同時，這套論述模式卻最終變成被臺灣人拿來作為主體建構「逆寫」回中國的工具。也就是說，臺灣承襲中國對其論述的模式，繼而以這一套邏輯來建構自身的主體，使自身不僅是存在於中國差異化論述下的沉默「他者」而已，而是逐漸變成另外一個與中國共同存在、進行對話的新的主體。

班納迪克‧安德森（Benedict anderson）在《想像的共同體：民族主義的起源與散佈》中沿用人類學家特納（Victor Turner）的說法，將被殖民者所受到的歧視，作為新興民族崛起的重大原因。吳叡人為其譯之序言如此解釋安德森的說法：

他（安德森）引用人類學家特納的理論，指出這種歧視與殖民地邊界的重合，為殖民地的歐裔移民創造了一種「受到束縛的朝聖之旅」（cramped pilgrimage）的共同經驗——被限定在個別殖民地的共同領域內經驗這種被母國歧視的「旅伴」們於是開始將殖民地想像成他們的祖國，將殖民地住民想像成他們的「民族」。[20]

---

[19]這在鍾理和〈夾竹桃〉的作品中即有所呈現。

[20]班納迪克‧安德森（Benedict Andweson）著；吳叡人譯《想像的共同體：民族主義的起源與散

　　對臺灣人民而言，早已在歷史的軌跡中問過自己無數次：「我究竟是誰？」然而，不論是「成爲日本人」或是「成爲中國人」，臺灣依然是被邊緣化、被歧視的一群。故，走出孤兒意識，以自身的土地作爲發言的主體，使臺灣脫離被歧視的命運是臺灣意識崛起的最大原因。當然，如此的主體建構在鍾理和所處的時代尙未成形，但卻悄然可見以臺灣土地作爲自身民族的建構的邊界，而這種情形在臺灣作家的大河小說書寫中更可一目瞭然。

　　戰後第一代的作家並未意識到自身應如何脫離被中國視爲「他者」，因此陷入與中國的斷裂與延續的矛盾狀態。我們從鍾理和的創作歷程與文本內容中可以看到這點，其文化身分的流動正好處於矛盾的狀態。不論是早期的〈夾竹桃〉到戰後的〈白薯的悲哀〉、〈原鄉人〉，可以發現，鍾理和與原鄉中國的接觸越密切、越深刻，心中的矛盾感越大，而內心中「臺灣」、「故鄉」的影子也越巨大，這也是他爲何在歸臺之後的創作取材皆以美濃土地作爲出發的原因，並且開始有計畫的以美濃鄉土與臺灣土地作爲創作長篇小說的藍圖。像〈笠山農場〉就是以美濃鄉土作爲小說創作的背景，至於鍾氏的〈大武山之歌〉原本要以臺灣歷史爲背景創作小說，但卻因病不幸早逝而最終無法完成。在鍾理和去世前與鍾肇政的書信中就曾提及，希望撰寫以臺灣家族史來襯托自清代以來的臺灣歷史的長篇小說。

> 所以本年決計拋開短篇試將全力向長篇發展。頭一篇定爲《大武山之歌》內容描寫一家三代人在起自光緒末葉至今約七十年間生活和思想的演變。分三部；第一部，自開首至七七事變前後一段，字數暫定二十萬字。以我現在的體力，時間和環境，似可寫到十萬字左右。還有一點，歷史資料很多都需靠圖書館和博物館始克補充。這將使我的寫作不能順利地進行。不過我將盡力做去，也希望各文友多多助力。[21]

佈》，臺北：時報文化出版公司，1999 年 4 月，頁 xii。

[21]〈1958 年 2 月 4 日，鍾理和致鍾肇政函〉，《鍾理和全集 6》，高雄：春暉出版社，1997 年，頁

從這段文字可見鍾氏希望爲臺灣歷史作長篇小說的創作。在臺灣作家中有這樣想法的不只有鍾理和，像鍾肇政也有如此的想法，很幸運的是鍾肇政最終也完成了「濁流三部曲」、「臺灣人三部曲」兩大部長篇歷史小說的撰寫。但相對而言，鍾理和卻因病情惡化無法完成撰寫長篇歷史小說的夢想，這可說是臺灣文學史上的一大遺憾。

三、臺灣主體的確立：鍾理和客家文化身分「在場中的不在場」

當臺灣面對統治者不斷以論述的技術，將日本／臺灣、中國／臺灣作爲族群的界分方式，這也迫使臺灣內部原有的閩南、客家、原住民族裔間的疆界，在此政治性的架構下隱藏了起來。臺灣島上在政治、經濟上的區分，似乎依循著官方／民間的劃分與日本／臺灣、中國／臺灣的界分趨於吻合。這種劃分方式雖源自於殖民政權的論述與統治技術，卻也被「被殖民者」所承襲與沿用，換句話說，服膺於如此的界分方式，也使臺灣內部逐漸建構成「共同體」的形態。當臺灣不斷的僅以「他者」的位置被迫存在的同時，臺灣自身也逐漸從無言的「他者」身分，逐漸轉向進入了主體對抗主體的對話位置。也就是說，臺灣人在政治、經濟、文化的不同層面中，爲求取其平等的地位，開始以自我爲中心的策略與殖民者的策略展開「對抗」。這裡所謂的「對抗」並非以武裝或是製造另一種形態的語言暴力，而是游走於政治、法律的邊緣，求取臺灣人民最大利益的方式進行突破。

而《文友通訊》就是最好的例子，此組織不但是本土作家刻意以「臺灣省籍作家」的身分作爲集結的要素之外，《文友通訊》的發行與聚會更曾經遭到國民黨特務系統的監視。雖然此組織並沒有觸及國府政權所建構的國家體制，但以「臺灣身分」爲主體的集結此一特點，就可以說是游走於當時國府體制邊緣的行爲。

22～23。

　　從上一段落我們已經詳細說明了鍾理和作品中所展露的臺灣意識。不過，這種臺灣意識並非完全與中國呈現對立的狀態，而是介於同一與對立的流動疆界之中。也因為如此，鍾氏的作品中充滿文化認同的矛盾與複雜，但在逐漸走向以臺灣作為主體認同的同時，鍾理和本身的客家身分也在中國／臺灣的對立狀態中隱藏了起來。

　　彭瑞金在〈遞變中的臺灣客家社會與「客家文學」〉一文中，提出了對客籍作家書寫位置的獨特見解。他認為客家人的文學創作常以「臺灣性」作為優先的身分表徵，是以「臺灣優先」作為書寫的重要核心，故，在其創作中的「客家性」是較為模糊而被隱藏的。

> 臺灣客家文學的存在現象證明戰後客系作家的文學視野，並未以族群自我設限，而依然延襲戰前以整體臺灣社會作為立足點的傳統。所以無論戰前戰後，臺灣客系作家文學活動的強烈臺灣屬性，以及薄弱、隱藏的族群屬性，似乎都強調客家人把「文學」作為進入臺灣社會核心的階梯。藉由「文學」，這種可以單槍匹馬闖盪的方式，客家人可以輕易的越過經濟、人口比例、政治權力、舊文化制約的弱勢族群包袱，直探臺灣社會核心。其實從舊文學時代開始，臺灣的文學語言都是由統治政權制約下的統一的「外來文字」，這無疑帶給客系作家極大的脫卸弱勢族群社會悲情的方便，客系作家可以和其他族群作家同站在「不公平」的出發點上。[22]

　　從彭瑞金說法中，我們可以了解到客籍作家（包括鍾理和）以臺灣作為優先的書寫立場。而如此的主體確立也起因於臺灣社會上的多次殖民經驗，使得客籍作家在抵抗外來不公平的壓迫下，以臺灣作為共同體的概念而隱藏了自身的客家身分。就像後殖民批評家史碧娃克（Gayatri

---

[22]彭瑞金〈遞變中的臺灣客家社會與「客家文學」〉，《驅逐迷霧 找回祖靈》，高雄：春暉出版社，2000 年 5 月，頁29。

Chakravoty Spivak）所說的「策略性的本質主義」一般，客籍作家著重於以「臺灣」作爲主體的書寫位置：對內以人的普遍性出發批判封建社會、人性的邪惡等等，對外則以臺灣作爲主體，來控訴中國霸權、日本帝國對臺灣人的歧視與壓迫。

　　不過，必須說明的是，所謂的「客家」身分的隱藏並不等於「客家性」的不存在。就如彭瑞金所說的，客籍作家的創作是具有「朦朧的客家族群文化特質」[23]存在的，而鍾理和的作品裡就有許多明顯的例子。像是〈菸樓〉即以美濃鄉土作爲描寫對象，〈笠山農場〉、〈親家與山歌〉則在文中蒐錄許多客家山歌對唱的過程，〈假黎婆〉就是以客家作爲發音的題目。不僅如此，鍾理和也常以客語作爲人物對話的語言。這些「客家性」是被隱藏在書寫的篇章或是片段之中，雖然不是客籍作家創作的重心，但，不是創作中心並不表示其不存在，反倒成爲隱藏於「臺灣身分」下小說中的重要元素。也就是說，所謂的「在場中的不在場」恰好可以形容在「臺灣意識」下「客家性」的存在。在客籍作家作品中「客家性」是在場的、存在的，但是在臺灣意識的架構下，它又必須被隱藏成爲不在場的族群身分。

　　《文友通訊》第四期本土作家以〈關於臺灣方言文學之我見〉一題各自發表意見時，鍾理和就曾如此提出其見解：

　　我的意見很簡單。第一，開宗明義我是不贊成這主張的。倒不是因爲方言文學本身的問題，而是基於現實環境的考慮。吾兄所謂臺灣方言並沒有明白指示，不知究指何種語言。一般人提起「臺灣話」一詞幾乎就是指閩南語，然則吾兄大概就是指閩南語了。以閩南語爲基礎，爲工具，推行臺灣方言文學，至少應具備如下二條件。一、人人皆諳閩語，二、人人能以閩音閱讀。……雖然閩胞在臺灣占絕大多數，但終不能以此而

---

[23]同上註，頁25。

否認粵胞的存在。今若以「臺灣方言」嚴格自限，把粵胞拒於千里之外，姑無論行不行得通，時在今日究非明智之舉。[24]

對「方言文學」鍾理和是抱持反對的態度，並認為方言文學的界分只會使得臺灣的語言問題更為複雜。不過，對「文學中的方言」一題，他是持贊成的態度，他認為在文學中加入方言更能凸顯「臺灣文學」的特色：

> 然而臺灣文學又確乎有臺灣文學的特色，這是不容否認不容推諉的，我們應如何予以研究，並培植、發揚，使之成為「重要的一環」倒的確是「責無旁貸」的。**因此我們似乎應捨去方言而只標榜「臺灣文學」，只把方言作為其中一個重要的因素，似乎即已把「臺灣文學有臺灣文學的特色」這意旨凸顯出來了。**[25]

從鍾氏的看法中，我們可以看出：他認為方言是建構臺灣文學中臺灣特色的重要因素之一，卻非全部的因素。因此，他贊成文學中加上方言的特色來豐富作品，使其更為生動，並更凸顯臺灣文學的特色。但鍾理和在文中自己也說道，他所在乎的不是客家方言、客家特色，而是以臺灣作為主體所呈顯的「臺灣特色」。在此，我們可以一目暸然的從鍾理和的身上看到以臺灣作為優先、立足點的思考方式。

總結來看，鍾理和並非不贊同將「客家性」置入文學創作之中，而是以臺灣作為主體將「客家性」置入臺灣的框架。從鍾氏的行文中我們可以發現，他將在臺灣的文學叫做「臺灣文學」而不稱中國文學，這代表了以臺灣作為主體的思維儼然存在於鍾理和的心中。或許，對他來說，臺灣與中國並非截然二分的兩個個體。不過，依其行文的脈絡來看，他亦認為臺灣文學也絕非是中國文學的一部分。否則又何必將在臺灣的文學稱作是

---

[24]同註 21，頁 4。
[25]同註 21，頁 7。

「臺灣文學」呢?換句話說,在認同上,鍾理和或許沒有意識到自己的認同究竟為何?不過從其作品、書信中無意識透露出以「臺灣」作為優先主體的意識,讓我們可以大略了解到,鍾氏的認知裡,臺灣人已然從戰後被視為中國的「他者」中,逐漸走向以自身作為主體的發言位置。

四、結語

　　現今臺灣學者多以「二二八事件」作為臺灣本土意識興起與發揚的轉捩點。筆者認為,這種以單一事件作為切分太過於武斷,不但無法看到臺灣人民族認同的流動過程,也會喪失了解戰後一代臺灣人從孤兒意識與原鄉情結中的糾結與拉扯情況。所謂的以「二二八事件」作為分野,的確是可視為臺灣人與中國接觸後的失望到憤怒的轉變。但對鍾理和來說,因日治時期早就有旅中八年的經驗。因此,其對中國的失望到臺灣意識崛起的轉變與發展是早於其他臺灣作家的。我們從其作品〈夾竹桃〉(1944 年)、〈祖國歸來〉(1946 年)、〈白薯的悲哀〉(1947 年)一系列作品中,可發現其對中國民族、中國政權的批判。雖然在「二二八事件」後,由於政治權力強力掌控臺灣文壇,鍾氏的作品也再也不復見其批判色彩,反倒轉向書寫美濃鄉土,並著手撰寫以臺灣歷史為背景的長篇歷史小說。對他而言,也許「原鄉中國」與「臺灣鄉土」間的關聯並非二元對立的,但從其作品中我們可以發現,其作品所呈現濃厚的土地意識,甚至從其書信中也可看到以臺灣作為主體發言位置的思考態度。

　　至於客籍身分的問題與看法,鍾理和認為應將其視作臺灣文學中的元素之一即可。這種將自身客籍身分隱藏在臺灣主體的看法,是臺灣客籍作家慣有的思維模式。面對政治上、社會上的殖民或是內部殖民的統治,臺灣島島內逐漸形成共同體的形態,此形態的產生並非源於自身主體的「主動」建構,而是長期被視為「他者」,並受到不平等待遇後,藉由「他人之眼」翻轉不對等的權力關係。也就是說,臺灣主體意識的產生並非來自於族群因素,而是來自於政治因素,面對不合理的壓迫與剝削,臺灣主體的

建立最大的用意在於追尋平等、自由社會的普世價值。

　　在本論文的最後，我想以印度史學家古哈（Ranajit Guha）〈歷史的細語〉一文暫作結論，古哈在〈歷史的細語〉中詳述了國家機器與意識形態的無所不在，對此古哈在內文中並未提出任何的解構方式，他認為他唯一能做的就是展現如此的（內）殖民暴力，讓眾人了解到權力的無所不在。不過此篇文章還是提供了我們以「諦聽」作為找尋歷史細語很好的方式。也就是說，當國家權力、意識形態、大敘事文本不斷的干擾我們找尋「細語」的時候，「諦聽」不僅是一種方式，也會是一種了解、學習的態度：

> 我們知道，「諦聽」是「論述的基本因素」。諦聽就是開放自己，其存在狀態是有所傾向：人在諦聽時，身體會稍往一旁靠。所以，老一代和新一代婦女之間交談和諦聽是團結的條件。[26]

　　在戰後本土作家荒涼的一個世代中，我想，我「諦聽」到一些聲音……

──選自《臺灣學研究》第 4 期，2007 年 12 月

---

[26]古哈〈歷史的細語〉，劉健芝、許兆麟編《庶民研究》，北京：中央編譯社，2005 年 1 月，頁346。

「泰利斯曼」式的創作
以鍾理和爲例

◎王幼華[*]

一、藝術治療與作品分析

　　藝術治療的理論，由 1970 年代發展至今，約有三十年。十多年前在英國被認定具有治療能力及效果，屬於心理衛生專業。[1]藝術治療師的工作，基本上是對病人畫的「圖象」進行分析，與作畫者一起討論，協助他們解決心理或精神上的問題。藝術治療對病例的分析及論證，有很多可以做爲討論作家與作品的參考。許多作品表現出作家的心理症狀，是其內在苦悶的投射，呈現其瀕臨崩潰的精神狀態。作家的「創作」可能是尋求治療，期望解脫惡境的符號與語碼，是心靈傷痕的映照。這些作品具有何種意義？如何解說？藝術治療的理論可以協助做更深入的了解與分析。

　　《藝術治療的理論與實務》一書裡，收錄有喬伊‧沙維特恩（Joy Schaverien）〈代罪羔羊與「泰利斯曼」〉一篇文章[2]，此篇文章談到《聖經》裡「代罪羔羊」（a scapegoat）的意義。他指出在基督教的某項儀式裡，會有一隻白羊承擔起整個社區人們所犯的罪惡，在儀式結束後，這隻羊被放逐到沙漠裡死去。這隻白羊的死，讓整個社區的罪得以救贖。眾人的罪孽藉由一個替代物的犧牲，得到轉移，得到赦免。使社區內眾人之

---

[*]發表文章時爲聯合大學華語文學系助理教授，現爲聯合大學華語文學系副教授。

[1]陸雅青〈讀《Image of Art Therapy》有感〉，Tessa Dally 等著；陳鳴譯《藝術治療的理論與實務》，臺北：遠流出版社，2004 年 10 月。

[2]喬伊‧沙維瑞恩（Joy Schaverien）〈代罪羔羊與「泰利斯曼」〉一文見 Tessa Dally 等著；陳鳴譯《藝術治療的理論與實務》，頁 113～169。

罪，不至於遭到神的懲罰，不會遭到不可測的災難。這隻被轉附的替代物，被犧牲的動物就被稱爲「泰利斯曼」（talisman）。所謂「泰利斯曼」作者引用《牛津英語辭典》的解釋是：

> 魅力、驅邪符，能夠製造奇蹟的東西。一種雕刻的神奇物，能使其持有者受益。[3]

「泰利斯曼」亦即被賦與了特殊意義的犧牲品，因爲意義特殊，所以具有神奇的魔力，具有保護擁有者的力量；而許多人們創作的藝術作品，便具有這樣的特質。作者認爲爲了宗教膜拜而創作的畫作，表現聖人聖跡的繪畫，最具有這樣的特色。聖跡的畫作如耶穌被釘十字架、聖母懷抱死亡的耶穌等，其主題是死亡與犧牲，作畫的人與觀賞者在這樣畫像裡獲得許多恩典及啓示。畫作裡耶穌的犧牲行動拯救了、洗清了世人的罪惡，讓人們得以脫罪與重生。這類畫作傳達了潛在的「泰利斯曼」的力量。[4]喬伊・沙維瑞恩論述「代罪羔羊」的轉移行爲時，舉了兩個他進行藝術治療時遇見的例子。其一是少女莎莉以大便塗污的畫紙，向眾人展示的行爲，她畫了這樣令人不快的畫作後，還驕傲的炫耀「這是她的作品」。整整一星期內，她把這張畫作帶在身邊，引起整個社區的議論紛紛；最後，她在一個公開的儀式中焚毀了這張畫。作者認爲莎莉這樣的繪畫行爲及過程，是具有很多意義的，她讓繪畫「變成一種代罪羔羊」。其二是 25 歲年輕婦人

---

[3]同上註，頁 116。根據喬伊・沙維瑞恩的論述，「泰利斯曼」的意義很多樣，還有感恩、人際關係的連結、護身符等意義，本文採取其中解厄除難與或可受益的意義；而這意義與代罪羔羊原意有些差異。根據 *The Oxford Pocket Dictionary of Current English 2007,* originally published by Oxford University Press 2007.的解釋：「talisman」是：「an object, typically an inscribed ring or stone, that is thought to have magic powers and to bring good luck. 」雖不能確定作者引用何年度的字典，但這應是作者引文出處，見 http://www.encyclopedia.com/doc/1O999-talisman.html.另 wikipedia, the free encyclopedia 解釋 Talisman or amulet 爲「a small object intended to bring good luck and/or protection to its owner.」引見 http://en.wikipedia.org/wiki/Talisman, 2008 年 1 月 21 日。

[4]事實上許多作家一生的經歷悲慘，命運坎坷的例子很多，如盧照鄰、杜甫、孟郊、曹雪芹等，讀者在閱讀其作品時除了欣賞作品之外，對其遭遇的困厄往往亦能引起共鳴，讓閱讀者得到安慰的與心靈淨化的作用。這樣的作用與觀看宗教受難圖畫、雕刻的效果類似。

露易絲的惡夢現象，她感到夢與現實之間很難分辨，一直覺得房間裡有具屍體跟著她。為了避免糾纏，跟屍體妥協，露易絲畫了一幅恐怖的畫，將屍體置入畫中，並認為這幅畫可以見證其內在的「壞」；將虛擬的「它」畫出來是必要的。露易絲認為這幅畫具有力量，對自己與他人都有影響力。[5]喬伊‧沙維瑞恩強調，人們會用這種投注與轉移的「創作」，做為解除自身罪惡或災厄的方式。許多表現在圖象繪畫的行為，就具有這樣的內涵，創作者藉由自我揭露（self-disclosure）、自我解釋的行為；藉由外顯的行為如繪畫或文字或其他替代物，來獲得除罪，來獲得治療。這樣的行為其實在臺灣的民俗宗教裡亦可見到，當人們家中發生災難，遭逢厄運時，且認定是出於惡魔作祟，就會請乩童到家裡來作法驅邪。方法是在門前焚燒紙製的五鬼、白虎、天狗、烏鴉等。這些紙製的、虛擬的惡物，即象徵作祟的邪魔，由一位神靈附體的乩童拔出利劍，在空中狂刺，以示將惡魔驅逐，這個家庭從此以後便得到安寧。[6]紙製的五鬼、白虎、天狗、烏鴉，便是身處苦難中的人們幻設的惡運製造物，人們將一切的不順遂歸咎於「它們」，經過一番儀式後，這些惡物被銷毀，象徵了災難也將過去，人們將獲得解脫。喬伊‧沙維瑞恩另引 Frazer 採集的故事，有些澳大利亞的土著黑人，為了治療牙痛，會將被稱為「卡立克」（Kariitch）燒熱的射矛器，貼在臉頰上，以解除牙痛。使用之後的射矛器被丟掉，他們認為牙痛也就跟著這個射矛器消失了。[7]

　　文學創作事實上也表現出了類似的現象，作家們藉由作品，揭露了內心的矛盾與糾結，藉此發抒苦悶，向世人呈現焦灼與悲痛，呈現他們所犯的「罪」或他們完全清白，只是被世俗「定罪」了。這些作品經過作者

[5]兩例見喬伊‧沙維瑞恩〈代罪羔羊與「泰利斯曼」〉，頁 135～146。依作者描述莎莉只是個孩子氣的年輕女子，沒有表面可察知的病徵。露易絲則具有睡眠品質不良，經常為惡夢困擾的問題，可能具有心理或精神方面的疾病。
[6]見鈴木清一郎著；高賢治、馮作民編譯《臺灣舊慣習俗信仰》，臺北：眾文圖書公司印行，1981年再版，頁 85～86。
[7]喬伊‧沙維瑞恩〈代罪羔羊與「泰利斯曼」〉，頁 154。

「理性」的處理，有時不免放大或裝飾化受難的情節，醜化不利於自己的人。或者一而再，再而三的重複己身的創傷，沉溺其編製的故事間不可自拔。這種「放大渲染」或「一再複製」的現象，在宗教畫裡的聖人與惡鬼是常見的模式。作家將內在的痛苦移轉，使作品成爲「代罪羔羊」成爲「泰利斯曼」這種自我的揭露，存在著人們了解、同情與接納的期望；不避諱的將苦難寫出，事實上也期望能「解除」、「不要」這樣的困境，[8]脫離不斷出現的噩運。他們的作品除了抒發情緒之外，亦有洗清罪名、解厄除難的動機在裡面。文學作品可能如同莎莉以大便塗污的畫紙，露易絲與屍體共處的畫，道士驅魔時焚燒的五鬼、白虎、天狗、烏鴉等紙器，澳大利亞土著治療牙痛的卡立克這樣「泰利斯曼」化的創作，除了讓別人產生共鳴之外，也期望讓它具有神奇的、超凡的力量。

二、臺灣文學中的「泰利斯曼」現象

臺灣文學中，表現出「泰利斯曼」現象的作家是相當多的，尤其是帶有自傳性質的作家。這些作家勇於將自己的人生經歷表露出來，不斷的用各種身分與角度，敘述自己的故事；而這些故事大多是創傷經驗與現實的苦悶。作家創作時，基本上是一種情感轉移的作用，藉文字書寫的「儀式」，鋪敘悲苦的情感，作品的完成及發表，對作者來說便達到了紓解及昇華的效果。當這些作品被寫出來，即成爲「泰利斯曼」作者將內在的「罪」、「苦難」轉移在它身上，作品將被「毀棄」或形成具有神奇力量的東西，轉而對「持有者有益」。這樣的作家有吳濁流、鍾理和、李喬、七等生等。[9]吳濁流是一位「自傳型」的作家，大部分作品都是寫自己的經歷，他的作品如〈水月〉、〈筆尖的水滴〉、〈泥淖中的金鯉魚〉、《亞細亞的孤兒》長短篇小說，自傳式的《無花果》、《臺灣連翹》等最爲典型。這些作

---

[8]同上註，頁153～154。
[9]此外龍瑛宗〈植有木瓜的小鎭〉裡的陳有三，〈勁風與野草〉裡的杜南遠，楊逵〈送報伕〉裡的楊君，鍾肇政《魯冰花》裡的郭雲天，《濁流三部曲》裡的陸志龍等，都有作者濃厚的身影，自傳性很強，值得做更多的討論。

品社會性、批判性很強，充滿抑鬱、苦悶的激情。這種苦悶其實來源有兩方面，一是懷才不遇的哀傷，一是經濟上的不滿足感。這種苦悶，也可以說是吳濁流一生創作最基本的調子。[10]這些充滿個人色彩的、憤恨的作品，因爲具有普遍性，寫出了既是個人也是許多人的共同經驗，引起了很大的共鳴，逐步成爲臺灣本土文學陣營重要的聲音。

李喬是另一個例子，葉石濤在〈評李喬的兩本書——《飄然曠野》、《戀歌》〉一文裡寫到，李喬〈阿妹伯〉這篇小說，隱藏著令人哀傷的身世的祕密，小說讓人瞥見他時常淌著血的心理創傷；而「這心理創傷大概是迫使李喬走向寫作生涯的原始動機之一。」[11]葉石濤指出在饑餓和污辱交迫中度過的童年、屠弱的身體和「暗鬱負了傷的心坎」，是造就李喬成爲作家的條件。唯一帶給他溫暖的母親去世，也使他藉由寫作來尋求慰藉，彌補那失去的痛苦。這些評論剖析了他步上寫作之路、成爲作家的心理驅迫力。陳銘城〈期待平等公義的終極關懷〉一文，爲歡迎李喬演講的開場白序言，他說：「一個作家的童年記憶、病歷表和家族背景的故事，往往是他創作上的祕密。」[12]這段話很準確的道出李喬早期許多創作，如〈山女〉、〈哭聲〉、〈痛苦的符號〉、〈蕃仔林的故事〉等的動機，以及作品的特色。

七等生是對自己作品具有高度自覺的作家，經常以超越式的視角評論自己的寫作。他在〈我年輕的時候〉一文中，反省踏入寫作第一步之後，對於從前成長歲月所遭遇到的「貧困和苦難」，遭遇到的「人事的折磨等種種夢魘」，藉由創作「一步一步地獲得了舒解和擺脫」。讓他那忿忿不平的心，透過創作的發洩、修練，逐步平靜下來，熄滅了報復的火焰。作者站在自我昇華的高度，蔑視了曾有的仇恨心緒。他的寫作是在「揭開我內心

---

[10]詳見王幼華〈面具在說話——政權變動下的吳濁流〉，收錄於《族群論述與歷史反思》，苗栗：苗栗縣文化局出版，2005 年 12 月，頁 343～358。
[11]葉石濤〈評李喬的兩本書——《飄然曠野》、《戀歌》〉，《臺灣鄉土作家論集》，臺北：遠景出版社，1981 年再版，頁 208。
[12]李喬《李喬短篇小說全集》，苗栗：苗栗縣文化中心出版，2000 年 1 月，頁 324。

黑暗的世界」，將內在「積存的污穢，一次又一次加以洗滌清除。」[13]七等生自述他的文字具有兩層意涵：「他冷靜地展示和解析各種存在的現象，並同情地加以關愛。」[14]

　　事實上，七等生所寫出的作品，並不如他自己所分析的那般超邁、高遠；他對於現實上遭遇到的扞格是耿耿於懷的，作品是具有攻擊性的，如〈復職〉、〈小林阿達〉、〈散步去黑橋〉、〈木鴨、沙馬蟹和牛仔的故事〉等，將父親的不幸遭遇、家族的離齟、謀職的紛爭、婚姻的不安與鄉人間的爭執，都寫入作品裡。他的展示和解析，基本上是受創經歷的重新編製，或者稱為寫作藝術的投注與轉移。七等生認為自己在創作的狀態裡獲得解救了，以寫作清洗了仇恨與憤怒，以想像編織可能並非事實的情境，用精神勝利法安撫了受挫的心靈，在作品裡贏得了現實，原諒了敵人。甚至可以說現實的屈辱感、挫敗經歷，才是他寫作的泉源與動力，他依憑創作以減輕活著的無奈，化解粗鄙的現實帶給他的累累傷痕。

　　鍾理和作品的自傳性十分濃厚，是非常典型的例子。鍾理和寫作的動機如其所述，來自兩次挫折與刺激。其一是升學的落敗，他在年少時有三個好朋友，他們同時考中學，四人裡唯一落榜的便是他。落榜的打擊很大，使他下定決心，想要在未來，由別種途徑贏過他們。不過這樣的心願要怎樣表現，「尚未定型」[15]，還未找到出路，其二則是 19 歲時的戀愛事件，他愛上了同姓的女子。愛上同姓甚至可能是有親戚關係的人，在當時的社會是不被允許的，會遭受到極大壓力與議論的。因此「我想藉筆來發洩蘊藏在心中的感情的風暴」[16]，鍾理和想要成為作家的心願便萌芽了。

　　在鍾理和的自述裡，成為作家源自轉移羞恥為力量的慾望，而所述的內容基本上是一種創傷的自我揭露。作者將現實遭遇裡的苦難化為文字，鋪陳編寫出來，展現在眾人的眼前，而這種書寫，其實有著將創痛轉為有

---

[13]七等生〈我年輕的時候〉，《散步去黑橋》，臺北：遠景出版社，1979 年 10 月再版，頁 252。
[14]同上註，頁 252～253。
[15]鍾理和《鍾理和全集 6》，臺北：行政院客家委員會，2003 年 12 月，頁 217～219。
[16]同上註，頁 219。

扭轉形勢，轉惡爲益的期盼，很明顯表現作品的「泰利斯曼」化。鍾理和作品表現出的挫敗與創傷，大約有幾點，其中包括「同姓結婚」、「貧窮」及「病痛」等。而同姓結婚應該是其悲劇人生的起點，也是創作的基本動力之一。許多小說如：〈同姓之婚〉、〈奔逃〉、〈貧賤夫妻〉、〈蒼蠅〉、〈錢的故事〉以及長篇小說〈笠山農場〉等，都重複的述說同樣的主題，是鍾理和成爲作家的重要契機。本文下面一節以他的作品做爲論述的範例。

三、鍾理和作品的分析

（一）荆棘之路

　　依據鍾理和早期的作品，如〈夾竹桃〉、〈白薯的悲哀〉、〈門〉、〈泰東旅社〉等小說，及 1945 年 9 月 9 日至 12 月 26 日所寫的日記來看，他具有相當強的寫實與批判精神，對政治與社會的狀況具有相當敏銳的觀察力，人際之間的糾紛與情慾的葛藤，也是描寫的重點。當然作品中處處可見作者的身影，穿梭其間。具有這樣特質的作品，在 1949 年 35 歲以後就少見了。原因是他肺結核病況嚴重，需與病魔搏鬥，生活圈變得狹小，創作只能以自己身邊的種種爲主。美濃地區的風土民情，家族與自身的感觸、病痛，成爲主要描寫對象。代表其內在最大情結的「同姓之婚」，在他 40 歲之後陸續的寫出來，這些作品可以看出摻雜著悲嘆、憤恨、痛苦與甜蜜。這個飽受詛咒的結合，使他走向了荆棘之路，人生充滿了坎坷與悲哀；爲了這樣的婚姻，付出了巨大的代價。可能是年紀已長，一無所成，可能是感到病入膏肓，他開始咒怨造成悲劇的癥結，尋找「代罪羔羊」將罪惡歸之於牠，然後驅逐出去，他希望自己有「洗清除罪」的可能，有解厄除難的機會。鍾理和繪畫出了許多幅受難的圖像，這些圖像顏色晦澀，人物臉孔表情悲悽，整個世界暗沉沉的一片，見不到光明。他不斷的將這不被祝福的愛情過程寫在作品裡，反覆訴說其中的冤苦。

根據〈鍾理和生平與著作刊登年表〉[17]有關同姓之婚的作品及其創作年代，分列如下：

作品名稱	歲數	創作年代	發表刊物
〈蒼蠅〉	40	1954 年寫作，1959 年發表	《野風》
〈野茫茫〉	40	1954 年發表	《聯合報》
〈笠山農場〉	41	1955 年	1976 年遠行出版社出版
〈同姓之婚〉	42	1956 年	《聯合報》
〈奔逃〉	44	1958 年	《新生報》
〈貧賤夫妻〉	45	1959 年	《聯合報》
〈錢的故事〉	46	1960 年	《聯合報》

　　同姓之婚自古以來都是人類社會裡的禁忌，血緣過於接近的男女結合，會產生不健康的下一代，這是經驗法則。鍾理和與鍾台妹（平妹）[18]的愛情與婚姻，在保守的高雄縣美濃地方，造成的震撼是可想而知的。兩人對愛情的堅持，無視社會禁忌，執意堅守愛情，自然造成軒然大波。鍾理和毫不忌諱揭露同姓婚姻的事實，與少女莎莉用大便塗污的畫紙向眾人展示，婦人露易絲畫與屍體共處的圖畫，其內在驅力有其相似性。「大便塗污的紙」、「惡夢似的圖畫」都足以讓人不快，都屬於「非正常」的社會行為，會招致人們的議論與抵制。兩人展現的其實是內在的情結或創傷，他們向眾人展示自己「惡」的目的，其實是希望「拋除」，期望自救，能夠如同澳洲土著拋棄卡立克一般，讓牙痛轉移；至少希望那種狀態是能變成被眾人接受的。「同姓之婚」、「大便塗污的紙」、「惡夢似的圖畫」都可以說是一種「泰利斯曼」式的表現，而這些「成品」也與創作者分離，具有多樣

---

[17]鍾理和《鍾理和全集 6》，頁 225～233。
[18]鍾理和的妻子本名為鍾台妹，小說中皆以平妹稱之。

的意義，成為眾人都可參與解讀的標的。

（二）罪惡與災難敘述[19]

鍾理和在作品中敘述出自己堅持與鍾台妹的愛情，造成了各種各樣的災難，這些打擊包括來自家庭、親友、社會議論等等，由於鍾理和個人際遇欠佳，身染惡疾，所生的孩子遭遇疾病與死亡，更讓他與妻子的處境極其艱難。他們的結合變成一種詛咒，變成人們期待看到的悲劇，「同姓之婚」終於演繹成「天所不容」的可怕境地。「代罪羔羊」除罪模式的根本，是在於人們承認自己有「罪」，所以必須藉由犧牲品來去除罪惡，「在授與羊力量的行動中，我們必須承認罪行的存在，並且儀式化的與它分離」[20]不過鍾理和的認知裡並不以為自己有罪，是外人認為他們有罪，而且將眾多的懲罰施加在他們身上，要求他們認罪。鍾理和雖不肯承認有罪，但事實上已然接受自己是人們眼中的「罪人」，因為他與妻子都戴著人們給與的罪枷，行走在人間。這個枷鎖十分沉重，造成命運的坎坷。在他的作品裡可以看到如下的敘述，這些便是鍾理和內在苦難的移轉物，是代其受罪的羔羊，他描述自己陷入的災難至少有四類：

1. 與家庭親友的決裂

〈奔逃〉一文作者藉由兄弟景明的口述，父母親倆結婚三、四十年來，一直相敬如賓，為了他的事發生爭執，口角不斷。「母親每天以淚洗面」，父親斷了他的經濟來源，也不讓母親接濟他，希望阻止他們繼續交往。〈貧賤夫妻〉說和平妹的結合遭遇到「家庭和舊社會的猛烈反對」，他們經過艱苦奮鬥，不惜和「家庭決裂」，方始成為夫妻。〈同姓之婚〉裡說假使他們要結婚，便必須做到兩件事，「第一，脫離家庭；第二，經濟自立！」[21]父母親都不可能同意這個婚事的，如要這樣做，就必須甘冒大不韙脫離家庭，然後追求經濟獨立，自組家庭。

---

[19]這些作品雖有不少企圖辯解或尋求自我認同的部分，但這樣的聲音其實是很微弱的，飽受現實摧殘的鍾理和，仍以展露創傷與哀痛為主調。

[20]喬伊·沙維瑞恩〈代罪羔羊與「泰利斯曼」〉，頁124。

[21]鍾理和〈同姓之婚〉，《鍾理和全集1》，頁97。

家庭方面的關係決裂了，連最親近的友人也出現裂縫，對他的作法不認同。〈奔逃〉裡敘述，堂兄魁光曾是他非常親近的人，對他的作爲不認同，雖然沒有出言責備，但在眼光和行動上有著十分清楚的非難與責備，鍾理和無法取得魁光的支持，讓他感到孤獨與哀傷。追求愛情的結果，到了最後竟成爲最孤單的人，「我仍然只有自己一個人！連最信賴的人，也都離開我了。」[22]這樣的情況也發生在平妹的身上，〈同姓之婚〉說：「她從前的朋友，即使是最親密的，現在都遠遠的避開她了。彷彿我們已變成了毒蛇，不可親近和不可觸摸了。」[23]鍾理和希望妻子的舊友能來家中相聚，以安慰妻子的心，有時甚至是用哀求的，但都不能成功。有次在一個山寺遇到妻子舊日老友，便熱忱的邀約她來家吃飯。在他們燒好飯菜，誠心等待之後，她舊日的友人竟爽約了。妻子跑去山寺找她，最後失望而回，非常哀傷說友人不願意來，是因爲她「討厭我們！」[24]他們兩個成爲人群中的「毒蛇猛獸」，成爲可怕的「罪人」，是必須被隔離的「異類」。

2.社會議論與人身攻擊

由於這樣的結合不被家庭與親友認同，所以也沒有舉行「儀式」。他們不能舉行「正式的婚禮」，意味著兩人的婚姻關係是不被社會認同的。〈同姓之婚〉說「我們的結合，不但跳出了社會認爲必須的手續和儀式，並且跳出了人們根深蒂固的成見——我們是同姓結婚的！」[25]在當時臺灣的社會，「這是駭人聽聞的事情」[26]，既沒有人們認同的「社會儀式」，他們的婚姻基本上建築在一種不合法的、脆弱的狀態裡。人們對這種敢於觸犯眾怒、挑戰禁忌、違逆約定俗成作法，是不會輕易放過的。人們必須證明群眾的經驗是正確的，違反了這個規約，必然會得到災難。

〈貧賤夫妻〉一文裡，鍾理和住院三年，返家後妻子沒有到車站接

---

[22]鍾理和〈奔逃〉，《鍾理和全集 1》，頁 81。
[23]同註 21，頁 99。
[24]同註 21，《鍾理和全集 1》，頁 100。
[25]同註 21，頁 91。
[26]同註 21，頁 91。

他，只在老家附近的樹蔭等待。見面後，鍾理和問妻子爲何不到車站等他？她回答是：「車站裡人很多。」[27]人言可畏令她害怕，他們的婚姻是沒有社會認同的，人們樂於批評、攻擊，他們的災難足以證明眾人的議論是對的。沒有舉行結婚儀式，簡單的說就是自棄或被棄於社會之外了。

〈同姓之婚〉中，與鍾理和「結婚」後的平妹，過著憂鬱與苦悶的生活，整日「就一直在迷惑、疑懼和煩惱的泥沼中」[28]，鍾理和的母親對她展開批評：「母親眼看說我不動，於是遷怒到平妹身上去。罵她是淫邪無恥的女人；是一個專會迷惑男人的狐狸精。」[29]鍾平妹選擇了愛情，遭來的是嚴厲的攻擊，而且攻擊她的是愛人的母親，用「淫邪無恥」、「狐狸精」的語詞，可以說是極其難堪的。除了這樣的批評，其後的婚姻更是長夜漫漫路迢迢，生病的先生沒有謀生能力，醫藥費的龐大讓經濟來源困窘，她必須承擔家計，日夕勞苦，做最粗重的工作賺取微薄的金錢，來維繫家庭於不墜。

3.前途茫茫被迫返家

〈奔逃〉一文中記述夫妻兩人，決定離開是非紛擾不斷的家鄉，去到中國。尋找可以安身立命的地方，尋找可以接納他們的桃花源。不過前程難料，未來是好、是壞，無法確定。他們乘的船離開基隆港，航行經過彭佳嶼，海水茫茫，故鄉已不見了，前途未卜。他感慨的說：「廣大的天地，何處是我倆的歸宿？」[30]可惜在中國一段時間後（1940～1946 年），發展並不順遂，生活仍是艱難。1946 年日本侵華戰爭失敗，在中國的日本國臺灣人處境堪憂，恐遭報復。鍾理和夫妻搭乘遣返難民的船隻回到臺灣，暫住高雄弟弟家。次年肺病惡化，從此疾病纏身，雖多次就業仍無法安於一職，最後返回故鄉，依靠分得的祖產維生。無法謀得好出路，只好回鄉的挫敗，這又是一件非常羞恥的情況。

---

[27]鍾理和〈貧賤夫妻〉，《鍾理和全集1》，頁109。
[28]同註21，頁91。
[29]同註21，頁95。
[30]同註22，頁85。

4. 天所不容

　　鍾理和感受到「同姓之婚」除了家庭親友及社會的壓力外，還有更大的、更殘酷的試煉，更難堪的污辱，那就是他們的孩子成為人們取笑與尋開心的對象。他有無數次聽到人們指著孩子說：「牛，畜牲養的。」[31]有一個女人曾對著孩子說：「小孩子，你有幾條腿？四條是不是？四條腿？」嘲笑鍾理和為牛公，平妹是牛母，是如同畜牲一樣的人類。他們生的孩子，自然也是畜牲。〈野茫茫〉鍾理和祭早夭的「立兒」說：因為名字上的第一個字相同，父親和母親受詛咒，「彷彿我們在道德上犯了多麼可怕的瀰天大罪」[32]。人們用「牛」、「畜牲」、「逆子」等等名詞攻擊我們，你是無辜的，但人們張著眼睛注視我們的一舉一動，隨時張著口準備給我們「更多的侮蔑和嘲笑」，無時無刻「我們和他們之間」，都會產生那「激烈的，無休止的惡鬥」。悲哀的是你的哥哥不知是在學校跌倒，還是「蛀骨癆」，變成了駝背。人們對此更是振振有辭了，對父母的婚姻給予這樣的評語：「天不允許！」[33]

　　這個立兒，曾是鍾理和夫妻期望向世人呈現的一個健康的孩子，只要立兒長得好，就能證明他們婚姻是道德的、健全的，是有完整性的。不幸的是，曾經健康如同小獅子的他，不過一次感冒便奪去了生命。立兒的死，讓世人更相信「他們是對的」，鍾理和夫妻的結合「果真是天不允許」[34]，他們的罪惡是天都不容許的，是要被正常的「人群」驅逐的。

　　鍾理和在他的「代罪羔羊」裡賦予了各種各樣的災難：家庭親友決裂、社會議論、人身攻擊、謀事不遂、身染惡疾，最後到了天所難容的境況。這樣一個被詛咒似的，無法見容於天地之間的「罪孽」，字裡行間顯示了瀕臨崩潰的絕望感，窮極問天的悲慟。這些作品揭露了「罪」與「災難」的糾葛，在眾人面前展現受難式的書寫。如同看見耶穌釘在十字架上

---

[31]同註 21，頁 101。
[32]鍾理和〈野茫茫〉，《鍾理和全集 1》，頁 150。
[33]同上註，頁 151。
[34]同註 32，頁 153。

的圖畫似的，讓人們對這種悲慘的畫面感動，震撼於他的殉教精神，轉而對基督教產生敬佩、皈依的念頭。事實上耶穌在羅馬人的觀點裡，他是一個罪犯，是混淆視聽、造成混亂的問題製造者，讓他受釘在十字架上的刑罰是恰當的，是合乎公平正義的。而這種轉變，正是喬伊·沙維瑞恩詮釋的「泰利斯曼」現象。在後來耶穌不但得到了「洗清除罪」的效果，還成爲基督教立教最重要的人物，他生前受的苦難，反而成爲重要的教訓，成爲反覆被詮釋、編製的情境。

（三）解厄除難的敘述

鍾理和 1958 年 2 月 8 日寫給廖清秀的信上說，他之所以寫作是爲了發表，爲了掙稿費，甚至願意爲獲得多一些稿費，努力的去迎合「他們」。[35] 雖然如此，但事實上他卻只能「按自己的意思來寫」，如果寫出來不受歡迎，他覺得對得起自己就好，違心之作無法寫，也沒那個才幹。綜觀鍾理和的作品和寫作態度，恐怕並沒有所謂「迎合」的情形，反而呈現的是一種純樸和真誠的特質，作者將內在的心思和情感，十分真實的表現出來，看不到虛矯與浮誇的辭語、造作的情節。他的作品可以說是源自於一顆樸拙的心靈，這個心靈受到種種挫折，因而想將受創的痛苦傾洩出來。如前所述，他悲慘命運的起點就在「同姓之婚」，這個驚世駭俗的愛情，一個歷經艱難的、不棄不離的愛情，造成了他悲苦的人生行路。鍾理和在作品中不斷重述這個情結，一再的揭露內外在的創傷經驗，而這些非寫不可的痛苦，希望除罪解厄的動機，才使鍾理和成爲鍾理和。

這樣毫無顧忌的自我揭露，目的何在？鍾理和曾爲自己的行爲抗辯，認爲兩人只是同姓而已，無法證明有血緣關係；既是如此，又有何不宜之處。爲何要遭到如此多反對？他用作品來控訴，來辯駁，來證明自己沒有錯。喬伊·沙維瑞恩〈代罪羔羊與「泰利斯曼」〉裡談到人們希望將邪惡與疾病的不祥之物，尋找一個代替品，將之轉移到「它」上面，這樣便可以

---

[35] 鍾理和〈致廖清秀函〉，《鍾理和全集 6》，頁 130。

把災難去除。在鍾理和來講，有關「同姓之婚」的創作，基本上就是「泰利斯曼」，是一種除罪、除穢式的轉移。這些書寫的潛在慾望是「不要」，作者渴望「不要」再有這些惡境，希望以前沒有、以後不再發生，希望這些災難能盡快被消除。如果達不到這樣的效果，至少是能夠被知道，被諒解，不再那麼的受到攻擊。如同露易絲的畫，她為了驅逐屍體進駐內在的恐懼，害怕屍體的惡造成自身的毀滅，於是將它展現出來，這種揭露讓她比較可以安心。雖然「可怕」的狀況並未實際解除，但她至少覺得自己內在的「壞」，已然展現出來，已然有了別的意義。鍾理和期望經由他的作品能夠產生「魅力」，如同「驅邪符」有效，並「能夠製造奇蹟」；他的作品能成為「一種神奇物」，能使他「受益」。[36]不幸的是如同很多人不斷的祈求上帝給予悲憫，改變命運，很多人寄望藉由驅魔除穢的儀式，脫離惡境，可惜都無法如願。鍾理和直到咳血而死，期望都沒能實現。

四、結語

　　鍾理和自述他走上寫作之路的原因，在「藉筆來發洩蘊藏在心中的感情的風暴」[37]。他孜孜不倦的寫作，直到去世，二十餘年都未停筆。文學創作與他的生命可謂緊緊相連。如前所言他的作品主調在發紓困悶，揭露創傷，具有很強的「泰利斯曼」現象。可惜這些作品並沒有為他「解厄除難」，也沒有達到清洗除罪的效果。除了一些文名，在他死前，所有的災難並未散去。張良澤在〈鍾理和全集總序〉裡提到，鍾理和在彌留的時候，召來鍾鐵民說，在他死後務必把所存的遺稿通通「付之一炬」，且家人不得再有從事文學者。他對《笠山農場》沒有出版耿耿於懷，「死有遺憾」。[38]鍾理和希望將作品「燒毀」，且認為文學創作並未帶給他幸福，他曾經寄望創作帶來扭轉命運的機會，改善生活，讓同姓之婚的陰影消除。

---

[36] 喬伊・沙維瑞恩〈代罪羔羊與「泰利斯曼」〉，頁116。
[37] 《鍾理和全集6》，頁219。
[38] 《鍾理和全集1》，頁7。

　　比較起來，吳濁流、李喬、七等生等人幸運得多了，他們都因作品獲得了很多現實的回饋，使他們「受益」。[39]不過鍾理和的作品畢竟受到了注目，悲慘的命運感動了無數的人，作品一再的刊印，使他在臺灣文學中有著不可動搖的地位。也許可以這樣說，鍾理和作品的「泰利斯曼」現象，在他活著的時候已開始醞釀，那些折磨他一生的災厄在去世後，才逐步的獲得了解除。

　　　　　　　　　　　　　——選自《臺灣文學學報》　第 12 期，　2008 年 6 月

---

[39]三人中以李喬最爲顯赫，他除了囊括國內外各項重要文學獎項外，還多次獲聘爲總統府國策顧問，地位崇隆。

鍾理和「喪子」題材書寫角度
以〈野茫茫〉、〈小岡〉、〈復活〉為探討對象

◎陳鈺淑[*]

一、前言

　　鍾理和，小說家，人稱「倒在血泊裡的筆耕者」。西元 1915 年出生於屏東高樹，1960 年因肺疾病逝。鹽埔公學校畢業後，因體檢不合格，未能繼續升學，遂進入私塾學習漢文，引發對文學之興趣，有意從小說寫作方面為自己的人生找出路。之後，到農場督工時，與同姓女工相戀。「同姓結婚」遇到家庭和社會的強烈反對。這和鍾理和從文學和現代知識所獲得的體認有極大的出入，他決定挑戰封建、企圖擺脫封建社會對婚姻的束縛。[1]

　　1946 年 3 月底鍾理和帶領家人返臺，很快地在屏東縣內埔初中找到代用教師的差事，不幸在經歷太多艱困的歲月後，八月就因肺疾病倒任所。此後，他又立刻進入一段漫長的和病魔抗戰的日子。辭去教職，進入松山療養院長期療養，這個期間一度因結核菌感染腸胃，差點被病魔擊倒，適抗生素發明傳入國內，始能死裡逃生。直到 1950 年 10 月底，在動過兩次大型胸腔整型手術，剪去六根肋骨之後，病勢得以控制，退院回家。

　　出院後的十年間，鍾理和已經無法出外從事需要耗費體力的工作，絕大部分的時間只能在家養病，這期間，上天對他的考驗從未中斷，不僅貧病交迫，而且災難連連。先是他小時候最要好的知交，也是他同父異母的

---

[*]屏東教育大學中國語文學系碩士生。
[1]鍾理和數位博物館，鍾理和生平小傳：http://km.cca.gov.tw/zhonglihe/01/main_02.htm，點閱日期：2008 年 12 月 24 日。

弟弟和鳴，在他從手術病床醒來的同一天清晨，因「基隆中學案」被槍斃。回到家時，父親留給他的田產已經因治病變賣殆盡。長子鐵民也得了脊椎結核，因無法同時籌措兩個人的醫藥費，錯過適切的醫療而駝背。1954 年，原本健壯活潑的九歲次子立民，突然生病夭折。他自己則經常面臨舊疾復發的威脅。終於在 1960 年 8 月去世，享年僅 46 歲。

在閱讀完《鍾理和集》後，我覺得印象最深刻的一篇是〈復活〉。1954年，原本健壯活潑的九歲次子——鍾立民，突然生病夭折，〈野茫茫〉、〈小岡〉、〈復活〉這三篇，是鍾理和透過創作表達對次子的懷念與追思的文章。本文從鍾理和「喪子」題材書寫角度著手，探討鍾理和「父親形象」的轉變，進一步並探索「喪子」題材書寫對鍾理和的心理上治療。

二、「喪子」題材書寫角度

（一）父親的權威

所謂權威性格是指非批評的接受傳統和權威，對權威和傳統依賴、服從的傾向，是一種對弱者發揮個人權威到極點的人格特質。在潛意識中具有根深蒂固的反民主觀念和感覺，滿足個人欲掌握權力及順從於權力的心理需求。[2] 又一般男性的性格都較女性為剛硬，故在對小孩的教導方式常常不懂得因材施教，或許是因為求好心切所致，但卻容易造成孩子焦急不安、畏怯等等的負面情緒。〈復活〉：

> 他把我的書沾上泥土，經我申斥後走到我腳邊，坐在椅尾又弄髒我的衣服，我也厭煩他鬧得我看不下書。「你看你，」我把他推開，一邊板著臉說，「把我的書和衣服都弄髒了。」孩子睜開眼睛呆看後，又吃驚、又羞愧、又畏怯。[3]

---

[2] 何秋蘭《社經地位、父母教養方式、權威性格、自我概念、情緒穩定性與國中學生生活適應的關係》，高雄：復文圖書出版社，1988 年 12 月，頁 36～37。
[3] 鍾理和〈復活〉，《鍾理和全集 1》，臺北：行政院客家委員會，2003 年 12 月，頁 128。

　　鍾理和對於孩子的嬉鬧、調皮，當下感到十分厭煩，即馬上大聲的斥責孩子，筆者認為，在這裡父親的權威力量是足夠的，具有權威性的人在處理事情方面就無法容忍別人的反叛行為，若一有反叛精神的出現，可能會以言語恫赫或行動表現其不認同，然而這樣一來卻造成孩子驚嚇、惆悵的情緒。如〈復活〉：

> 第二年孩子六歲，我開始教他做算術，……在學習中間，孩子時時張嘴、搔頭、或瞪著我發呆，顯然那麼苦惱和無精打采。但我不讓他停下來，我用揪耳朵和鞭子來進行我的教育。然而我的責罰僅只使孩子在算題上更常常發生錯亂，更少熱心，和更大苦惱。[4]

　　孩子的搔頭、發呆等等心不在焉的行為，在鍾理和眼中都成為激怒情緒的一顆炸彈，在盛怒的情緒之下，鍾理和以「扔簿子」、「揪耳朵」、「抽鞭子」、「禁止行動」來實施教導行為，這些動作將父親的權威展露無遺，以命令式口吻來完美詮釋其權威性。而在以這種方式實行教導的時候，孩子開始逃跑，縱使逃跑之後換來的是更多的責備、鞭笞和監禁，這種鐵的紀律不但對孩子無效，至此之後，孩子只要看到簿子便發慌，看見鍾理和一皺眉便渾身發抖。

　　又如〈復活〉裡頭有段描寫鍾理和交代孩子拿鐵鉗給鄰居，孩子在面對嚴厲的父親時，在慌張之下撒了謊，鍾理和命令憲兒，把立兒帶回來。在立兒被押回來之後，對於即將發生的事情的擔心和恐怖，臉上的蒼白足以顯現之。

> 我揮起鞭子。起初，孩子張口哀號和叫喚，身子像鰻子似扭捩著；後來反而不響了，卻流著眼淚，有時低低地呻吟著。我本為憤怒處罰孩子，

---

[4]同上註，頁129。

> 但此刻我已不知自己為什麼鞭打孩子，也不知道應在什麼地方停止；我
> 已為自己的行為而發狂了，我機械地揮著鞭子，我面前已看不見孩子，
> 柱頭。[5]

　　顯然的，在鞭打孩子的時候，鍾理和已經完全沒有理智可言了，在父親的想法裡，孩子的說謊令人生氣，亦表示做事的不負責，抵觸了鍾理和平時所堅持的原則。於是，他先以小竹枝抽打立兒。沒想到孩子的拔腿逃跑，對鍾理和來說是不僅僅是一種火上加油，更是一種反抗。筆者認為，孩子的反抗無疑是大大的挑戰了父親的權威，為了權威，為了斬除這種不該存在的反叛精神，便以毒打的形式讓孩子體會到父親權威式的教育。只是，這種嚴厲的態度和行為，並不會使小孩順從，只會把小孩導到負面的方向去。

（二）小孩的恐懼

　　不論是家庭與社會，都有可能成為培養恐懼的溫床。若害怕到無以復加的程度，或持續的時間很長，會造成一種負擔，也是一種病態。[6]在閱讀作品之後，感覺到鍾理和的情緒已經造成小孩對於「責罵」這件事情感到恐懼，如〈復活〉裡對於小孩的不受教，鍾理和是實行鞭打與責罵的處罰，造成小孩在面對作業簿的時候產生發呆、焦急和惶恐等情緒，又〈復活〉裡頭因說謊而被打的情節：

> 我拿起鞭子走前去。宏兒的臉更蒼白，歪依在柱頭上，頭垂在一邊，絕望和沮喪使他表現著一種無氣力，一種軟弱。我揮起鞭子。起初，孩子張口哀號和叫喚，身子像鰻子似扭挳著；後來反而不響了，卻流著眼淚，有時低低地呻吟著。[7]

---

[5]同註3，頁131～132
[6]參照弗里茲・李曼著；楊夢茹譯《恐懼的原理》，臺北：臺灣商務印書館，2003年，頁16。
[7]同註3，頁131。

　　起先，當孩子意識到即將發生的事情，拔腿奔逃是立即的反應，但是這卻增強了父親的怒氣，以先綑綁再鞭打的方式來處罰孩子，從鍾理和所寫的內容可看出，小孩一開始是掙扎、痛苦不堪的，但是後來只能流著眼淚、低低呻吟，有一種無可奈何的意味。也因為這個情境的產生，讓宏兒對於父親的恐懼又更強烈了，為了避免父親產生不愉快，只好盡可能順從、不予反抗。於是，一樁不可抗拒的悲劇因而產生。〈復活〉：

> 我為了自己粗心，讓這樣小的孩子帶了重負來回走六公里而覺得內疚。……「宏兒，」妻憐惜地說，「你要拿不動，怎麼不放在村裡，改日媽出去時再拿回來？」孩子不說話，抬首看了我一眼。[8]

　　在這個瞥視中，所包含的是懼怕與順從，五塊錢的糠約有十公斤那麼重，早已超過了一個小孩所能承受的，但是由於懼怕任務未完的後果，故咬著牙將父親交代的事情完成。鍾理和亦看穿孩子的心事，也知道孩子對於這種心結是不敢說也不會說。而不敢說即是代表孩子對父親有「溝通恐懼」，就於環境因素來說，溝通行為經常受到責罰的兒童，可能產生對溝通的畏懼，或逃避溝通來避免責罰，久而久之形成了持久性的溝通恐懼。赫伯斯達特的研究曾發現，在鼓勵表達的家庭長大的兒童，溝通能力比較好；反之，在表達受到抑制的家庭長大的兒童，溝通能力就比較差。[9]就如同〈復活〉：

> 「你怕你爸打你？」妻柔和地又說，「傻孩子，爸爸不會打你！」　孩子懶懶地又瞥了我一眼，這眼光像把匕首一下刺痛我的心。[10]

---

[8]同註3，頁133。
[9]參照弗里茲・李曼著；楊夢茹譯《恐懼的原理》，臺北：臺灣商務印書館，2003年，頁43。
[10]同註3，頁133。

孩子再度以「懶懶的瞥視」作爲無聲了回應，對於父親是否會因此打人這件事不予置評，但這個「瞥視」，對於鍾理和是一種傷害，更是將父親所具有的權威性給完全摧毀。

（三）對於逝子的愧疚

在次子死後，鍾理和依然有深深的懷念，在次子忌日的時候，帶著英兒去掃墓時，想到了英兒是由次子一手帶大的。

> 英兒今年四歲，過去總是由立兒領著她玩，走時便由他揹著，幾乎可以說英兒是由立兒領大的，除開餵奶之外她母親很少費過神。[11]

可見得立兒在世時，多麼的懂事，能幫父母分憂解勞，藉由英兒憶起次子的善解人意。又回憶起次子的身體健壯，如：

> 立兒是我們的次子；我們的大兒子先天虛弱多病，只有他生得結實聰慧，活虎虎地像一隻幼獅，不時都在準備向人生的曠野撲去，我們夫妻倆都把最大的希望放在他身上。[12]

而次子的死讓鍾理和與妻子承受相當大的打擊，感受到生命的無常，對於人生亦感到無望，所以夫妻倆都避談亡子，迴避有關孩子的記憶，將次子這個慘痛的回憶當作禁忌收藏起來，但即使都避而不談，也難抹去對次子的思念。縱使三子鞏兒已出世，彌月酒席的場面歡樂無比，鍾理和還是對於立兒念念不忘，並對其死因感到愧疚，〈野茫茫〉：

> 立兒，我們對不住你，這是我們害了你，把你耽誤了，並不是你想拋棄

---

[11] 鍾怡彥編《新版鍾理和全集・第五卷》，高雄：高雄縣政府文化局，2009 年 3 月，頁 66。
[12] 〈小岡〉，頁 64。

我們。相反的，就是到了最後一刻，你還是掙扎著和死神苦鬥。[13]

立兒生病的原因源於鍾理和在很冷的天氣之下叫他去買五塊錢的糠，加上貧窮延誤了就醫的黃金時間。所以即使孩子死去已經數年，但聲音猶日夜在鍾理和的耳畔縈繞不去。此聲音一出現，馬上有一個臉孔映於鍾理和面前，鍾理和對立兒的愧疚，是心頭永遠揮之不去的痛。

在鞏兒的彌月酒席上，他悄然進去臥室，看著書桌上一張放大的照片，並對照片裡小孩引發無限的追思。〈復活〉：

> 我殷切而熱烈地向照片呼喚，熱淚奪眶而出。「哦，宏兒，請原諒我！宏兒，原諒爸爸，爸爸對不起你！一萬個對不起！」[14]

對著照片裡的已故之人，再怎樣感性的呼喚，換來的也只是遺像的默然。但是鍾理和的思緒似乎跟著鞏兒滿月回到了 14 年前宏兒滿月的當時，原本應該熱熱鬧鬧的慶祝，但卻因為鍾理和生病、咳血了，以致場面變得冷冷清清。鍾理和認為由於自己的病狀，讓小孩在生命一開始的時候就陷入不吉祥和黯淡的氛圍。

和鍾台妹結婚，是不受到大家的祝福的，原本以為兩夫妻一定可以打破世俗的藩籬，攜手克服所有的難關，但是在鍾理和本身因病住院、長子又沒錢醫病以致駝背之後，又必須承受立兒死亡的事實，這讓原本信心滿滿的夫妻開始懷疑，是否因同姓的結合而造成後代子孫的不幸呢？鍾理和在〈野茫茫〉中提到：

> 然而我們已不再有什麼可向人呈示的了，不再有什麼可向人證明我們的

---

[13]鍾理和〈野茫茫〉，《鍾理和全集 1》，臺北，行政院客家委員會，2003 年 12 月，頁 149。以下有關〈野茫茫〉的引文只在文末加註頁碼。
[14]同註 3，頁 123。

關係的合理性了。我們的完整性在哪裡？健全在哪裡？強壯在哪裡？沒有！什麼都沒有！[15]

發生了接二連三如此不幸的事情，鍾理和對於人生越來越感到空虛和渺茫，而愛眾說紛紜的人們，對於同姓之婚的討論也就越來越熱烈了。縱使他心底壓根的不相信這是真的，但是許多不幸的事實鐵錚錚的擺在眼前，能不相信嗎？若不相信，孩子又為何如此的死了呢？〈野茫茫〉：「人們是更振振有詞了，還是那句話；天不允許！」鍾理和開始將一切的不幸，歸咎於「同姓之婚」的詛咒。〈野茫茫〉：

> 作為你們的生身父母的我們的結合，只為了名字上頭一個字相同，在由最初的剎那起，便被詛咒著了。彷彿我們在道德上犯了多麼可怕的彌天大罪，人們都用那使人寒心的罪名加於我們。他們說我們是——牛、畜牲、逆子。[16]

鍾理和述說著他和鍾台妹之間的關係是可悲的，而身為他們的孩子，由呱呱落地的時候起，便有了可悲的命運了。由於眾人對於同姓之婚的不諒解，就連小孩也要冠上「牛子」、「畜牲」、「逆子」這些損人的名詞。剛開始的時候，鍾理和是不甘服氣的，準備證明他們的結合是正確並且有道德性的，還要健健康康的活下去，只是鍾理和卻在立兒彌月之喜的時候病了，而第二道打擊緊接而來，鍾鐵民也成了駝背，原本唯一健康的孩子——立兒，也死了。

在接連打擊下，鍾理和為那麼多不幸的挫折而開始徬徨了。對於立兒的愧疚，除了因貧窮以致錯失就醫機會之外，亦有對於同姓之婚所產生的詛咒感到徬徨不安，在雙重的因素下，鍾理和對於愛子的愧疚也加深了。

---

[15]同註 13，頁 153。
[16]同註 13，頁 150。

（四）輪迴宿世之說法

　　人死不能復生，但是卻有輪迴轉世的說法，相信輪迴說法的人，認為死亡，並不是生命的終結，而是另一種生命形式的開始。在宏兒死後，鍾理和和其妻的心情始終無法平復，巧合的是不久後妻子懷孕了，而鄰居清清楚楚說出了做了兩次夢，肯定宏兒一定會再投胎於鍾家。受過現代思想薰陶的鍾理和卻不相信，他認為靈魂是沒有的，是物質不生不滅；人死了就解體了，還原於它原本的基本元素。但是鍾台妹可就不這樣想了，她單純的頭腦裡灌滿了生命輪迴和靈魂不滅的思想，所以是相信再世之說的。果然當孩子出生長成之後，〈復活〉：

> 現在，鞏兒四歲了，相貌生得和宏兒一樣。圓圓的臉蛋，稍尖的下巴，不高但端正的鼻子，……這一切都和宏兒是一個模型鑄出來的，尤其是耳朵，簡直是從宏兒割下來配上去的一般。[17]

　　鍾理和是受過現代知識的，但是在看到宏兒與鞏兒的相貌如此之神似，他也開始接受鞏兒是宏兒的投胎轉世。而當有人談起宏兒和鞏兒的宿世關係時，鍾理和總是傾耳靜聽，讓古老的信仰來麻醉自己。鍾理和認為有一種潛在的意識，覺得好像只要在口頭上否定，便等於拒絕亡兒的回來，而這將增加良心上的痛苦。對於鞏兒的出生，鍾台妹是多麼的歡欣鼓舞，藉由照顧鞏兒的忙碌漸漸忘卻對於宏兒死去的哀悼和悲痛。鞏兒長大了雖然樣貌和宏兒相似，但在個性上卻有天壤之別，不像宏兒的體貼懂事，簡直是小惡魔的化身。〈復活〉：

> 孩子性淘氣、獷野，像頭生犢；他喜歡拿棍子打人，打起來可真兇，他一邊打一邊高興地大笑，必須人向他討饒才罷手。而他最喜歡打我，尤

---

[17]同註 3，頁 134。

其喜歡出奇不意的給我一棍子。[18]

面對於個性與宏兒迥然不同的鞏兒，鍾理和變得更有包容心，連孩子打得他身上布滿一條條紅色的傷痕，他卻也不生氣，卻在眼淚中看到了眼前的鞏兒居然化成宏兒在笑，以爲是宏兒回來身邊了，復活於世上了。筆者認爲，這種行徑的鍾理和是有點瘋狂，但乃是一種對於已過世宏兒的虧欠，一種心理補償，直覺認爲鞏兒和宏兒是同一個人，就算他這次的投胎，是來報仇、復仇的，他也甘之如飴，會如此縱容在世的鞏兒，甚至於到了近乎寵溺的地步，乃出於對於宏兒的虧欠。

三、鍾理和父親形象的轉變

「父親」這個角色，在中國傳統的社會認知下，所賦予的是養家活口、維持家計的重責大任，因而跟孩子相處的機會變少，親子之間的關係也就漸漸疏遠了，故父親給人的感覺通常不如母親般那樣慈愛、那麼有包容心，但是在關心孩子的程度，筆者認爲是與母親相當的，只是中國傳統男性皆不擅表達自己的情緒，故不易讓人了解其內心想法。〈復活〉、〈小岡〉、〈野茫茫〉這三篇作品是鍾理和以父親角度做爲第一敘事者，以深刻的情感描寫對於小孩的懷念，並對於往昔所做之事感到懺悔，文中可見其父親對於小孩的權威管教，但是鍾理和的父親角色所呈現的並非權威管教此一面向而已。以下試從其日記和小說探討其父親的形象呈現。

鍾理和與鍾台妹的結合，可以說是打破了客家社會「同姓不婚」的傳統，婚後的鍾理和，對於父親的這個角色，鍾理和在仔細捉摸、慢慢體悟，而由《鍾理和日記》裡可以看出他對小孩的關心，並不像〈復活〉這篇小說裏頭描寫的如此權威、冷血、霸道。例如：民國 39 年 3 月 18 日：

---

[18]同註 3，頁 134。

鐵兒病了，可叫他歇息幾天，不必去學校，頭要健康，然後學問；……
年紀小小就罹肋膜炎，可憐的鐵兒！[19]

這篇日記是鍾理和在臺北松山療養院時所寫的，對於鍾鐵民的病情是
甚感憂心的，甚至還仔細叮嚀健康是比學問還重要，健康乃是一切的根
源。又 3 月 28 日：

鐵兒！你是個好孩子，聽爸爸媽媽的話，好好安靜。爸爸媽媽是多麼的
疼你愛你的呀！學校不用再去了，等你病好後再去吧！爸爸回去之後也
可以教你的。爸爸一定使你有書讀。鐵兒，鐵兒，苦命的孩子！當你由
一落地的時候起，你就被註定是如此不幸的了。[20]

在確定小孩的病情之時，交代妻子有關病情處理的相關事宜，父親的
理智冷靜在此出現，即使憂心卻仍不慌不忙的處理好一切事情，並且以書
信給予小孩安慰，勸鐵兒好好休養，並且給了爸爸回去會教他讀書的保
證，彷彿有個強而有力的臂膀依靠著。對於鐵兒患此病症，鍾理和是有點
懷著愧疚的，他認為會有這種病症都是堅持同姓之婚所受到的詛咒，害後
代因沒有得到上天的祝福而生怪病，這樣愧疚的心情亦在 4 月 1 日呈現，
覺得生命中一切的不順遂皆源於同姓之婚所造成的悲劇。

在這時期的鍾理和，雖然當時有疾病纏身，也正在松山住院治療，但
是對於孩子是以溫和的方式來關愛、勸導，可以說是一位慈父的形象。民
國 39 年 10 月 21 日出院返家後，看到了消瘦許多的鍾台妹牽著五歲大的次
子，心中感慨油然而生，〈復活〉：

對著自己的孩子，我覺得我的頭彷彿有幾萬斤重之感；我為了沒有盡到

---

[19]鍾理和《鍾理和日記》，高雄：財團法人鍾理和文教基金會，1996 年 10 月，頁 73。
[20]同上註，頁 88。

為人父的責任而感到羞愧。同時我也感到感激和驕傲：孩子為我盡到了
我所不曾盡的責任是我所感激的，而孩子的堅強和勇敢，則遠遠地超過
我的意想之外，這是我覺得驕傲的；我喜歡我的孩子如此堅強，不為困
難和環境所屈。[21]

聽著鍾台妹緩緩述說這幾年來，一個女人如何和孩子相依爲命，而孩
子和母親也十分親愛，並且獨立自主。鍾理和爲孩子的堅強和勇敢感到驕
傲，卻也對於自己未盡人父的責任感到愧疚。所以在他出院以後，當起了
家庭主夫的職責，負責家裡大大小小的瑣碎事，而鍾台妹出外工作，扛起
了家庭的經濟重擔。〈復活〉：

自我回家以後，妻出門做活時便由我照管孩子。我搬出竹眠椅躺在簷
下，教孩子在庭裡戲玩。孩子像小鳥一樣在我周邊飛翔著，無拘無
束；……隨後我退回眠椅看書，教他學樣做花畦，我走後他的興頭只維
持了一會兒，便也拋下玩耍走到我身邊來胡纏；他伏在我枕頭邊，滿懷
興趣地看著我讀書，時而用手翻翻書頁。[22]

又〈復活〉：

第二年孩子六歲，我開始教他做算術，我教他自一數到一百，然後讓他
背誦、熟記；又拿了二十顆石頭教他什麼叫做加和減，並實地教他演
算，石頭之後便在一本簿子上實習。[23]

從這兩段可以看得出來，父親對於孩子的教養是多元化的，並且有著

---

[21]同註3，頁126。
[22]同註3，頁128。
[23]同註3，頁129。

「望子成龍」的殷殷期盼，父親的慈愛亦在教養的過程中展露無遺。而環境的力量是足以改變一個人，鍾理和不僅僅長期受到病魔折磨，就連最基本的生活也過得貧窮困苦，縱使他有心想要改善當時的經濟生活，卻也因病而無能為力。生理加上心理的壓力，是造成他情緒不穩的因素，〈野茫茫〉：

> 當爸爸看著媽媽那種用自暴和怨恨在毀滅自己的時候，……時間已遠超過人們應該休息的時刻，你媽媽還在隔間剁豬菜的時候，那時，你媽媽的刀子所剁的已不是豬菜，而是爸爸的心。就由這時候起，周圍每件事物，包括自己在內，都祇使我感到煩惱和仇恨。[24]

在生活上不可抗拒的壓力影響之下，讓鍾理和原本的慈父形象漸漸變得暴躁、易怒，甚至於在面對立兒的調皮搗蛋或無精打采的時候，是以揪耳朵和抽鞭子來進行鐵的教育。而這種責罰卻讓孩子心目中的慈父形象完全毀滅，孩子對於鍾理和，只有恐懼和惶恐，漸漸的鍾理和和孩子之間的距離也越來越大，親子之間的眼神交流慢慢的變成一種畏懼、一種疏遠。

無論鍾理和的父親形象是慈愛或是暴躁，都是源自於恨鐵不成鋼的心理，再怎樣的溫和的慈父，在病痛與貧苦的雙重衝擊之下，總是會在情緒上發生作用，讓情緒往往過於失控、衝動，因而形象轉變，成了嚴父。

四、「喪子」題材書寫的心理治療

「書寫」是個人把周遭事物或產生的情感以文字表達之。書寫治療中包含生命史、生命故事的撰寫，在書寫生命史中個人藉由主觀故事情節的選取與撰寫，將故事組織成有意義的整體過程，並理解個人生命主題的發展歷程。早在「書寫治療」一詞出現以前，書寫就已經和治療性的功能並

---

[24]同註 13，頁 152。

存了。長久以來，將創傷及負面情感經驗以書寫形式做表達的作品並不新鮮。許多詩人以及小說家都曾以自身的創傷經驗作為書寫的靈感，並在書寫的過程中達到經驗的重新轉化與療癒，而其作品往往也能成為讀者療癒的媒介。[25]

　　鍾理和喪失愛子，心中之痛固然不言而喻，對父母親而言，喪子是很沉重的，沉重到自己人生意義也都失去了方向。對於不善表達情緒的中國人，面對喪子之痛，大多也以理性壓抑自己的情緒，然而這痛要找到出口，似乎要將對已故孩子的愛昇華到對他人的愛，重新找到自己生命的價值，才能超越那沉重的痛。而鍾理和是位作家，即以文字述說出喪子的心聲，書寫治療的功用就是藉由創作來表達出自己的人生處境與心情，鍾理和在〈復活〉、〈小岡〉、〈野茫茫〉均寫出對於已亡之子的懷念之情，透過作品、文字的呈現，表達自己的哀傷，反應個人對逝者的感覺。如〈野茫茫〉：

> 從前，媽媽每天下田做活，哥哥上學讀書，妹妹總是由你揹了到這裡那裡去玩的。由六、七個月，剛剛能夠坐地的時候起，妹妹幾乎由你一個人照顧到了今年——已經四年了。[26]

　　他藉由照顧妹妹的事情來回顧當時的感受與懷念，體悟到立兒在生時的懂事，以懷念之筆試圖勾勒出往昔的畫面，或許藉著追思過去、稱許立兒的懂事，可以讓鍾理和減緩對小孩的愧疚。

　　又〈復活〉亦有段深刻的描寫：

> 後來我在那些被處罰的孩子們身上又看到和聽到亡兒的聲音和臉孔，它

---

[25]簡怡人、詹美涓、呂旭亞〈書寫治療的應用及其療效〉，《諮商與輔導》第 239 卷，2005 年 11 月，頁 22。
[26]同註 13，頁 148。

是那樣絕望、慘痛和哀絕，它撕裂我的心，使我睡夢都不得安寧。我非常痛悔我那些暴行，也已拋棄那原則。[27]

　　立兒可以說是因為鍾理和的嚴厲而死的，鍾理和的情緒不穩讓孩子面對父親有種恐懼感，即使父親交代的事情是困難重重、超過負荷，卻也怕被責罵而堅持完成，也就是因為這份堅持，讓自己病了、死了。對於此，鍾理和無不深深的感到愧疚與懺悔，所以他看到被處罰的孩子即刻想到立兒，絕望、哀傷的小臉迅速的印在鍾理和的腦袋裡，午夜夢迴仍揮之不去，藉書寫來抒發他心裡的痛，「書寫治療」就好像藉由文字讓自己的精神得到某種的昇華或救贖，是一種精神的療程，藉由私密的開展，不讓自己躲在文字的背後，勇敢的透露出心聲。

　　再就書寫治療的療效而言，那些從片斷、模糊的經驗開始描述，並在一次次的書寫中將那些片斷逐漸形成一個具有清晰的開始、中段與結尾並建構出一個凝聚而完整的故事的書寫者，結果最正向。相反的，在一開始即把故事的架構完整結構好的書寫者，在健康上獲得的益處最少。[28]鍾理和在描寫喪子之痛的過程中，一時間先後寫出了〈野茫茫〉、〈小岡〉、〈復活〉這三篇作品，〈野茫茫〉於立兒頭七的時候寫，〈小岡〉是寫於立兒百日祭辰之時，〈復活〉則是 1960 年寫的，因有段回憶提及 14 年前次子出生。而在篇章結構的安排或文字的使用上，都明顯的感受到〈復活〉這篇文章是以比較理智的心情寫出，在每個和亡兒相處的片段記憶都有清楚的描繪，並且具有較完整性的篇幅，在情節的安排也有其順序，不似〈野茫茫〉、〈小岡〉這兩篇結構的紊亂。

　　由以上推論可知，作品反映的是作家的心境，作家也透過書寫這個動作來抒發自身不順遂的遭遇，因而有治療傷痛的效果。鍾理和這三篇作品

---

[27]同註 3，頁 134。
[28]簡怡人、詹美涓、呂旭亞〈書寫治療的應用及其療效〉，《諮商與輔導》第 239 卷，2005 年 11 月，頁 24。

所呈現的是一種書寫治療，亦可能透過懷念來進行一種心理補償，藉由回憶讓自己沉浸於悲慟之中，懺悔、愧疚的心情在書寫的文字中亦淺而易見，讓自己能在懺悔反省中得到救贖。

五、結語

　　由本文分析可看出，作者對於死去的兒子——宏兒的懷念與追思，以父親的角度作出發點，回憶宏兒（立兒）在世時的活潑、懂事。在歷經貧窮與病痛的鍾理和，在父親的形象上是有著從慈愛到嚴厲的重大轉變的，藉著文本內容的分析可以看出鍾理和寫作時的多元角度和人生智慧，讓不僅僅讓讀者深刻體會到喪子之痛，作者亦藉書寫的方式來治療自身的喪子之痛。

　　鍾理和因為現實所遇到的困境和挫折，實為傳奇，這些磨難亦是人生中的挑戰和試驗，也因為這些磨難讓他的文學作品更閃耀著智慧的光芒，鍾理和的文學生命價值建立在尊重生命、崇仰生活的意義。此乃源自於其一生的遭遇坎坷不平，在生活上也受了相當的煎熬，故產生了對生命的珍惜和尊重，鍾理和最大的特色即是注重生命實質，而非生命外在的裝飾。更值得尊敬的是，一直到死前，他都還堅持著寫作，真是不愧人稱為「倒在血泊裡的筆耕者」。

參考書目

（一）研究專書

・弗里茲・李曼著；楊夢茹譯，《恐懼的原理》，臺北，臺灣商務印書館，2003年。

・何秋蘭《社經地位、父母教養方式、權威性格、自我概念、情緒穩定性與國中學生生活適應的關係》，高雄：復文圖書出版社，1988年12月。

・彭瑞金編《鍾理和集・短篇小說卷》，臺北：前衛出版社，2006年3月。

・鍾理和《鍾理和日記》，高雄，財團法人鍾理和文教基金會，1996年10月。

・鍾理和《鍾理和全集・第1冊》，臺北，行政院客家委員會，2003年12月。

・鍾怡彥編《新版鍾理和全集・第5卷》，高雄，高縣文化局，2009年3月。

（二）期刊論文

・余昭玫〈《笠山農場》評析──兼談鍾理和的創作歷程〉，《中國文化月刊》第238期，2001年1月，頁112～126。

・林聆慈〈寬厚的心，樸實的筆──鍾理和作品的內容〉，《國文天地》第16卷第11期，2001年4月，頁28～33。

・唐淑貞〈從「不隔」之精神看〈貧賤夫妻〉與〈復活〉〉，《中國語文月刊》第505期，1999年7月，頁52～56。

・梁明雄〈試論鍾理和小說中的人物〉，《臺灣文學評論》第2卷第1期，2002年1月，頁96～110。

・黃麗娟〈鍾理和的真情世界──夫妻心、針線情〉，《臺灣文學評論》第2卷第4期，2002年10月，頁65～67。

・鍾鐵民〈鍾理和的文學生活〉，《國文天地》第16卷第11期，2001年4月，頁4～24。

・簡怡人、詹美涓、呂旭亞〈書寫治療的應用及其療效〉，《諮商與輔導》第239卷，2005年11月，頁22～25。

──選自「屏東教育大學中國語文學系碩士班學術論文發表會」，2009 年 3 月 16 日

輯五◎
研究評論資料目錄

作家生平、作品評論專書與學位論文

專書

1. 張良澤　倒在血泊裡的筆耕者　臺南　大行出版社　1974 年 7 月　299 頁

本書收錄張良澤對鍾理和思想、作品與文學觀的評論。全書共 10 章：1.鍾理和作品概述；2.鍾理和作品論；3.鍾理和的文學觀；4.從鍾理和的遺書說起——理和思想初探；5.鍾理和作品中的日本經驗與祖國經驗——理和思想再探；6.談三島文學及其他；7.假面下的象徵；8.論「有一個死」之化平面爲立體；9.評成大新文藝佳作八篇；10.評介成大中文系文藝創作九篇。

2. 張良澤編　　鍾理和全集·鍾理和日記　臺北　遠行出版社　1976 年 11 月　　231 頁

本書收錄鍾理和自抗戰勝利（1945 年 9 月 9 日），迄於臨終之前（1959 年 12 月 1 日）之日記，歷記其半生辛酸及當時社會面貌，爲鍾理和私生活文獻，亦爲中國近代史料。

3. 鍾鐵民主編　　鍾理和全集·鍾理和日記　臺北　高雄縣立文化中心　1997 年　　10 月　274 頁

本書摘要目次與前同。本集增補較遠行版增加五分之一，正文後附錄〈夾在其他文稿中的日記片段〉、彭瑞金〈日記裡的文學〉。

4. 鍾鐵民主編　　鍾理和全集 5　臺北　行政院客委會　2003 年 12 月　274 頁

本書收錄鍾理和日記起自 1945 年 9 月，迄於 1959 年 12 月，本集增補較遠行版增加五分之一。正文後附錄〈夾在其他文稿中的日記片段〉、彭瑞金〈日記裡的文學〉。

5. 鍾怡彥編　　新版鍾理和全集·鍾理和日記　高雄　高雄縣文化局　2009 年 3　　月　274 頁

本書收錄鍾理和日記起自 1942 年 10 月 16 日，迄於 1959 年 12 月 1 日。

6. 鍾肇政　　原鄉人：作家鍾理和的故事　高雄　文華出版社　1980 年 9 月　247　　頁

本書根據電影劇本安排情節寫成，作者加入從鍾理和遺著中抽繹出的資料，且多處引用鍾理和的日記、書簡，記述鍾理和的一生。全書共 14 篇：1.楔子；2.奔逃篇；3.

雪地篇；4.新生篇；5.故都篇；6.勝利篇；7.故鄉篇；8.師表篇；9.病苦篇；10.貧賤夫妻篇；11.筆耕篇；12.收穫篇；13.鵑血篇；14.後記。正文後附錄鍾肇政〈笠山半日——與李行談電影《原鄉人》〉、鍾鐵民〈原鄉人及其他〉、葉石濤〈府城之星，舊城之月〉及鍾理和創作文本〈原鄉人〉。

7. 鍾肇政　　原鄉人：作家鍾理和的故事　高雄　財團法人鍾理和文教基金會　2000 年 6 月　232 頁

本書摘要目次與前同。

8. 鍾肇政　　原鄉人：作家鍾理和的故事　高雄　春暉出版社　2005 年 3 月　232 頁

本書摘要目次與前同。

9. 簡烔仁編　　鍾理和逝世 32 週年紀念暨臺灣文學學術研討會論文集要　高雄　高雄縣政府　1992 年 11 月　215 頁

本書為「臺灣文學學術會議暨鍾理和逝世 32 週年紀念會議」之會議論文集，全書共 10 篇：1.余陳月瑛〈序——縣長的話〉；2.鍾鐵民〈鍾理和逝世三十二週年紀念會感言〉；3.鄭麗玲〈橋與壁——戰後臺灣小說的兩個面相（1945—1950）〉；4.許素蘭〈冷眼與熱腸——從〈夾竹桃〉、〈故鄉〉之比較看鍾理和的原鄉情與臺灣愛〉；5.葉石濤〈新文學傳統的承繼者——鍾理和——《笠山農場》裡的社會性矛盾〉；6.張恆豪〈〈奔流〉與〈道〉的比較〉；7.陳明臺〈論戰前在臺灣的日本人作家和作品〉；8.彭瑞金〈當前臺灣文學的本土化與多元化——兼論有關臺灣文學的一些異說〉；9.陳芳明〈白色歷史與白色文學——葉石濤與藍博洲筆下的臺灣五〇年代〉；10.呂興昌〈林亨泰四〇年代新詩研究——跨越語言一代的詩人研究之二〉。正文後附錄〈論文報告人與評論人簡介〉與〈臺灣文學學術會議暨文學作家鍾理和逝世卅二週年紀念會議程表〉。

10. 彭瑞金　　鍾理和傳　南投　臺灣省文獻委員會　1994 年 6 月　192 頁

本書以「鍾理和的文學就是鍾理和的生活」為立足點，以生活經驗與文學軌跡互相參照追索，以人論文、以文論人交錯使用的寫法，而成一部類文學評傳。全書共 7 章：1.辭鄉；2.奔逃；3.在北京；4.故鄉；5.生與死；6.為了理想和願望；7.停止的鐘擺。正文後附錄〈鍾理和文學年譜〉。

11. 錢鴻鈞編　　臺灣文學兩鍾書　臺北　草根出版公司　1998 年 2 月　413 頁

本書是鍾理和與鍾肇政在 1957—1960 年間書信往返的集結，共 138 封信。信中可

見兩人對臺灣文學深刻的反省。正文後附錄〈文友書簡〉及 16 次的〈文友通訊〉。

12. **陳雙景　　鍾理和文學的人道思想　高雄　復文出版社　2002 年 3 月　271 頁**

本書透過「歷史法」、「分析法」、「比較法」把握人道思想的重心，探討鍾理和人道思想的特色與價值。全書共 6 章：1.緒論；2.人道思想的意義與鍾理和文學的關係；3.鍾理和作品的文學分析；4.鍾理和所探究的社會現象剖析；5.鍾理和人道精神的特色；6.結論。

13. **應鳳凰編　　鍾理和論述 1960—2000　高雄　春暉出版社　2004 年 4 月　399 頁**

本書收錄各家有關鍾理和論述。正文前有〈鍾理和文學發展史（代序）〉。全書共 3 部分：1.作家研究部分共收 8 篇：陳火泉〈倒在血泊裡的筆耕者〉、鍾鐵民〈父親‧我們〉、張良澤〈鍾理和作品中的日本經驗與祖國經驗〉、史君美〈來喜愛鍾理和〉、許素蘭〈冷眼與熱腸——從〈夾竹桃〉、〈故鄉〉之比較看鍾理和的原鄉情和臺灣愛〉、彭瑞金〈鍾理和的農民文學〉、楊照〈抱著愛與信念而枯萎的人——記鍾理和〉、陳祈伍〈鍾理和〈原鄉人〉的研究〉；2.作家論部分共收 7 篇：兩峰〈鍾理和論〉、張良澤〈從鍾理和的遺書說起——理和思想初探〉、林戴爵〈臺灣文學的兩種精神——楊逵與鍾理和之比較〉、彭瑞金〈秉燭談理和——葉石濤與張良澤對話〉、澤井律之〈臺灣作家鍾理和的民族意識〉、韋體文〈鍾理和作品思想內容和藝術風格初探〉、林毓生〈鍾理和、「原鄉人」與中國人文精神〉；3.作品論部分共收 12 篇：馬各〈被宰了的雞——重讀〈錢的故事〉與〈草坡上〉並悼作者鍾理和先生〉、隱地〈評價鍾理和的《雨》〉、方健祥〈《笠山農場》的新意義〉、葉石濤〈新文學傳統的承繼者——鍾理和——《笠山農場》裡的社會性矛盾〉、彭瑞金〈土地的歌‧生活的詩——鍾理和的《笠山農場》〉、黃娟〈鍾理和與《笠山農場》〉、鍾鐵民〈我的祖父與笠山農場〉、陳火泉，施翠峰，廖清秀，文心，紫江〈〈竹頭庄〉評論〉、兩峰〈故鄉‧故鄉〉、許素蘭〈毀滅與新生——試析鍾理和的「故鄉」〉、葉石濤〈論鍾理和的「故鄉」連作〉、澤井律之著；葉蓁蓁譯〈兩個「故鄉」——關於魯迅對鍾理和的影響〉。正文後附錄〈鍾理和研究碩士論文摘要〉、〈鍾理和文學相關評論〉。

14. **江　湖　　鄉之魂——鍾理和的人生與文學之路　北京　作家出版社　2006 年 7 月　249 頁**

本書詳述鍾理和生平及求學過程，作者欲通過對鍾理和作品以及創作之路的了解，對如何更好的將臺灣文學研究納入中國文學發展史進行觀照。全書共 10 篇：1.大

武山之子；2.苦澀的原鄉夢；3.歸鄉；4.在病中；5.跋涉在艱辛的文學道路；6.農事歌——鍾理和後期作品評析（一）；7.坎坷人生的路——鍾理和後期作品評析（二）；8.《笠山農場》；9.開拓一代鄉土文風；10.倒在血泊裡的筆耕者。正文後附錄〈鍾理和生平年譜〉、〈鍾理和著作出版年表〉、〈鍾理和研究與評論〉。

15. 呂慶龍（**Lu Ching-long**）　1945 年臺灣光復後第一代省籍作家——鍾理和：生平暨作品之研究（**Un écrivain formosan de la première génération après la rétrocession de Taiwan en 1945**）　法國巴黎第七大學（**Université Paris VII U.E.R de Langues et Civilisation de l'Asie Orientale**）　博士論文　1988 年 4 月　331 頁

正文前有 "INTRODUCTION"。全文共 2 部分：1. PREMIERE PARTIE: SA VIE. 分爲 "Biographie de CHUNG Li-he et dates importantes dans l'histoire de ses créations littéraires", "Sa vie et l'occupation japonaise de Tiawan (1895-1945)", "Sa vie et son milieu familial hakka", "Son adolescence et son mariage avec CHUNG T'ai-mei.", "Sa maladie, sa pauvreté, persévérance et ses réflexions amères sur la vie" ; 2. DEUXIEME PARTIE: SON OEUVRE. 分爲 "Présentation de son oeuvre", "Evolution de la pensée de CHUNG Li-he", "Commentaires sur son oeuvre", "Comparaison avec les écrivains contemporains de Tiawan", "Relation avec la littérature du terroir (Hsiang-t'u) de Taiwan。正文後有 "CONCLUSION", "ANNEXES"。

16. 羅尤莉　鍾理和文學中的原鄉與鄉土　東海大學中國文學系　碩士論文　陳萬益教授指導　1996 年 6 月　167 頁

本論文以鍾理和小說中的原鄉、家鄉兩大意識呈現的角度切入，進而展開其文學和思想的探索。全文共 6 章：1.緒論；2.鍾理和的文學觀及其藝術實踐；3.鍾理和的原鄉意識與經驗；4.鍾理和的鄉土意識與關懷；5.原鄉與鄉土之間；6.結論。正文後附錄〈鍾理和生平與著作刊登年表〉。

17. 吳幼萍　鍾理和《笠山農場》語言運用研究　輔仁大學中國文學系　碩士論文　左松超教授指導　1999 年 6 月　114 頁

本論文透過鍾理和的長篇小說《笠山農場》，追索鍾氏文本中的語言背景以及分析作品語言運用，最後將鍾理和定位在一九五〇年代與同時期的作家，特別是鍾肇政以及廖清秀兩人做橫向的比較，以便更清楚的了解鍾理和《笠山農場》的語言特色。全文共 6 章：1.緒論；2.複雜與豐富——鍾理和的生平及語言背景；3.《笠山農場》的方言特色；4.《笠山農場》的語境氛圍；5.鍾理和與同時代作家風格比

較；6.結論。

18. 吳雅蓉　　超越悲劇的生命美學——鍾理和及其文學　中正大學中國文學系

　　碩士論文　謝大寧教授指導　1999 年 6 月　118 頁

本論文以鍾理和一生的遭遇，探討其人及其文學作品中的生命美學。全文共 5 章：
1.緒論；2.鍾理和的生命意識；3.個人體驗所轉化之文本詮釋；4.置身於經驗世界之
文本詮釋；5.結論。

19. 林姿如　　鍾理和文學研究　高雄師範大學國文學系　碩士論文　林文欽教授

　　指導　2000 年 6 月　315 頁

本論文透過對鍾理和作品的主題內容與形式技巧的探究，亦運用敘事學理論進行其
作品的主題式研究。全文共 6 章：1.緒論；2.時代背景與作者生平、作品概述；3.
主題研究；4.文學敘事研究（上）——敘述分析；5.文學敘事研究（下）——故事
分析；6.結論。正文後附錄〈鍾理和生平與著作年表〉。

20. 翁小芬　　鍾理和《笠山農場》寫作研究　東海大學中國文學系　碩士論文

　　洪銘水教授指導　2001 年 5 月　238 頁

本論文以長篇小說《笠山農場》為核心，探究其新舊版的內容、語言和寫作技巧。
全文共 7 章：1.緒論；2.《笠山農場》的表達（上）——人物描寫；3.《笠山農
場》的表達（中）——環境描寫；4.《笠山農場》的表達（下）——敘述、說明、
議論、抒情；5.《笠山農場》的語言；6.《笠山農場》的謀篇；7.結論。

21. 張燕萍　　人間的條件——鍾理和文學裡的魯迅　靜宜大學中國文學系　碩士

　　論文　陳芳明教授指導　2001 年 7 月　175 頁

本論文探究鍾理和作品中的「人道主義」關懷，亦透過魯迅對於「人性」的追求理
念，針對鍾氏與魯迅的關係進行探討，以進行鍾氏作品的新詮釋。全文共 6 章：1.
緒論；2.人道主義與鍾理和的實踐理想；3.以「人」為根本的文學——論鍾理和與
魯迅的承繼關係；4.認同的幻滅與超越——論鍾理和「人」的文學之建立；5.「奴
化」與「再奴化」——論鍾理和的性別意識；6.結論。正文後附錄〈鍾理和文學思
想與魯迅關係對照年表〉。

22. 鍾怡彥　　鍾理和文學語言研究　彰化師範大學國文學系　碩士論文　羅肇錦

　　教授指導　2002 年 7 月　226 頁

本論文研究藉由語義學、修辭學、語言風格學的方法，探討鍾理和的文學語言。全
文共 6 章：1.緒論；2.鍾理和的文學進程；3.鍾理和文學語言的特點；4.鍾理和文學

的修辭手法；5.鍾理和文學的語言風格；6.結論。

23. 賴慧如　　現實與文學的糾纏——談鍾理和的貧與病　臺灣師範大學國文學系在職進修碩士班　碩士論文　許俊雅教授指導　2003 年 6 月　130頁

本論文以鍾理和的現實生活的「貧」與「病」為經，以其文學中的「貧」與「病」為緯，藉由現實與文學的交會，探討鍾理和的文學中極重要卻常被一語帶過的「貧」與「病」的問題。全文共 6 章：1.緒論；2.鍾理和的生平簡介；3.鍾理和作品中對「貧」與「病」的描繪；4.鍾理和貧病文學的心理探討；5.鍾理和貧病文學的特質；6.結語。

24. 劉奕利　　臺灣客籍作家長篇小說中女性人物研究——以吳濁流、鍾理和、鍾肇政、李喬所描寫日治時期女性為主　高雄師範大學國文學系　碩士論文　李若鶯教授指導　2005 年 7 月　393 頁

本論文以吳濁流《亞細亞的孤兒》、鍾理和《笠山農場》、鍾肇政《濁流三部曲》及《臺灣人三部曲》、李喬《寒夜三部曲》為主，探討日治時期（1895—1945）及其前後的女性人物的形象、主要性格和自身境遇的理解及其反應。分析客家男作家筆下形成女性的共相與殊相的創作特色，並分析客籍作家與非客籍作家之間的差異。全文共 6 章：1.緒論；2.生命源頭的母親；3.蓬草飄飛的童養媳；4.勞動階層的女性；5.知識階層的女性。

25. 王萬睿　　殖民統治與差異認同——張文環與鍾理和鄉土主體的承繼　成功大學臺灣文學系　碩士論文　游勝冠教授指導　2005 年 8 月　184 頁

本論文考察張文環與鍾理和和小說中「鄉土主體」的繼承，從殖民地經驗、旅外時期和回鄉的個人經歷，配合文本分析，考察這兩位擁有不同異地經驗的臺灣作家，如何透過現代性追求，與反殖民意識的自覺，產生鄉土意識的回歸，最終相互繼承的辯證過程。全文共 5 章：1.序論；2.雙語養成：殖民地製造的臺灣作家；3.差異的反抗論述：旅外時期臺灣意識的萌發；4.鄉土的撫慰：官方意識形態下的農民主體建構；5.結論。

26. 林玲燕　　從書寫治療看鍾理和生命情結的反思與超越　中興大學中國文學系碩士論文　林淑貞教授指導　2006 年 6 月　146 頁

本論文以耙梳在時空的流動中鍾理和生命情境中所面對的種種創傷經驗，並從書寫治療角度探討其對治生命情結所呈現的歷程，再藉由真實人生與文本的連結，釐清

鍾理和以何種文學書寫的手段治療他生命中一連串挫敗。全文共 6 章：1.緒論；2.時空流轉中的生命情境與創傷經驗；3.書寫生命情結與對治歷程的轉化；4.文學治療的效能與意義；5.至死不悔的文學之路；6.結論。正文後附錄〈鍾理和研究學位論文〉、〈鍾理和文學評論目錄（1960—2005）〉。

27. 楊志強　論臺灣作家鍾理和「鄉土小說」的意識內蘊與審美價值　內蒙古師範大學　碩士論文　付中丁教授指導　2006 年 6 月　49 頁

本論文主要闡述鍾理和作品的意識內蘊、審美價值，並著重揭示作家精神體驗與作品之間的關聯性。通過對小說作品較全面的觀窺，以揭示鍾理和作為「苦難的存在」的歷史意義和文化意義。全文共 2 章：1.鍾理和小說的意識內蘊；2.鍾理和小說的審美價值。正文後附錄〈鍾理和作品評論引得〉。

28. 林廣文　鍾理和作品與思想研究　高雄師範大學國文學系回流中文碩士班碩士論文　陳貞吟教授指導　2006 年 7 月　120 頁

本論文主要論述鍾理和的人生經歷與時代背景，探索其作品中所蘊含的人生智慧、經驗與其生命的意義及情懷，從客家人的觀點及現實與文學的交互作用當中，去探尋鍾理和的文學作品與思想內容。全文共 6 章：1.緒論；2.鍾理和生平與時代背景；3.鍾理和作品分類與析論；4.鍾理和作品特色；5.鍾理和思想研究；6.結論。

29. 張清文　鍾理和文學裡的「魯迅」　政治大學中國文學系　博士論文　陳芳明教授指導　2006 年 7 月　262 頁

本論文將魯迅對鍾理和的影響，放置在「臺灣魯迅學」的範疇中，視為魯迅在臺灣傳播的眾多面向之一。因此，首先簡單探討魯迅文學在臺灣的傳播情形，再透過對兩人文本的細讀與比較，尋繹魯迅對鍾理和文學的影響。全文共 7 章：1.緒論；2.魯迅文學在臺灣的傳播；3.鍾理和的生活經歷與魯迅；4.鍾理和對魯迅文學的繼承與變化；5.國民性的批判與現代性的追求；6.寫實精神的發揚；7.結論。正文後附錄〈鍾鐵民採訪記錄〉。

30. 洪玉梅　鍾理和疾病文學研究　屏東教育大學中國語文學系　碩士論文　簡光明教授指導　2007 年 1 月　149 頁

本論文自鍾理和疾病書寫的角度切入，探究其作品對象、小說人物心理、作品藝術表現的特色等。全文共 6 章：1.緒論；2.鍾理和生平及著作；3.疾病書寫的對象；4.病患心理的探討；5.疾病文學的藝術表現；6.結論。

31. 何淑華　鍾理和地誌書寫與認同形構歷程研究　東華大學中國語文學系　碩

士論文　須文蔚教授指導　2007 年 10 月　180 頁

本論文梳理鍾理和文學發展軌跡的方式，以鍾理和論述形構的歷程，以及鍾理和地誌書寫與認同形構歷程爲梗概，結合鍾理和的個人經歷、成長背景、文學作品與相關文學論述，做一全頻式的分析與詮釋。全文共 5 章：1.緒論；2.鍾理和論述形構歷程；3.鍾理和原鄉書寫與認同形構歷程；4.鍾理和故鄉書寫與認同形構歷程；5.結論。

32. 羅正晏　壓迫與抵抗——鍾理和作品中的後殖民論述　臺灣師範大學歷史學系在職進修碩士班　碩士論文　蔡淵洯教授指導　2008 年 6 月　252 頁

本論文以「後殖民論述」探討鍾理和的文學作品如何塑造「後殖民」的歷史環境，發掘他如何透過「我者」、「他者」對照的論述角度，重建被壓迫者的身分尊嚴。藉由小說的客家詞彙特色，凸顯臺灣殖民經驗所塑造的多元化語言模式。全文共五章：1.緒論；2.「我生不幸爲俘囚」3.殖民書寫與認同追尋；4.覺醒分子的抵抗與「他者」的「他者」；5.結論。正文後附錄〈鍾理和生卒與創作年表〉。

33. 羅秀玲　《鍾理和全集》之客語詞彙研究　國立新竹教育大學臺灣語言與語文教育研究所　碩士論文　范文芳教授指導　2009 年 1 月　176 頁

本論文以《鍾理和全集》爲文本，研究鍾理和運用客語詞彙的方法與意義。全文共 6 章：1.緒論；2.《鍾理和全集》語言語境的分析；3.從詞彙的內容形式分類來看《鍾理和全集》的客語詞彙；4.用客家民俗的角度來看《鍾理和全集》的客語詞彙；5.鍾理和客語詞彙運用對寫作的啓發與影響；6.結論。

34. 王志仁　臺灣客家小說移民書寫之探究——以吳濁流、鍾理和、鍾肇政、李喬作品爲例　高雄師範大學客家文化研究所　碩士論文　彭瑞金教授指導　2009 年 2 月　150 頁

本論文以文本分析及史料分析作爲論述方法，比較吳濁流、鍾理和、鍾肇政、李喬作品中的移民形象。全文共 6 章：1.緒論；2.吳濁流作品中的漢民族意識與殖民地命運衝擊；3.鍾理和的爲愛離開故鄉；4.鍾肇政筆下被外力擠迫出來的住民意識；5.李喬撰寫《寒夜》裡不能回頭的移民；6.結論。

35. 吳雪連　鍾理和小說研究　佛光大學文學系　碩士論文　簡文志教授指導　2009 年 6 月　136 頁

本論文論述鍾理和小說的意義內涵與價值取向。全文共 6 章：1.序論；2.文獻回

顧；3.鍾理和其人與創作歷程；4.鍾理和小說的內涵；5.鍾理和小說的藝術；6.結論。正文後附錄〈鍾理和寫作年表〉。

36. 陳聰明　鍾理和及其散文研究　高雄師範大學國文教學碩士班　碩士論文　蔡崇名教授指導　2009 年 7 月　198 頁

本論文以鍾理和散文為文本，分別探討：一、鍾理和的寫作時代背景與傳略。二、鍾理和編著概述。三、鍾理和散文特色。四、鍾理和散文藝術。全文共 6 章：1.緒論；2.鍾理和寫作時代背景與傳略；3.鍾理和編著概述；4.鍾理和散文特色；5.鍾理和的散文藝術；6.結論。

37. 鄭慧菁　鍾理和作品中客家女性形象之研究　高雄師範大學國文教學碩士班　碩士論文　林文欽教授指導　2009 年 12 月　290 頁

本論文以鍾理和的作品中有關於女性書寫的散文、長篇小說為主，並參照歷來有關於客家女性的相關論述與其他客籍作家的女性描寫，做深入的研究，以呈現出鍾理和作品中的客家女性形象，亦探討鍾理和作品中所表現的女性形象與傳統客家女性、客籍作家的女性書寫的共相與殊相。全文共 5 章：1.緒論；2.鍾理和生平與文學創作歷程、作品概述；3.客家女性的身影；4.鍾理和作品中的客家女性形象；5.結論。正文後附錄〈鍾鐵民老師專訪〉、〈鍾琇炫女士專訪〉、〈鍾理和文學相關評論目錄〉、〈客家婦女相關期刊資料〉。

38. 尤俞評　超越啟蒙者與原鄉人的新視野：鍾理和《笠山農場》的人物形象研究　國立清華大學臺灣研究教師在職進修碩士學位班　碩士論文　陳建忠教授指導　2010 年 7 月　171 頁

本論文以「人物形象分析」的方式解讀《笠山農場》，探討小說有別於以往「主題閱讀」分析的另一層意義。全文共 6 章：1.緒論；2.劉少興反映的處世觀；3.饒新華反映的土地觀；4.社會宰制下的順從與反抗：劉致平、劉淑華；5.農民反映的生命觀；6.結論。

39. 藍惠馨　鍾理和作品的生命意義研究　國立彰化師範大學國文學系　碩士論文　王年雙教授指導　2010 年 9 月　170 頁

本論文探討鍾理和的生命歷程對創作的影響，與其作品中所呈現的主題意識。全文共 7 章：1.緒論；2.鍾理和的生命歷程與其文學創作的關係；3.鍾理和作品的人生意識；4.鍾理和作品對生命意義的表現方式；5.鍾理和作品對生命意義的呈現；6.鍾理和作品對社會人生的啟發；7.結論。正文後附錄〈鍾理和寫作年表〉。

作家生平資料篇目

自述

40. 鍾理和　　理和書簡　臺灣文藝　第 54 期　1977 年 3 月　頁 78—85

41. 鍾理和　　鍾理和日記　感人的日記　臺北　希代書版公司　1984 年 12 月　頁 99—114

42. 鍾理和　　鍾理和自我介紹　鍾理和全集 6　高雄　高雄縣立文化中心　1997 年 10 月　頁 217—222

43. 鍾理和　　鍾理和自我介紹　鍾理和全集 6　臺北　行政院客委會　2003 年 12 月　頁 217—222

44. 鍾理和　　鍾理和自我介紹　新版鍾理和全集・特別收錄　高雄　高雄縣文化局　2009 年 3 月　頁 275—281

45. 鍾理和　　自傳　鍾理和全集 6　高雄　高雄縣立文化中心　1997 年 10 月　頁 223—224

46. 鍾理和　　自傳　鍾理和全集 6　臺北　行政院客委會　2003 年 12 月　頁 223—224

47. 鍾理和　　自傳　新版鍾理和全集・特別收錄　高雄　高雄縣文化局　2009 年 3 月　頁 282—283

他述

48. 林海音　　臺籍作家的寫作生活〔鍾理和部分〕　文星　第 26 期　1959 年 12 月　頁 26—28

49. 林海音　　悼鍾理和先生　聯合報　1960 年 8 月 10 日　7 版

50. 林海音　　悼鍾理和先生　鍾理和全集・鍾理和殘集　臺北　遠行出版社　1976 年 11 月　頁 163—169

51. 林海音　　悼鍾理和先生　歲月長青（聯副三十年文學大系）　臺北　聯經出版公司　1981 年 10 月　頁 129—134

52. 林海音　　悼鍾理和先生　芸窗夜讀　臺北　純文學出版社　1982 年 4 月　頁

13—20

53. 林海音　悼鍾理和先生　落入滿天霞　長沙　湖南人民出版社　1997 年 12 月　頁 15—22

54. 文　心　擺渡的人——悼理和兄　聯合報　1960 年 8 月 15 日　7 版

55. 文　心　擺渡的人——悼理和兄　鍾理和全集‧鍾理和殘集　臺北　遠行出版社　1976 年 11 月　頁 177—178

56. 梅　遜　弔鍾理和先生　聯合報　1960 年 8 月 16 日　7 版

57. 梅　遜　弔鍾理和先生　鍾理和全集‧鍾理和殘集　臺北　遠行出版社　1976 年 11 月　頁 179—182

58. 鍾正〔鍾肇政〕　哭理和　自由青年　第 24 卷第 5 期　1960 年 9 月 1 日　頁 17—18

59. 鍾肇政　哭理和　鍾肇政全集‧隨筆集 3　桃園　桃園縣文化局　2001 年 4 月　頁 527—531

60. 鍾肇政　哭理和　鍾肇政全集‧隨筆集 7　桃園　桃園縣文化局　2004 年 3 月　頁 69—74

61. 鍾正〔鍾肇政〕　美濃行——訪理和故居種種　聯合報　1961 年 2 月 9 日　7 版

62. 鍾正〔鍾肇政〕　美濃行　鍾理和全集‧鍾理和殘集　臺北　遠行出版社　1976 年 11 月　頁 187—195

63. 鍾肇政　美濃行——訪理和故居種種　鍾肇政全集‧隨筆集 7　桃園　桃園縣文化局　2004 年 3 月　頁 74—81

64. 龍瑛宗　鍾理和　今日之中國　第 1 卷第 2 期　1963 年 7 月　頁 46—51

65. 龍瑛宗著；葉笛譯　《今日之中國》作者生平簡介——鍾理和[1]　龍瑛宗全集‧中文卷‧文獻集　臺南　國家臺灣文學館籌備處　2006 年 11 月　頁 102—103

66. 龍瑛宗　《今日の中國》作者の略歷——鍾理和　龍瑛宗全集‧日本語版‧

---

[1] 本文日文篇名爲〈《今日の中國》作者の略歷——鍾理和〉。

文獻集　臺南　國立臺灣文學館　2008 年 4 月　頁 67

67.〔臺灣文藝〕　　鍾理和先生傳略　臺灣文藝　第 5 期　1964 年 10 月　頁 2

68. 鍾肇政　寫在前面　臺灣文藝　第 5 期　1964 年 10 月　頁 3

69. 鍾肇政　寫在前面　鍾肇政全集・隨筆集 7　桃園　桃園縣文化局　2004 年
3 月　頁 82—84

70. 陳火泉　倒在血泊裡的筆耕者　臺灣文藝　第 5 期　1964 年 10 月　頁 4—9

71. 陳火泉　倒在血泊裡的筆耕者　鍾理和全集・鍾理和殘集　臺北　遠行出版
社　1980 年 6 月　頁 197—211

72. 陳火泉　倒在血泊裡的筆耕者　鍾理和全集 6　高雄　高雄縣立文化中心
1997 年 10 月　頁 241—254

73. 陳火泉　倒在血泊裡的筆耕者　鍾理和全集 6　臺北　行政院客委會　2003
年 12 月　頁 241—254

74. 陳火泉　倒在血泊裡的筆耕者　鍾理和論述 1960—2000　高雄　春暉出版社
2004 年 4 月　頁 3—14

75. 陳火泉　倒在血泊裡的筆耕者　新版鍾理和全集・鍾理和書簡　高雄　高雄
縣文化局　2009 年 3 月　頁 197—212

76. 林海音　一些回憶　臺灣文藝　第 5 期　1964 年 10 月　頁 9—10

77. 林海音　一些回憶　鍾理和全集・鍾理和殘集　臺北　遠行出版社　1980 年
6 月　頁 213—215

78. 林海音　一些回憶　芸窗夜讀　臺北　純文學出版社　1982 年 4 月　頁
38—41

79. 林海音　一些回憶　林海音作品集・芸窗夜讀　臺北　遊目族文化公司
2000 年 5 月　頁 10—12

80. 鍾鐵民　父親・我們　臺灣文藝　第 5 期　1964 年 10 月　頁 10—15

81. 鍾鐵民　父親・我們　幼獅文藝　第 143 期　1965 年 11 月　頁 125—131

82. 鍾鐵民　父親・我們　鍾理和全集・鍾理和殘集　臺北　遠行出版社　1980
年 6 月　頁 229—239

83. 鍾鐵民　父親‧我們　臺灣當代散文精選（二）（1945—1988）　臺北　新地文學出版社　1989 年 4 月　頁 295—304

84. 鍾鐵民　父親‧我們　我的父親母親　臺北　立緒文化公司　2004 年 1 月　頁 175—187

85. 鍾鐵民　父親‧我們　鍾理和論述 1960—2000　高雄　春暉出版社　2004 年 4 月　頁 15—23

86. 廖清秀　悼念理和兄　臺灣文藝　第 5 期　1964 年 10 月　頁 21—22

87. 廖清秀　悼念理和兄　鍾理和全集‧鍾理和殘集　臺北　遠行出版社　1980 年 6 月　頁 217—220

88. 張彥勳　輓歌——爲悼念理和先生而作　臺灣文藝　第 5 期　1964 年 10 月　頁 22

89. 張彥勳　輓歌——爲悼念理和先生而作　鍾理和全集‧鍾理和殘集　臺北　遠行出版社　1980 年 6 月　頁 221—222

90. 林衡茂　陌生者的哀念——爲理和先生逝世四週年紀念而寫　臺灣文藝　第 5 期　1964 年 10 月　頁 23—24

91. 林衡茂　陌生者的哀念——爲理和先生逝世四週年紀念而寫　鍾理和全集‧鍾理和殘集　臺北　遠行出版社　1980 年 6 月　頁 225—228

92. 鍾肇政　光復廿年來的臺灣文壇〔鍾理和部分〕　自由談　第 16 卷第 1 期　1965 年 1 月　頁 72

93. 鍾肇政　光復廿年來的臺灣文壇〔鍾理和部分〕　鍾肇政全集‧隨筆集 3　桃園　桃園縣文化局　2001 年 4 月　頁 537—538

94. 施翠峰　廿年來的臺灣文藝界〔鍾理和部分〕　徵信新聞報　1965 年 10 月 25 日　7 版

95. 鍾肇政　二十年來臺灣文藝的發展〔鍾理和部分〕　徵信新聞報　1965 年 10 月 25 日　11 版

96. 鍾肇政　二十年來臺灣文藝的發展〔鍾理和部分〕　鍾肇政全集‧隨筆集 3　桃園　桃園縣文化局　2001 年 4 月　頁 550

97.〔鍾肇政編〕　鍾理和　本省籍作家作品選集 1　臺北　文壇社　1965 年 10
　　月　頁 2

98.〔臺灣新聞報〕　婚禮不在教堂，選在笠山農場——風景很美・愛的太陽・
　　鍾家喜事・沒有舖張〔鍾理和部分〕　臺灣新聞報　1974 年 1 月
　　15 日　6 版

99. 廖清秀　鍾理和兄二三事　自立晚報　1974 年 8 月 18 日　8 版

100. 林海音　追憶中的欣慰——為《鍾理和全集》出版而寫　聯合報　1976 年
　　11 月 15 日　13 版

101. 林海音　追憶中的欣慰——為《鍾理和全集》出版而寫　臺灣文藝　第 54
　　期　1977 年 3 月　頁 75—77

102. 林海音　追憶中的欣慰——為《鍾理和全集》出版而寫　鍾理和全集〔全 8
　　卷〕　臺北　遠行出版社　1980 年 7 月　頁 29—32

103. 林海音　追憶中的欣慰——為《鍾理和全集》出版而寫　芸窗夜讀　臺北
　　純文學出版社　1982 年 4 月　頁 42—46

104. 林海音　追憶中的欣慰——為《鍾理和全集》出版而寫　林海音作品集・
　　芸窗夜讀　臺北　遊目族文化公司　2000 年 5 月　頁 13—16

105. 方以直〔王鼎鈞〕　悼鍾理和　鍾理和全集・鍾理和殘集　臺北　遠行出
　　版社　1976 年 11 月　頁 161—162

106. 王麗華　鶼鰈之情——夜訪鍾台妹女士　臺灣文藝　第 54 期　1977 年 3 月
　　頁 47—53

107. 鍾鐵英　給爸爸　臺灣文藝　第 54 期　1977 年 3 月　頁 63—64

108. 張良澤　我愛美濃　中國時報　1977 年 5 月 16 日　12 版

109. 李立明　鍾理和　中國現代六百作家小傳　香港　波文出版社　1977 年 10
　　月　頁 544

110. 黃　海　追懷鍾理和，感嘆文人境遇（上、下）　臺灣時報　1978 年 2 月
　　24—25 日　12 版

111. 鍾肇政　理和故居印象　自立晚報　1979 年 9 月 20 日　10 版

112. 鍾肇政　　理和故居印象　鍾肇政全集・隨筆集 7　桃園　桃園縣文化局　2004 年 3 月　頁 85—86

113. 黃金清　　吾鄉先輩鍾理和先生　自立晚報　1979 年 9 月 30 日　10 版

114. 朱西甯　　尚饗之祭──最配享紀念之祀的鍾理和　聯合報　1979 年 10 月 3 日　8 版

115. 朱西甯　　脈流著純純的中國文化血統──紀念理和先生　書評書目　第 78 期　1979 年 10 月　頁 29—34

116. 梅　遜　　我與鍾理和的一段友誼　聯合報　1980 年 1 月 23 日　18 版

117. 鍾肇政　　原鄉人──作家鍾理和的故事（1—6）　中國時報　1980 年 7 月 11—16 日　8 版

118. 廖清秀　　序　鍾理和書簡　臺北　遠行出版社　1980 年 7 月　頁 1—3

119. 張良澤　　《鍾理和全集》總序　鍾理和全集〔全 8 卷〕　臺北　遠行出版社　1980 年 7 月　頁 1—25

120. 鍾肇政　　往事二三　鍾理和全集・鍾理和書簡　臺北　遠行出版社　1980 年 7 月　頁 1—5

121. 鍾肇政　　序──《鍾理和書簡》（往事二三）　鍾肇政全集・隨筆集 3　桃園　桃園縣文化局　2001 年 4 月　頁 583—588

122. 新華社　　臺灣著名愛國作家鍾理和簡介　光明日報　1980 年 8 月 6 日　3 版

123. 李歐梵　　從《原鄉人》想鍾理和　聯合報　1980 年 8 月 19 日　8 版

124. 李歐梵　　從《原鄉人》想鍾理和──一些片段的雜感　浪漫之餘　臺北　時報文化出版公司　1981 年 9 月　頁 111—116

125. 李歐梵　　從《原鄉人》想鍾理和──一些片段的雜感　現代文學論（聯副 30 年文學大系・評論卷 3）　臺北　聯合報社　1981 年 12 月　頁 651—656

126. 端木野　　民族作家鍾理和──我看「原鄉人」　臺灣新聞報　1980 年 8 月 23 日　12 版

127. 鍾鐵民　　後記　臺灣文藝　第 68 期　1980 年 8 月　頁 290—292

128. 葉　菲　　鍾理和死後享盛名　臺灣新聞報　1980 年 9 月 6 日　12 版

129. 鍾肇政　　楔子　原鄉人　臺北　文華出版社　1980 年 9 月　頁 1—2

130. 鍾肇政　　楔子　原鄉人　高雄　財團法人鍾理和文教基金會　2000 年 6 月　頁 1—2

131. 鍾肇政　　楔子　鍾肇政全集‧原鄉人、怒濤　桃園　桃園縣文化局　2000 年 12 月　頁 3

132. 鍾肇政　　楔子　原鄉人　高雄　春暉出版社　2005 年 3 月　頁 1—2

133. 廖清秀　　〈原鄉人〉與理和兄嫂　臺灣日報　1980 年 10 月 2 日　8 版

134. 曾　寬　　父子作家：鍾理和，鍾鐵民　臺灣新聞報　1980 年 10 月 27 日　20 版

135. 沈玫姿　　「原鄉人」[2]　光華雜誌　第 5 卷第 10 期　1980 年 10 月　頁 34—43

136. 〔中國建設〕　　北京紀念臺灣作家鍾理和　中國建設　第 29 卷第 10 期　1980 年 10 月　頁 33—34

137. 紀　剛　　平妹與三娘——訪鍾理和先生故居談「原鄉人」　臺灣新聞報　1981 年 7 月 16 日　12 版

138. 吉　翔　　鍾理和的三件寶　書林　1981 年第 3 期　1981 年 9 月　頁 58

139. 夏祖麗　　平妹來臺北了！——訪問作家鍾理和遺孀　人間的感情　臺北　純文學出版社　1982 年 4 月　頁 49—69

140. 林　梵　　復活——紀念鍾理和先生　暖流　第 1 卷第 4 期　1982 年 4 月　頁 66

141. 林海音　　理和的生平　芸窗夜讀　臺北　純文學出版社　1982 年 4 月　頁 25—33

142. 林海音　　理和的生平　林海音作品集‧芸窗夜讀　臺北　遊目族文化公司　2000 年 5 月　頁 2—9

---

[2]本文內容主要介紹鍾理和生平及其家人生活。

143. 林海音　　平妹，挺好的　芸窗夜讀　臺北　純文學出版社　1982 年 4 月
　　　頁 47—56

144. 林海音　　平妹，挺好的　落入滿天霞　長沙　湖南人民出版社　1997 年 12
　　　月　頁 135—144

145. 林海音　　平妹，挺好的　林海音作品集・芸窗夜讀　臺北　遊目族文化公
　　　司　2000 年 5 月　頁 17—25

146. 詩　影　　生之寂苦死之哀榮——遙寄鍾理和先生　臺灣日報　1982 年 6 月
　　　12 日　8 版

147. 吳信友　　〈我的父親及「鍾理和紀念館」〉讀後感　臺灣時報　1982 年 9
　　　月 16 日　12 版

148. 田　野　　記鍾理和　海行記　武漢　長江文藝出版社　1982 年 10 月　頁
　　　172—178

149. 王晉民，鄺白曼　　鍾理和　臺灣與海外華人作家小傳　福州　福建人民出
　　　版社　1983 年 9 月　頁 32—34

150. 何寄澎　　鍾理和　中國現代短篇小說選析 1　臺北　長安出版社　1984 年 2
　　　月　頁 95—96

151. 汪景壽　　鍾理和　臺灣小說作家論　北京　北京大學出版社　1984 年 3 月
　　　頁 71—95

152. 鍾肇政　　艱困孤寂的足跡——簡述四十年代本省鄉土文學〔鍾理和部分〕
　　　文訊雜誌　第 9 期　1984 年 3 月　頁 130

153. 鍾肇政　　艱困孤寂的足跡——簡述四十年代本省鄉土文學〔鍾理和部分〕
　　　鍾肇政全集・隨筆集 2　桃園　桃園縣文化局　2000 年 12 月　頁
　　　468

154. 山田敬三著；葉石濤譯　　臺灣文學之旅〔鍾理和部分〕　臺灣時報　1984
　　　年 6 月 23 日　8 版

155. 山田敬三著；葉石濤譯　　臺灣文學之旅〔鍾理和部分〕　葉石濤全集・翻
　　　譯卷一　臺南，高雄　國立臺灣文學館，高雄市文化局　2009 年

11 月　頁 197—198

156. 奚　淞　　鍾理和　作家之旅　臺北　爾雅出版社　1984 年 7 月　頁 38—73

157. 關志昌　　民國人物小傳：鍾理和（1915—1960）　傳記文學　第 271 期
1984 年 12 月　頁 143—144

158. 谷師武　　春在美濃笠山——訪鍾理和紀念館　臺灣新聞報　1985 年 3 月 29
日　8 版

159. 沈于瑾　　歷史上的這一天，作家鍾理和辭世　中央日報　1985 年 8 月 4 日
19 版

160. 鄭清文　　臺灣當代小說精選序〔鍾理和部分〕　臺灣當代小說精選
（1945—1988）　臺北　新地文學出版社　1989 年 1 月　頁
12—13

161. 林雙不　　笠山下的隱者——鍾理和　大聲講出愛臺灣　臺北　前衛出版社
1989 年 2 月　頁 119—122

162. 鍾肇政　　倒在血泊裡的筆耕者——鍾理和[3]　臺灣春秋　第 13 期　1989 年
10 月　頁 310—327

163. 鍾肇政　　倒在血泊裡的筆耕者——鍾理和　鍾肇政回憶錄（二）文壇交遊
錄　臺北　前衛出版社　1998 年 4 月　頁 47—68

164. 鍾肇政　　倒在血泊裡的筆耕者——鍾理和　鍾肇政全集・隨筆集 4　桃園
桃園縣立文化中心　2002 年 11 月　頁 39—56

165. 鍾理和文教基金會　　鍾理和的生平　復活　高雄　派色文化出版社　1990
年 4 月　頁 3—12

166. 鍾理和文教基金會　　鍾理和的生平　故鄉四部　高雄　派色文化出版社
1993 年 12 月　頁 3—12

167. 鍾理和文教基金會　　鍾理和的生平　笠山農場　高雄　派色文化出版社
1995 年 1 月　頁 3—12

---

[3] 本文記述鍾理和紀念館籌建始末，以及追憶當年與鍾理和交往情形。全文共 8 小節：1.鍾理和紀念館落成；2.張良澤；3.從破土到落成，備嚐艱辛困頓；4.在貧病交煎裏掙扎；5.作品源源發表，理和步上坦途；6.倒在血泊裡齎志以歿；7.虎父虎子，鐵民承衣鉢；8.一個時代的結束。

168. 彭瑞金　　崇仰生活的作家——鍾理和　復活　高雄　派色文化出版社
　　　1990 年 4 月　頁 13—18

169. 彭瑞金　　崇仰生活的作家——鍾理和　故鄉四部　高雄　派色文化出版社
　　　1993 年 12 月　頁 13—18

170. 彭瑞金　　崇仰生活的作家——鍾理和　笠山農場　高雄　派色文化出版社
　　　1995 年 1 月　頁 13—18

171. 鍾肇政　　患難中的文學情誼　鍾理和文學研討會　高雄　高雄醫學院南杏
　　　社主辦　1991 年 12 月 8—9 日

172. 莊永明　　倒在血泊裡的筆耕者　臺灣紀事：臺灣歷史上的今天（下）　臺
　　　北　時報文化出版公司　1993 年 4 月　頁 1042—1043

173. 莊永明　　倒在血泊中的筆耕者——鍾理和　文學臺灣人　臺北　遠流出版
　　　社　2001 年 10 月　頁 131—135

174. 張　璇　　笠山農場——文學的故鄉（二）　誠品閱讀　第 10 期　1993 年 6
　　　月　頁 55

175. 鍾肇政　　鍾理和　客家臺灣文學選　臺北　新地文學出版社　1994 年 4 月
　　　頁 49

176.〔自由時報〕　　鍾理和小傳——「臺灣作家顯影」系列之一　自由時報
　　　1994 年 10 月 17 日　47 版

177. 鍾鐵民　　我的父親鍾理和——「臺灣作家顯影」系列之一　自由時報
　　　1994 年 10 月 17 日　47 版

178. 葉石濤　　我的鍾理和經驗　臺灣時報　1994 年 12 月 14 日　22 版

179. 葉石濤　　我的鍾理和經驗　追憶文學歲月　臺北　九歌出版社　1999 年 8
　　　月　頁 100—105

180. 鍾鐵鈞　　父親的印象　臺灣時報　1994 年 12 月 14 日　22 版

181. 鍾鐵民　　笠山下的故事　臺灣時報　1994 年 12 月 14 日　22 版

182. 古秀如　　平妹印象　臺灣時報　1994 年 12 月 15 日　22 版

183. 鍾肇政　　為文學而生，為文學而死——紀念鍾理和八秩冥誕　聯合文學

第 122 期　1994 年 12 月　頁 91—92

184. 鍾肇政　爲文學而生，爲文學而死——紀念鍾理和八秩冥誕　鍾肇政全集・隨筆集 2　桃園　桃園縣立文化中心　2000 年 12 月　頁 596—599

185. 彭瑞金　艱困一代的文學見證人——鍾理和　聯合文學　第 122 期　1994 年 12 月　頁 99—101

186. 鍾鐵民　父親　聯合文學　第 122 期　1994 年 12 月　頁 105—106

187. 鍾鐵民　父親：鍾理和　文訊雜誌　第 277 期　2008 年 11 月　頁 99—101

188. 鍾鐵英　寂寞身後事　臺灣時報　1995 年 1 月 7 日　22 版

189. 彭瑞金　生命的煉火　臺灣新聞報　1995 年 2 月 17 日—3 月 14 日　19 版

190. 林秀蓉　盛春遊美濃兼懷鍾理和先生　臺灣日報　1995 年 11 月 14 日　23 版

191. 鍾鐵民　我的祖父與笠山農場　中央日報　1995 年 11 月 17 日　19 版

192. 武治純　倒在血泊裡的筆耕者——鍾理和　壓不扁的玫瑰花——臺灣鄉土文學初探　北京　中國廣播電視出版社　1996 年 4 月 15 日　頁 215—226

193. 龍小鳳　孩子與鍾理和相遇　民眾日報　1996 年 8 月 28 日　27 版

194. 林　諍　美濃紀行〔鍾理和部分〕　鄉城生活雜誌　第 31 期　1996 年 8 月　頁 15—16

195. 彭瑞金　作家的葬禮　臺灣日報　1996 年 11 月 12 日　23 版

196. 彭瑞金　作家的葬禮　歷史迷路，文學引渡　臺北　富春文化公司　2000 年 10 月　頁 31—34

197. 陳銘芳　她，是鍾理和寫作的繆斯——美濃作家最愛的女人「平妹」（上、下）　中央日報　1997 年 3 月 26—27 日　19 版

198. 廖清秀　重讀理和的信（上、下）　聯合報　1997 年 8 月 1—2 日　41 版

199. 廖清秀　重讀鍾理和的信　文訊雜誌　第 143 期　1997 年 9 月　頁 54

200. 鍾鐵民　《鍾理和全集》編後感　臺灣日報　1997 年 9 月 11 日　31 版

201. 鍾鐵民　　《鍾理和全集》編後感　鍾理和全集 6　高雄　高雄縣立文化中心　1997 年 10 月　頁 255—257

202. 鍾鐵民　　《鍾理和全集》編後感　鄉居手記　臺北　未來書城公司　2002 年 5 月　頁 114—117

203. 鍾鐵民　　《鍾理和全集》編後感　鍾理和全集 6　臺北　行政院客委會　2003 年 12 月　頁 255—257

204. 鍾鐵民　　編者序　鍾理和全集〔全 6 集〕　高雄　高雄縣立文化中心　1997 年 10 月　頁 5—9

205. 鍾鐵民　　編者序　鍾理和全集〔全 6 集〕　臺北　行政院客委會　2003 年 12 月　頁 5—9

206. 賴澤涵　　生前貧困，死後受注目——鍾理和　兒童日報　1997 年 12 月 26 日　2 版

207. 鍾鐵民　　心靈的慰藉——《臺灣文學兩鍾書》序　臺灣文學兩鍾書　臺北　草根出版公司　1998 年 2 月　頁 7—9

208. 鍾鐵民　　心靈的慰藉——《臺灣文學兩鍾書》序　鄉居手記　臺北　未來書城公司　2002 年 5 月　頁 195—199

209. 黃恆秋　　客家文學的類型——鍾理和　臺灣客家文學史概論　臺北　客家臺灣文史工作室　1998 年 6 月　頁 114—118

210. 彭瑞金　　展現不屈文學魂的鍾理和[4]　臺灣時報　1998 年 7 月 31 日　30 版

211. 彭瑞金　　鍾理和——不屈的作家魂　臺灣文學步道　高雄　高雄縣立文化中心　1998 年 7 月　頁 158—161

212. 彭瑞金　　鍾理和——不屈的作家魂　臺灣文學 50 家　臺北　玉山社出版公司　2005 年 7 月　頁 238—246

213. 鍾肇政　　談鍾理和　自由時報　1998 年 8 月 10 日　41 版

214. 鍾肇政　　談鍾理和　鍾肇政全集・隨筆集 1　桃園　桃園縣立文化中心　1999 年 6 月　頁 348—349

---

[4]本文後改篇名為〈鍾理和——不屈的作家魂〉。

215. 彭瑞金　文學看生死　臺灣日報　1998 年 10 月 4 日　27 版

216. 彭瑞金　文學看生死　霧散的時候　臺北　聯合文學出版公司　2004 年 3 月　頁 156—160

217. 黃山高　文人悲欣　臺灣時報　1999 年 7 月 24 日　29 版

218. 曾心儀　臺灣鄉土文學——被迫害的心靈呼聲——鍾理和——倒在血泊中的筆耕者　臺灣時報　1999 年 10 月 30 日　25 版

219. 彭瑞金　世紀末的回顧與省思——三百五十年來臺灣文學在南方——風暴中矗立的鍾理和紀念館（上、下）　臺灣新聞報　1999 年 12 月 14—15 日　13 版

220. 夏祖麗　林海音與聯副——鍾理和之死　聯合報　2000 年 10 月 6 日　37 版

221. 鍾鐵民　鍾理和文學生活簡介[5]　鍾理和紀念館暨文學步道解說手冊　高雄　鍾理和文教基金會　2000 年 11 月　頁 20—49

222. 鍾鐵民　鍾理和的文學生活　國文天地　第 191 期　2001 年 4 月　頁 4—21

223. 楊嘉玲　鍾鐵民電話訪談摘錄　臺灣客籍作家文學作品改編電影研究　成功大學藝術所　碩士論文　石光生教授指導　2001 年 1 月　頁 152—158

224. 古繼堂　文學步道　明道文藝　第 298 期　2001 年 1 月　頁 74—80

225. 劉春城　富家子變成窮作家——為愛走天涯　臺灣新聞報　2001 年 3 月 25 日　8 版

226. 鍾肇政　談本省的鄉土文學〔鍾理和部分〕　鍾肇政全集・隨筆集 3　桃園　桃園縣文化局　2001 年 4 月　頁 613—615

227. 鍾怡彥　關於祖父鍾理和　國文天地　第 191 期　2001 年 4 月　頁 25—27

228. 李懷，桂華　倒在血泊中的筆耕者——鍾理和　文學臺灣人　臺北　遠流

---

[5] 本文為鍾理和生平記述，文中援引鍾理和日記與作品中文字，與正文互作參照。全文共 6 章：1. 大蕃薯的頭家子；2. 笠山下的文學青年；3. 力爭自主婚姻的出奔；4. 冰雪國度的淬鍊；5. 戰後故鄉的山火；6. 土地之愛的戀歌。本文後改篇名為〈鍾理和的文學生活〉。

出版公司　2001 年 10 月　頁 131—132

229. 呂新昌　　鍾理和的懊悔與信心——懊悔連累妻兒吃苦，堅信作品終必傳世
　　　　　　　國文天地　第 198 期　2001 年 11 月　頁 75—79

230. 林政華　　臺灣本土小說名家與名作——日政時期的臺灣本土小說名家及其
　　　　　　　作品——鍾理和　臺灣文學汲探　臺北　文史哲出版社　2002 年
　　　　　　　3 月　頁 146—147

231. 鍾鐵民　　我的父親阿成伯　鄉居手記　臺北　未來書城公司　2002 年 5 月
　　　　　　　頁 92—101

232. 黃麗娟　　鍾理和的真情世界——夫妻心、針線情　臺灣文學評論　第 2 卷
　　　　　　　第 4 期　2002 年 10 月　頁 65—67

233. 施英美　　驚蟄後的臺灣芳華——林海音對臺籍作家的提攜〔鍾理和部分〕
　　　　　　　《聯合報》副刊時期（1953—1963）的林海音研究　靜宜大學中
　　　　　　　國文學系　碩士論文　陳芳明，胡森永教授指導　2003 年 6 月
　　　　　　　頁 108—118

234. 阿　盛　　鍾理和父子　自由時報　2003 年 7 月 19 日　43 版

235.〔臺灣日報〕　鍾理和以文學救贖生命　臺灣日報　2003 年 11 月 10 日
　　　　　　　15 版

236. 周馥儀　　我相信自己的愛——記「鍾理和文學展」之一　臺灣文學館通訊
　　　　　　　第 6 期　2004 年 3 月　頁 52—53

237. 張葦菱　　寫在土地上的農民文學——記「鍾理和文學展」之二　臺灣文學
　　　　　　　館通訊　第 6 期　2004 年 3 月　頁 54—55

238. 王靜禪　　穿越語言的斷層——鍾理和的精神食糧——《文友通訊》　臺灣
　　　　　　　文學館通訊　第 6 期　2004 年 3 月　頁 56—57

239. 黃世暐　　為平民文學播種　臺灣日報　2004 年 4 月 12 日　12 版

240. 劉慧真　　永不屈服的文學靈魂——鍾理和（1915—1960）　客家文學精選
　　　　　　　集：小說卷　臺北　天下遠見出版公司　2004 年 4 月　頁
　　　　　　　111—114

241. 〔彭瑞金選編〕 〈貧賤夫妻〉‧作者簡介 國民文選‧小說卷 2 臺北 玉山社出版公司 2004 年 7 月 頁 20—21

242. 〔許俊雅，應鳳凰，鍾宗憲編〕 〈蒼蠅〉‧作者簡介 現代小說讀本 臺北 揚智文化公司 2004 年 8 月 頁 170—171

243. 王德威 尋找原鄉的人〔鍾理和部分〕 臺灣：從文學看歷史 臺北 麥田出版公司 2005 年 9 月 頁 247—249

244. 陳美杏 倒在血泊裡的臺灣鄉土文學之父──鍾理和藥袋上的 228 心情日記大公開 臺灣日報 2005 年 11 月 11 日 12 版

245. 許俊雅 鍾理和 我心中的歌：現代文學星空 臺北 文史哲出版社 2006 年 6 月 頁 261—262

246. 鍾鐵民講；張清文記 鍾鐵民採訪紀錄 鍾理和文學裡的「魯迅」 政治大學中國文學系 博士論文 陳芳明教授指導 2006 年 7 月 頁 257—262

247. 張輝誠 作家瞭望臺──鍾理和 比整個世界還要大：散文選讀 臺北 三民書局 2007 年 9 月 頁 47

248. 林柏維 鍾理和：白薯的悲哀──倒在血泊裡的筆耕者 狂飆的年代：近代臺灣社會精英群像 臺北 秀威資訊科技公司 2007 年 9 月 頁 221—224

249. 〔編輯部〕 鍾理和 文學家 臺北 東和鋼鐵公司，大觀視覺顧問公司 2007 年 12 月 頁 41—48

250. 葉石濤 七○年代臺灣文學的回顧〔鍾理和部分〕 葉石濤全集‧隨筆卷二 臺南，高雄 國立臺灣文學館，高雄市文化局 2008 年 3 月 頁 38

251. 黃嫣喬 路過鍾理和‧美麗與哀愁 臺灣時報 2008 年 6 月 7 日 8 版

252. 黃嫣喬 臺灣鄉土文學之父──鍾理和 臺灣時報 2008 年 6 月 21 日 8 版

253. 〔封德屏主編〕 鍾理和 2007 臺灣作家作品目錄 臺南 國立臺灣文學

館　2008 年 7 月　頁 1367—1368

254. 吳明益　　「橋」的銜接與斷裂——兩種文學史觀溝通的暫時隔斷〔鍾理和部分〕　文學　臺灣：11 位新銳臺灣文學研究者帶你認識臺灣文學　臺南　國立臺灣文學館　2008 年 9 月　頁 134—136

255. 高有智　　同姓為愛走天涯，抱病筆耕至咯血　中國時報　2008 年 10 月 11日　A8 版

256. 謝錦芳　　祖國幻滅，悲憤還鄉　中國時報　2008 年 10 月 11 日　A8 版

257. 高有智，何榮幸，謝錦芳專訪　　鍾理和鍾舜文・一筆一畫原鄉情[6]　中國時報　2008 年 10 月 11 日　A8 版

258. 陳芳明　　隔窗觀夢　晚天未晚　臺北　聯合文學出版社　2009 年 3 月　頁81—84

259. 鍾肇政　　又見理和兄——《鍾理和全集》序　鍾理和文選　高雄　高雄縣文化局　2009 年 3 月　頁 5—6

260. 鍾肇政　　又見理和兄——《鍾理和全集》序　新版鍾理和全集〔全 8 冊〕高雄　高雄縣文化局　2009 年 3 月　頁 5—6

261.〔鍾鐵民編〕　　作家的心願　鍾理和文選　高雄　高雄縣文化局　2009 年3 月　頁 7—9

262.〔鍾鐵民編〕　　作家的心願　新版鍾理和全集〔全 8 冊〕　高雄　高雄縣文化局　2009 年 3 月　頁 7—9

年表

263. 林俊宏　　鍾理和先生年譜　臺灣文藝　第 68 期　1980 年 8 月　頁275—290

264. 高天生　　鍾理和年表　臺灣近代名人誌（四）　臺北　自立晚報　1987 年12 月　頁 346—347

265.〔彭瑞金編〕　　鍾理和生平寫作年表　鍾理和集（臺灣作家全集）　臺北

---

[6]本文專訪鍾理和的孫女新銳畫家鍾舜文，藉其一系列描繪家鄉親人的畫作分享她與祖父鍾理和跨世代的連結交集。

前衛出版社　1991 年 7 月　頁 259—264

266. 張　璇　鍾理和寫作年表　誠品閱讀　第 10 期　1993 年 6 月　頁 56

267. 彭瑞金　鍾理和文學年譜　鍾理和傳　南投　臺灣省文獻委員會　1994 年 6 月　頁 187—192

268. 羅尤莉　鍾理和生平與著作刊登年表　鍾理和文學中的原鄉與鄉土　東海大學中國文學系　碩士論文　陳萬益教授指導　1996 年 6 月　頁 157—160

269.〔鍾鐵民編〕　鍾理和生平與著作刊登年表　鍾理和全集 6　高雄　高雄縣立文化中心　1997 年 10 月　頁 225—233

270. 鍾鐵民　鍾理和文學生活簡介——鍾理和生平與著作刊登年表　鍾理和紀念館暨文學步道解說手冊　高雄　鍾理和文教基金會　2000 年 11 月　頁 50—55

271. 鍾鐵民　鍾理和的文學生活——鍾理和生平與著作刊登年表　國文天地　第 191 期　2001 年 4 月　頁 21—24

272.〔鍾鐵民編〕　鍾理和生平與著作刊登年表　鍾理和全集 6　臺北　行政院客委會　2003 年 12 月　頁 225—233

273. 林姿如　鍾理和生平與著作年表　鍾理和文學研究　高雄師範大學國文學系　碩士論文　林文欽教授指導　2000 年 6 月　頁 303—309

274. 鍾肇政　鍾理和先生的生平　鍾肇政全集·隨筆集 2　桃園　桃園縣立文化中心　2000 年 12 月　頁 402—403

275. 楊嘉玲　作家生平寫作年表　臺灣客籍作家文學作品改編電影研究　成功大學藝術研究所　碩士論文　石光生教授指導　2001 年 1 月　頁 159—162

276. 莊永明　鍾理和年表（1915—1960）　文學臺灣人　臺北　遠流出版社　2001 年 10 月　頁 135

277. 許俊雅　鍾理和創作大事記　假黎婆　臺北　遠流出版公司　2005 年 7 月　頁 64—65

278. 羅正晏　鍾理和生卒與創作年表　壓迫與抵抗——鍾理和作品中的後殖民論述　臺灣師範大學歷史學系在職進修碩士班　碩士論文　蔡淵絜教授指導　2006年6月　頁230—237

279. 江　湖　鍾理和生平年譜　鄉之魂——鍾理和的人生與文學之路　北京　作家出版社　2006年7月　頁220—228

280. 〔編輯部〕　鍾理和生平大事年表　新版鍾理和全集・特別收錄　高雄　高雄縣文化局　2009年3月　頁408—420

281. 〔編輯部〕　鍾理和寫作年表　新版鍾理和全集・特別收錄　高雄　高雄縣文化局　2009年3月　頁421—429

282. 吳雪連　鍾理和寫作年表　鍾理和小說研究　佛光大學文學系　碩士論文　簡文志教授指導　2009年6月　頁131—136

其他

283. 〔張良澤記〕　鍾理和遺書　中外文學　第2卷第6期　1973年11月　頁92—99

284. 商　禽　建一個樸實的鍾理和紀念館　民眾日報　1978年10月1日　12版

285. 顧沛君　鍾理和紀念館的籌建工作　出版與研究　第50期　1979年7月　頁20—21

286. 彭瑞金　我們要做一項明天不會惋惜的事　自立晚報　1979年9月30日　10版

287. 葉石濤　關於鍾理和紀念館　自立晚報　1979年9月30日　10版

288. 葉石濤　關於鍾理和紀念館　作家的條件　臺北　遠景出版公司　1981年6月　頁169—171

289. 葉石濤　關於鍾理和紀念館　葉石濤全集・隨筆卷一　臺南，高雄　國立臺灣文學館，高雄市文化局　2008年3月　頁165—167

290. 〔編輯部〕　作家手稿血斑斑流失容易守存難——鍾肇政、葉石濤等五人擬爲鍾理和籌建紀念館　愛書人　第120期　1979年10月1日

1 版

291. 朱西甯，鍾鐵民　　籌建鍾理和紀念館特刊　民眾日報　1979 年 10 月 1 日　12 版

292. 彭碧玉　　精神・人格・作品——寫在「鍾理和紀念館」籌建之前　聯合報　1979 年 10 月 3 日　8 版

293. 鍾肇政　　「鍾理和紀念館」籌建緣起　書評書目　第 78 期　1979 年 10 月　頁 35—36

294. 鍾肇政　　「鍾理和紀念館」籌建緣起　鍾肇政全集・隨筆集 7　桃園　桃園縣文化局　2004 年 3 月　頁 87—88

295. 陳正毅　　鍾理和故事將搬上銀幕　中央日報　1979 年 11 月 27 日　9 版

296. 葉石濤　　記李行的《原鄉人》　聯合報　1980 年 6 月 1 日　8 版

297. 葉石濤　　府城之星，舊城之月——記李行的《原鄉人》　臺灣文藝　第 67 期　1980 年 6 月　頁 237—242

298. 葉石濤　　府城之星，舊城之月　原鄉人　臺北　文華出版社　1980 年 9 月　頁 241—247

299. 葉石濤　　記李行的《原鄉人》　文學回憶錄　臺北　遠景出版公司　1985 年 4 月　頁 69—75

300. 葉石濤　　府城之星，舊城之月——記李行的《原鄉人》　原鄉人　高雄　財團法人鍾理和文教基金會　2000 年 6 月　頁 213—218

301. 葉石濤　　記李行的《原鄉人》　鍾肇政全集・原鄉人；怒濤　桃園　桃園縣文化局　2000 年 12 月　頁 225—230

302. 葉石濤　　府城之星，舊城之月——記李行的《原鄉人》　原鄉人　高雄　春暉出版社　2005 年 3 月　頁 213—218

303. 葉石濤　　記李行的《原鄉人》　葉石濤全集・隨筆卷一　臺南，高雄　國立臺灣文學館，高雄市文化局　2008 年 3 月　頁 221—227

304. 壹闡提〔李喬〕　　《原鄉人》出現的意義　臺灣文藝　第 67 期　1980 年 6 月　頁 243—245

305. 鍾鐵民　　《原鄉人》及其他　臺灣文藝　第 67 期　1980 年 6 月　頁 246—250

306. 鍾鐵民　　《原鄉人》及其他　原鄉人　臺北　文華出版社　1980 年 9 月　頁 235—240

307. 鍾鐵民　　《原鄉人》及其他　原鄉人　高雄　財團法人鍾理和文教基金會　2000 年 6 月　頁 207—211

308. 鍾鐵民　　《原鄉人》及其他　鍾肇政全集・原鄉人　桃園　桃園縣文化局　2000 年 12 月　頁 219—224

309. 鍾鐵民　　《原鄉人》及其他　原鄉人　高雄　春暉出版社　2005 年 3 月　頁 207—211

310. 花村〔黃春秀〕　　從鍾理和的一生到電影《原鄉人》　臺灣文藝　第 67 期　1980 年 6 月　頁 251—256

311. 莊　園　　鍾理和傳拍成電影《原鄉人》有感　臺灣文藝　第 67 期　1980 年 6 月　頁 257—260

312. 曹永洋　　噢！《原鄉人》　臺灣文藝　第 67 期　1980 年 6 月　頁 261—264

313. 吳錦發　　《原鄉人》在美濃　臺灣文藝　第 67 期　1980 年 6 月　頁 265—268

314. 鍾肇政　　給中華文化打下一個基石——為鍾理和紀念館破土而寫　中國時報　1980 年 8 月 4 日　8 版

315. 武治純　　紀念臺灣鄉土作家鍾理和，中國作協和臺盟總部等單位聯合舉行座談會——紀念臺灣著名作家鍾理和逝世二十週年　人民日報　1980 年 8 月 6 日　5 版

316. 鍾肇政　　笠山半日——與李行談電影《原鄉人》　原鄉人　高雄　文華出版社　1980 年 9 月　頁 229—234

317. 鍾肇政　　笠山半日——與李行談電影《原鄉人》　原鄉人　高雄　財團法人鍾理和文教基金會　2000 年 6 月　頁 201—206

318. 鍾肇政　笠山半日——與李行談電影《原鄉人》　鍾肇政全集・原鄉人；怒濤　桃園　桃園縣文化局　2000 年 12 月　頁 213—218

319. 鍾肇政　笠山半日——與李行談電影《原鄉人》　原鄉人　高雄　春暉出版社　2005 年 3 月　頁 201—206

320. 許覺民　紀念臺灣省作家鍾理和先生逝世二十週年　中國建設　第 29 卷第 10 期　1980 年 10 月　頁 31—33

321. 葉　菲　從鍾理和紀念館談起　新生報　1980 年 11 月 26 日　12 版

322. 李　河　難產的鍾理和紀念館　暖流　第 1 卷第 4 期　1982 年 4 月　頁 65—66

323. 彭瑞金　「鍾理和紀念館」因緣　臺灣時報　1982 年 8 月 4 日　12 版

324. 鍾鐵民　我的父親及「鍾理和紀念館」　臺灣時報　1982 年 8 月 7 日　12 版

325. 新華社　紀念臺灣著名愛國作家鍾理和逝世 20 周年，中國作協、臺盟總部等舉行座談會　中國文藝年鑑・第 1 卷　北京　文化藝術出版社　1982 年 9 月　頁 212

326. 葉石濤　鍾理和紀念館的故事　臺灣時報　1982 年 12 月 3 日　12 版

327. 葉石濤　鍾理和紀念館的故事　小說筆記　臺北　前衛出版社　1983 年 9 月　頁 70—76

328. 葉石濤　細說鍾理和紀念館　臺灣新聞報　1982 年 12 月 14 日　12 版

329. 葉石濤　細說鍾理和紀念館　葉石濤全集・隨筆卷一　臺南，高雄　國立臺灣文學館，高雄市文化局　2008 年 3 月　頁 329—330

330. 彭瑞金　「鍾理和紀念館」現況　臺灣文藝　第 80 期　1983 年 1 月　頁 175

331. 〔文訊雜誌〕　文苑短波——鍾理和館即將揭幕　文訊雜誌　第 1 期　1983 年 7 月　頁 114

332. 鍾鐵民　期待一個文學殿堂的誕生　中國時報　1983 年 8 月 3 日　8 版

333. 陸月雪　露從今夜白，月是故鄉明——「鍾理和紀念館」落成有感　前進

廣場　第 1 期　1983 年 8 月 13 日　頁 36—39

334. 暖　流　　鍾理和紀念館終於落成　暖流　第 3 卷第 2 期　1983 年 8 月　頁
73

335. 吳宗銘　　文學史料的媬姆——鍾理和紀念館　參與者雜誌　第 50 期　1983
年 10 月 15 日　頁 6

336. 呂　昱　　走在笠山腳下　亞洲人　第 10 期　1985 年 3 月 29 日　頁 52—53

337. 張麗伽　　鍾理和紀念館空蕩蕩　聯合報　1988 年 1 月 13 日　7 版

338. 鍾鐵民　　高雄縣文化建設的情形——鍾理和紀念館　文訊雜誌　第 76 期
1992 年 2 月　頁 26

339. 鍾鐵民　　高雄縣文化建設的情形——鍾理和紀念館　藝文與環境：臺灣各
縣市藝文環境調查實錄　臺北　文訊雜誌社　1994 年 3 月　頁
532—533

340. 寧秀英　　走訪鍾理和紀念館　明道文藝　第 196 期　1992 年 7 月　頁
86—93

341. 邱　婷　　一念相傳・原鄉文學情，妻、子承志業社會團體協助鍾理和八十
冥誕不再寂寞　民生報　1994 年 12 月 11 日　15 版

342. 蔡文章　　笠山下的香火傳承，承繼文學種子與愛鄉情的鍾理和子嗣　中央
日報　1996 年 11 月 14 日　19 版

343. 〔臺灣時報〕　　文學盛會在美濃——鍾理和雕像文學步道落成暨笠山文藝
營　臺灣時報　1998 年 7 月 16 日　30 版

344. 陳俊合　　鍾理和紀念雕像風雨中揭幕——坐落高縣臺灣文學步道歷經一年
籌畫竣工　民生報　1998 年 8 月 5 日　19 版

345. 蔡文章　　鍾理和雕像揭幕　文訊雜誌　第 155 期　1998 年 9 月　頁 52

346. 陳玲芳　　我們要讓鍾理和紀念館活起來　臺灣日報　1999 年 8 月 17 日　12
版

347. 鍾鐵民　　鍾理和紀念館與美濃　民眾日報　2000 年 6 月 16 日　17 版

348. 鍾鐵民　　鍾理和紀念館與美濃　鄉居手記　臺北　未來書城公司　2002 年

5 月　頁 107—113

349. 劉純杏　笠山下的臺灣文學精神　民眾日報　2000 年 9 月 16 日　17 版

350. 鍾鐵民　作家的家鄉　美濃——鍾理和原鄉風景　臺北　貓頭鷹出版社
2001 年 7 月　頁 8—9

351. 劉湘吟　鍾理和紀念館與臺灣文學步道——臺灣文學原鄉　新觀念　第 155
期　2001 年 9 月　頁 26—31

352. 杜文靖　鍾理和、紀念館、鍾鐵民、文學步道　幼獅文藝　第 574 期
2001 年 10 月　頁 42—44

353. 鍾鐵民　從鍾理和紀念館到臺灣文學館・看見了真與善　中國時報　2003
年 10 月 31 日　E7 版

354. 鍾肇政　鍾理和紀念館落成講辭　鍾肇政全集・訪談集　桃園　桃園縣文
化局　2004 年 3 月　頁 413—415

355. 鍾欣亞　笠山下的文學饗宴　臺灣日報　2004 年 7 月 26 日　19 版

356. 蔡文章　鍾理和紀念館重新開館系列活動　文訊雜誌　第 243 期　2006 年
1 月　頁 105—106

357. 蔡文章　左中 60 歲推出鍾理和文學展　文訊雜誌　第 245 期　2006 年 3 月
頁 118—119

358. 葉石濤　鍾理和故居　葉石濤全集・隨筆卷一　臺南，高雄　國立臺灣文
學館，高雄市文化局　2008 年 3 月　頁 121—123

359. 胡筑珺　原鄉美濃・文學瀰濃——走進鍾理和文學紀念館　臺灣文學館通訊
第 21 期　2008 年 11 月　頁 58—60

作品評論篇目

綜論

360. 王鼎鈞　作品充滿鄉土色彩的臺灣作家——鍾理和　文星　第 26 期　1959
年 12 月　頁 23

361. 江　玲　鍾理和（1915—1960）　作品　第 3 卷第 9 期　1962 年 9 月　頁

9—11

362. 兩　　峰　　鍾理和論　臺灣文藝　第 5 期　1964 年 10 月　頁 15—21

363. 兩　　峰　　鍾理和論　鍾理和全集‧鍾理和殘集　臺北　遠行出版社　1980
　　　　　　　　年 6 月　頁 241—255

364. 兩　　峰　　鍾理和論　鍾理和論述 1960—2000　高雄　春暉出版社　2004 年
　　　　　　　　4 月　頁 143—154

365. 徐和鄰　　山坡上的一盞火——悼念鍾理和先生　臺灣文藝　第 5 期　1964
　　　　　　　　年 10 月　頁 47

366. 葉石濤　　鍾理和評介　自由青年　第 36 卷第 3 期　1966 年 8 月 1 日　頁
　　　　　　　　12—13

367. 葉石濤　　鍾理和評介　葉石濤評論集　臺北　蘭開書局　1968 年 9 月　頁
　　　　　　　　16—22

368. 葉石濤　　鍾理和評介　葉石濤作家論集　高雄　三信出版社　1973 年 3 月
　　　　　　　　頁 13—18

369. 葉石濤　　鍾理和評介　臺灣鄉土作家論集　臺北　遠景出版公司　1979 年
　　　　　　　　3 月　頁 135—140

370. 葉石濤　　鍾理和評介　鍾理和集（臺灣作家全集）　臺北　前衛出版社
　　　　　　　　1991 年 7 月　頁 251—257

371. 葉石濤　　鍾理和評介　葉石濤全集‧評論卷一　臺南，高雄　國立臺灣文
　　　　　　　　學館，高雄市文化局　2008 年 3 月　頁 125—131

372. 葉石濤　　臺灣的鄉土文學〔鍾理和部分〕　葉石濤評論集　臺北　蘭開書
　　　　　　　　局　1968 年 9 月　頁 10

373. 陳雀華　　鍾理和小論　臺灣文藝　第 35 期　1972 年 4 月　頁 82—83

374. 安宜靜　　試論鍾理和小說之特點　臺灣文藝　第 35 期　1972 年 4 月　頁
　　　　　　　　83—84

375. 張良澤　　鍾理和的文學觀[7]　文季　第 2 期　1973 年 11 月　頁 48—59

---

[7]本文以鍾理和的日記與信函為中心，析論鍾理和的文學觀。全文共 5 小節：1.對文學的執著；2.主

376. 史君美〔唐文標〕　　來喜愛鍾理和[8]　文季　第 2 期　1973 年 11 月　頁 60—76

377. 唐文標　　來喜愛鍾理和　唐文標碎雜　臺北　遠景出版社　1976 年 7 月　頁 1—30

378. 唐文標　　來喜愛鍾理和　鍾理和全集‧鍾理和殘集　臺北　遠行出版社　1980 年 6 月　頁 257—284

379. 史君美　　來喜愛鍾理和　鍾理和論述 1960—2000　高雄　春暉出版社　2004 年 4 月　頁 59—76

380. 張良澤　　從鍾理和的遺書說起——理和思想初探[9]　中外文學　第 2 卷第 6 期　1973 年 11 月　頁 100—112

381. 張良澤　　從鍾理和的遺書說起——理和思想初探　鍾理和論述 1960—2000　高雄　春暉出版社　2004 年 4 月　頁 155—168

382. 張良澤　　鍾理和作品論（1—4）　中華日報　1973 年 12 月 13—16 日　9 版

383. 張良澤　　鍾理和作品論　復活的群像　臺北　前衛出版社　1994 年 6 月　頁 135—153

384. 林載爵　　臺灣文學的兩種精神——楊逵與鍾理和之比較[10]　中外文學　第 2 卷第 7 期　1973 年 12 月　頁 4—20

385. 林載爵　　臺灣文學的兩種精神——楊逵與鍾理和之比較　壓不扁的玫瑰花——楊逵的人與作品　臺北　輝煌出版社　1976 年 10 月　頁 85—103

386. 林載爵　　臺灣文學的兩種精神——楊逵與鍾理和之比較　中華現代文學大

題的社會價值；3.文學的真與作家的人格；4.方言文學與文學中的方言；5.尾聲——一個唐吉訶德的悲劇收場。

[8] 本文分為三部分：第一部分概述鍾理和及其作品的時代意義，第二部分概括性提出鍾理和小說中的重要主題，第三部分提及未來討論鍾理和小說時，應注意的幾個重要面向。全文共 3 小節：1.在為他所喜愛的土地上；2.還不是盼望下一代有好日子過嗎？；3.你來發掘理想和希望嗎？。

[9] 本文論述鍾理和之作品內涵，及文風的轉變與時代背景的關連。

[10] 本文分述楊逵在文學作品中表達的抗議，與鍾理和在文學作品中呈現的隱忍，作為臺灣文學中兩種精神發展的極致。

系（臺灣　1970—1989）評論卷（壹）　臺北　九歌出版公司
1989 年 5 月　頁 267—288

387. 林載爵　臺灣文學的兩種精神——楊逵與鍾理和之比較　臺灣文學的兩種
精神　臺南　臺南市立文化中心　1996 年 5 月　頁 1—25

388. 林載爵　臺灣文學的兩種精神——楊逵與鍾理和之比較　鍾理和論述
1960—2000　高雄　春暉出版社　2004 年 4 月　頁 169—187

389. 張良澤　鍾理和作品概述（上、中、下）[11]　書評書目　第 9—11 期　1974
年 1—3 月　頁 107—115，117—125，64—71

390. 張良澤　鍾理和作品中的日本經驗和祖國經驗[12]　中外文學　第 2 卷第 11
期　1974 年 4 月　頁 32—57

391. 張良澤　鍾理和作品中的日本經驗與祖國經驗　鍾理和論述 1960—2000
高雄　春暉出版社　2004 年 4 月　頁 25—57

392. 許素蘭　鍾理和小論　臺灣文藝　第 44 期　1974 年 7 月　頁 44—46

393. 徐賜月　論鍾理和的人生觀與文學觀　臺灣文藝　第 44 期　1974 年 7 月
頁 47—49

394. 楊昌年　鍾理和　近代小說研究　臺北　蘭臺書局　1976 年 1 月　頁 564

395. 彭瑞金　葉石濤，張良澤對談——秉燭談理和[13]　臺灣文藝　第 54 期
1977 年 3 月　頁 7—16

396. 彭瑞金　秉燭談理和——葉石濤與張良澤對談　鍾理和論述 1960—2000
高雄　春暉出版社　2004 年 4 月　頁 189—200

397. 彭瑞金　秉燭談理和——葉石濤與張良澤對談　葉石濤全集・評論卷六

---

[11]本文第一部分回憶鍾理和之死與其後作品出版過程，並對當時文壇風氣與鍾理和相關研究作簡單
回顧。第二部分簡介 61 篇鍾理和的作品，始於〈理髮匠的戀愛〉，終於〈原鄉人〉，分別就寫
作時間、字數、出版狀況與作品內容作介紹。全文共 2 小節：1.前言——一段回顧；2.作品概
述；3.結語。

[12]本文為補足〈從鍾理和的遺書說起——理和思想初探〉之不足而作，旨在討論鍾理和作品中的日
本經驗和祖國經驗。全文共 3 小節：1.緒論；2.本論；3.結論。

[13]本文為葉石濤與張良澤對談之記錄稿，彭瑞金為主持人兼記錄人。全文共 9 小節：1.楔子；2.
《鍾理和全集》出版緣起；3.糾正一個錯誤觀念——鍾理和不關心時代嗎？；4.鍾理和逃避什
麼？；5.兩種型態的作家；6.最成功的作品；7.臺灣文學的主流；8.承先啓後，有待後人；9.後
記。

臺南，高雄　國立臺灣文學館，高雄市文化局　2008 年 3 月　頁 125—138

398. 彭瑞金　試論鍾理和的社會參與[14]　臺灣文藝　第 54 期　1977 年 3 月　頁 18—30

399. 彭瑞金　試論鍾理和的社會參與　泥土的香味　臺北　東大圖書公司 1980 年 4 月　頁 19—36

400. 鍾鐵民　我看鍾理和小說中的人物　臺灣文藝　第 54 期　1977 年 3 月　頁 40—46

401. 韓淑惠　談鍾理和筆下的農民世界　臺灣文藝　第 54 期　1977 年 3 月　頁 65—73

402. 韓淑惠　談鍾理和筆下的農民世界　文心　第 5 期　1977 年 6 月　頁 95—98

403. 韓淑惠　談鍾理和筆下的農民世界　鳳凰樹文學獎　臺南　臺南縣立文化 中心　1997 年 6 月　頁 408—415

404. 謝松山　嗅那泥土的芳香——我讀鍾理和作品　臺灣時報　1977 年 5 月 8 日　12 版

405. 鄭美玲　鍾理和作品論　文心　第 5 期　1977 年 6 月　頁 101—104

406. 周麗蘭　鍾理和的語言　文心　第 5 期　1977 年 6 月　頁 105—106

407. 麥秀兒　我看鍾理和的小說　愛書人　第 45 期　1977 年 10 月 21 日　3 版

408. 麥秀兒　我看鍾理和的小說　讀書筆記　臺北　出版家文化公司　1978 年 2 月　頁 198—202

409. 麥秀兒　我看鍾理和的小說，鍾理和小說的境界　民生日報　1978 年 3 月 20 日　9 版

410. 潘翠菁　臺灣省作家鍾理和　文學評論　1980 年第 2 期　1980 年 3 月　頁 132—140

[14]本文以鍾理和小說作品為中心，比較鍾理和與吳濁流、楊逵、鍾肇政三位作家在農村描寫上的主要差異，並論析作品中所呈現的人性思考與生命關懷。全文共 7 小節。

411. 林毓生　　鍾理和、「原鄉人」與中國人文精神（上、下）　聯合報　1980年8月2—3日　8版

412. 林毓生　　鍾理和、「原鄉人」與中國人文精神　現代文學論（聯副30年文學大系・評論卷3）　臺北　聯合報社　1981年12月　頁637—649

413. 林毓生　　鍾理和、「原鄉人」與中國人文精神　思想與人物　臺北　聯經出版公司　1983年8月　頁371—384

414. 林毓生　　鍾理和、「原鄉人」與中國人文精神　鍾理和論述1960—2000　高雄　春暉出版社　2004年4月　頁241—251

415. 武治純　　臺灣鄉土文學的奠基人——鍾理和　中國百科年鑑　北京　中國大百科全書出版社　1981年7月　頁440

416. 〔羊子喬，林梵，張恆豪〕　鍾理和　閹雞（光復前臺灣文學全集）　臺北　遠景出版社　1981年9月　頁325—326

417. 武治純　　臺灣鄉土文學的源流及其理論要點〔鍾理和部分〕　臺灣香港文學論文選　福州　福建人民出版社　1983年10月　頁27

418. 封祖盛　　臺灣光復後頭二十年鄉土小說一瞥——鍾理和、鍾肇政、林海音等的創作　臺灣小說主要流派初探　福州　福建人民出版社　1983年10月　頁41—58

419. 韋體文　　鍾理和論[15]　臺灣研究集刊　1984年第2期　1984年5月　頁35—46

420. 韋體文　　鍾理和作品思想內容和藝術風格初探[16]　臺灣香港文學論文選（二）　福州　海峽文藝出版社　1985年9月　頁108—123

421. 韋體文　　鍾理和作品思想內容和藝術風格初探　鍾理和論述1960—2000　高雄　春暉出版社　2004年4月　頁225—239

---

[15]本文概述鍾理和之生平、創作史，以及作品特質。全文共3小節。
[16]本文據〈鍾理和論〉一文刪改而成。

422. 劉秀燕　　活過、愛過、寫過——鍾理和研究[17]　臺灣文藝　第 89 期　1984
　　　　　　　年 7 月　頁 29—51

423. 張良澤　　台湾文学の現況——《寒夜三部曲》を主に——鍾理和の遺志
　　　　　　　臺灣青年　第 290 期　1984 年 12 月　頁 21—22

424. 澤井律之　鍾理和的「中國體驗」　臺灣文學研究會會報　第 8、9 期合刊
　　　　　　　1984 年 12 月　頁 93—97

425. 今里禎　　「五・四」文学運動の台湾への影響と鍾理和文学[18]　天理大學學
　　　　　　　報　第 144 期　1985 年 3 月　頁 203—214

426. 包恆新　　臺灣鄉土作家文藝美學思想初探〔鍾理和部分〕　臺灣香港文學
　　　　　　　論文選　福州　海峽文藝出版社　1985 年 9 月　頁 26—27

427. 洪素麗　　在異鄉看《異鄉人》電影　十年散記　臺北　時報文化出版公司
　　　　　　　1985 年 11 月　頁 165—170

428. 葉石濤　　客屬作家〔鍾理和部分〕　臺灣時報　1987 年 10 月 27 日　8 版

429. 葉石濤　　客屬作家〔鍾理和部分〕　客家臺灣文學論　苗栗　苗栗縣立文
　　　　　　　化中心　1993 年 6 月　頁 121—122

430. 葉石濤　　客屬作家〔鍾理和部分〕　葉石濤全集・隨筆卷三　臺南，高雄
　　　　　　　國立臺灣文學館，高雄市文化局　2008 年 3 月　頁 68

431. 劉菊香　　鍾理和　現代臺灣文學史　瀋陽　遼寧大學出版社　1987 年 12 月
　　　　　　　頁 284—303

432. 高天生　　動亂時代的文學見證人——鍾理和（1915—1960）　臺灣近代名
　　　　　　　人誌（四）　臺北　自立晚報　1987 年 12 月　頁 331—345

433. 高天生　　動亂時代的文學見證——鍾理和一生芻論　臺灣小說與小說家
　　　　　　　臺北　前衛出版社　1994 年 12 月　頁 37—47

434. 利玉芳　　我對散文的欣賞角度〔鍾理和部分〕　臺灣文藝　第 111 期

---

[17]本文為鍾理和的綜論，全文共 7 小節：1.前言；2.生平與遭遇；3.時代背景；4.「躺在血泊中的筆
　耕者」——寫作態度探討；5.文學觀；6.作品分析；7.結語。
[18]全文共 6 小節：1.はじめに；2.「五・四」運動と近代文学；3.台湾新文学運動；4.鍾理和の文
　学；5.鍾理和の主要作品；6.あとがき。

　　　　　　　　1988 年 6 月　頁 72

435. 古繼堂　　倒在血泊裡的筆耕者——臺灣愛國作家鍾理和[19]　靜聽那心底的旋
　　　　　　　律——臺灣文學論　北京　國際文化出版公司　1989 年 1 月　頁
　　　　　　　115—125

436. 古繼堂　　倒在血泊裡的筆耕者鍾理和　臺灣小說發展史　臺北　文史哲出
　　　　　　　版社　1989 年 7 月　頁 131—138

437. 公仲，汪義生　　光復期的臺灣文學〔鍾理和部分〕　臺灣新文學史初編
　　　　　　　南昌　江西人民出版社　1989 年 8 月　頁 65—72

438. 鄭清文　　重讀鍾理和的短篇小說[20]　臺灣春秋　第 2 卷第 1 期　1989 年 10
　　　　　　　月　頁 336—345

439. 鄭清文　　重讀鍾理和的短篇小說　臺灣文學的基點　高雄　派色文化出版
　　　　　　　社　1992 年 7 月　頁 73—90

440. 吳錦發　　鍾理和小說中的客家女性塑像（上、中、下）　民眾日報　1990
　　　　　　　年 12 月 7—9 日　20 版

441. 吳錦發　　鍾理和小說中的客家女性塑像　鍾理和文學研討會　高雄　高雄
　　　　　　　醫學院南杏社主辦　1991 年 12 月 8—9 日

442. 曾貴海　　鍾理和文學生命的探索——鍾理和對生與死的體驗（上、中、
　　　　　　　下）　民眾日報　1990 年 12 月 9—11 日　20，18，20 版

443. 曾貴海　　鍾理和對生死的體驗　鍾理和文學研討會　高雄　高雄醫學院南
　　　　　　　杏社主辦　1991 年 12 月 8—9 日

444. 彭瑞金　　鍾理和文學生命的探索——鍾理和的農民文學（1—3）　民眾日
　　　　　　　報　1990 年 12 月 12—14 日　20 版

445. 彭瑞金　　鍾理和的農民文學　鍾理和文學研討會　高雄　高雄醫學院南杏
　　　　　　　社主辦　1991 年 12 月 8—9 日

446. 彭瑞金　　鍾理和的農民文學　瞄準臺灣作家　高雄　派色文化出版社

---

[19]本文後改篇名為〈倒在血泊裡的筆耕者鍾理和〉。
[20]本文以鍾理和的短篇小說為核心，輔以書信日記等史料，為鍾理和的小說創作史作初步分期，並
　具體論析鍾理和小說的特色、作家人格特質，及其生命關懷面向。

1992 年 7 月　頁 23—40

447. 彭瑞金　鍾理和的農民文學　鍾理和論述 1960—2000　高雄　春暉出版社
2004 年 4 月　頁 93—105

448. 鍾肇政　臺灣文學裡的客家作家〔鍾理和部分〕　自立早報　1990 年 12 月
18 日　19 版

449. 鍾肇政　臺灣文學裡的客家作家——把一口口鮮血吐在稿紙上〔鍾理和部
分〕　鍾肇政全集・隨筆集 2　桃園　桃園縣文化局　2000 年 12
月　頁 60—61

450. 鍾鐵民　鍾理和文學生命的探索——鍾理和文學中所展現的人性尊嚴
（1—3）　民眾日報　1991 年 1 月 6—8 日　17 版，15 版

451. 鍾鐵民　鍾理和文學中所展現的人性尊嚴　鍾理和文學研討會　高雄　高
雄醫學院南杏社主辦　1991 年 12 月 8—9 日

452. 鍾鐵民　鍾理和文學中所展現的人性尊嚴　臺灣文藝　第 128 期　1991 年
12 月　頁 42—61

453. 彭瑞金　風暴中的新文學運動（一九五〇——一九五九）——從石縫中萌芽
的本土文學〔鍾理和部分〕　臺灣新文學運動 40 年　臺北　自立
晚報社　1991 年 3 月　頁 90—92

454. 黃重添　「倒在血泊裡的筆耕者」鍾理和　臺灣新文學概觀（上）　廈門
鷺江出版社　1991 年 6 月　頁 77—89

455. 黃重添　「倒在血泊裡的筆耕者」鍾理和　臺灣新文學概觀　臺北　稻禾
出版社　1992 年 3 月　頁 82—93

456. 彭瑞金　以文學為生命做見證——《鍾理和集》序　鍾理和集（臺灣作家
全集）　臺北　前衛出版社　1991 年 7 月　頁 9—12

457. 彭瑞金　以文學為生命做見證——《鍾理和集》　短篇小說卷別冊（臺灣
作家全集）　臺北　前衛出版社　1994 年 3 月　頁 67—70

458. 葉石濤　五〇年代的臺灣文學——作家與作品〔鍾理和部分〕　臺灣文學
史綱　高雄　文學界雜誌社　1991 年 9 月　頁 94—95

459. 葉石濤　　五〇年代的臺灣文學——作家與作品〔鍾理和部分〕　葉石濤全
　　　　集・評論卷五　臺南，高雄　國立臺灣文學館，高雄市文化局
　　　　2008 年 3 月　頁 105—106

460. 彭瑞金　　作爲一個農民作家的作品特性　鍾理和文學研討會　高雄　高雄
　　　　醫學院南杏社主辦　1991 年 12 月 8—9 日

461. 鄭清文　　戰前戰後思想的探討〔鍾理和部分〕　鍾理和文學研討會　高雄
　　　　高雄醫學院南杏社主辦　1991 年 12 月 8—9 日

462. 葉石濤　　鍾理和的文學精神　鍾理和文學研討會　高雄　高雄醫學院南杏
　　　　社主辦　1991 年 12 月 8—9 日

463. 澤井律之著；涂翠花譯　　臺灣作家鍾理和的民族意識[21]　臺灣文藝　第 128
　　　　期　1991 年 12 月　頁 22—41

464. 澤井律之著；涂翠花譯　　臺灣作家鍾理和的民族意識　臺灣文學研究在日
　　　　本　臺北　前衛出版社　1994 年 12 月　頁 135—164

465. 澤井律之著；涂翠花譯　　臺灣作家鍾理和的民族意識　鍾理和論述
　　　　1960—2000　高雄　春暉出版社　2004 年 4 月　頁 201—223

466. 金漢，馮雲青，李新宇　　鍾理和　新編中國當代文學發展史　杭州　杭州
　　　　大學出版社　1993 年 1 月　頁 703

467. 莊明萱　　文學的極端政治化和非政治化傾向對它的離棄——「戰鬥文學」
　　　　的高倡及其演變和特點〔鍾理和部分〕　臺灣文學史（下）　福
　　　　州　海峽文藝出版社　1993 年 1 月　頁 41

468. 王耀輝　　鍾理和的創作　臺灣文學史（下）　福州　海峽文藝出版社
　　　　1993 年 1 月　頁 58—66

469. 彭瑞金　　從族群特性看客家文學的發展——臺灣客家作家作品的特質〔鍾
　　　　理和部分〕　客家臺灣文學論　苗栗　苗栗縣立文化中心　1993
　　　　年 6 月　頁 31—39

[21]全文從鍾理和旅居中國時期的作品中，探討其民族意識方面的問題。全文共 5 小節：1.前言；2.
文學啓蒙與民族自覺；3.旅居大陸時期的作品；4.民族意識與臺灣意識；5.結語。

470. 彭瑞金　從族群特性看客家文學的發展〔鍾理和部分〕　臺灣文學二十年集 1978—1998：評論二十家　臺北　九歌出版社　1998 年 3 月　頁 87—88

471. 彭瑞金　從族群特性看客家文學的發展——臺灣客家作家作品的特質〔鍾理和部分〕　臺灣文學探索　臺北　前衛出版社　2003 年 4 月　頁 143—149

472. 彭瑞金　臺灣客家文學的可能性及其以女性為主導的特質〔鍾理和部分〕　客家臺灣文學論　苗栗　苗栗縣立文化中心　1993 年 6 月　頁 94

473. 彭瑞金　臺灣客家文學的可能性及其以女性為主導的特質〔鍾理和部分〕　臺灣文學探索　臺北　前衛出版社　2003 年 4 月　頁 193—194

474. 鍾肇政　時代脈動裡的臺灣客籍作家——沉鬱內斂的鍾理和　客家臺灣文學論　苗栗　苗栗縣立文化中心　1993 年 6 月　頁 128—129

475. 鍾肇政　時代脈動裡的臺灣客籍作家——沉鬱內斂的鍾理和　鍾肇政全集・隨筆集 2　桃園　桃園縣文化局　2000 年 12 月　頁 29—30

476. 莊明萱　「倒在血泊裡的筆耕者」——鍾理和　客家文學臺灣論　苗栗　苗栗縣立文化中心　1993 年 6 月　頁 140—150

477. 楊　義　鍾理和：倒在血泊中的筆耕者　中國現代小說史（第三卷）　北京　人民文學出版社　1993 年 7 月　頁 685—695

478. 王晉民　鍾理和的小說　臺灣當代文學史　南寧　廣西教育出版社　1994 年 2 月　頁 297—307

479. 黃子堯　臺灣客家文學及其客籍作家「身分」特質〔鍾理和部分〕　鄉土與文學：臺灣地區區域文學會議實錄　臺北　文訊雜誌社　1994 年 3 月　頁 360

480. 彭瑞金　鍾理和的「原鄉」和「祖國」（上、下）　臺灣時報　1994 年 4 月 29—30 日　22 版

481. 施懿琳　鍾理和作品中所表現的人道主義精神　高雄歷史與文化論集（一）　高雄　財團法人陳中和翁慈善基金會　1994 年 4 月　頁

277—303

482. 施懿琳　鍾理和作品中所表現的人道主義精神　跨語、漂泊、釘根　高雄　春暉出版社　2000 年 6 月　頁 93—120

483. 彭瑞金　鍾理和文學生涯——文學之河荖濃溪（1—5）　臺灣新聞報　1994 年 6 月 6—10 日　15，13 版

484. 彭瑞金　鍾理和文學生涯——冰鄉的淬礪（1—8）　臺灣新聞報　1994 年 6 月 13—24 日　13 版

485. 彭瑞金　北京人的菖蒲和石榴——鍾理和的文學生涯　臺灣新聞報　1994 年 6 月 25 日，7 月 26 日　15 版

486. 彭瑞金　鍾理和文學的生活經驗和生命體驗[22]　民眾日報　1994 年 7 月 16 日　24 版

487. 彭瑞金　鍾理和文學的生活經驗和生命體驗　驅除迷霧找回祖靈　高雄　春暉出版社　2000 年 5 月　頁 39—60

488. 彭瑞金　天火燒過的故鄉（1—19）　臺灣新聞報　1994 年 10 月 25 日—11 月 12 日　19，14 版

489. 呂正惠　特立一代的鍾理和　聯合文學　第 122 期　1994 年 12 月　頁 97—98

490. 楊　照　「抱著愛與信念而枯萎的人」——記鍾理和　聯合文學　第 122 期　1994 年 12 月　頁 102—105

491. 楊　照　「抱著愛與信念而枯萎的人」——記鍾理和　夢與灰燼：戰後文學史散論二集　臺北　聯合文學出版社　1998 年 4 月　頁 107—114

492. 楊　照　抱著愛與信念而枯萎的人——記鍾理和　鍾理和論述 1960—2000　高雄　春暉出版社　2004 年 4 月　頁 107—112

493. 張戌誼　暗戀鍾理和，重返桃花源　天下雜誌　第 164 期　1995 年 1 月

[22]本文論述鍾理和的生平及寫作歷程和創作精神。全文共 4 小節：1.前言——鍾理和的一生；2.從生活軌道輾出來的文學；3.鍾理和和文學探索的人、生命和生活；4.結語：在臺灣新文學磁場外圍生活佈道的作家。

頁 206—209

494. 許素蘭　　落雨的暗暝讀鍾理和　自立晚報　1995 年 3 月 30 日　23 版

495. 趙　園　　五四新文學與兩岸文學之緣〔鍾理和部分〕　揚子江與阿里山的
　　　　　　　對話——海峽兩岸文學比較　上海　上海文藝出版社　1995 年 12
　　　　　　　月　頁 20—23，42—43，52

496. 黎湘萍　　文學母題及其變奏〔鍾理和部分〕　揚子江與阿里山的對話——
　　　　　　　海峽兩岸文學比較　上海　上海文藝出版社　1995 年 12 月　頁
　　　　　　　111—113，130

497. 陳丹橘　　鍾理和的文學觀及其作品中的農民世界[23]　臺灣新文學　第 4 期
　　　　　　　1996 年 4 月　頁 223—240

498. 彭瑞金　　水・水，未必〔女隋〕噹噹！〔鍾理和部分〕　臺灣新聞報
　　　　　　　1996 年 6 月 3 日　15 版

499. 彭瑞金　　杜思妥也夫斯基與托爾斯泰〔鍾理和部分〕　臺灣新聞報　1996
　　　　　　　年 6 月 10 日　14 版

500. 張堂錡　　臺灣客家文學中所反映的社會關係〔鍾理和部分〕　臺灣文學中
　　　　　　　的社會：五十年來臺灣文學研討會論文集（一）　臺北　行政院
　　　　　　　文建會　1996 年 6 月　頁 158—162

501. 張良澤著；廖爲智譯　　鍾理和文學與魯迅——連遺書都相同之歷程　臺灣
　　　　　　　文學、語文論集　彰化　彰化縣立文化中心　1996 年 7 月　頁
　　　　　　　86—117

502. 胥　棣　　鍾理和謳歌生命的文學人生　中央日報　1997 年 3 月 26 日　19
　　　　　　　版

503. 阮桃園　　當原鄉人遇上阿 Q——試比較鍾理和及魯迅之小說中對中國人的
　　　　　　　刻劃[24]　臺灣文學中的歷史經驗　臺北　文津出版社　1997 年 6

---

[23]本文分爲兩部分。第一部分討論鍾理和的文學觀在五〇年代官方文藝政策背景下落實的可能性，
並根據鍾理和的文學經驗，演繹出其與五四運動的關係。第二部分就鍾理和作品中的農民與農村
主題作整體性探討。全文共 7 小節。

[24]本文比較魯迅及鍾理和作品之批判角度、敘事觀點、刻劃技巧及風格。全文共 4 小節：1.前言；2.

月　頁 97—159

504. 古繼堂　臺灣當代小說創作——早期的鄉土小說及鍾理和、林海音　中華
文學通史‧當代文學編 9　北京　華藝出版社　1997 年 9 月　頁
439—441

505. 彭瑞金　悲情年代文學不悲情　中國時報　1997 年 10 月 10 日　27 版

506. 皮述民　從反共小說到現代小說〔鍾理和部分〕　二十世紀中國新文學史
臺北　駱駝出版社　1997 年 10 月　頁 315—316

507. 許俊雅　光復前臺灣小說的中國形象——期待與幻滅〔鍾理和部分〕　臺
灣文學論：從現代到當代　臺北　南天書局公司　1997 年 10 月
頁 121—129

508. 許俊雅　光復後臺灣小說的階段性變化——五○年代的小說〔鍾理和部
分〕　臺灣文學論：從現代到當代　臺北　南天書局公司　1997
年 10 月　頁 222—224

509. 張景妃　鍾理和小說中的女性形象　第十四屆中區中文系研究生學術論文
研討會　嘉義　中正大學中國文學研究所　1997 年 11 月 8—9 日

510. 吳雅蓉　鍾理和短篇小說所呈現的客家文化特質　第十四屆中區中文系研
究生學術論文研討會　嘉義　中正大學中國文學研究所　1997 年
11 月 8—9 日

511. 蔣宗君　鍾理和返璞歸真，白描生活上的事物　新觀念　第 113 期　1998
年 3 月　頁 84—86

512. 王文勝　鄉土情結：走不出的沼澤——談沈從文、鍾理和鄉土小說文化內
涵異同　世界華文文學論壇　第 23 期　1998 年 6 月　頁 72—75

513. 林明德　鍾理和與民間文學[25]　民間文學及作家文學研討會論文集　新竹
清華大學中國文學系　1998 年 11 月 21—22 日　頁 165—174

作品摘要；3.作品評析；4.結論。
[25]本文整理鍾理和作品中有關於民間文學的文字，並加以分類，探討他的鄉土性。全文共 5 小節：
1.前言；2.鍾理和與民間文學的因緣；3.鍾理和的民間文學探索；4.鍾理和小說與民間文學；5.結
論。

514. 林明德　　鍾理和與民間文學（上、中、下）　臺灣日報　1999 年 2 月 3—5
　　　　　　　日　27 版

515. 胡紅波　　南北二鍾與山歌[26]　民間文學及作家文學研討會論文集　新竹　清
　　　　　　　華大學中國文學系　1998 年 11 月 21—22 日　頁 175—202

516. 應鳳凰　　重新閱讀鍾理和──並探勘其文學發展史[27]　淡水牛津文藝　第 2
　　　　　　　期　1999 年 1 月　頁 78—97

517. 計璧瑞，宋剛　　鍾理和　中國文學通典・小說通典　北京　解放軍文藝出
　　　　　　　版社　1999 年 1 月　頁 885—886

518. 方　忠　　百年臺灣文學發展論──小說文體的自覺與更新〔鍾理和部分〕
　　　　　　　百年中華文學史論：1898—1999　上海　華東師範大學出版社
　　　　　　　1999 年 9 月　頁 53

519. 彭錦華　　南北二鍾的傳統空間論述[28]　福爾摩莎的文豪──鍾肇政文學會議
　　　　　　　論文集　臺北　真理大學臺灣文學系　1999 年 11 月 6 日　頁
　　　　　　　105—132

520. 趙遐秋，張曉弟　　原鄉人的血必須流返原鄉　臺灣鄉土文學八大家　北京
　　　　　　　臺海出版社　1999 年 11 月　頁 99—120

521. 王慧芬　　鍾理和幻滅的烏托邦　臺灣客籍作家長篇小說中人物的文化認同
　　　　　　　東海大學中國文學系　碩士論文　洪銘水教授指導　1999 年　頁
　　　　　　　82—156

522. 應鳳凰　　鍾理和文學發展史及其後殖民論述　書寫臺灣：文學史、後殖民
　　　　　　　與後現代　臺北　麥田出版社　2000 年 4 月　頁 169—195

---

[26] 本文以鍾理和、鍾肇政為中心，探討山歌在二鍾作品中的運用情形、二鍾的民間文學意識，以及
民間文學與作家文學之關係。全文共 7 小節：1.前言；2.兩位作家暨其作品的同質性與異質性；3.
山歌在二鍾作品中的運用情形；4.山歌與作品風格；5.山歌與其他民間文學素材運用的問題；6.
山歌與作者的民間意識；7.結語。

[27] 本文就「社會意識」、「民族意識」到「後殖民論述」三大面向，探討鍾理和在臺灣文學史上的
歷史位置。全文共 5 小節：1.前言；2.鍾理和文學及其社會意識；3.鍾理和文學與中國民族認
同；4.鍾理和文學與後殖民論述；5.結論。

[28] 本文比較鍾肇政與及鍾理和的作品之差異，並分析兩人的傳統空間論。全文共 4 小節：1.前言；2.
傳統居宅與文意氛圍；3.二鍾對傳統空間論述的運用；4.結論。

523. 彭瑞金　　山精和水靈　臺灣日報　2000 年 6 月 18 日　31 版

524. 劉慧真　　鍾理和的愛與文學　聯合報　2000 年 8 月 13 日　37 版

525. 王澄霞　　鍾理和──唱出「原鄉人」的悲歌　臺港澳文學教程　上海　漢
語大辭典出版社　2000 年 10 月　頁 38—40

526. 鍾肇政　　臺灣文學成熟期──戰後初期〔鍾理和部分〕　臺灣文學十講
臺北　前衛出版社　2000 年 11 月　頁 246—251

527. 鍾肇政　　臺灣文學成熟期──戰後初期〔鍾理和部分〕　鍾肇政全集・演
講集　桃園　桃園縣文化局　2002 年 11 月　頁 205—208

528. 張燕萍　　鍾理和文學思想與魯迅關係對照年表　人間的條件──鍾理和文
學裡的魯迅　靜宜大學中國文學系　碩士論文　陳芳明教授指導
2000 年　頁 150—175

529. 鍾理和紀念館　　春假文化之旅，邀你親近鍾理和──作品小導讀　臺灣新
聞報　2001 年 4 月 1 日　8 版

530. 林聆慈　　寬厚的心，樸實的筆──鍾理和作品的內容　國文天地　第 191
期　2001 年 4 月　頁 28—33

531. 丁　帆　　鍾理和──杜鵑啼血式的原鄉悲情　中國大陸與臺灣鄉土小說比
較史論　南京　南京大學出版社　2001 年 5 月　頁 147—152

532. 陳芳明　　臺灣新文學史──五〇年代的文學侷限與突破〔鍾理和部分〕
聯合文學　第 200 期　2001 年 6 月　頁 166—168

533. 梁明雄　　鄉土文學的傳薪者──鍾理和[29]　南臺文化　第 3 期　2001 年 9
月　頁 13—22

534. 梁明雄　　鄉土文學的傳薪者──鍾理和　臺灣文學與文化論集　屏東　屏
東縣文化局　2002 年 9 月　頁 37—59

535. 鍾鐵民　　鍾理和及其作品　中央日報　2001 年 11 月 29 日　18 版

536. 徐貴榮　　由鍾理和、鍾鐵民先生父子的短篇小說看客家文學的創作　臺灣

---

[29]本文考察鍾理和的創作歷程，探索其意涵，闡明其文學主張。全文共 6 小節：1.前言；2.邁向文
學之路；3.作品題材分析；4.作品評述；5.文學主張；6.結論。

客家文學研討會論文集‧第一屆　苗栗　苗栗縣文化局　2001 年 12 月　頁 199—211

537. 余昭玟　鍾理和的渾然天成　戰後跨語一代小說家及其作品研究　成功大學中國文學系　博士論文　吳達芸教授指導　2002 年 1 月　頁 333—337

538. 梁明雄　試論鍾理和小說中的人物[30]　臺灣文學評論　第 2 卷第 1 期　2002 年 1 月　頁 96—110

539. 梁明雄　真實與虛構——試論鍾理和小說中的人物　臺灣文學與文化論集 屏東　屏東縣文化局　2002 年 9 月　頁 14—36

540. 柯美杏　淺述臺灣文學〔鍾理和部分〕　臺灣新聞報　2002 年 5 月 25 日 20 版

541. 陳雙景　鍾理和作品的修辭技巧[31]　文藻學報　第 16 期　2002 年 5 月　頁 297—310

542. 古繼堂　反共文學壓制下默默耕耘的現實主義文學——鍾理和　簡明臺灣文學史　北京　時事出版社　2002 年 6 月　頁 266—269

543. 謝松山　鍾理和的寫作動機與精神　輔英通識教育年刊　第 1 期　2002 年 7 月　頁 167—172

544. 古繼堂　血必須流返原鄉的鍾理和　臺灣文學的母體依戀　北京　九州出版社　2002 年 9 月　頁 298—308

545. 林政華　倒在血泊中永不屈服的文學靈魂——鍾理和　臺灣新聞報　2002 年 11 月 1 日　9 版

546. 林政華　倒在血泊中永不屈服的文學靈魂——鍾理和　臺灣古今文學名家百人百篇　桃園　開南管理學院通識教育中心　2003 年 3 月　頁 46

547. 黎湘萍　尋找幸福：從文學母題看兩岸知識者的精神聯繫——失敗的反

---

[30] 本文探討鍾理和小說中的人物與其身邊親友的關連，及人物刻畫的技巧。全文共 2 小節：1.前言；2.人物塑造。

[31] 本文歸納鍾理和作品之修辭特色。全文共 4 小節：1.前言；2.修辭舉例；3.修辭特色；4.結語。

叛：「圍城」母題〔鍾理和部分〕　文學臺灣——臺灣知識者的文化敘事與理論想像　北京　人民文學出版社　2003 年 3 月　頁61—62

548. 梁明雄　作家、作品、紀念館——鍾理和文學述探　文化生活　第 6 卷第 2期　2003 年 4 月　頁13—21

549. 施英美　鄉土文學作家的現代性追求〔鍾理和部分〕　《聯合報》副刊時期（1953—1963）的林海音研究　靜宜大學中國文學系　碩士論文　陳芳明，胡森永教授指導　2003 年 6 月　頁142—144

550. 〔王景山編〕　鍾理和　臺港澳暨海外華文作家辭典　北京　人民文學出版社　2003 年 7 月　頁847—849

551. 王宗法　鍾理和　20 世紀中國文學通史　上海　東方出版中心　2003 年 9月　頁600—601

552. 鍾怡彥　鍾理和客家諺謠的運用　臺灣客家文學研討會論文集・第二屆苗栗　苗栗縣文化局　2003 年 10 月　頁43—59

553. 吳月蕙　波瀾壯闊的臺灣客家新文學——倒在血泊裡的筆耕者——鍾理和中央日報　2003 年 11 月 6 日　17 版

554. 郭慧華　鍾肇政的原住民相關寫作背景——臺灣客籍小說家的原住民相關作品——日治時期到戰後初期：龍瑛宗、鍾理和　鍾肇政小說中的原住民圖像書寫　臺灣師範大學國文學系在職進修碩士班　碩士論文　許俊雅教授指導　2003 年　頁24—32

555. 梁明雄　原鄉與故鄉——鍾理和文學中的兩個世界[32]　2003 海峽兩岸華文文學學術研討會論文集　桃園　中國現代文學學會　2004 年 1 月頁1—30

556. 彭瑞金　鍾理和筆下的客家意象　臺灣文學館通訊　第 6 期　2004 年 3 月頁58—59

---

[32]本文探究鍾理和的祖國情結，分析其返臺後的鄉土描述，以闡明鍾理和文學中的臺灣意識之意涵。全文共 4 小節：1.前言；2.原鄉的祖國情結；3.故鄉的臺灣意識；4.結語。

557. 鍾鐵民　　客家山歌與文學　臺灣文學館通訊　第 6 期　2004 年 3 月　頁
　　　　　　　60—61

558. 應鳳凰　　鍾理和文學發展史（代序）　鍾理和論述 1960—2000　高雄　春
　　　　　　　暉出版社　2004 年 4 月　頁 1—28

559. 陳建忠　　戰後臺灣文學（1945—迄今）——五〇年代的反共文學〔鍾理和
　　　　　　　部分〕　臺灣的文學　臺北　群策會李登輝學校　2004 年 5 月
　　　　　　　頁 72—74

560. 吳　晟　　 農民文學之美——讀鍾理和一些感想　聯合文學　第 240 期
　　　　　　　2004 年 10 月　頁 31—33

561. 陳祈伍　　鍾理和戰後初期作品研究 1945—1949[33]　南臺灣歷史與文化學術
　　　　　　　研討會論文集　高雄　高苑技術學院通識中心　2004 年 11 月　頁
　　　　　　　177—219

562. 林玲燕　　由「異化」到「救贖」之創傷情結超脫——論鍾理和小說中的生
　　　　　　　命美學　第 4 屆臺灣客家文學研討會　苗栗　苗栗縣政府主辦
　　　　　　　2004 年 12 月 14 日

563. 周　青　　鍾理和與臺灣鄉土文學——紀念臺灣著名的愛國作家鍾理和逝世
　　　　　　　二十周年紀念會上的講話　文史論集　臺北　海峽學術出版社
　　　　　　　2004 年 12 月　頁 207—211

564. 古添洪　　關懷小說：楊逵與鍾理和——愛本能與異化的積極揚棄[34]　認同、
　　　　　　　情慾與語言　臺北　中研院文哲所　2004 年 12 月　頁 45—83

565. 朱雙一　　當代臺灣鄉土文學的四大類型及其淵源——以五〇年代爲中心
　　　　　　　〔鍾理和部分〕　臺灣文學思潮與淵源　臺北　海峽學術出版社

---

[33]本文探討鍾理和寫作或發表於 1945 戰後至 1949 年間的文學作品，檢視鍾理和當時的遭遇和心
境、臺灣人的情感及其文學風格的轉變。全文共 7 小節：1.前言；2.時代與個人；3.驚鴻一瞥；4.
個人與群體；5.記憶的召喚；6.知識群的挫傷；7.結論。
[34]本文以佛洛伊德的「愛本能」、馬克思的「異化」、洛德曼「規範功能」以及阿圖塞「多元決定」
理論，來探討楊逵與鍾理和小說中關懷基調。全文共 4 小節：1.關懷的理論基礎：愛本能與未經
異化的主體；2.〈夾竹桃〉、《笠山農場》與鍾理和的社群理念；3.〈模範村〉與「殖民」、「封
建」複合異化架構；4.結語。

2005 年 2 月　頁 197—210

566. 林燕玲　　原鄉情與故鄉愛——鍾理和戰前與戰後心境拼圖[35]　臺中技術學院
學報　第 6 期　2005 年 6 月　頁 267—282　。

567. 鍾鐵民　　《故鄉》與臺灣農村　心的風景 50 選　臺北　玉山社出版公司
2005 年 8 月　頁 83—85

568. 錢果長　　魯迅、鍾理和比較論　紹興文理學院學報　2005 年第 5 期　2005
年 10 月　頁 6—9

569. 吳叡人　　他人之顏：民族國家對峙結構中的「皇民文學」與「原鄉文
藝」——鍾理和：原鄉的幻滅　跨領域的臺灣文學研究學術研討
會論文集　臺南　國家臺灣文學館　2006 年 3 月　頁 298—305

570. 黃萬華　　臺灣文學——小說（上）〔鍾理和部分〕　中國現當代文學・第 1
卷（五四—1960 年代）　濟南　山東文藝出版社　2006 年 3 月
頁 460—461

571. 陳祈伍　　魯迅的陰影——1950 年鍾理和日記研究[36]　南臺灣文化與歷史學
術研討會　高雄　高苑科技大學通識教育中心主辦　2006 年 6 月
8—9 日　頁 585—644

572. 洪玉梅　　鍾理和「疾病書寫」探析[37]　屏東教育大學學報　第 25 期　2006
年 9 月　頁 327—357

573. 朴宰雨　　日帝殖民時期臺韓文化互動的另一個空間——論鍾理和的滿洲體
驗和韓人題材小說《柳陰》的意義[38]　臺灣文學與跨文化流動：第

---

[35] 相對於傳統「政治正確」與「人道主義」等對於鍾理和的主流論述，本文爬梳歷來相關研究，提出「單純反應人生際遇與追求生存尊嚴的人的本質」之角度，詮釋鍾理和戰前戰後之心境。全文共 5 小節：1.前言；2.前人的研究成果與侷限；3.原鄉情——鍾理和戰前心境拼圖；4.故鄉愛——鍾理和戰後心境拼圖；5.結語：原鄉與故鄉之間

[36] 本文以鍾理和在 1950 年所寫的日記為中心，輔以其他史料，探討 1950 年鍾理和的遭遇及其思索的課題。全文共 4 小節：1.前言；2.魯迅在臺灣接受的歷史過程；3.鍾理和身上魯迅的影子；4.結論。

[37] 本文擬從書寫己身、妻兒、其他人物的疾病等方面，探討鍾理和在書寫疾病時，隱藏於內心的可能意圖。全文共 5 小節：1.前言；2.書寫己身疾病；3.書寫妻兒疾病；4.書寫其他人物疾病；5.結語。

[38] 本文探討《柳陰》中韓臺兩國人民在滿洲國交流的情況，並分析小說情感內涵與其中包括的社會問題，及對鍾理和當時處境的論述。

五屆東亞學者現代中文文學國際學術研討會　新竹　清華大學臺
灣文學研究所主辦　2006 年 10 月 26—28 日

574. 朴宰雨　日帝殖民時期韓臺文化互動的另一個空間——論鍾理和的滿洲體
驗和韓人題材小說《柳陰》的意義　臺灣文學與跨文化流動：東
亞現代中文文學國際學報・第三期，臺灣號（2007）　第 3 期
行政院文建會　2007 年 4 月　頁 37—54

575. 金良守　鍾理和的滿洲體驗和朝鮮人[39]　臺灣文學的東亞思考：臺灣文學藝
術與東亞現代性國際學術研討會　臺北　行政院文建會　2006 年
11 月 10—12 日　頁 238—254

576. 金良守　鍾理和的滿洲體驗和朝鮮人　臺灣文學的東亞思考：臺灣文學藝
術與東亞現代性國際學術研討會論文集　臺北　行政院文建會
2007 年 7 月　頁 238—255

577. 許素蘭　山歌・菸樓・青色洋巾——鍾理和小說中的客家意象　新活水
第 9 期　2006 年 11 月　頁 54—60

578. 陳富容　「孤兒」與「原鄉人」——吳濁流與鍾理和的大陸悲歌[40]　育達學
院學報　第 12 期　2006 年 12 月　頁 2—19

579. 蔣淑貞　反抗與忍從：鍾理和與龍瑛宗的「客家情結」之比較[41]　客家研究
第 1 卷第 2 期　2006 年 12 月　頁 1—41

580. 王志彬　絕望的反抗與救贖——論鍾理和創作的價值取向　世界華文文學
論壇　2006 年第 4 期　2006 年 12 月　頁 12—15

581. 帥　震　試論鍾理和的原鄉意識　中國石油大學勝利學院學報　2006 年第

---

[39]本文論述鍾理和筆下的滿洲國與朝鮮人，並且探究其心理、考察其行動，進而瞭解當時臺灣人眼
中的滿洲國與朝鮮。全文共 5 小節：1.序言；2.韓國文學裡的滿州；3.鍾理和與開往滿州的火
車；4.滿州的臺灣人和朝鮮人；5.結語。

[40]本文探討「孤兒」與「原鄉人」意識如何影響吳濁流與鍾理和。全文共 5 小節：1.前言；2.吳、
鍾之祖國懷想；3.吳、鍾之大陸生活實錄；4.臺灣人大陸經驗的兩個典型——孤兒與原鄉人；5.
結論——吳、鍾的落地生根。

[41]本文透過地理經濟與文本分析之方法，論析鍾理和與龍瑛宗作品中所隱含的「客家情結」之差
異，提出「客家主體複義性」之結論，並由此帶出鍾、龍文學位階論述的新切入點。全文共 6 小
節：1.前言；2.作家的生平與作者簡介；3.南北客家聚落的發展；4.鍾理和的客家意識；5.龍瑛宗
的客家情結；6.結論：「客家情結」的另類解讀。

4 期　2006 年 12 月　頁 60—62

582. 應鳳凰　　「反共＋現代」：右翼自由主義思潮文學版——五〇年代臺灣小
　　　　　　　　說——五〇年代文學生態與主導文化〔鍾理和部分〕　臺灣小說
　　　　　　　　史論　臺北　麥田出版公司　2007 年 3 月　頁 151—152

583. 何淑華　　鍾理和原鄉書寫與認同形構歷程研究——以鍾理和返回原鄉時期
　　　　　　　　的書寫爲對象[42]　臺灣作家的地理書寫與文學體驗　臺北　國家臺
　　　　　　　　灣文學館　2007 年 3 月　頁 113—142

584. 楊志強　　悲情與隱忍——傳統文化中的鍾理和小說[43]　第三屆環中國海漢學
　　　　　　　　研討會　臺北　環中國海研究學會，淡江大學中國文學系　2007
　　　　　　　　年 6 月 29 日

585. 楊志強　　悲情與隱忍——傳統文化中的鍾理和小說　世界華文文學論壇
　　　　　　　　2008 年第 1 期　2008 年 3 月　頁 5—9

586. 黃麗月　　「中國作家」／「臺灣作家」：夢的兩端——解讀鍾理和返臺前
　　　　　　　　後的作品[44]　漢學研究集刊　第 4 期　2007 年 6 月　頁 111—138

587. 陳芳明　　美濃是我的心情　聯合文學　第 274 期　2007 年 8 月　頁 10—15

588. 陳芳明　　美濃是我的心情　閱讀文學地景・散文卷　臺北　行政院文建會
　　　　　　　　2008 年 4 月　頁 462—469

589. 陳芳明　　美濃是我的心情　昨夜雪深幾許　臺北　印刻文學生活雜誌出版
　　　　　　　　公司　2008 年 9 月　頁 192—203

590. 張惠珍　　紀實與虛構：吳濁流、鍾理和的中國之旅與原鄉認同[45]　臺北大學

---

[42] 本文從人文地理學的角度，探討地誌書寫與認同形構的關係，擬就鍾理和生命史上原鄉認同的三
階段，透過個人式的地誌書寫，分析文本形象化的繪圖，討論其原鄉的實存與認同過程的變化。
全文共 6 小節：1.前言：一場曲折的尋根之旅；2.地誌書寫與認同形構的理論初探；3.鍾理和的
原鄉認同階段一——聽說：原鄉的記憶與經驗；4.鍾理和的原鄉認同階段二——涉世：熟悉的陌
生人；5.鍾理和的原鄉認同階段三——逃避：認同的轉化與重建；6.結語：何處是他鄉：鍾理和
的安頓之所？。
[43] 本文以鍾理和小說爲中心，探討小說中的悲情文化，並分析此與中華傳統文化的繼承關係。全文
共 2 小節：1.封建禮教魔影下的悲情；2.智識者的悲哀。
[44] 本文爬梳鍾理和由中國轉向臺灣，創作傾向轉變的軌跡。全文共 4 小節：1.「中國作家」之
「夢」啓航；2.「中國作家」之「夢」的省思：貼近「原鄉」，批判「原鄉」；3.「臺灣作家」之
「夢」的可能：發現「故鄉」；4.「臺灣作家」之「夢」的實踐：走進「故鄉」。
[45] 本文檢視吳、鍾二人的中國書寫，釐清其原鄉情懷。全文共 5 小節：1.前言；2.想像中國：漢族

中文學報　第 3 期　2007 年 9 月　頁 29—66

591. 王志彬　　論鍾理和的還鄉經驗與文學創作　長春師範學院學報（人文社會科學版）　2007 年第 5 期　2007 年 9 月　頁 69—72

592. 李　喬　　樸素文學〔鍾理和部分〕　李喬文學文化論集（二）　苗栗　苗栗縣文化局　2007 年 10 月　頁 140

593. 楊傑銘　　論鍾理和文化身分的含混與轉化[46]　臺灣學研究　第 4 期　2007 年 12 月　頁 43—60

594. 李讚桐　　論鍾理和短篇小說中之情感觀與生命觀[47]　屏東文獻　第 11 期　2007 年 12 月　頁 145—185

595. 張金鳳　　涅槃中的韌者——論鍾理和文學作品中的疾病意識 The Tough in Nirvana　中共鄭州市委黨校學報　2007 年第 6 期　2007 年 12 月　頁 167—168

596. 葉石濤　　臺灣的鄉土文學〔鍾理和部分〕　葉石濤全集・評論卷一　臺南，高雄　國立臺灣文學館，高雄市文化局　2008 年 3 月　頁 81—82

597. 葉石濤　　農村婦女哀史〔鍾理和部分〕　葉石濤全集・評論卷三　臺南，高雄　國立臺灣文學館，高雄市文化局　2008 年 3 月　頁 271—272

598. 劉　英　　一曲血與淚的讚歌——析臺灣作家鍾理和的內心情感世界　語文學刊　2008 年第 5 期　2008 年 3 月　頁 55—56

599. 王幼華　　「泰利斯曼」式的創作——以鍾理和為例[48]　淡江大學第 12 屆社

意識與原鄉情懷的萌發；3.經驗中國：親炙斯土斯民，原鄉夢碎；4.經驗中國：白薯的悲哀：臺灣人在中國；5.結語：殖民地知識分子的原鄉認同與後殖民論述的啟示。

[46] 本文試圖藉由文本分析的方式，釐清鍾理和身分認同的轉變過程。全文共 4 小節：1.戰後本土作家的苦悶：從《文友通訊》開始談起；2.從中國意識到臺灣意識：一個含混、轉化的認同流動的過程；3.臺灣主體的確立：鍾理和客家文化身分「在場中的不在場」；4.結語。

[47] 本文以鍾理和短篇小說集中的八篇小說為中心，探究鍾理和的情感觀與生命觀。全文共 5 小節：1.前言；2.鍾理和之生平事略及其文學創作；3.鍾理和小說中之情感觀；4.鍾理和小說中之生命觀；5.結語。

[48] 本文以鍾理和作品為例，分析其作品「泰利斯曼」現象。全文共 4 小節：1.藝術治療與作品分

會與文化國際學術研討會 臺北 淡江大學文學院中文系主辦 2008 年 5 月 23—24 日

600. 王幼華 「泰利斯曼」式的創作——以鍾理和爲例 臺灣文學學報 第 12 期 2008 年 6 月 頁 143—158

601. 吳連昌 鍾理和文學之旅的感受和場景素描 六堆風雲 第 128 期 2008 年 5 月 頁 28—31

602. 羅秀玲 鍾理和作品之客語詞彙初探 第五屆臺灣文學與語言國際學術會 議 臺南 真理大學主辦 2008 年 11 月 23 日

603. 劉志強，汪娟 鍾理和與魯迅針對國民性思考的同一性 世界華文文學論 壇 2009 年第 1 期 2009 年 1 月 頁 55—59

604. 楊志強 鍾理和日記裡的魯迅傳統 臺灣研究集刊 2009 年第 1 期 2009 年 3 月 頁 101—106

605. 羅關德 臺灣鄉土小說中「故鄉」的三重敘事空間[49]〔林海音部分〕 集美大 學學報 2010 年 2 期 2010 年 6 月 頁 13—14

分論

◆單部作品

小說

《夾竹桃》

606. 謝人堡 談《夾竹桃》 鍾理和全集·鍾理和殘集 臺北 遠行出版社 1976 年 11 月 頁 159—160

607. 彭瑞金 鍾理和的「祖國」經驗——《夾竹桃》新版并言 臺灣日報 1996 年 9 月 22 日 23 版

608. 彭瑞金 鍾理和的「祖國」經驗——《夾竹桃》新版并言 夾竹桃 高雄 派色文化出版社 1997 年 4 月 頁 1—5

析；2.臺灣文學中的「泰利斯曼」現象；3.鍾理和作品的分析；4.結語。

[49]本文探討臺灣鄉土文學對「故鄉」書寫中的「現實的故鄉」、「記憶中的故鄉(原鄉)」、「精神 上的文化故鄉」等多重內涵。全文共 3 小節：1.現實指向——以鍾理和爲例；2.記憶的大陸故 鄉——以林海音爲例；3.文化故鄉——以陳映真爲例。

《雨》

609. 陳映真　介紹第一部臺灣的鄉土文學作品集：《雨》　筆匯　第 2 卷第 5 期　1960 年 12 月　頁 37—39

610. 隱　地　讀鍾理和的《雨》[50]　自由青年　第 33 卷第 5 期　1965 年 3 月1 日　頁 20—21

611. 隱　地　鍾理和《雨》——鍾理和遺著委員會出版　鍾理和全集·鍾理和殘集　臺北　遠行出版社　1980 年 6 月　頁 285—292

612. 隱　地　鍾理和《雨》——鍾理和遺著委員會出版　隱地看小說　臺北 爾雅出版社　1981 年 6 月　頁 59—65

613. 隱　地　評價鍾理和的《雨》　鍾理和論述 1960—2000　高雄　春暉出版社　2004 年 4 月　頁 261—266

614. 林雙不　《雨》　青少年書房　臺北　爾雅出版社　1981 年 10 月　頁 145 —150

《笠山農場》

615. 林海音　關於《笠山農場》　芸窗夜讀　臺北　純文學出版社　1960 年 8 月　頁 34—36

616. 林海音　關於《笠山農場》　聯合報　1961 年 8 月 20 日　6 版

617. 林海音　關於《笠山農場》　鍾理和全集 4　高雄　高雄縣立文化中心 1997 年 10 月　頁 289—292

618. 方健祥　《笠山農場》的新意義　夏潮　第 2 卷第 3 期　1977 年 3 月　頁 67—68

619. 方健祥　《笠山農場》的新意義　鍾理和論述 1960—2000　高雄　春暉出版社　2004 年 4 月　頁 269—272

620. 蔡明裕　鍾理和的《笠山農場》　大華晚報　1983 年 4 月 18 日　11 版

621. 張素貞　五十年代小說管窺——《笠山農場》　文訊雜誌　第 9 期　1984 年 3 月　頁 107—109

---

[50]本文後改篇名爲〈鍾理和《雨》〉與〈評價鍾理和的《雨》〉。

622. 黃　娟　　從《笠山農場》說起[51]　臺灣文藝　第 91 期　1984 年 11 月　頁 165—181

623. 黃　娟　　鍾理和與《笠山農場》　先人之血・土地之花　臺北　前衛出版社　1989 年 8 月　頁 101—118

624. 黃　娟　　傳統枷鎖下的自白——鍾理和與《笠山農場》　政治與文學之間　臺北　前衛出版社　1993 年 5 月　頁 37—57

625. 黃　娟　　傳統枷鎖下的自白——鍾理和與《笠山農場》　政治與文學之間　臺北　前衛出版社　1995 年 4 月　頁 37—57

626. 黃　娟　　鍾理和與《笠山農場》　鍾理和論述 1960—2000　高雄　春暉出版社　2004 年 4 月　頁 295—310

627. 廖淑琇　　笠山下的平妹　自立晚報　1985 年 8 月 4 日　10 版

628. 彭瑞金　　土地的歌・生活的詩——鍾理和的《笠山農場》　臺灣春秋　第 2 卷第 1 期　1989 年 10 月　頁 328—335

629. 彭瑞金　　土地的歌・生活的詩——鍾理和的《笠山農場》　鍾理和全集 4　高雄　高雄縣立文化中心　1997 年 10 月　頁 293—301

630. 彭瑞金　　土地的歌・生活的詩——鍾理和的《笠山農場》　鍾理和論述 1960—2000　高雄　春暉出版社　2004 年 4 月　頁 287—294

631. 葉石濤　　新文學傳統的承繼者——鍾理和《笠山農場》裡的社會矛盾[52]　臺灣作家鍾理和逝世 32 周年紀念會暨臺灣文學學術會議　高雄　高雄縣政府，臺灣筆會，文學臺灣雜誌聯合主辦　1992 年 8 月 2 日

632. 葉石濤　　新文學傳統的承繼者：鍾理和《笠山農場》裡的社會性矛盾（1—6）　臺灣新聞報　1992 年 8 月 2—7 日　13 版

633. 葉石濤　　新文學傳統的承繼者——鍾理和《笠山農場》裡的社會矛盾　鍾理和逝世 32 週年紀念暨臺灣文學學術研討會論文集要　高雄　高

---

[51]本文以全書主題、核心角色、故事時代背景三大面向討論《笠山農場》。本文後改篇名為〈鍾理和與《笠山農場》〉、〈傳統枷鎖下的自白——鍾理和與《笠山農場》〉。

[52]本文分為兩部分。第一部分以民族性角度切入，爬梳臺灣近現代史與文學的發展，提出臺灣新文學的兩大傳統：「民族矛盾」與「社會矛盾」。第二部分以《笠山農場》為中心，探討小說中的社會矛盾性主題。全文共 2 小節。

雄縣政府　1992 年 11 月　頁 47—61

634. 葉石濤　　新文學傳統的承繼者——鍾理和——《笠山農場》裡的社會性矛盾　展望臺灣文學　臺北　九歌出版公司　1994 年 8 月　頁 57—78

635. 葉石濤　　新文學傳統的承繼者——鍾理和——《笠山農場》裡的社會性矛盾　鍾理和論述 1960—2000　高雄　春暉出版社　2004 年 4 月　頁 273—286

636. 葉石濤　　新文學傳統的承繼者鍾理和——《笠山農場》裡的社會性矛盾　葉石濤全集・評論卷四　臺南，高雄　國立臺灣文學館，高雄市文化局　2008 年 3 月　頁 327—344

637. 王震亞　　倒在血泊裡的筆耕者——鍾理和與《笠山農場》　臺灣小說二十家　北京　北京出版社　1993 年 12 月　頁 60—62，66—74

638. 尹虎彬　　《笠山農場》鑒賞與評論　臺港小說鑒賞辭典　北京　中央民族學院出版社　1994 年 1 月　頁 45—46

639. 鍾鐵民　　《笠山農場》之後　鍾理和全集 4　高雄　高雄縣立文化中心　1997 年 10 月　頁 303—308

640. 鍾鐵民　　《笠山農場》之後　鄉居手記　臺北　未來書城公司　2002 年 5 月　頁 118—126

641. 吳雅蓉　　鍾理和《笠山農場》的再詮釋　第四屆南區四校研究生論文研討會　嘉義　中正大學中國文學研究所　1998 年 4 月 25—26 日

642. 余昭玟　　《笠山農場》評析——兼談鍾理和的創作歷程[53]　中國文化月刊第 238 期　2000 年 1 月　頁 112—126

643. 余昭玟　　《笠山農場》評析——兼談鍾理和的創作歷程　從語言跨越到文學建構：跨語一代小說家研究論文集　臺南　臺南市立圖書館　2003 年 11 月　頁 1—16

---

[53]本文就《笠山農場》探究鍾理和一生創作歷程。全文共 6 小節：1.前言；2.一部長篇小說的誕生；3.創作的泉源——同姓之婚；4.題材的轉變——從原鄉到故鄉；5.獨特的風格——田園牧歌；6.結論。

644. 余昭玟　　一篇長篇小說的誕生──談鍾理和的《笠山農場》　自由時報　2000 年 9 月 10 日　39 版

645. 余昭玟　　永恆女性──鍾理和筆下的鍾平妹　戰後跨語一代小說家及其作品研究　成功大學中國文學系　博士論文　吳達芸教授指導　2002 年 1 月　頁 248—253

646. 彭瑞金　　臺灣客家作家作品裡的土地三書──《笠山農場》、《滄溟行》與《寒夜》　客家學術研討會　屏東　美和技術學院通識教育中心　2002 年 5 月 25 日

647. 彭瑞金　　臺灣客家作家作品裡的土地三書──《笠山農場》、《滄溟行》與《寒夜》　臺灣文學史論集　高雄　春暉出版社　2006 年 8 月　頁 51—76

648. 應鳳凰　　鍾理和的《笠山農場》　臺灣文學花園　臺北　玉山社出版公司　2003 年 1 月　頁 93—96

649. 林海音　　關於《笠山農場》　鍾理和全集 4　臺北　行政院客委會　2003 年 12 月　頁 289—292

650. 彭瑞金　　土地的歌‧生活的詩──鍾理和的《笠山農場》　鍾理和全集 4　臺北　行政院客委會　2003 年 12 月　頁 293—301

651. 鍾鐵民　　《笠山農場》之後　鍾理和全集 4　臺北　行政院客委會　2003 年 12 月　頁 303—308

652. 張典婉　　客家族群中的強勢特徵〔《笠山農場》部分〕　臺灣客家女性　臺北　玉山社出版公司　2004 年 4 月　頁 101

653. 吳明益著；Lien Wen-shan 譯　　一種「照管」土地的態度：《笠山農場》中人們與其所墾殖土地的關係[54]　走出殖民陰影論文集：亞太文學論壇‧2004　高雄　臺灣筆會　2005 年 1 月　頁 89—111

654. 葉石濤　　走過紛爭歲月，邁向多元世代──臺灣文學的回顧與前瞻〔《笠

---

[54] 本文分析《笠山農場》，並探討臺籍作家在戰後所撰寫的日據時代背景的長篇小說對於自然意識的存在。全文共 3 小節：1.從非虛構的自然書寫到虛構小說中的自然意識；2.如何「照管」笠山；3.結語。

山農場》部分〕　葉石濤全集‧評論卷三　臺南，高雄　臺灣文學館，高雄市文化局　2008 年 3 月　頁 296

655. 楊佳嫻　　《笠山農場》作品賞析　閱讀文學地景‧小說卷（下）　臺北　行政院文建會　2008 年 4 月　頁 451

656. 應鳳凰　　鍾理和與他的《笠山農場》　文訊雜誌　第 289 期　2009 年 11 月　頁 13—15

《鍾理和短篇小說集》

657. 梅　遜　　不使好作品湮沒──評介《鍾理和短篇小說集》　文壇　第 124 期　1970 年 10 月　頁 30

658. 鄭清文　　讀《鍾理和短篇小說集》[55]　青溪　第 51 期　1971 年 9 月　頁 69—78

659. 鄭清文　　讀《鍾理和短篇小說集》　臺灣文學的基點　高雄　派色文化出版社　1992 年 7 月　頁 3—16

660. 劉若君　　《鍾理和短篇小說集》讀後　文季　第 2 期　1973 年 11 月　頁 77—81

661. 謝嘉珍　　《鍾理和短篇小說集》　書評書目　第 9 期　1974 年 1 月　頁 116—120

662. 花村〔黃春秀〕　　《鍾理和短篇小說集》讀後　中華文藝　第 73 期　1977 年 3 月　頁 120—129

《鍾理和小說選》

663. 武治純　　《鍾理和小說選》在大陸出版　中國建設　1983 年第 7 期　1983 年 7 月　頁 67

《鍾理和集》

664. 鄭清文　　文學類──《鍾理和集》推薦理由　百人百書百緣──百位名家

---

[55]本文以大江出版社出版的短篇小說集《雨》為中心，討論 15 篇小說〔〈貧賤夫妻〉、〈同性之婚〉、〈奔逃〉、〈錢的故事〉、〈復活〉、〈假黎婆〉、〈阿遠〉、〈初戀〉、〈菸樓〉、〈楊紀寬病友〉、〈閣樓之冬〉、〈還鄉記〉、〈草地上〉、〈柳蔭〉〕的情節與鍾理和生平之間的關連性；末以論析鍾理和的作品特色與生命精神作結。

　　　　　　　推薦百本好書　臺北　賴國洲書房　1997 年 9 月　頁 48

665. 彭瑞金　　　文學類——《鍾理和集》推薦理由　百人百書百緣——百位名家

　　　　　　　推薦百本好書　臺北　賴國洲書房　1997 年 9 月　頁 48—49

666.〔導讀撰寫小組〕　　《鍾理和集》導讀　2008 閱讀臺灣‧人文 100 特展成

　　　　　　　果專輯　臺南　國立臺灣文學館　2009 年 5 月　頁 56

日記

《鍾理和日記》

667. 葉石濤　　　《鍾理和日記》裡的海內外作家　中國時報　1992 年 6 月 28 日

　　　　　　　27 版

668. 葉石濤　　　《鍾理和日記》裡的海內外作家　葉石濤全集‧隨筆卷四　臺

　　　　　　　南，高雄　國立臺灣文學館，高雄市文化局　2008 年 3 月　頁

　　　　　　　113—115

669. 游　喚　　　《鍾理和日記》中的典故　明道文藝　第 196 期　1992 年 7 月

　　　　　　　頁 78—85

670. 彭瑞金　　　日記裡的文學——寫在《鍾理和日記》新版之前　民眾日報

　　　　　　　1996 年 7 月 15 日　27 版

671. 彭瑞金　　　日記裡的文學——寫在《鍾理和日記》新版之前　自立晚報

　　　　　　　1996 年 7 月 27 日　14 版

672. 彭瑞金　　　日記裡的文學——寫在《鍾理和日記》新版之前　鍾理和日記

　　　　　　　高雄縣　財團法人鍾理和文教基金會　1996 年 10 月　頁 1—4

673. 彭瑞金　　　日記裡的文學　鍾理和全集 5　高雄　高雄縣立文化中心　1997

　　　　　　　年 10 月　頁 271—274

674. 彭瑞金　　　日記裡的文學　鍾理和全集 5　臺北　行政院客委會　2003 年 12

　　　　　　　月　頁 271—274

675. 彭瑞金　　　作家的日記本　臺灣日報　1997 年 9 月 14 日　27 版

676. 彭瑞金　　　作家的日記本　歷史迷路，文學引渡　臺北　富春文化公司

　　　　　　　2000 年 10 月　頁 222—226

677. 澤井律之　　《鍾理和日記》を読む　臺灣文學研究の現在　東京　綠蔭書
　　　　房　1999 年 3 月　頁 181—202

書信

《臺灣文學兩鍾書》

678. 鍾肇政　　序 臺灣文學兩鍾書　臺北　草根出版公司　1998 年 2 月　頁 1
　　　　—6

合集

《鍾理和全集》（1976年遠行出版）

679. 張良澤　　關於《鍾理和全集》　中華日報　1976 年 11 月 29 日　5 版
680. 司馬長風　　《鍾理和全集》叢話（1—4）　中國時報　1977 年 3 月 15—19
　　　　日　12 版
681. 鍾鐵民　　序 鍾理和全集〔全 8 卷〕　臺北　遠行出版社　1980 年 7 月
　　　　頁 27—28

《鍾理和全集》（1997年高雄縣立文化中心出版）

682. 彭瑞金　　《鍾理和全集》再出版（上、下）　民眾日報　1997 年 8 月 25—
　　　　26 日　27 版
683. 鍾肇政　　序 鍾理和全集〔全 6 集〕　高雄　高雄縣立文化中心　1997 年
　　　　10 月　頁 1—4
684. 鍾肇政　　《鍾理和全集》新版序　鍾肇政全集‧隨筆集 1　桃園　桃園縣立
　　　　文化中心　1999 年 6 月　頁 611—614
685. 焦　鈞　　《鍾理和全集》完整了　民生報　1997 年 11 月 9 日　19 版
686. 林積萍　　新編《鍾理和全集》出版　1997 臺灣文學年鑑　臺北　行政院文
　　　　建會　1998 年 6 月　頁 207—208
687. 鍾肇政　　臺灣文學精萃〔《鍾理和全集》部分〕　新世紀閱讀通行證　臺
　　　　北　賴國洲書房　1999 年 10 月　頁 143
688. 鍾肇政　　序 鍾理和全集〔全 6 集〕　臺北　行政院客委會　2003 年 12 月
　　　　頁 1—4

新版《鍾理和全集》（**2009年高雄縣政府文化局出版**）

689. 鍾怡彥　　新版《鍾理和全集》編後感言　新版《鍾理和全集》　高雄　高
　　　雄縣政府文化局　2009 年 3 月　頁 13—16

◆多部作品

《笠山農場》、《雨》

690. 吳濁流　　讀鍾理和遺作感　臺灣文藝　第 5 期　1964 年 10 月　頁 23

691. 吳濁流　　讀鍾理和遺作感　鍾理和全集・鍾理和殘集　臺北　遠行出版社
　　　1980 年 6 月　頁 223

《夾竹桃》、《故鄉四部》、《笠山農場》

692. 傅光明　　《夾竹桃》、《故鄉》、《笠山農場》作品解析　中國文學通
　　　典・小說通典　北京　解放軍文藝出版社　1999 年 1 月　頁 886
　　　—887

《笠山農場》、〈蒼蠅〉、〈初戀〉、〈往事〉

693. 彭瑞金　　談情說愛的小說　臺灣日報　1999 年 5 月 30 日　22 版

《笠山農場》、〈做田〉、〈野茫茫〉

694. 張典婉　　女性發聲的年代〔《笠山農場》、〈做田〉、〈野茫茫〉部分〕
　　　臺灣文學中客家女性角色與社會發展　世新大學社會發展研究所
　　　碩士論文　李松根教授指導　2002 年 7 月　頁 55—57

《原鄉人》、〈白薯的悲哀〉

695. 黎湘萍　　悲情與叛逆：兩岸現代文學的基本情緒〔《原鄉人》、〈白薯的
　　　悲哀〉部分〕　文學臺灣——臺灣知識者的文化敘事與理論想像
　　　北京　人民文學出版社　2003 年 3 月　頁 41—43

《笠山農場》、《故鄉四部》

696. 莊華堂　　「客家」與「土地」認同——論戰後客籍小說作家筆下的鄉愁
　　　〔《笠山農場》、「故鄉四部」部分〕　客家文學研討會　臺北
　　　臺灣客家公共事務協會，臺北市客家公共事務協會　2003 年 11 月
　　　頁 71—76

《原鄉人》、〈門〉

697. 黃紅春　　日據時期臺灣本土作家小說創作中的「中國情結」〔《原鄉人》、〈門〉部分〕　世界華文文學論壇　2008 年第 4 期　2008 年 12 月　頁 27—29

◆單篇作品

698. 林海音　　同情在人間——為〈雨〉告讀者　聯合報　1960 年 9 月 1 日　7 版

699. 林海音　　同情在人間〔〈雨〉〕　鍾理和全集・鍾理和殘集　臺北　遠行出版社　1980 年 6 月　頁 183—185

700. 林海音　　同情在人間——為〈雨〉告讀者　芸窗夜讀　臺北　純文學出版社　1982 年 4 月　頁 21—24

701. 李漢偉　　求福報的儒家情懷——我讀鍾理和中篇小說〈雨〉　情何以堪——現代文學評論集　高雄　復文圖書出版社　1992 年 7 月　頁 21—26

702. 鍾怡彥　　鍾理和中篇小說〈雨〉中的客語特質　臺灣客家文學研討會論文集・第一屆　苗栗　苗栗縣文化局　2001 年 12 月　頁 213—225

703. 鍾鐵民　　鍾理和小說〈雨〉中的人物　鄉居手記　臺北　未來書城公司　2002 年 5 月　頁 127—144

704. 許南村〔陳映真〕　　原鄉的失落——試評〈夾竹桃〉[56]　現代文學　復刊第 1 期　1977 年 7 月　頁 83—93

705. 陳映真　　原鄉的失落——試評鍾理和〈夾竹桃〉　孤兒的歷史歷史的孤兒　臺北　遠景出版公司　1984 年 9 月　頁 97—109

706. 陳映真　　原鄉的失落——試評〈夾竹桃〉　陳映真作品集・鞭子和提燈　臺北　人間出版社　1988 年 4 月　頁 55—67

707. 張系國　　浪子的變奏——試論「浪子文學」與「鄉土文學」的關係〔〈夾竹桃〉部分〕　聯合報　1977 年 10 月 26 日　12 版

---

[56]本文以〈夾竹桃〉為中心，探討作品中之殖民地知識分子形象。

708. 張系國　　　浪子的變奏――試論「浪子文學」與「鄉土文學」的關係〔〈夾竹桃〉部分〕　讓未來等一等吧　臺北　洪範書店　1984 年 1 月　頁 114—115

709. 宋瑞華　　　讀鍾理和作品――《夾竹桃》　六堆雜誌　第 130 期　2008 年 12月　頁 28

710. 張良澤等[57]　從鄉土文學到三民主義文學――訪葉石濤先生談臺灣文學的歷史〔〈蒼蠅〉部分〕　臺灣文藝　第 62 期　1979 年 3 月　頁 24

711. 張良澤等　　從鄉土文學到三民主義文學――訪葉石濤先生談臺灣文學的歷史〔〈蒼蠅〉部分〕　葉石濤全集・評論卷六　臺南，高雄　國立臺灣文學館，高雄市政府文化局　2008 年 3 月　頁 296

712. 何寄澎　　　簡析〈蒼蠅〉　中國現代短篇小說選析 1　臺北　長安出版社　1984 年 2 月　頁 119—120

713. 許俊雅　　　〈蒼蠅〉評析　現代小說讀本　臺北　揚智文化公司　2004 年 8月　頁 176—179

714. 許俊雅　　　鍾理和〈蒼蠅〉賞讀　我心中的歌：現代文學星空　臺北　文史哲出版社　2006 年 6 月　頁 273—274

715. 邱忠均　　　客家婦女典範――〈原鄉人〉女主角平妹的風範（上、下）　臺灣日報　1980 年 9 月 14—15 日　12 版

716. 周　青　　　從鄉土文學窺視「臺灣意識」〔〈原鄉人〉部分〕　臺灣與世界　第 34 期　1986 年 9 月　頁 48

717. 鍾鐵民　　　鍾理和與〈原鄉人〉　鍾理和文學研討會　高雄　高雄醫學院南杏社主辦　1991 年 12 月 8—9 日

718. 舒　坦　　　鍾理和、〈原鄉人〉、電影《原鄉人》　電影與文學　臺北　臺揚出版社　1992 年 2 月　頁 154—170

719. 鄭清文　　　渡船頭的孤燈――臺灣文學的堅守精神〔〈原鄉人〉部分〕　四十年來中國文學　臺北　聯合文學出版社　1995 年 6 月　頁 522

---

[57] 與會者：張良澤、葉石濤、洪毅；紀錄：彭瑞金。

720. 鄭清文　渡船頭的孤燈——臺灣文學的堅守精神〔〈原鄉人〉部分〕　鄭清文和他的文學　臺北　麥田出版公司　1998 年 6 月　頁 240—244

721. 王　力　人文精神：群體生存意識籠罩下的個體思索——重造民魂：群體取向中的個體思考〔〈原鄉人〉部分〕　百年中華文學史論：1898—1999　上海　華東師範大學出版社　1999 年 9 月　頁 148

722. 陳祈伍　鍾理和〈原鄉人〉的研究[58]　南榮學報　復刊第 4 期　2000 年 8 月　頁 245—261

723. 陳祈伍　鍾理和〈原鄉人〉的研究　鍾理和論述 1960—2000　高雄　春暉出版社　2004 年 4 月　頁 113—139

724. 楊嘉玲　原著與電影之情節鋪陳——《原鄉人》文學作品與電影　臺灣客籍作家文學作品改編電影研究　成功大學藝術研究所　碩士論文　石光生教授指導　2001 年 1 月　頁 35—41

725. 鍾肇政　第九十三信——〈原鄉人〉描寫精采　鍾肇政全集・書簡集 1　桃園　桃園縣文化局　2002 年 11 月　頁 526

726. 黎湘萍　從劍到筆：對抗同化的不同方式〔〈原鄉人〉部分〕　文學臺灣——臺灣知識者的文化敘事與理論想像　北京　人民文學出版社　2003 年 3 月　頁 88—89

727. 王明文　沸騰地流返原鄉的血——鍾理和〈原鄉人〉的內在意蘊　世界華文文學論壇　2006 年第 1 期　2006 年 3 月　頁 62—64

728. 黃錦樹　遊魂——亡兄、孤兒、廢人——亡兄〔〈原鄉人〉部分〕　文與魂與體：論現代中國性　臺北　麥田出版公司　2006 年 5 月　頁 327—329

729. 邱貴芬　政治小說：勾勒願景與希望〔〈原鄉人〉部分〕　臺灣政治小說選　臺北　二魚文化公司　2006 年 8 月　頁 12

---

[58]本文透過日記、信函、作品三方面的比對分析，探討〈原鄉人〉的寫作背景，以及作者在〈原鄉人〉中企圖傳達的概念。全文共 4 小節。

730. 趙澤福　如何解讀鍾理和《原鄉人》的原鄉情結　科技資訊　2008 年第 24
　　　期　2008 年 12 月　頁 236—309

731.〔洪醒夫，黃燕德編〕　〈貧賤夫妻〉賞析　大家文學選‧小說卷　臺中
　　　明光出版社　1981 年 10 月　頁 111—113

732. 賴芳伶　她美在哪裡？〔〈貧賤夫妻〉〕　臺灣日報　1999 年 8 月 10 日
　　　23 版

733. 應鳳凰　鍾理和的〈貧賤夫妻〉　明道文藝　第 298 期　2001 年 1 月　頁
　　　69—73

734. 洪醒夫　鍾理和〈貧賤夫妻〉賞析　洪醒夫全集‧評論卷　彰化　彰化縣
　　　文化局　2001 年 6 月　頁 146—147

735. 許素蘭　〈貧賤夫妻〉導讀　客家文學精選集‧小說卷　臺北　天下遠見
　　　出版公司　2004 年 4 月　頁 131—133

736.〔彭瑞金選編〕　〈貧賤夫妻〉賞析　國民文選‧小說卷 2　臺北　玉山社
　　　出版公司　2004 年 7 月　頁 36—37

737. 熊姿婷　客籍作家的女性書寫——以吳濁流《亞細亞的孤兒》與鍾理和
　　　〈貧賤夫妻〉為例　第 4 屆臺灣客家文學研討會　苗栗　苗栗縣
　　　政府主辦　2004 年 12 月 14 日

738. 李栩鈺　從鍾理和〈貧賤夫妻〉論析客家婦女形象——以鍾台妹及其同時
　　　代的黎明為例　第 4 屆臺灣客家文學研討會　苗栗　苗栗縣政府
　　　主辦　2004 年 12 月 14 日

739. 尉天驄　鍾理和〈貧賤夫妻〉故事的背後　總是無法忘卻　臺北　圓神出
　　　版社　2005 年 3 月　頁 163

740. 石曉楓　導讀〈貧賤夫妻〉　二十世紀臺灣文學金典‧小說卷（戰後時
　　　期‧第一部）　臺北　聯合文學出版社　2006 年 1 月　頁 28—29

741. 陳火泉等[59]　〈竹頭庄〉評論　文學界　第 5 期　1983 年 1 月　頁 150—
　　　154

[59]主持人：鍾肇政。討論人：陳火泉、廖清秀、施翠峰、許炳成（文心）、楊紫江。

742. 陳火泉等　〈竹頭庄〉評論　鍾理和論述 1960—2000　高雄　春暉出版社　2004 年 4 月　頁 319—321

743. 何寄澎　簡析〈阿遠〉　中國現代短篇小說選析 1　臺北　長安出版社　1984 年 2 月　頁 111—113

744. 徐士賢　論鍾理和短篇小說〈阿遠〉[60]　龍宇純先生七秩晉五壽慶論文集　臺北　臺灣學生書局　2002 年 11 月　頁 613—630

745. 許素蘭　〈我的書齋〉賞析　深夜的嘉南平原　臺北　敦理出版社　1985 年 9 月　頁 5—6

746. 彭樹君　「典型在夙昔」倒在血泊中的筆耕者——鍾理和與他的〈復活〉　自由時報　1990 年 8 月 6 日　18 版

747. 李　喬　理和文學不朽——從〈復活〉的救贖觀談起　聯合文學　第 122 期　1994 年 12 月 1 日　頁 95—96

748. 陳維松　〈旱〉賞析　臺灣散文鑑賞辭典　太原　北岳文藝出版社　1991 年 12 月　頁 78—80

749. 張恆豪　〈祖國歸來〉的省思　文學臺灣　第 5 期　1993 年 1 月　頁 7—10

750. 林承璜　戲劇和電影文學——電影文學創作〔〈假黎婆〉部分〕　臺灣文學史（下）　福州　海峽文藝出版社　1993 年 1 月　頁 809

751. 林承璜　鍾理和的〈假黎婆〉　香港臺灣文學評論集　福州　海峽文藝出版社　1994 年 2 月　頁 321—322

752. 陳昭瑛　文學的原住民與原住民的文學——從「異己」到「主體」——「恢復我們的姓名」：覺醒的主體世界〔〈假黎婆〉部分〕　臺灣原住民族漢語文學選——評論卷（上）　臺北　印刻出版公司　2003 年 4 月　頁 194—195

753. 陳昭瑛　文學的原住民與原住民的文學——從「異己」到「主體」〔〈假

---

[60]本文以爲〈阿遠〉一文中關懷身心障礙者所流露出的同情與懺悔，有異於鍾氏其他作品的文學風貌。全文共 7 小節：1.前言；2.故事大要與發表經過；3.主旨探討；4.寫作技巧分析；5.改寫得失平議；6.與〈孔乙己〉的比較；7.結論。

黎婆〉部分〕　中華現代文學大系（貳）・臺灣一九八九—二〇〇三評論卷（一）　臺北　九歌出版社　2003 年 10 月　頁 913—915

754. 許俊雅　弱勢的尊嚴〔〈假黎婆〉〕　假黎婆　臺北　遠流出版公司　2005 年 7 月　頁 66—69

755. 馬筱鳳　〈假黎婆〉　中央日報　2005 年 12 月 20 日　17 版

756. 王志彬　文淡情濃悼人語疏意厚悲己——論鐘理和《假黎婆》的創作指向　阜陽師範學院學報（社會科學版）　2007 年第 5 期　2007 年 10 月　頁 45—47

757. 朱雙一　原住民文化：臺灣文學的文化基因之一——謙和友善精神對漢族作家的浸潤〔〈假黎婆〉部分〕　臺灣文學與中華地域文化　廈門　鷺江出版社　2008 年 9 月　頁 49—50

758. 胡民祥　從文學視野窺探臺灣原住民族群的社會生活——戰後原住民文學與覺醒〔〈假黎婆〉部分〕　臺灣文學評論　第 9 卷第 1 期　2009 年 1 月　頁 176

759. 劉建基，蔣淑貞　經典選讀一——鍾理和〈假黎婆〉評介　巴赫汀派・多元文化主義　臺北　行政院文建會　2010 年 1 月　頁 106—107

760. 彭瑞金　鍾理和小說〈校長〉　臺灣文藝　第 142 期　1994 年 4 月　頁 72—76

761. 鍾肇政　鍾理和筆下的〈校長〉　自由時報　1998 年 11 月 30 日　41 版

762. 鍾肇政　鍾理和筆下的〈校長〉　鍾肇政全集・隨筆集 1　桃園　桃園縣立文化中心　1999 年 6 月　頁 374—376

763. 許俊雅　被宰殺的雞——鍾理和的〈草坡上〉　讀你千遍也不厭倦——坐看臺灣小說　臺北　師大書苑　1997 年 3 月　頁 41—47

764. 許俊雅　被宰殺的雞——鍾理和〈草坡上〉　我心中的歌：現代文學星空　臺北　文史哲出版社　2006 年 6 月　頁 264—268

765. 胡坤仲　感人平實的〈草坡上〉　中央日報　1998 年 2 月 12 日　20 版

766. 胡坤仲　〈草坡上〉賞析　中國語文　第 82 卷第 2 期　1998 年 2 月　頁 84—88

767. 吳叔樺　鍾理和〈草坡上〉之藝術特色　國文天地　第 224 期　2004 年 1 月　頁 86—92

768. 吳幼萍　鍾理和短篇小說〈菸樓〉之語言風格[61]　輔大中研所學刊第七輯研 究生論文發表會　臺北　輔仁大學中國文學系　1997 年 4 月 25—26 日

769. 吳幼萍　鍾理和短篇小說〈菸樓〉之言語風格　輔大中研所學刊　第 7 期 1997 年 6 月　頁 299—312

770. 〔游喚，張鴻聲，徐華中編著〕　　〈作田〉賞析　現代散文精讀　臺北 五南圖書出版公司　1998 年 8 月　頁 35—39

771. 許俊雅　生動的尖山農家耕作圖——賞讀鍾理和的〈作田〉　國文天地 第 172 期　1999 年 9 月　頁 95—98

772. 許俊雅　生動的尖山農家耕作圖——賞讀鍾理和的〈作田〉　我心中的 歌：現代文學星空　臺北　文史哲出版社　2006 年 6 月　頁 115 —120

773. 張　健　白話範文賞析——〈做田〉賞析　明道文藝　第 297 期　2000 年 12 月　頁 61—62

774. 趙公正　解讀鍾理和〈作田〉　國文天地　第 191 期　2001 年 4 月　頁 34 —40

775. 林鍾勇　另一種鑑賞角度——鏡頭轉換下的〈做田〉　中國語文　第 89 卷 第 5 期　2001 年 11 月　頁 63—65

776. 浦基維，涂玉萍，林聆慈　　義旨與材料運用——物材的種類——屬「自 然」之物材〔〈做田〉部分〕　散文・新詩義旨古今談　臺北 萬卷樓圖書公司　2002 年 1 月　頁 141—142

---

[61]本文探討鍾理和如何驅使語言，形成自己獨特的語言風格。全文共 4 小節：1.緒言；2.語言要素 的風格手段；3.超語言言要素的風格手段；4.結論。

777. 陳光明　　〈作田〉解　中國語文　第 90 卷第 6 期　2002 年 6 月　頁 69—72

778. 黃忠慎　　賞析一〔〈作田〉〕　遇見現代小品文　臺北　麥田出版公司　2004 年 1 月　頁 237—239

779. 陳室如　　賞析二〔〈作田〉〕　遇見現代小品文　臺北　麥田出版公司　2004 年 1 月　頁 239—242

780. 曾貴海　　殖民與臺灣客家母語的旅路（下）〔〈親家與山歌〉部分〕　臺灣日報　2005 年 2 月 3 日　17 版

781. 陳薏安　　鍾理和〈第四日〉探析[62]　士林高商學報　第 3 期　2006 年 5 月　頁 111—125

782. 莊有志　　找尋硝煙散盡後的歸途——淺談鍾理和〈第四日〉　國文天地　第 257 期　2006 年 10 月　頁 67—71

783. 張輝誠　　〈野茫茫〉密門之鑰　比整個世界還要大：散文選讀　臺北　三民書局　2007 年 9 月　頁 47—48

784. 朱雙一　　從遷移到扎根：海與山的交會——淳樸的客家社會和剛毅的山地子民〔〈同姓之婚〉部分〕　臺灣文學與中華地域文化　廈門　鷺江出版社　2008 年 9 月　頁 108

◆多篇作品

785. 馬　各　　被宰了的雞——重讀〈錢的故事〉與〈草坡上〉並悼鍾理和先生　聯合報　1960 年 8 月 14 日　7 版

786. 馬　各　　被宰了的雞——重讀〈錢的故事〉與〈草坡上〉並悼鍾理和先生　鍾理和全集・鍾理和殘集　臺北　遠行出版社　1976 年 11 月　頁 171—176

787. 馬　各　　被宰了的雞——重讀〈錢的故事〉與〈草坡上〉並悼鍾理和先生　現代文學論（聯副 30 年文學大系）　臺北　聯合報社　1981 年

---

[62]本文簡介鍾理和，並對〈第四日〉進行文本分析，探討鍾理和的創作意圖與〈第四日〉的小說特質。全文共 4 小節：1.前言；2.介紹鍾理和；3.〈第四日〉深究鑑賞；4.結論。

12 月　頁 95—99

788. 馬　各　　被宰了的雞——重讀〈錢的故事〉與〈草坡上〉並悼鍾理和先生　鍾理和論述 1960—2000　高雄　春暉出版社　2004 年 4 月　頁 255—260

789. 葉石濤　　一年來的省籍作家及其作品——兼論省籍作家的特質（1—6）〔〈雨〉、「故鄉四部」部分〕　臺灣日報　1968 年 12 月 28—31 日，1969 年 1 月 1—2 日　8 版

790. 葉石濤　　這一年來的省籍作家及其作品——兼論省籍作家的特質（上）〔〈雨〉、「故鄉四部」部分〕　臺灣文藝　第 22 期　1969 年 1 月　頁 25

791. 葉石濤　　一年來的省籍作家及其作品——兼論省籍作家的特質〔〈雨〉、「故鄉四部」部分〕　臺灣鄉土作家論集　臺北　遠景出版公司　1981 年 2 月　頁 90—91

792. 葉石濤　　一年來的省籍作家及其作品——兼論省籍作家的特質〔〈雨〉、「故鄉四部」部分〕　葉石濤全集・評論卷一　臺南，高雄　國立臺灣文學館，高雄市文化局　2008 年 3 月　頁 264—265

793. 兩　峰　　故鄉・故鄉〔〈竹頭庄〉、〈山火〉、〈阿煌叔〉、〈親家與山歌〉〕　臺灣文藝　第 54 期　1977 年 3 月　頁 31—39

794. 兩　峰　　故鄉・故鄉〔〈竹頭庄〉、〈山火〉、〈阿煌叔〉、〈親家與山歌〉〕　鍾理和論述 1960—2000　高雄　春暉出版社　2004 年 4 月　頁 323—334

795. 許素蘭　　毀滅與新生——試析鍾理和的「故鄉」〔〈竹頭庄〉、〈山火〉、〈阿煌叔〉、〈親家與山歌〉〕　臺灣文藝　第 54 期　1977 年 3 月　頁 54—62

796. 許素蘭　　毀滅與新生——試析鍾理和的「故鄉」〔〈竹頭庄〉、〈山火〉、〈阿煌叔〉、〈親家與山歌〉〕　昔日之境　臺北　鴻蒙文學出版公司　1985 年 9 月　頁 107—120

797. 許素蘭　　毀滅與新生──試析鍾理和的「故鄉」〔〈竹頭庄〉、〈山火〉、〈阿煌叔〉、〈親家與山歌〉〕　鍾理和論述 1960—2000　高雄　春暉出版社　2004 年 4 月　頁 335—344

798. 葉石濤　　鍾理和文學生命的探索──論鍾理和的「故鄉」連作〔〈竹頭庄〉、〈山火〉、〈阿煌叔〉、〈親家與山歌〉〕　民眾日報　1990 年 12 月 8 日　20 版

799. 葉石濤　　論鍾理和的「故鄉」連作〔〈竹頭庄〉、〈山火〉、〈阿煌叔〉、〈親家與山歌〉〕　鍾理和文學研討會　高雄　高雄醫學院南杏社主辦　1991 年 12 月 8—9 日

800. 葉石濤　　論鍾理和的「故鄉」連作〔〈竹頭庄〉、〈山火〉、〈阿煌叔〉、〈親家與山歌〉〕　臺灣文學的困境　高雄　派色文化出版社　1992 年 7 月　頁 117—125

801. 葉石濤　　論鍾理和的「故鄉」連作〔〈竹頭庄〉、〈山火〉、〈阿煌叔〉、〈親家與山歌〉〕　鍾理和論述 1960—2000　高雄　春暉出版社　2004 年 4 月　頁 345—350

802. 葉石濤　　論鍾理和的「故鄉」連作〔〈竹頭庄〉、〈山火〉、〈阿煌叔〉、〈親家與山歌〉〕　葉石濤全集・評論卷四　臺南，高雄　國立臺灣文學館，高雄市文化局　2008 年 3 月　頁 249—255

803. 野間信幸著；葉石濤譯　　戰後臺灣文學的考察──臺灣現代文學《香蕉船》後記日文譯本〔「故鄉四部」部分〕　民眾日報　1992 年 2 月 21 日　11 版

804. 野間信幸著；葉石濤譯　　戰後臺灣文學的考察──臺灣現代文學《香蕉船》日文譯本後記〔「故鄉四部」部分〕　葉石濤全集・翻譯卷一　臺南，高雄　國立臺灣文學館，高雄市文化局　2009 年 11 月　頁 529

805. 曾貴海　　穿越苦難的年代──歸鄉後的鍾理和──「臺灣作家顯影」系列之一〔〈竹頭庄〉、〈山火〉、〈阿煌叔〉、〈親家與山歌〉〕

自由時報 1994 年 10 月 17 日 47 版

806. 澤井律之著；葉蓁蓁譯 兩個「故鄉」——關於魯迅對鍾理和的影響
〔〈竹頭庄〉、〈山火〉、〈阿煌叔〉、〈親家與山歌〉部分〕
臺灣新文學與魯迅 臺北 前衛出版社 2000 年 5 月 頁 95—
119

807. 澤井律之著；葉蓁蓁譯 兩個「故鄉」——關於魯迅對鍾理和的影響
〔〈竹頭庄〉、〈山火〉、〈阿煌叔〉、〈親家與山歌〉部分〕
鍾理和論述 1960—2000 高雄 春暉出版社 2004 年 4 月 頁
351—369

808. 鍾怡彥 鍾理和「故鄉四部」語言藝術探討 客家文學研討會 臺北 臺
灣客家公共事務協會，臺北市客家公共事務協會 2003 年 11 月
頁 19—46

809. 鍾怡彥 鍾理和「故鄉四部」版本比較研究[63]〔〈竹頭庄〉、〈山火〉、
〈阿煌叔〉、〈親家與山歌〉〕 第七屆青年文學會議論文集：
臺灣文學的比較研究 臺北 文訊雜誌社 2003 年 11 月 頁 361
—390

810. 金良守講；張育燕記 二十世紀初東亞文學裡歸鄉主題，兼論三個故鄉—
—回到的此地，喪失的故鄉——唯有山歌，令人感動〔〈竹頭
庄〉、〈山火〉、〈阿煌叔〉、〈親家與山歌〉部分〕 臺灣日
報 2005 年 9 月 28 日 21 版

811. 許素蘭 「故鄉」〔〈竹頭庄〉、〈山火〉、〈阿煌叔〉、〈親家與山
歌〉〕 臺灣時報 2007 年 2 月 24 日 12 版

812. 鍾肇政，陳火泉，廖清秀 評「故鄉」之二、三、四〔〈山火〉、〈阿煌
叔〉、〈親家與山歌〉〕 文學界 第 5 期 1983 年 1 月 頁
175

---

[63]本文比較「故鄉四部」前後版本，歸納二者相異之處。全文共 6 小節：1.前言；2.詞語的選擇；3.
句式的選擇；4.修辭手法的比較；5.敘述語言的比較；6.結論。

813. 許素蘭　　　冷眼與熱腸——從〈夾竹桃〉、「故鄉」〔〈竹頭庄〉、〈山火〉、〈阿煌叔〉、〈親家與山歌〉〕之比較看鍾理和的原鄉情與臺灣愛[64]　臺灣作家鍾理和逝世 32 周年紀念會暨臺灣文學學術會議　高雄　高雄縣政府、臺灣筆會、文學臺灣雜誌聯合主辦，高雄縣文化中心承辦　1992 年 8 月 2 日

814. 許素蘭　　　冷眼與熱腸——從〈夾竹桃〉、「故鄉四部」〔〈竹頭庄〉、〈山火〉、〈阿煌叔〉、〈親家與山歌〉〕之比較看鍾理和的原鄉情與臺灣愛　鍾理和逝世 32 週年紀念暨臺灣文學學術研討會論文集要　高雄　高雄縣政府　1992 年 11 月　頁 29—45

815. 許素蘭　　　鍾理和的原鄉情與臺灣愛——〈夾竹桃〉與「故鄉」〔〈竹頭庄〉、〈山火〉、〈阿煌叔〉、〈親家與山歌〉〕之比較　文學與心靈對話　臺南　臺南市立文化中心　1995 年 4 月　頁 11—30

816. 許素蘭　　　冷眼與熱腸——從〈夾竹桃〉、「故鄉」〔〈竹頭庄〉、〈山火〉、〈阿煌叔〉、〈親家與山歌〉〕之比較看鍾理和的原鄉情和臺灣愛　鍾理和論述 1960—2000　高雄　春暉出版社　2004 年 4 月　頁 77—91

817. 鄭清文　　　批判與承受——二戰前後鍾理和的轉變——「臺灣作家顯影」系列之一〔〈夾竹桃〉、〈原鄉人〉〕　自由時報　1994 年 10 月 17 日　47 版

818. 澤井律之著；姚巧梅譯　　論在大陸時代的鍾理和[65]　賴和及其同時代的作家：日據時期臺灣文學國際學術會議論文　新竹　清華大學　1994 年 11 月 25—27 日

819. 澤井律之　　北京時代の鍾理和　よおがえる臺灣文學——日本統治期の作家と作品　東京　東方書店　1995 年 10 月　頁 451—468

---

[64]本文以〈夾竹桃〉與「故鄉四部」為中心，探討鍾理和「原鄉中國」、「故鄉臺灣」的鄉土認同變遷。全文共 4 小節：1.生命中相互交纏的臍帶；2.冷眼與熱腸；3.在故鄉的土地上；4.生命終極的夢土。本文後改篇名為〈鍾理和的原鄉情與臺灣愛——〈夾竹桃〉與「故鄉」之比較〉。

[65]本文以〈夾竹桃〉、〈門〉、〈白薯的悲哀〉諸作為中心，探討鍾理和於北京時代對於中國的觀感與思考。本文日文篇名為〈北京時代の鍾理和〉。

820. 葉石濤　　新文學傳統的承繼者——鍾理和〔〈原鄉人〉、〈白薯的悲哀〉
　　　　　　　部分〕　聯合文學　第 122 期　1994 年 12 月　頁 93—94

821. 許維育　　從奉天到北京——論鍾理和大陸時期作品〈門〉、〈夾竹桃〉
　　　　　　　清華大學中國文學系 85 學年度研究生學術論文研討會　新竹　清
　　　　　　　華大學中國文學系　1996 年 12 月 10 日

822. 呂正惠　　殖民地的傷痕：脫亞入歐論與皇民化教育〔〈門〉、〈夾竹桃〉
　　　　　　　部分〕　殖民地經驗與臺灣文學：第一屆臺杏臺灣文學學術會議
　　　　　　　論文集　臺北　遠流出版公司　2000 年 2 月　頁 58—60

823. 李漢偉　　臺灣小說的「女性之悲」模式探索——農業社會女性的悲劇探
　　　　　　　索〔〈貧賤夫妻〉、〈同姓之婚〉部分〕　臺灣小說的三種悲
　　　　　　　情　臺北　駱駝出版社　1997 年 10 月　頁 83—86

824. 陳建忠　　被詛咒的文學？——戰後初期（1945—1949）臺灣小說的歷史
　　　　　　　考察〔〈白薯的悲哀〉、〈祖國歸來〉部分〕　臺灣現代小說
　　　　　　　史綜論　臺北　聯經出版公司　1998 年 12 月　頁 38

825. 陳建忠　　被詛咒的文學？：戰後初期臺灣小說的歷史考察——「二二八事
　　　　　　　件」前臺灣小說的歷史考察〔〈白薯的悲哀〉、〈祖國歸來〉部
　　　　　　　分〕　被詛咒的文學：戰後初期（1945—1949）臺灣文學論集
　　　　　　　臺北　五南圖書出版公司　2007 年 1 月　頁 19

826. 唐淑貞　　從「不隔」之精神看〈貧賤夫妻〉與〈復活〉[66]　中國語文　第 85
　　　　　　　卷第 1 期　1999 年 7 月　頁 52—56

827. 唐淑貞　　從「不隔」之精神看〈貧賤夫妻〉與〈復活〉　國學教學論文集
　　　　　　　臺北　萬卷樓圖書公司　2001 年 9 月　頁 382—388

828. 張典婉　　臺灣客家文學中對女性角色描述原型〔〈笠山農場〉、〈同姓之
　　　　　　　婚〉、〈貧賤夫妻〉部分〕　臺灣文學中客家女性角色與社會發
　　　　　　　展　世新大學社會發展研究所　碩士論文　李松根教授指導

---

[66]本文以「不隔」之精神探討〈貧賤夫妻〉與〈復活〉的親情，並藉此論述鍾理和的寫作技巧。全
　文共 4 小節：1.前言；2.〈貧賤夫妻〉中的無間之愛；3.〈復活〉中的融和之愛；4.結語。

2002 年 7 月　頁 26—27

829. 張典婉　　客家女性的原型〔〈笠山農場〉、〈同姓之婚〉、〈貧賤夫妻〉
　　　　　　　部分〕　臺灣客家女性　臺北　玉山社出版公司　2004 年 4 月
　　　　　　　頁 73—77

830. 劉勇，楊志　　論日據時期臺灣小說的民族認同主題〔〈原鄉人〉、〈夾竹
　　　　　　　桃〉部分〕　中國現代文學研究叢刊　2005 年第 4 期　2005 年 7
　　　　　　　月　頁 4—16

831. 彭瑞金　　臺灣新文學的民間信仰態度及其影響〔〈山火〉、〈豬的故事〉
　　　　　　　部分〕　臺灣文學史論集　高雄　春暉出版社　2006 年 8 月　頁
　　　　　　　39—40

作品評論目錄、索引

832. 何寄澎　　重要評論　中國現代短篇小說選析 1　臺北　長安出版社　1984
　　　　　　　年 2 月　頁 120

833. 許素蘭，方美芬　　鍾理和小說評論引得　鍾理和集（臺灣作家全集）　臺
　　　　　　　北　前衛出版社　1991 年 7 月　頁 259—264

834. 鍾鐵民　　鍾理和作品評論引得　鍾理和全集 6　高雄　高雄縣立文化中心
　　　　　　　1997 年 10 月　頁 237—240

835. 鍾鐵民　　鍾理和作品評論引得　鍾理和全集 6　臺北　行政院客委會　2003
　　　　　　　年 12 月　頁 237—240

836. 應鳳凰　　鍾理和文學相關評論目錄　鍾理和論述 1960—2000　高雄　春暉
　　　　　　　出版社　2004 年 4 月　頁 389—396

837. 楊志強　　鍾理和作品評論引得　論臺灣作家鍾理和「鄉土小說」的意識內
　　　　　　　蘊與審美價值　內蒙古師範大學　碩士論文　付中丁教授指導
　　　　　　　2006 年 6 月　頁 40—43

838. 林玲燕　　鍾理和研究學位論文　從書寫治療看鍾理和生命情結的反思與超
　　　　　　　越　中興大學中國文學系　碩士論文　林淑貞教授指導　2006 年
　　　　　　　6 月　頁 126

839. 林玲燕　　鍾理和文學評論目錄（1960—2005）　從書寫治療看鍾理和生命
情結的反思與超越　中興大學中國文學系　碩士論文　林淑貞教
授指導　2006 年 6 月　頁 127—146

840. 江　湖　　鍾理和研究與評論　鄉之魂——鍾理和的人生與文學之路　北京
作家出版社　2006 年 7 月　頁 231—243

841.〔編輯部〕　　鍾理和研究文獻　新版鍾理和全集・特別收錄　高雄　高雄
縣文化局　2009 年 3 月　頁 432—451

其它

842. 杜文靖　　華德敬談鍾理和著作英譯經過　自立晚報　1977 年 5 月 29 日　3
版

國家圖書館出版品預行編目資料

臺灣現當代作家研究資料彙編. 11, 鍾理和 / 應鳳凰
編選. -- 初版. -- 臺南市：臺灣文學館, 2011.03
面； 公分.

ISBN 978-986-02-7261-1（平裝）

1.鍾理和 2.傳記 3.文學評論

863.4 100003468

【臺灣現當代作家研究資料彙編】11

鍾理和

發 行 人／　李瑞騰
指導單位／　行政院文化建設委員會
出版單位／　國立台灣文學館
　　　　　　地址／70041 台南市中西區中正路 1 號
　　　　　　電話／06-2217201　　　　傳真／06-2218952
　　　　　　網址／www.nmtl.gov.tw　　電子信箱／pba@nmtl.gov.tw

總 策 畫／　封德屏
顧　　問／　林淇瀁　張恆豪　許俊雅　陳信元　陳建忠　陳義芝　須文蔚　應鳳凰
工作小組／　王雅嫻　杜秀卿　林端貝　周宣吟　張桓瑋
　　　　　　黃子倫　黃寁婷　詹宇霈　羅巧琳
編　　選／　應鳳凰
責任編輯／　黃子倫
校　　對／　王雅嫻　林端貝　林肇豊　周宣吟　黃寁婷　詹宇霈　趙慶華　蘇峰楠
計畫團隊／　財團法人台灣文學發展基金會
美術設計／　翁國鈞‧不倒翁視覺創意
印　　刷／　松霖彩色印刷事業有限公司

著作財產權人／國立台灣文學館
本書保留所有權利。欲利用本書全部或部分內容者，須徵求著作財產權人同意或書面授
權。請洽國立台灣文學館研典組（電話：06-2217201）

經銷展售／　國家書店松江門市（02-25180207）
　　　　　　國立台灣文學館─雪芙瑞文學咖啡坊（06-2214632）
　　　　　　五南文化廣場（04-22260330）
　　　　　　文建會員工消費合作社（02-23434168）
　　　　　　南天書局（02-23620190）　　　唐山出版社（02-23633072）
　　　　　　府城舊冊店（06-2763093）　　　台灣的店（02-23625799）
　　　　　　啓發文化（02-29586713）　　　三民書局（02-23617511）

初版一刷／2011 年 3 月
定　　價／新臺幣 390 元整　　全套新臺幣 5500 元整
GPN／1010000402（單本）
　　　1010000407（套）
ISBN／978-986-02-7261-1（單本）
　　　978-986-02-7266-6（套）

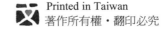